永遠の都

7

異郷・雨の冥府

加賀乙彦

新潮社

永遠の都　7　異郷・雨の冥府　目次

第三部　炎都

装画　司　修
装幀　新潮社装幀室

永遠の都　7

異郷・雨の冥府

『永遠の都7』主要登場人物（時代は昭和20年～22年6月）

小暮悠次…生命保険会社員
　初江…悠次の妻、時田利平の長女
　悠太…小暮家の長男、都立高校生
　駿次…次男、中学生
　研三…三男、中学生
　央子…長女、ヴァイオリニスト
時田利平…元海軍軍医、時田病院院長
　菊江…利平の先妻、昭和11年死去
　史郎…時田家の長男、会社員
　武史…史郎の長男
間島キヨ…利平の昔の愛人、元看護婦、昭和20年死去
　五郎…キヨの息子、大工、画家

菊池　透…八丈島の漁師勇の次男、クリスチャン
　夏江…透の妻、利平の次女
　火之子…長女（昭和21年9月に誕生）
脇　礼助…政治家、昭和7年死去
　美津…礼助の妻、小暮悠次の異母姉
　敬助…脇家の長男、政治家、妻百合子、長女美枝
　晋助…次男
風間振一郎…実業家、妻藤江（時田菊江の妹）
大河内松子…振一郎の双子の次女、夫の秀雄は父の秘書
速水梅子…振一郎の双子の三女、夫の正蔵は建築家
野本桜子…振一郎の四女、夫の武太郎は造船会社社長
富士千束…ピアニスト、悠太の幼なじみ

他に、外科医の唐山竜斎、菊池勇一家、シュタイナー音楽一家、都立高校の悠太のクラスメート

第三部　炎都

第七章　異郷

1

以前、ぼくは自分の幼年期について一篇の文章を書いた。人生の最初にある闇《やみ》のさなかにわずかに照明された光景から始まって、再生してくる記憶を手探りしながら書き記した。その背景にはいつも、自分が生れ育った場所である東京が、当然そこにあるべき都としてくっきりと存在していた。街や家々や原っぱや学校やビルは、そこに故郷と名前をつけて慣れ親しんだ場として存在し、ぼくのさまざまな時間を滲《し》みだしてくる源泉であった。すでに戦争は始まっていたが、それは海外の遠い出来事に過ぎず、それとわが故郷とは、無関係ではなかったにしろ何かよそよそしい関係、故郷が戦争を落ち着きはらって見下ろすような関係であった。言ってみれば、故郷と戦争とのあいだには、ある種の力の均衡が保たれていた。

この均衡が破られる前兆が昭和十七年四月十八日、東京の初空襲であった。このひと月半後にミッドウエー海戦があり、戦局は日本に不利な方向へと傾斜していくのであるが、もちろん当時のぼくが、それを知る由《よし》もなかった。自分が、幼年期を脱してつぎの年齢になった、国民学校を終えて中学生になった、という区切りの時がたまたま東京初空襲であったのだ。ともかくぼくはその日で以前の手記の筆を止めたのである。

中学二年を終えてから、ぼくは陸軍幼年学校に入学した。現在では死語となった幼年学校とは三年制で全寮制の陸軍将校養成所であった。卒業生は予科士官学校へ無試験で進学する特権を与えられ、さらに士官学校を経て、少尉《しょうい》に任官できる登竜門《とうりゅうもん》の入口にあった。ぼくは、中学一年生で幼年学校を受験して失敗、やっと中学二年の時に合格した。全国には仙台、東京、名古屋、大阪、広島、熊本の六つの幼年学校があり、ぼくに振り当てられたのは名古屋であった。

　ぼくは、昭和十九年四月から昭和二十年の八月まで、名古屋陸軍幼年学校の生徒であった。東京を離れたこの一年と四箇月の間に、故郷の様相は一変していた。それは何よりも戦災のためであったが、戦争が終ったという変化のせいでもあった。ぼくにとって、今まで親しんできた東京とはうまく接合しない、異質で奇妙で、まるで異郷のような新しい東京が始まっていたのである。ぼくはそこから新しい手記の稿を起こすことにした、幼年期とは画然と違う時代と背景のもとに何かを、少年期あるいは青春期についての回想をまとめておこうと志して。

　もとより一人の人間の回想記とは、狭く一方的なものである。それはある時代または人生のほんの小さな断面に過ぎない。自分で描いた自分の人生とは、人生がそもそも他者との交流や対立や愛憎によって成り立っている以上、他者の視線を欠くゆえに、不可能の影を引きずらねばならぬ。ぼくは、一人称の手記の持つこの種の欠陥を知っているから、以下に書く文章を、自分自身の人生を含めてある時代や人々の人生の要約ないし結論として読まれるのを好まない。読者へのお願いは、これを、あくまで大きな複雑な物語、もしかしたら将来、ぼくが書きたいと思っている長編小説のほんの一部、幾多の柱を建て重層する壁を積み上げ天井の迫持《せりもち》を組みあげて構成したカテドラルを鑑賞しているうちに、ふとある窓に見出《みいだ》した一枚の古びたステンドグラスぐらいのつもりで、読んでいただければ嬉《うれ》しいのである。

さて、ぼくの新しい人生が開始された年、多くの国で一九四五年と呼ばれ、当時日本だけが昭和二十年と呼んでいた年に狙《ねら》いをつけてみよう。そうすると、まず浮び上がるのが元旦《がんたん》の朝の二切れの餅《もち》である。餅というにはあまりにも薄く固くて、使い古した石鹼《せっけん》のように冷えた汁のなかに沈んでいた。それを齧《かじ》りながら、それがともかくも新年を祝う雑煮《ぞうに》であり、さらには幾分の滋養分となって痩《や》せた体を養ってくれることを、何か無感動に考えていた。寒い朝であった。食堂には暖房がなく、食べている生徒たちの背に腹に強い寒気が貼《は》りついていた。床に零《こぼ》れた茶が凍っていて誰かが足を滑らした。それを笑う気力もないほどに、みんな寒さに震えていた。

その年の冬が特別に寒かったのか、そこの土地が元来寒い場所だったのかは知らない。ぼくにとっては幼年学校での最初の冬がひどく寒かったことは事実である。真っ白な伊吹山から吹き下してくる伊吹颪《いぶきおろし》という西風は強く冷たく、すべての暖気を吸い取った。防空のため天井のテックスを剝《は》いだ室内には石炭ストーブの暖房はきかず、悪意をいだいた寒気は猖獗《しょうけつ》を極めた。起床したあと上半身裸でやる乾布摩擦、庭に整列して行う服装検査、足裏が床板に凍りつく寒稽古《かんげいこ》、冷えた大地を這《は》う匍匐《ほふく》前進、そのどれにも氷のように固い物質感のある空気がまとわりついていた。ぼくは手や足の凍傷に苦しんだ。悪性の腫瘍のように赤く腫れあがった指では銃の引き金が引けず、鉛筆を握るのもままならなかった。編上靴《へんじょうか》一杯に脹《ふく》れた足での行軍の辛《つら》さ、歩くたびに走る激痛、それを温めると襲い掛かる、どうしようもない痛みと痒《かゆ》み。

正月二日に雪が降った。埼玉県朝霞《あさか》の陸軍予科士官学校に留学中のビルマ、中華民国、蒙《もう》古《こ》の学生百人が、軍服姿で見学に来た。外国人に日本人の食生活の豊かさを誇示するためであろう、前日にくらべると餅の厚さが増し、雑煮に鶏肉が入っていたのを、意地きたなくも嬉しがった。留学生たちに陸軍幼年学校生徒の元気と根性を見せよとの命令でぼくら一年生は、運動場で棒倒しを見せることになった。雪原を上半身裸で素足で走りまわった。凍傷の手足に雪が滲みたが、やがて凍えて感覚を失った。裸の皮膚に寒気を感じないために、ぼくは走り飛び喚《わめ》き歯を剝《む》き出し、猛獣に追われた小動物のように原始の狂騒におちいった。真の苦痛はそのあとに来た。外国人を驚かしたショウの褒美《ほうび》として許可された入浴中、温まった手足を激痛と異常な痒みが襲ってきた。むろんその夜、ぼくは一睡もできなかった。

春になってぼくら四十八期生は二年生になった。この頃《ころ》の一番に明瞭《めいりょう》な記憶は名古屋城の炎上である。それは五月十四日の朝の大空襲におこった。午前八時、おびただしい数のB29が市の北部に飛来して、情け容赦もなくこれまたおびただしい焼夷弾《しょういだん》を投下した。空襲警報発令と同時に丘の防空壕《ぼうくうごう》に待避した生徒たちは、市街がつぎつぎに黒煙をあげ、やがて赤い炎を吹き出す様子を遠望できた。城を中心に展開していた古い街並みが紙細工のようにあっけなく燃えていく。慶長以来三百年、金の鯱《しゃちほこ》を光らせていた国宝の天守閣が、さすがは大建築だけあってすぐには燃え尽きず、驚くべき量の炎と煙をあげて、長く燃え続けた。黒煙は北に伸びて幼年学校の近くまで流れてきた。市街は夕方までに鎮火したが、城は翌日もまだ燃えていた。煙が消えたとき、黒々とした平野が残った。海まで続く広い濃尾《のうび》平野だ。原始の荒野だ。それがぼくが間近に見た最初の空襲であった。夜になった。三日月が西の空に、空中にまだ漂っている煙の加減だろうか、血塗られた刀のように浮んでいた。ぼくは観武台と呼ばれる丘にのぼって、名古屋陸軍幼年学校の校歌をひとりで唱《うた》った。「威容名だたる金《きん》鯱城《こじょう》　神州正気凝るところ……」。ところが、そういう気持の生徒がほかにもいたと見えて、あちらこちらで歌声がおこった。上級生、下級生を交えて二十人ほどが肩を組みつつ校歌を斉唱《せいしょう》した。赤い三日月のもと滅亡した城の心でみんなは涙を流して唱った。

三月から六月にかけて名古屋市街への空襲は執拗《しつよう》で頻繁《ひんぱん》であった。幼年学校は市の北の郊外にあり、敵機は頭上を飛び越すだけで学校には爆撃を加えてこなかった。しかし、学校といえども軍事施設であるからには、いつかは標的とされるであろうと予測され、空襲警報のたびに防空壕への待避は行われたし、屋根の上にペンキを塗って迷彩をほどこし、網を張って生木をくくりつける作業などはした。

春の記憶というと空襲と防空作業や訓練しか思いだせない。冬を抜け出した喜びがあったと想像するのだが、追憶は空白のままである。校門脇《わき》にあった旌忠《せいちゅう》神社の桜、観武台に植えられた桃の花など、当時の写真にも現れ、同期会などの話題にもなるのだが、ぼくの記憶としては、つまり自分の感じた風の温みや花の香りの、心をそそる陶酔としては再現してこない。

そしていきなり暑い敗戦の夏となる。八月十五日前後を追憶すると、廃墟《はいきょ》から掘り出された金細工が年月の変質を受けずにいて、なにかの拍子に博物館の展示窓のなかになまなましく輝くように、ありありと記憶が再現してくるのだ。そう、強烈な日光のまぶしさ、沸騰《ふっとう》する積乱雲、蟬《せみ》しぐれ、軍服のなかで蒸れる皮膚、汗の臭《にお》いに混じり合う土と革と鉄の臭い。

八月上旬に駆け足の休暇があたえられた。本土決戦近しというので近親者と水盃《みずさかずき》をかわしてこいとの命令であった。昨年の夏期休暇のときも、両親や兄弟と訣別《けつべつ》の旅だと言われたのだが、今年のほうが切実味がある命令であった。東京で父に会い、金沢で母と弟たちに会い、名古屋陸軍幼年学校に戻ってきたのが、八月十日の深夜であった。校門は閉まっており、土手の生籬《いけがき》を乗り越えて中に入った。休暇の期限は十二日の午後六時であったから、そんなに早く帰校した生徒はおらず、がらんとした生徒舎に泥棒《どろぼう》のように忍び込む羽目になった。さいわい入口の鍵《かぎ》は開いていていて、寝室に入り自分の寝台で眠ることができた。翌朝、生徒監の山岡少佐に帰校の申告をすると、まだ休暇が二日もあるのにどうして帰ってきたかと怪しまれた。ソ聯《れん》の参戦と原子爆弾の投下で戦局が急迫したので大急ぎで帰校したと答えた。山岡生徒監は、そうか、よしと納得してくれた。

休暇の終了した翌日から、観武台全体に横穴式の壕を掘削し、およそ一箇月の予定で地下陣地を構築すべしの命令が全校生徒に下された。それまで空襲のたびに飛び込んでいた蛸壺《たこつぼ》型の防空壕では物量に勝る敵の砲撃、とくに原子爆弾は防げないので、横穴で通じ合う深い地下陣地を作れというのだ。ソ聯軍を交えた敵が名古屋方面に上陸して濃尾平野を北上してきた場合に、幼年学校の背後にある丘陵地帯は皇軍の最前線になるという想定であった。

夏の太陽が赤土の斜面を焼き、入道雲がぎらぎらと輝いて、景色は乾いていた。金沢の川で泳いでいた子供たちの姿がうらやましく想起された。この丘を円匙《えんぴ》や十字鍬《じゅうじしゅう》という小型携帯用の道具で深く掘り抜くという作業が、途方もない労働に思われた。掘った土をモッコで捨てに行く。運んだ土の量はわずかで、この速度では一箇月の期限内に陣地は到底完成できはしないと絶望した。休暇中に広島の付近を通った者がいて、原子爆弾の災害のすさまじさが、耳から耳へと伝わっていた。未完成の陣地にこもる幼年学校生徒のうえに原子爆弾が炸《さく》裂《れっ》し、全生徒は高熱に融《と》けてしまう、もうそれは避けられない運命だという悲壮な予感にぼくの心は沈んでいた。

八月十五日の正午には重大放送があるというので全校生徒が大講堂に集合させられた。外は三十数度の炎暑、中は満員の体熱で蒸し暑かった。軍服をきっちり着込み剣を吊《つ》り白手袋をはめた少年たちは、蒸されて息苦しく、ぬるぬるした汗に包まれながら、重大放送を待っていた。壇上の中央に白布を掛けたテーブルがあり、生徒集会所で酷使された古びたラジオが、まるで貴い宝物のように安置されてあった。当時、宮様の声すらラジオでは放送されず、まして皇軍の最高位にいる大元帥《だいげんすい》陛下の御声を機械を通して聴かれるなどとは考えられぬ光栄であり、それだけに重大放送の内容がなみなみならぬものという意識はあって、暑さにうだりながらもぼくたちは緊張していた。

放送が始まり、気を付けの号令が掛かり、『君が代』の吹奏のあと天皇の声が流れだしたが、後列にいたぼくにはほとんど聴き取れずにすんでしまった。もっとも前のほうにいた生徒たちも生徒監や教官たちも、意味は解せぬままであって、予備役少将の校長は壇上に駆け登り、太り肉《じし》の全身を躍動させカイゼル髭《ひげ》を震わせて、ただいまソ聯に対する宣戦布告の大詔《しょうたい》を拝し、感泣肺肝《かんきゅうはいかん》に溢《あふ》れ、われら一同、敵撃滅のために勇往邁進《まいしん》せんと演説をぶった。が、副官があわてたように壇上に上がり少将になにやら耳打ちした。少将は顔色を変えて副官とともに別室に消えた。そのうち日本が降伏したというささやきが前のほうから伝わってきて場内はざわめき出した。再び少将が現れ、今度は男泣きに泣きながら、日本の敗北を告げたのだった。

神国日本が未曾有《みぞう》の国難に遭ったのに神風も吹かず、鬼畜米英に敗れたというのが、ぼくが最初に覚えた驚きであった。沖縄の失陥のあと、ソ聯が参戦し、原子爆弾が二発落ちたし、本土決戦は近づいているという自覚はあったが、そうして夏江《なつえ》叔母が言ったようにいつかは日本が敵に降伏することもありうるとは考えていたが、それがこのように簡単に天皇の放送だけで告げられたことが意外であった。原子爆弾がさらに何発か落とされたあと、敵機動部隊の大群が上陸してき、爆撃・砲撃・夜襲・切り込み・自決・玉砕、すなわち血みどろの激戦によって敵に甚大《じんだい》な被害と恐怖をあたえたのち、皇軍と国民が力尽きたうえの降伏というのがぼくの想像した壮絶な敗戦のシナリオであった。そう、ナチス・ドイツのように首都の奥底まで攻めこまれて、最後の果敢な抵抗をしたうえでの敗北ならば仕方がないと思っていたのだ。何と唐突で屈辱的な降伏の到来であろうか。これでは天皇陛下の命令で戦い死んで行った多くの護国の英霊に対して、とくに玉砕までして戦った多くの守備隊、敵艦に突っ込んで散った特攻隊の人々に対して、顔向けできないではないか。

その反面、助かった、これで死なずにすむという安堵《あんど》もたしかにあった。男の子として将来兵隊に取られると考えた幼い頃から始まって、陸軍の軍人となると決めた現在まで、死はいつも間近な未来として脳裏にちらついていた。その死は、戦死、焼死、惨死《ざんし》、爆死、ともかく自然ではない状態で肉体を切り刻み、砲弾で貫かれ、肉を四散する具合に襲いかかってくるはずであった。ぼくの人生最初の記憶、暗い家の中で女に抱かれて、外へ行き、街路樹のくっきりとした影を見たという場面が、母の言うように二つか三つの記憶とすれば、その頃すでに、満洲事変が勃発《ぼつぱつ》していたのだ。以来、戦争は川が切れ目なく続き広さを増すようにして、小学校二年生の時に支那《シナ》事変、六年生の時に大東亜戦争と拡大しつつ、ぼくの短い人生を彩《いろど》っていた。学校でも家でも、勉強も遊びもすべてが戦争のために、勝つためにあるとされてきて、戦争は孫悟空の頭にはめ込まれた金の箍《たが》のように、取ろうとしても取れない締めつけ具の役目を果していたのだ。今、不意にこの金の箍が取り除かれた。それは何という不思議な解放感であったろう、安堵であったろう。

その日の夕方の入浴場の喧騒《けんそう》をぼくはまざまざと思い出す。裸の少年たちが、蒸気の噴出音をうわまわる声でわめいていた。「君側《くんそく》の奸《かん》が陛下を誑《たぶら》かし奉《たてまつ》った。まだ皇軍は敗《ま》けておらんのに降伏とはなにごとだ」「そうだ。あの放送はおかしい」「まだ本土には無傷の精鋭が陸軍三百万、海軍百五十万もいる。敗けるはずはない」「いや、陛下がポツダム宣言とやらを受諾されたと責任を持って言明されたのだ」「陛下が間違うはずはない」「わからんぞ、なにかの謀略だ」「校長閣下が上京して教育総監部で聞いてくるそうだから、あしたには真相がわかるさ」「下らん議論はやめろ。おれたちの命は助かったのだ。ありがたいと思え」「なにを、きさま」嚙《か》みつくように素肌《すはだ》で怒鳴り合っていたが、各自が自分の主張がどうなのか吟味もせず、また理解もせずに叫んでいた。今思えば、物を知らぬ少年たちの無意味な主張であり叫びであったに過ぎないのだが、あの時の怒り、興奮、驚き、不安、喜びだけは、そのようにして育てられ、教育され、信じ込まされた未成年のあがきだけは真実であったと認めざるをえない。みんな素裸かで、黒い陰毛で被《おお》われた大人の性器を持つものも、まだ幼いつるりとした子供の性器を持つものも、等しく前を隠さずに話していた。ぼくは薄い陰毛の生え始めた自分の物をいつもは、その遅い発育の程度を恥じて手拭《てぬぐい》で隠すのを、その時は平気で見せびらかして、少年たちの喧騒を聞いていた。

　夜の自習室では私語を禁じられていたため、生徒たちは一応机に向かっていた。しかしみんなは興奮しておのがむきむきに動いていた。幼年学校生徒はナチスのヒトラーユーゲントと同じく聯合軍に逮捕されるという噂《うわさ》（誰が流したものか不明だが）があり、書類や本や被服の名前の註記を剝ぐ者、泣きながら日記に筆を走らせる者、墨を磨《す》って「神州不滅」などとことごとしく大書する者。

翌日、敗戦の事実は明らかになった。ぼくは掲示板の新聞を読み、ポツダム宣言受諾が降伏であることを理解した。山岡生徒監の緊急訓示もあり、敵が本土占領のために上陸してくることも確実な未来となった。それから書類焼却を命令された。敵が本土に進駐してきた際、敵に利用できる資料はすべて運動場に持ち出して焼却しろという。自分の持つ書類が敵を利するとは考えられなかったけれども、ぼくはヒトラーユーゲントのように逮捕されたら大変と思い込み、教程、手簿、日記、手紙、考査の答案、およそ自分の名のついているものは、手あたり次第に火に投げ込んだ。何度も部屋に引き返しては運び出した。自分の痕跡《こんせき》を消す行為が、隠れん坊でもしているように面白くもあった。

学校側の書類も、下士官や喇叭《らっぱ》卒などの手でどしどし火の近くに積まれた。軍関係書類、成績簿、採点簿、名簿、出納簿などがある。ぼくら十数人はそれらを完全に焼くように命じられた。今まで生徒には手も触れさせなかった極秘書類がいとも簡単に自分の手で火に投じられて湮滅《いんめつ》していく作業が、ぼくには珍しくてならなかった。沢山の書類のなかに、生徒の一人一人について生徒監が記した観察記録があった。すばやくページを繰ったぼくは、自分の名前のある書類を、炎に隠れてそっと引き抜き、運動着の上着の胸に押し込んだ。それをぼくは便所で読んだ。

そこに、ぼくが去年の四月、幼年学校に入学した頃に、〝模範生徒〟と呼ばれるQという三年生が山岡生徒監に渡した報告書が綴《と》じられてあった。模範生徒とは、三年生のうちより品行方正で成績優秀な者が選ばれて一年生と起居をともにして親身の指導にあたる生徒であった。ぼくの寝室にはQが来た。小柄《こがら》だが、三年生きっての秀才であり、卒業のとき恩賜《おんし》の時計は間違いない人物と言われていた。

ある日、ぼくは朝の日課である観武台上での宮城遥拝《ようはい》、伊勢皇大神宮遥拝、勅諭奉読と旌忠神社の参拝とをさぼった。動作の鈍いぼくは洗面のあと、銃剣の手入れ、靴《くつ》の手入れなどの行為に時を取られて、ついほかの日課を省略する羽目になっていた。夜になって模範生たちが、ぼくら一年生を整列させ、勅諭奉読と神社参拝をさぼった者は一歩前へ出ろと命令した。ぼくには一歩を踏み出す勇気がなく、じっとしていた。が、消灯後、Qはぼくを寝室前の自習室に呼び出し、旌忠神社の松林に隠れて、参拝者の名前をひかえたなかに貴様の名前がない、貴様は嘘《うそ》を言っていると大声で叱《しか》った。その声は寝室の仲間たちに聞こえてしまうに違いなく、ぼくは恥辱にまみれて固くなった。かつて国民学校で同じ種類のチェックに会ったことがある。麦島という訓導は、学校の入口にある御真影の奉安殿に敬礼しない児童をひそかに調べて叱責《しっせき》していたが、あれに似た方法であった。ぼくは嘘を認め、謝ったがQは許してくれぬ。「将校生徒として許しがたき嘘を言った罪を、陛下に対し奉り、どのようにおわびしたらいいか」と迫ってきた。ぼくは、とっさに「死にます」と口走った。Qは「ほう、それなら死んでおわびしろ」と睨《にら》みつけてきた。

ぼくは死ねはしなかったのだ。始めから死ぬ気もなく苦しまぎれに、そう口走ったのだ。銃剣を腹に突き立てることも、襟布《えりふ》というカラーで首を締めることもできず、泣きくずれた。が、Qは、その点をまた突いてきた。「貴様、死ぬと嘘を言ったな。将校生徒として最低のやつだ」何を言っても嘘になった。みんなに筒抜けの叱責に、ぼくは押しひしがれた。しわがれ声となるまで怒鳴り散らしたQは、どうしたことか突然優しくなり、「もう寝てよし。ま、貴様も心より後悔しているであろう。軍人は嘘を言ってはいかん。今夜のことはおれと貴様との間のことにしておく。以後気をつけい」と解放してくれた。

　ところが、Qは、〝おれと貴様との間のこと〟を逐一生徒監に密告していたのだ。嘘に嘘を重ねたぼくを、「表裏のある性格で、臆病《おくびよう》で陰険で卑怯《ひきよう》である」と評していた。生徒監はその報告書に朱で、「要注意」と大書し、「義理の叔父が治安維持法違反にて予防拘禁所拘禁中、この点も考慮して厳重観察を要す」とも細字で書き加えてあった。ぼくの心に突然いくつかの思い出がひらめいた。

　去年の夏期休暇に東京に帰ったぼくは、乃木大将邸を見学に行き、伍長《ごちよう》に対する敬礼が遅れて胸を拳固《げんこ》で二回突かれて肋骨《ろつこつ》の亀裂《きれつ》骨折をおこした。三田《みた》で治療を受けて、休暇の終りには、一応の治癒《ちゆ》にこぎ着けたが、幼年学校に戻ってからも、胸の痛みは取れなかった。もし、伍長に胸を突かれて負傷した事実を生徒監に報告すると、敬礼をすべき上官に敬礼をしなかった失策が明らかになり、将校生徒としてあるまじき行為だと叱責されることを予想し、ぼくは黙っていたし、休暇中の日記（それは全部を生徒監の検閲に差し出さねばならなかった）にも贋《にせ》の記載をしておいた。ところで、胸の痛みのために動作が鈍くなっていたぼくは、午後の術科、とくに柔道や剣道や体操で思うように体が動かず、班長からどやされた。「どうした小《こ》暮《ぐれ》、やる気がないのか」「気力に欠けとる」「しゃんとせい」と何度も言われた。そうして、ある秋の晴れた日に、高さ三メートルの梁木《りようぼく》を渡らせられた時に決定的な瞬間がきた。

ぼくは梯子《はしご》をあがって台の上に立った刹那《せつな》から、この細い横木の上を渡ることは自分には不可能だと悟った。両腕を左右に開いて歩くのが胸痛のためできなかったのである。ほかの者はどしどし渡ってしまい、向こう側の台から梯子で降りて行き、ぼく一人が取り残された。すると山岡生徒監が怒鳴った。「どうした小暮、渡れんのか。敵前に細い橋があった場合に渡れんではすまんぞ」「できません」「恐《こわ》いのか」「はい、恐くあります」みんなが嗤《わら》った。みんなの面前での恥辱がまた襲いかかった。「それでは、そこより飛び下りてみよ」それは、さらにぼくには不可能な行為であった。幼稚園児の時に父のゴルフのクラブで頭を強打されて重傷を負ってから、高い所より飛び下りるのが恐かった。何度も母からそうしたら脳がぐしゃぐしゃに壊れると言われて、恐怖には確固とした理由がついていた。「臆病者」と生徒監が叫んだ。続いて少佐は言った。「いいか。お前は卑怯者だから臆病になるのだ」みんなは今度は嗤わなかった。生徒監の言葉の意味が理解できなかったからである。ぼくもそうだった。卑怯者という不当な叱責を浴びながらぼくは惨《みじ》めに梁木の梯子をおりた。しかし、今は、明瞭に卑怯者の由来を知った。

ぼくは書類をさらに繰った。すると果して国語の教官の報告書をめぐる一件が記録されている箇所が発見された。それもぼくにとっては忘れえぬ出来事であり、不愉快なことだけに忘れようと努めてきた事件であった。

去年の秋の国語の時間に作文が課せられた。幼年学校生徒を志した動機という出題であった。ぼくは、西大久保の家の近くに東京幼年学校があり、休日で外出した生徒たちの英姿にあこがれたし、従兄《いとこ》に脇敬助《わきけいすけ》という幼年学校出身の将校がいて進学を勧められたと書いた。そのついでに、西大久保近辺には軍関係の施設が多く、幼年学校のほか戸山学校、陸軍病院などがあり、陸軍病院の連想から、ノモンハンで名誉の戦傷を負った菊池透《きくちとおる》叔父のことを書き、その後叔父は平和主義者としてある所に監禁されていると一言書いた。この一言が教官から問題にされて、ぼくは教官室に呼び出された。

「叔父は現在どこに監禁されておるのか」「予防拘禁所という所だと聞いております」「平和主義者とは戦争に反対したのだな。そういう人間をどう思うか」「戦争に反対したのは国策に反しますが、自分の信念を貫いた点はえらいと思います」「その信念が間違っていてもか。戦争反対とは国賊の非国民の売国奴の信念ではないか」「……」「お前はどうなのだ。戦争に反対なのか」「違います。陛下の始められた聖戦には賛成であります」「賛成、その程度の信念なのか。戦争は絶対だ。賛成だとか反対だとかは、主義者の言辞だ。お前、将校生徒としての覚悟がまるでできておらん。だから国賊の叔父をえらいなどと形容しおったのだ」「間違っておりました。申しわけありません」とぼくは自分の意見を訂正した。しかし、教官はぼくの発言すべてを詳細に記録して生徒監に報告したため、問題は大きくなったのだ。

　生徒監は透叔父が、敵国米国の平和主義という謀略にかぶれた最低の人間、非国民よりも程度の低い、人非人《にんぴにん》であり、そのような親戚《しんせき》を持つことを恥じるべきなのに、〝自分の信念を貫いたのはえらい〟などと、とっさに口をついて出るようでは、将校生徒としての性根が腐っていると叱りつけた。さらに国語の教官に対して、いとも簡単に〝間違っておりました。申しわけありません〟などと嘘を言ってその場を取り繕う態度は卑怯であると面詰《めんきつ》された。ぼくは、何を言っても嘘であり卑怯であると極《き》め付けられるので黙ってしまった。すると生徒監は、返事をしないのは心に疚《やま》しい所があるからだと責めてきた。ぼくは生徒監の際限もない叱責と面詰の理由がわからず、ただ悔しく情けなく、立ち尽くすのみであった。

　ぼくは生徒監の記録を早く焼いてしまいたかった。しかし、火のまわりには大勢の生徒がいる。焼かなかった書類をあとから火に投じたら変に疑われるであろう。と言って、便所に捨てる気もしなかった。決心して報告書をちぎってはよく咀嚼《そしやく》して、細かい紙片と化して呑《の》み込んだ。何度も喉《のど》に閊《つか》えながら、ともかくも全部を腹に納めると、運動場に出て行った。火は融合し大きくなって夏空の底を焦《こ》がすようだった。ぼくは恥辱の記録を湮滅するために、炎のなかに飛び込もうとする衝動を抑えながら、鉄の棒で書類を搔《か》き回して熱に顔を焼かれていた。

　八月末に復員するまで、敵に本土を占領されたあとの心得や覚悟についての教育が、くどく繰り返された。毎日、教頭や教官から、吉田松陰がペリー来航時に抱いた隠忍自重の心、楠公《なんこう》父子の七生報国の信念、フィヒテの『ドイツ国民に告ぐ』などの講義があった。とくにフィヒテは生徒たちの人気を博して、「ドイツは非常な困窮に陥り、今まさに滅亡せんとしている。これは誰の責任であるか。これは誰の責任でもない。われわれドイツ人の責任である」とか、「ドイツがこの滅亡より救われるためには誰の力を頼ってもならず、どんな神に祈ってもならない。頼むべきはドイツ人自身の力である」と暗唱しては叫ぶ者がいた。

ぼくはこの間何をしていたか。現在、思い出すままに書きつけてきて、ごく一般的なことのみが追想され、自分自身のことはほとんど消えている。ぼくは魂を抜き取られた傍観者になりきっていたようだ。周囲におこる出来事があまりに速く、あまりに異様なのに圧倒されて、おのれの力で思考することが不可能であったようだ。

ただ、掲示板に張り出された新聞だけは前にも増して注意深く読むようになった。今日本で何が起きているかについて、教頭や生徒監の講義や解説よりも、新聞のほうが遥《はる》かに興味深い教訓に満ちていた。

阿南惟幾《あなみこれちか》陸相の自刃《じじん》に衝撃を受けた。陸軍の長としての責任を取り、いさぎよく死んだ決意には感動した。遺書も辞世も立派だと感心した。自分にできないことを勇敢に実行した人を羨《うらや》むような思いがあった。

大西滝治郎《おおにしたきじろう》海軍中将の自刃にもその遺書にも注目した。「特攻隊の英霊に白《まう》す、善く戦ひたり深謝す、最後の勝利を信じつゝ、肉弾として散華《さんげ》せり、然《しか》れどもその信念は遂に達成しえざるにいたれり、吾《わが》死を以《もつ》て旧部下の英霊と遺族に謝せむとす」ぼくが疑問に思ったのは、敗北となると散華した特攻隊員は無駄死《むだじ》にであったかどうかである。大西中将は特攻隊を編成し出撃を命じた人である。その人が無駄死にを認め謝罪している。大西中将の死によっても死んだ特攻隊員は浮かばれない。もし、その人が、たとえ戦いに敗けても散華は有意義であり皇軍の精華であると認めたなら、英霊たちは浮かばれたであろうに、とぼくは思った。

八月二十五日の「陸海軍人ニ賜リタル勅諭」によって、兵籍にある陸軍幼年学校生徒もにわかに復員することになり、身辺を整理して帰省の準備をすべしと命令された。夏冬各一着の軍服、毛布一枚、米を詰めた靴下二本、味噌《みそ》を充填《じゅうてん》した飯盒《はんごう》、背嚢《はいのう》が標準の支給で、あとは各自持てるだけの物を持ち帰ってよしとされた。ぼくは仏和《ふつわ》辞典、写真現像用の薬品一式、未使用の大学ノート五冊を背嚢に詰めた。重い仏和辞典をわざわざ入れたのは、フランス語の勉強だけは将来も続けてみたいと思ったからである。

校門を出たのは八月二十七日の午後六時過ぎ、昼間の暑気がすこし鎮《しず》まった時刻であった。重い背嚢が肩に食い込み、ゆっくりと砂利道を踏んだ。時々振り返ると食堂の煙突がいつまでもこちらを見送るようであった。小牧山の上に天空の炉の底が破けたような夕日がかかっていた。砂利道が血を流して赤かった。小牧山が目前に迫って、また振り返ると、煙突の頂きが赤く輝いていた。父に向かって、煙突が空を突き刺す剣のように血塗られていたと語ったのはその時の実感であった。

復員列車は満員であった。最後尾のデッキから通路まで無理に押し入ったもののそれ以上進めない。同期生五人で相談し、背嚢を通路に積み上げ、便所の中で身を寄せ合った。みんな窓から小便をすますため、便所に用があるのは大便のときだけだった。誰かが大便に入ってくると、そっぽを向いて便器を使わせた。立ったまま少し眠ったが、ほとんど不眠の旅であった。ぼくは会話に耳を傾けた。陸軍と海軍が混じり合っているので、陣地構築、軍艦勤務、壕《ごう》掘《ほ》り、駆逐艦、行軍とさまざまな話題が混じり合った。意外なことに、みんな、奇妙に明るかった。辛《つら》い大嫌《だいきら》いな軍隊をおさらばして清々したという調子で、軍隊の悪口を競い合っていた。陸軍と海軍という日本帝国のあらゆる機構を永年支配していた大組織が、たった二週間で完全に崩壊したのだ。そこにいた全員が敗残兵で、自分たちがその大崩壊によって飛び散った小さな破片であるという事実だけは、喧騒《けんそう》と疲労と不潔と興奮のさなかに、全員が骨身に沁《し》みて感じていた。ぼくは、何度も何度も自分に言い聞かせていた——人間の作った組織など、どんなに堅固に見えようと、いつかは簡単に消失してしまう。無敵皇軍などというお題目、新聞が、学校の先生が、幼年学校の生徒監や教官や教頭や校長がとなえてきて、それに少しでも疑いを持ったとたん、こっぴどく叱責されてきたお題目は、全部嘘っぱちだった。もう大人たちの言うことなど信用するものか。

明け方の東京駅で、同期生たちに別れた。プラットホームもコンコースも駅舎も焼け爛《ただ》れた廃墟《はいきょ》であった。そこを薄汚い敗戦国の民が幽鬼のように歩いている。どうしたことか省線電車がなかなか来ないので都電に乗ろうと構外に出たら宮城前に行ってみたくなった。駅前の丸の内のビル街が、丸ビルを含めて焼けておらず、そっくり昔のままなのがむしろ異様であった。このときは知らなかったが国会議事堂も東京大学も透叔父のいた豊多摩刑務所も無《む》疵《きず》で残った。国家や財界が金を注ぎこんで堅固に建設した建物が残り、木と紙の庶民の家は焼夷弾《しょういだん》の餌食《えじき》となった。

二重橋前には誰もいなかった。しばらく玉砂利に胡座《あぐら》をかき、明らんできた石垣《いしがき》や橋をおのれの長い影のむこうに見ていた。この奥に天皇陛下がおられる。その方の命令で戦争が始まり、その方の命令で戦争が終り、自分は今その方の命令で復員してきた。おそらく天皇陛下も自裁か退位か、なんらかの形で責任をお取りになるであろうとぼくは本気で信じた。ふと、ここで腹を切って天皇陛下より先に死んでしまったらという誘惑が起こった。しかし銃剣はすでにない。阿南大将の真似《まね》をしようにも、敗兵は身に寸鉄を帯びていないのだ。降伏する前に自刃した阿南大将はかしこい選択をしたのだ。あとで父に語った切腹した男のことは作り話である。そう、あの話は自分がもし切腹したらと二重橋前であれこれ空想した結果生まれてきたのだ。

やっと来た都電に乗って、新宿まで行った。家に着いたのは八時頃《ころ》で、父は丁度出社するところだった。背広にネクタイを締めていた。国民服にゲートル、鉄兜《てつかぶと》に非常袋の姿とは違い、平和な時代の父に返っていた。そう、父は黒い革カバンまで持っていた。玄関口で短い言葉を交わしただけで父は去った。風呂場《ふろば》で汗を流した。風通しのいい二階の広間で寝た。午後二時、腹が空《す》いて目を覚ました。蠅帳《はいちょう》から蒸《ふ》かし芋を出して食べた。

これからどうするか、何も考えられず、とにかく二階の自室にあがり、幼年学校の受験勉強をしたとき壁に貼《は》りつけた「必勝」の文字を破り捨てた。それから、柱に貼ってあった明治神宮のお守り札をはがして中を剝《む》いてみた。朱印を押した小さな紙片があるだけだった。それは母が元旦《がんたん》早朝に初詣《はつもうで》して買ってくれたものだった。「これを貼っておけば、絶対に合格するよ」と言った母の笑顔を思い出し、ちょっと母に悪いことをしたと思った。同時にもう神様などは信じないと心に誓った。

さかんに爆音がするので空を仰ぐとB29とP51の編隊が超低空で飛んでいた。銀翼の青い星がはっきり見える高度だ。日本人を莫迦《ばか》にしてふざけているのか、上下動をしたり翼を振り合いながら行く。腹立たしいけれども、敗戦国人にはなすすべがない。畳に横になるとまた眠ってしまい、父の帰宅で目覚めて、「なにをしていたか」の問に「片付けものさ」と答えた。

夕食後、二階で父と話した。幼年学校の最後の日の模様や復員列車の混雑などを話したあと、宮城前で割腹自殺者を見たと嘘をついた。そのあと、敗戦後から胸に燻《くすぶ》っていた憤懣《ふんまん》を父にぶつけた。戦争中の大人たちの勇ましい発言、それに少しでも疑いを抱くと罰してきた強圧、日本はかならず勝つ、しかし勝つためにはお前たちは喜んで命を投げだせという教育、そういう大人たちの言動や教育がすべて嘘であったと判明した今、大人たちはどのようにして責任を取るのか。大人たちの一人に父がいた。父をびっくりさせてやろうと、観武台で切腹しようと思ったとまた嘘をついた。二度も嘘をついた自分への嫌悪《けんお》と、息子の嘘を本当だと信じている無力な父への憐《あわ》れみの念とで、ぼくは混乱してきた。そのあと、父と並んで蚊《か》帳《や》の中に横になった。風が蚊帳の裾《すそ》を頭に触らせる。いつまでも眠れず、ぼくは父の寝息を、やがて鼾《いびき》を聞きながら、闇《やみ》を見詰めていた。闇のさなかで唇《くちびる》を嚙《か》んだ。父を責めても詮無《せんな》いので、結局は大人たちの言うことを真に受けていた自分自身がおろかであったと結論し、そういう自分が嫌《いや》で、ひそかに涙を流していた。

2

東京湾上の米戦艦ミズーリ号において降伏文書に調印が行われた九月二日は日曜日で、朝から父は防空壕を毀《こわ》しにかかっていた。盛土を取り除き、四角い木組みを露出させると粗末な動物小屋そっくりであった。父が手伝えと言ったら手伝おうとぼくは思っていたが、父は黙って一人で作業をしていた。その作業が取って置きの仕事のように、楽しそうに体を動かしている様子にぼくは手出しができなかった。

米軍機の示威飛行が行われていた。編隊を組んだB29やP51が、今朝は儀式とあって、おどけた翼振りなどはせず、高度三〇〇ぐらいを保って堂々と飛んでいた。数を数えると千機以上の大群である。復員して帰宅した日には腹を立てたのが、降伏調印の日には、この豊かな物量にはかなわないという、絶望に変っていた。もし降伏していなかったら、この敵機の大群に空襲されているのだと想像すると晴々しい占領軍の編隊が、陰惨な殺傷兵器に見えてきた。こういう圧倒的な物量を持つ軍隊との本土決戦は日本民族の壊滅になったと思うにつけ、降伏は仕方のない選択であったかと嫌々ながら納得した。

休日の炊事はぼくの分担で昼飯には、玉蜀黍《とうもろこし》を焼き芋汁を作った。父と二人で縁側で食べた。朝、盛土を取り除いたときから作業はあまり進捗《しんちょく》していないようだった。やっと掩蓋《えんがい》を取り外した程度である。不審に思って尋ねたぼくに、父は、「さすがは大工の五郎の作品だけあって、頑丈《がんじよう》でなかなか毀れないんだよ」と言った。「大きな掛矢があるじゃない。あれで叩《たた》けばすぐだろう。どうせこんな腐った木、薪《まき》にするよりしょうがないだろう」「いや、上質の板を使ってあるらしく芯《しん》までは腐っていない。それに釘《くぎ》が惜しいんだ。まだ使える釘がある。この節、釘は貴重品だからね」父は沓脱《くつぬ》ぎ石の上を指差した。赤錆《あかさ》びた釘が並んでいた。半分ぐらいは曲がって使い物にならない代物《しろもの》だ。「錆びてはいるがな、まだまだ使える。曲がったのは叩いて伸ばせばいい」と父は言い訳のように言った。

「手伝おうか」とぼくは言った。父が生真面目《きまじめ》で一所懸命なのに、心を引かれたのだ。ところが、一見容易に見えた仕事がやってみると意外に難事であった。釘抜きの爪《つめ》は釘の頭に引っ掛かった。が、引き抜く段になって意外に強い抵抗があり、力を入れると釘の頭が削《そ》げてすっぽ抜けた。用心深く抜くと今度は釘が曲がってしまった。「むつかしいだろう」と父が言った。「むつかしい」と言うとぼくは本気になった。シャツを脱いで父と同じように上半身裸になり、下駄《げた》を運動靴《うんどうぐつ》に履き替えた。要領を覚えると作業はやりやすくなった。さすが本職の仕事で、等間隔に真っ直《す》ぐに釘は打ち込まれてあった。それをうまく抜くと、釘は新品のように綺麗《きれい》であり、この作業には意味があると思えてきた。

「力が強くなったな」と父は嬉《うれ》しげに言った。「もうすっかり大人だ」と付け加えた。「そうでもないさ」ぼくは面映《おもは》ゆげに言った。「幼年学校じゃぼくなんかいつも最低の体力だった。鉄棒はできないし、行軍は落伍《らくご》するし……」梁木《りようぼく》の屈辱が胸からたちのぼり、とたんに釘の頭を削いでしまった。

父と子は協力して仕事を進め、夕方には全部を解体しおえた。釘だけでなく、板、角材、煉瓦《れんが》なども、なにかの役に立ちそうである。穴を二人して埋めた。元の平らな庭になった。「ここに花壇でも作るかな」と父がつぶやいた。父が風呂をわかすあいだ、ぼくは里芋入りの水団《すいとん》を作った。風呂あがりに浴衣《ゆかた》をまとった二人は向き合って夕餉《ゆうげ》の席についた。「防空壕がないと庭が広く見えるね」とぼくが言った。「ああ、これからは防空壕なんかいらない世の中であってほしいな」「ほんとだね、このつぎの戦争は原子爆弾だから、地下深くに頑丈なやつを作らねば駄目だ」

暗い夜であった。昼間耳に障っていた米軍機の爆音が消えて、大通りには往来もなく、寂《せき》寞《ばく》とした静もりであった。もう秋の虫が鳴き始めていた。「おかあさんたちどうしているかな」とぼくは言ってみた。今朝母から父宛《あて》の封書が来たのを知っているからだ。「金沢も食糧がなくて苦労しているそうだ。米所なのに配給になるのは代用食ばかりだとさ。それから復員兵が大勢、背負いきれぬほどの食糧を背負って帰ってきたそうだ。なかには三年分も馬車で運びこんだ人がいるそうだ。軍隊には食糧があまっていたんだな」「三年分か」とぼくは苦笑した。ぼくは二升の米を背負ってきただけだった。「それで」とぼくは一番聞きたかったことを尋ねた。「おかあさんたちはいつ帰ってくるの」「秋には帰ってくるようにさせたいと思っている。金沢も東京も食糧難という点では同じだし、駿次《しゅんじ》や研三《けんぞう》の六中復学もあるしな」「オッコは」「オッコもむろん帰したいのだが、桜子《さくらこ》さんが、東京にはシュタイナー先生みたいな一流の先生はいないから、もうすこし軽井沢にいたほうがいい、ヴァイオリンはものすごい上達ぶりだからと書いてきている。オッコのためには、そのほうがいいかなとも考えている」「オッコにも随分会っていないいな」去年三月下旬にぼくの幼年学校合格、駿次の六中合格、敬助の防衛総司令部参謀就任を祝って野本邸で宴会を開いたおり、機嫌を損じた央子《おうこ》が自分のヴァイオリンを床に投げて壊したのが思い出される。豪壮な旧脇礼助邸はまだ焼けておらず、敬助少佐（まだ中佐になっていなかったと思う）は自信に満ちていて元気一杯に詩吟なんかを吟じてみせた。わずか一年数箇月で街も人々の境遇も激変した。人間の世界に永遠不変などということは何一つないのだ。

秋風が立ったある夕方、家の前で珍しく車の音がした。地面を揺するような暴力的な低音がいつまでも去っていかない。ぼくは下駄をつっかけて門に出た。見慣れぬ緑色のトラックが十数台、エンジンをふかしながら停《と》まっていた。車体に星印が見えた。幌《ほろ》をあげた荷台が白く光っていた。白く光るものが黒人兵の鉄兜や目や歯や手に持つカービン銃であると気づいたとき、ぼくはどきりとして、門柱の蔭《かげ》に身を隠した。

先頭の車が家の斜め前で停車していた。運転手は白人で茶色いひげに埋まった顔は鬼のように赤かった。助手席には二人坐《すわ》っており、一人は白人で一人は黒人であった。黒人のほうが車を降り、車の前をまわって歩道に片足をかけて荷台の黒人たちに何か叫び出した。聞き取ろうとしたがぼくの英語力では理解できなかった。何か命令を下達しているらしく、聞いている黒人兵たちに真剣な反応があった。命令を伝えている黒人は下士官で、助手席の白人は将校だろうとぼくは勝手に想像した。下士官はすばらしい大男で、肩の厚く広いのと脚の長いのに驚かされた。このような体型の大男は日本人には見たことがない。脚が尻《しり》に吸い込まれる部分が極端に丸く突き出しており、尻当ての蒲団《ふとん》でもズボンに挿着《そうちゃく》しているかと思われた。隊長にくらべると兵士たちは若く、なかにはほんの少年のように弱々しげなのがいた。しかも兵士たちは、鉄兜や弾薬帯に押しつぶされるようにして、びっしりと詰めこまれており、囚人のようだった。あんな状態で長距離を輸送されたらさぞ辛いだろうとぼくは同情した。

アメリカ兵たちが戦闘状態ないし警戒態勢にあることがぼくにも見て取れた。鉄兜や弾薬帯で重装備のうえ、銃を右手に握って立てているのは、いつでも敵に対応できる用意なのだ。第一、命令をあたえている下士官が腰にカービン銃をかまえ、たえずあたりに警戒の視線を動かしている。

最初に違和感があった。自分たちと決定的に違う人種が目の前に現れたという認識があった。この認識は相手が黒人であるという事実によって誇張されてはいたが、たとえ全員が白人であってもそう薄められはしなかっただろう。ずっと前にぼくは白人を見たことがあった(黒人はどうやらこのときが初めてのようだ)が、彼らが異人であるという感覚は強かった。

違和感につづいてぼくは恐怖をおぼえたが、これは彼らを敵と認識したせいであろう。むろん彼らのほうがぼくを含めて日本人を、まだ敵として警戒をおこたらなかったのである。とっさにぼくが門柱の蔭に身を隠したのはそのせいであった。

敵兵の突然の出現はぼくに違和感と恐怖をおぼえさせたが、憎しみの念はおこさせなかった。むしろぼくは雁字《がんじ》がらめになっている黒人兵に憐憫《れんびん》の情をもよおしたのである。彼らも上官の命令で動かされている兵士であり、戦争が終って当の敵兵が復員したあとも、なお兵士であらねばならぬ状況にあった彼らを憐れんだ。ぼくは自分が復員して少年兵でなくなり、あのような肉体的苦痛を強《し》いられなくなった事実を感謝する気持になっていた。誰に？　そう、敗戦という社会的変動に対してである。これは意想外の心変りであった。

黒人下士官が命令を終えると、黒人兵士たちは、銃を荷台に残してつぎつぎに道路に飛び下りた。それから横一列に整列した。点呼でもするのかと思うと、一斉《いっせい》に前を開いて歩道に向かって放尿を始めた。湯気があがり彼らの顔が見えなくなった。ぼくは拍子抜けして、門柱の蔭から出てトラックの列を見渡した。それは壮観だった。ずっと都電の線路の近くまで連なったトラックから湯気が立ちのぼっていた。

ふと殺気を覚えてぎくりとした。黒人下士官がぼくに銃を向けていた。銃口が丸く見え、ぼくに照準が合っていることは明らかであった。ぼくは凝固して銃口を睨《にら》んでいた。動けば撃たれると思った。まさか武器を持たぬ一人の日本人に発砲するとは考えられなかったし、新聞は進駐軍の人道的思想と秩序ある行動をほめそやしていたが。

助手席にいた白人士官が黒人下士官に何か叫んだ。と、銃がゆっくりと下ろされて、黒人の冷笑が残った。彼はカービン銃をさげて胸を張り、足早に自分の席に乗り込んだ。用を終えた兵士たちも荷台に吸い込まれて行った。エンジンの爆音が高まり、腹に響く地鳴りとともに車は去っていった。通過していくどの車も黒人兵を満載していた。そうして歩道一杯に黒々とした大きな染《し》みが残された。

それがアメリカ兵との最初の出会いであった。家の近所にある陸軍の施設をアメリカ軍が接収したのであろうか。大通りを頻繁《ひんぱん》にトラックやジープが通った。そのうちぼくは慣れてしまい、米兵を見ても恐怖は感じなくなった。しかし違和感はその後も長くぼくの心に残った。とくに銃をぼくに向けてにやりと笑った黒人の軍曹《ぐんそう》(ぼくは勝手に軍曹にしてしまった)の顔が、違和感と同時にしばしば思い出された。

九月中旬頃と記憶しているが、都立第六中学校へ行ってみると、軍の学校へ行った者の編入学を認める貼り紙がしてあった。幼年学校から送ってもらった在学証明書をそえて出願すると簡単に復学が許可された。大講堂で編入式が行われた。戦争中と同じ国民儀礼、宮城遥《よう》拝《はい》、伊勢皇大神宮遥拝、教育勅語奉読のあと、お馴《な》染《じ》みの校長が訓示をした。坊主頭《ぼうずあたま》の老人が、戦争中とまったく変らぬ調子で話していた。「八月十五日の、気をつけ、天皇陛下の大《おお》御心《みこころ》を体して、国体の護持のため奮励努力してほしいのです。諸君は皇国の危機に進んで軍隊に身を投じて戦う決意をしました。しかし志成らず帰ってきた。本校は諸君を歓迎する。皇国再建の道は諸君の双肩にある。日本は科学でアメリカに敗《ま》けたのだから諸君はこれから科学を勉強して、かならず仇《かたき》を討ってください……」

式が終って校庭に出ると香取栄太郎が近寄ってきた。やあ帰ってきたねという微笑にぼくも微笑を返した。「校長はまったく変らないね」とぼくは大講堂のほうに顎《あご》をしゃくった。

「ああ、変らない。依然としてこちこちの軍国主義さ。あんなの今にマッカーサーに追放されるさ」二人は校内を歩き回った。新宿の繁華街の間近に位置するのに中学校には空襲の被害がまったくなかった。天文台にあがってみると、埃《ほこり》をかぶってはいたが口径二十センチの反射望遠鏡もちゃんと残っている。試しに動かしてみたが、赤道儀のねじが錆びついていた。しかしかつて野沢先生がしたように、注意深く修復すれば使えそうだった。また天文部にでも入って星を観察するか、とぼくは漠然《ばくぜん》と考えた。それ以外に未来のことはまったく想像できなかった。「きみ、これからどうするの」とぼくは尋ねた。「どうするって、高等学校の受験勉強をするのさ」「どうして」とぼくは聞き返した。「だって、そこに高等学校と大学しか残っていないからさ。陸士も海兵もなくなったんだからね」と香取はこともなげに言った。

十月になって中学の授業が始まった。疎開者《そかいしゃ》はまだ大半帰っていないし、数十人は入れる教室に十数人がばらばら坐って授業を受けた。床は紙屑《かみくず》と埃にまみれていた。防空用の紙テープを米の字形に貼りつけた窓ガラスは、あちこちで割れ、テープはガラス片をつり下げていた。授業にはまったく興味が持てず、ノートを取る気もしない。教師の数も少ない。それに教師たちの言動が戦争中とまったく逆になったのにぼくはあっけに取られた。わずかひと月半で臆面《おくめん》もなく正反対の主張が教師の口から飛び出してきたのだ。

英語は人間としては最低の人種、鬼畜米英の言葉だが、戦争に勝つための諜報《ちょうほう》活動に役立つから勉強せよと言っていた英語の教師が、アメリカ人の文化や生活なら本校で自分が一番よく知っている、英語を学び、優秀で平和を愛好するアメリカ人と親密になろうと言い、神国日本こそ世界に冠たる国でアメリカなどは、神の末裔《まつえい》である天皇陛下もいただけずに卑《いや》しい民衆出の大統領を持つ駄目《だめ》な国だと言った歴史の教師が、アメリカの歴史を話し、民主主義こそ尊い精神だと言った。

この歴史の痩《や》せた教師、綽名《あだな》が〝ローガイ〟という男は、歴史の教科書を開かせ、神国日本の記述の所を墨で抹殺《まっさつ》させた。誰かがなぜそうするのかと質問したら、「文部省の通牒《つうちょう》でそうしています。時代が変わったんです。きみたちも、とくに軍隊の学校で軍国主義をたたきこまれた人は、心を入れ換えて平和主義に徹しなければなりません」と言った。時代が変ると心を入れ換えろという。ローガイのいう時代とは時の権力者のことで、権力者には無条件に従えというのが彼の態度であった。それくらいなら、戦後も戦争中の態度や発言を少しも変えぬ校長のほうが、人間として誠実だという気がした。

校門から坂を下った左手に明治天皇御製《ぎょせい》の縦額《たてがく》があった。戦争中はこの額に対して軍隊式の敬礼をする規則があったが、今は誰も敬礼などしなくなっていた。おそらくは敗戦直後から放置されたままなのであろう。額のガラスは汚れて、御製の紙も赤茶けていた。ぼくは何気なく敬礼すると、以前していたように歌を読んだ。

葦原《あしはら》のみづほの国の万代《よろづよ》もみだれぬ道は神ぞひらきし

なるほど、いい歌ではあるが、ローガイのいう今の時代には合わないかと、ぼくは頷《うなず》き、もう一度敬礼したところ、うしろで笑い声がした。見覚えがない生徒が三人、ぼくを囲む態勢で立っていた。補修科の〝おっさん〟らしく、老《ふ》けた顔だちで、一人はにきび面《づら》で相撲取りのような大兵であった。「何ですか」とぼくは行こうとした。にきびがぼくの前に体をずらし、「待ちな、用があるんだ」と言った。「何か用ですか」「おお、用だ。用だとも」とにきびは力んだ。興奮しているらしく顔が赤らみ唇が震え、そのため声が出ないらしく、じれったそうに唇を噛んでいた。脇《わき》から背の低い蒼白《そうはく》な顔の男がぼくの軍服の胸元を、そこに這《は》う虫でも観察するようにじろじろと見つめた。「ふん、純綿だ。おれたちみたいな、ペラペラのスフとは身分がちがわあ」中学の制服は弟に譲ってしまったのでぼくは軍服を着ていた。たしかに、乙号国民服の制服のなかでは軍服は目立った。ぼくはかまわず行こうとして、にきびに押しもどされた。「なぜ、あんなものに敬礼するんですか」にきびと蒼白のうしろにいた男が尋ねた。目の細い意地の悪そうな面立《おもだ》ちだが、声はやさしく、わざとらしく丁重である。「あんなものって……御製ですから」「御製だとなぜ敬礼するんですか」「明治天皇はえらい方ですから」三人は笑った。「笑わせるねえ、戦争は終ったんだよ」と蒼白が言った。「敬礼はしなくてもいいことになったんです」と細目が言った。にきびがやっと喉《のど》に空気が通ったという具合に唐突に怒鳴った。「そうだ。しなくてもいいんだ」ぼくは、相手が校内名うての乱暴者と見て、この場からどう逃げだそうかと機会をうかがっていたが、にきびの興奮した様子に軽蔑《けいべつ》を覚え、にきび一人を睨みつけて言った。「してもいいでしょう。個人がやりたいことをするのは民主主義だ」流行《はや》り言葉の民主主義を使った効果は絶大で、三人の補習科はびくっと黙りこみ、折りから始業のベルが鳴ったのをさいわい去って行った。

御製を見上げ、この御製に敬礼しない下級生を見張っていた四年生の風紀委員の怒声を思い出した。あれは確か二月下旬、わずか一年半前の出来事であった。時代に迎合するのは大人たちだけではない。子供たちもそうだった。むろん、ぼく自身も……。

教室に入った。数学の授業だった。幼年学校ではとっくに終えてしまった程度の低い数式をやっていた。中学の同期生は去年の夏より授業を受けておらず、学徒動員で工場で働かされていたので、今教えられているのは中学三年の二学期の教科だったのだ。

二時間目が終るとみんな弁当を食いだした。〝早飯〟がイキなこととして流行っていた。ぼくのは、朝自分で作った芋飯でお数は豆粕《まめかす》の煮しめだった。みんなが早飯で昼時は外に出ているので、ぼくは一人でこっそり食べることにしていた。むろん上辺《うわべ》は早飯などくだらないという顔をしていた。出し抜けに何か決意のようなものがぼくを駆り立てた。何をしようというのではない。とにかく、教室にみんなと一緒にいるのが嫌《いや》で教室を出た。

踏切を渡ると焼け跡であった。コンクリートの頑丈《がんじょう》な造りのため焼け残った伊勢丹百貨店は、戦争の痕跡《こんせき》をすっかり拭《ぬぐ》い去った清潔で明るい店内を誇らかに見せていた。戦争中にさかんに売り出していた、慰問袋用品や防空用品の替りに、日用品雑貨や焼け跡整理用の鍬《くわ》やシャベルが人気商品のようだった。もっとも地下の食料品売り場は品薄で閑散としていた。牛肉や豚肉も並んではいたが、おそろしく高価で買い手はいなかった。特売の「玉蜀黍《とうもろこし》お一人様一本」だけに長い列ができていた。

百貨店を出た。新宿駅の方角から百貨店に向かって人々が流れていた。流れは途中で獲物を飲んだ蛇《へび》のように脹《ふく》れあがっており、近づいてみると、商店の焼け跡に仮設の市場ができていた。屋台を並べ、上には幕をはっただけの露店だが、およそ日常の必需品は何でも売っていた。フライパン、鍋《なべ》、塵取《ちりと》り、アルミニウムの杓子《しゃくし》、とくに今でも覚えているのは、鉄《てつ》兜《かぶと》を改造した鍋である。これが新聞にも紹介されてあった尾津組のマーケットというやつだろうと思った。紺の鯉口半纏《こいぐちはんてん》に白鉢巻《しろはちまき》のあんちゃんたちが威勢よく叫び、その一声ごとに皺《しわ》くちゃの札を握った手が乱舞していた。「新日本建設のための御奉仕品」の幟《のぼり》が、かつて出征兵士を送った「武運長久」の幟さながら林立していた。ぼくは物のない焼け跡に救世主のように現れて豊富な品物を売っている男たちを不思議な思いで見た。彼らはどうしてこんなに元気一杯で栄養がよく、しかも自信に溢《あふ》れ充《み》ちているのであろうか。

立ち食いの雑炊《ぞうすい》屋、焼き鳥屋、饅頭《まんじゅう》屋など食べ物を売る店はどこも列である。痩せた顔色の悪い、飢えた人々が群れ集っているのだ。にわかに空腹を覚え、弁当を食べる場所を探した。路上は人目が多くて恥ずかしいし、焼け跡には所有者が藁縄《わらなわ》を張って立入禁止の立て札を立てていた。映画館の前にきた。『そよかぜ』という作品をやっている。評判の映画で見たくなった。教科書代として父よりもらった金で切符を買った。

それは丸焼けのビルで、客は段になった床にじかに坐るのだ。満員であった。ぼくは、人と人との間に尻をこじ入れて坐った。押された人が不快げに鼻を鳴らした。リンゴの木の下を踊りながら評判の新人女優、並木路子が歌っている『リンゴの唄《うた》』のシーンを今でもはっきり覚えている。物語もほかのシーンも忘れてしまったが、そこだけを覚えている。軍歌でもジャズでもない、勇壮でもおどけているのでもない。単純に明るく健康であった。そんな情景は戦争中はもちろん戦後の現在にもない。それが人々の夢を充足させて、あのような満員となったのだ。

映画が終りに近づいたと見ると、ぼくは学校の徽章《きしょう》のついた戦闘帽をズック鞄《かばん》に押し込み、弁当を取り出して、その風呂敷《ふろしき》で鞄を包んだ。明るくなると弁当を食べだした。軍服姿のぼくは中学生とは見えぬはずだった。「あんちゃん、うまそうだね」と鼻を鳴らした男が言った。ぼくは返事をしなかった。弁当箱の中で芋飯は三分の一ぐらいに片寄せられてあった。食べ終えると、弁当箱を風呂敷包みの中に押し込んだ。

男はポケットから刻みタバコを出し『歩兵全書』のページを器用にむしり取って巻きだした。最後に唾《つば》で紙巻を完成すると、火をつけてうまそうに吸った。「少年飛行兵かね」と男が尋ねた。ぼくは中学生と見なされなかったことが嬉《うれ》しく、合点した。「おれは予科練だ」男は親しみをこめた微笑を見せた。不精髭《ぶしょうひげ》のためふけて見えたが、まだ青年の顔であった。「あんた、今なにしてるんだね」〝あんちゃん〟が〝あんた〟に昇格した。「おれは失業中だ」と予科練が言った。「おれも失業中だ」とぼくも即座に言った。「タバコのむかね」男は左手で火のついた一本をかざしながら、右手だけでもう一本を巻いて差し出した。紙の端をなめて閉じたのが不潔で、手を振って辞退したのに、その手に紙巻をにぎらされた。男が火をつけてくれたので、ぼくは初めてタバコを吸ってむせた。暗くなって咳《せき》が音楽にまぎれたので、我慢して吸い続けた。喉の奥まで痛く頭の芯《しん》が縮むように痛んだ。幼いとき、逗子《ずし》の別荘で晋助にいたずらでのまされた記憶がよみがえった。その懐《なつ》かしさがぼくに行為をつづけさせ、そのうち平気になった。途中で男が立った。小便でもしに行ったのかと思ったが、戻ってこなかった。

映画館を出て、ちまちました横町に入ると不意にアメリカ兵に会った。二人の白人がカービン銃を斜め下にかまえ緊張して歩いていた。彼らはまるで少年でぼくといくらも年が違わないようで、びくびくして歩いていた。別な通りにアメリカ兵が数人、大道芸人のように大勢の日本人に取り囲まれていた。チューインガムやシガレットやキャラメルを売っているのだった。片言の英語で値段の交渉が行われていた。交渉が成立すると両者は笑い合った。しかし米兵のは嘲笑《ちょうしょう》であり、日本人のは追従《ついしょう》笑いであった。米兵の栄養が満ち足りた長身にくらべると、痩せて短軀《たんく》の日本人は醜くて目をそむけざるをえなかった。

駅前から地下道に入った。この地下道は線路下をつらぬいていて、駅の東口から西口に抜ける近道だった。通行人がぞろぞろ行くのでぼくも平気で歩み入った。が、薄暗いなかに奇怪な光景が見えてきた。そこにはボロをまとった人々が住んでいたのだ。地下道の両側に茣《ご》蓙《ざ》や新聞紙を敷きつめ、薬缶《やかん》や皿や一升瓶《びん》などが、屑籠《くずかご》をぶちまけたような乱雑さで並べてあった。鼻を曲げる悪臭(それは三田の時田《ときた》病院の焼け跡に住んでいた老婆《ろうば》の臭《にお》いとそっくりだった)に辟易《へきえき》しながらもぼくは好奇心から左右をよく観察した。炊事をして煙をたてている女のかたわらで赤ん坊が泣き、鍋には粥《かゆ》が煮立ち、焼け焦《こ》げだらけの蒲団《ふとん》で子供が眠り、病人らしい老人が壁によりかかり苦しげに息をしていた。通行人がぞろぞろと前を行くのに住民たちは平気であった。見られることに慣れきっていた。

地下道を抜けると急坂をのぼった。路傍に乞食《こじき》が頭をさげていた。両腕が短く切れた人、顔中に火傷《やけど》のある女、六歳ぐらいの幼い女の子。女の子がぼくを追いかけてきた。どこまでも追いかけてきて軍服の上着の端をつかんではなさない。垢《あか》だらけの顔は一所懸命だ。ぼくは十銭玉を一枚あたえた。女の子は黙って走り去った。

西口の駅前は淀橋《よどばし》浄水場のあたりまで広々とした野原で、草深い底には瓦礫《がれき》が隠れており、そこら一帯が焼け跡だと知れた。防空壕《ぼうくうごう》に住んでいる人がいる。穴に空き箱の蓋《ふた》をかぶせただけの簡単な壕舎もあった。駅前にも露店の市場ができて人出が多かった。バラックの商店も店開きしている。が、東口にくらべると寂れて見えた。ぼくは学校にもどろうかと考えた。が、授業中だったらどうやって教室に忍びこんだらいいかと考えると面倒になった。

3

ぼくは中学校に行かなくなった。最初のうちはズック鞄を肩からさげて家を出て、近くの花園神社の境内で『世界文学全集』を読み、父が出勤したあと帰宅していた。雨の日は困ったが、傘《かさ》をさして歩きまわって時をかせいだ。しかしある日、父が風邪で会社を休んでいたのでばれてしまった。

ぼくは臍《ほぞ》を固めて、中学に行っても授業の程度が低すぎて役に立たないからだと告白した。

父は出席日数が足りないと卒業できないのではないかと心配した。父の言いつけでぼくは中学の教務科に行って規則を聞いた。やはり出席日数が不足するとたとえ期末試験に合格しても卒業できない規則であった。しかし、教務科の人は、幼年学校、陸士、海兵の生徒は高等学校の編入試験を受ける資格があるはずだと言った。父に相談すると、やってみたらどうか、だめでもともとだからなと言い、第一高等学校は最高でむつかしいだろうが、武蔵《むさし》とか成蹊《せいけい》とか都立とか、七年制の高等学校に願書を出してみたらどうか、通学の便を考えると、渋谷から東横線で行ける都立高等学校がよかろうと助言してくれた。

それから父は面目なさそうに付け加えた。「親として子供たちを大学まで行かせるつもりだった。そのための資産もちゃんと用意してあった。ところが、今度の戦争で持ち株の全部――満鉄やら南方株やら――がぱあになっちまいやがった。それに最近の猛烈なインフレで預金もすっかり目減りの体たらくさ。もし進学したいのなら、授業料の安い公立の高等学校、まア一高は無理だとしても都立に入ってくれ。それから、帝国大学に進んでくれ」「わかった。都立高校にするよ」ともかくも高等学校進学という目標ができた。自分が将来何になりたいからそうするというのではなく、まさしく香取栄太郎の「そこにそれがあるから」という理由ではあったが。

十月中旬、ぼくは都立高校を訪れてみた。東横線の都立高等前駅を出ると、食料品や日用品など実用の品を揃《そろ》えた商店街があっけなく終り、庭と植木を備えた住宅街に入った。柿ノ木坂と呼ばれる坂を登り、左側の大きな寺の右隣にコンクリートの塀《へい》が長くつづき、やがて門があった。この門は東の裏門で正門は北側にあったのだが駅から来ると、自然その門を入ることになった。右に鉄筋コンクリート三階建ての校舎が、左に広い校庭がひろがっていた。校庭の半分は掘り返されて畑になっていた。六中や幼年学校よりは大きく立派な学校で一目でぼくは気に入った。念のため事務所で、幼年学校の元生徒は編入試験を受ける資格があるかと尋ねると至極簡単にうなずいて、必要書類の一覧表と願書をくれた。文科と理科のどちらにするかでは、迷わず理科にした。何か物を作りだす技師か天文学を研究する学者になりたいと思ったからだ。この選択に父も賛成してくれた。

十月下旬のある朝、指定された時刻に都立高校に行ってみると、軍服姿の志願者が百人以上も押し掛けていて度肝を抜かれた。陸士、海兵がほとんどで幼年学校はぼく一人だけだった。これでは到底合格の望みはないとあきらめた。あきらめたため父の言う〝だめでもともと〟という気持になり、至極気楽になった。講堂に集められ、履歴書を既修の語学で書けと要求された。フランス語で書いた。これは思いのほかうまくいった。幼年学校のフランス語の教科書にナポレオン伝が載っていて、彼が幼年学校を卒業したあたりの文章を記憶していたのが役立った。翌日は口頭試問で、月齢と太陽の位置との関係を聞かれたので、即答できた。元素の名前を知っているだけ言ってみろと言われたので、元素周期表の順番に水素、ヘリウム、リチウム、ベリリウム、硼素《ほうそ》、炭素、窒素、酸素、弗素《ふっそ》、ネオン……と立てつづけに三十ほど言ったら、もういいですと止められた。この世にある元素九十余の名前は空襲警報で蛸壺《たこつぼ》に待避したときに、暇にまかせて暗記したものだった。天文学の初歩と暗記していた事項が出題されたのはまったくの僥倖《ぎょうこう》であった。一週間後合格通知がきた。あんまり簡単に高校生になれたので驚いたが、戦争直後の混乱期だから、こういうことができたのだと思う。ぼくは旧制中学四年生で、いきなり旧制高等学校一年生になったわけで、ふつうの人より一年短縮して上の学校に進んだことになる。

母と弟たちが金沢から帰ってきたのは十一月の初めである。八月に会ったときよりも母は少し肥《ふと》っていて、以前の快活さを取り戻していた。駿次はさらに背が高く逞《たくま》しくなって、ぼくを見下ろしていた。研三はさっぱり背が伸びず、むっつりしていた。帰京に反対したのは研三だけで、金沢でできた植物採集や昆虫《こんちゅう》採集が焼野原の東京ではできないというのが、その理由であったという。央子は欠けていたが、久方ぶりに一家が食卓を囲んだ。母は、嬉しくてならない様子で、一人で喋《しゃべ》っていた。

「本当に戦争が終ってよかった。ね、あなた、みんな無事だったんですものね。あなたも御無事、悠太も玉砕などせず、こうして生きていられるんですものね。それにこの家だって焼けなかった。親戚《しんせき》はみんな焼けてしまいましたね。三田も落合も脇も野本も、みんなまる焼けで何も残っていません。いいえ、三田の焼け跡など見たくもありません。あした新田《にった》の父には会いに行きます。夏っちゃんによると父は誰にも素顔を見せないそうですけど、声は聞けますものね。すんでのところで焼け死んだかも知れないのを助かった。神様に感謝しますわ。おいとさんと平吉さんとフクさんはお気の毒でしたわ。空襲で殺されるなんてね。それにしても史郎《しろう》ちゃんと晋助《しんすけ》さん、どうしているのかしら……」

戦争が終ってよかったという母の言葉に、ぼくは共感した。やっと共感できるようになってきた。敵に敗《ま》けた悔しさが薄まり、命が助かり、これから生きて行ける喜びが増してきた。ぼくには、祖父悠之進が特別にあつらえたという背の高い卓袱台《ちゃぶだい》が、そのすり減って疵《きず》だらけの木の板が、ふと何物にも替えがたい貴重品に見えてきた。その卓袱台には、幼年時代からの時間がこびりついているのだ。戦争は何もかも破壊したが、人間の時間だけは破壊できない。卓袱台の凸凹《でこぼこ》を撫《な》でながら、ぼくは自分が生きてきた時間だけは、何としても守り抜きたいと思っていた。

翌日母は武蔵《むさし》新田へ出掛けて、リュックサック一杯の米、野菜、甘薯《かんしょ》、大豆などを持ち帰った。勇《いさむ》と五郎《ごろう》が丹精した畑の作物を貰《もら》ったほか近所の農家からも買い出した、何軒かの農家にも五郎の紹介で渡りをつけてきたという。勇と勝子《かつこ》は八丈島に去り、五郎と夏江叔母が利平祖父の世話をしており、最近出獄した透叔父は神田のカトリック教会の職員として働いているという情報も母がもたらしてくれた。

東京の食糧不足は冬が近付くにつれて深刻になってきた。政府は空前の凶作で米が一千万人分不足すると発表していたし、新聞には上野駅での餓死者の数を毎日報道していた。わが家でも、家族が再会して賑《にぎ》やかになったのはよかったが、食べ盛りの男の子が三人になっただけ食糧難になったのは確かで、むろん配給だけでは足りず、買出しで補わねばならなかった。母は、武蔵新田を始めときやの里である栃木県今市《いまいち》などに出掛けては重い荷物を持ち帰った。インフレで金の価値がなくなったため買出しはすべて物々交換で行われた。その交換物としては、すでに母の着物は金沢での買出しで消えていたため、父の古着のほか四人の子供の幼い時の洋服着物が役立った。子供たちが大きくなってもう着られないからと、疎開《そかい》もせず、蔵にも入れずに納戸《なんど》に放置しておいた物がわが家の食糧に替ったのである。

駿次と研三は六中に編入され、ぼくは都立高校に通うことになった。ぼくが編入されたのは理科一組で、戦争中は理甲と呼ばれ、英語を第一外国語、ドイツ語を第二外国語とし、主として工学部を目指す者が集まっているクラスだと聞かされた。ぼくを失望させたのは、好きなフランス語の講義がないことであった。試験を受ける前にもうすこしこの点を調べるべきであったと後悔した。

三十人ほどのクラスで、軍隊帰りは幼年学校から来たぼくと陸士から来た男だけだった。陸士の男は六十期で、その前は東京幼年学校の四十五期だったというから幼年学校四十八期のぼくより三年先輩だった。彼は、敗戦後の食糧難時代にはまったく珍しく丸々と肥っており、ぼくのよりはるかに新品で上等の純毛の軍服を着ていた。敗戦の時は〝牛蒡剣《ごぼうけん》〟のように痩《や》せていたので、これから好きな物を好きなだけ食って肥る決心をし、一着だけ支給された軍服も、戦後の体型変化を予測して特大のをもらってきたという。埼玉県の農家の出身で、米も野菜も有り余るほどあるのだそうで、弁当も彼のだけは白米をたっぷり詰め込み、牛肉や卵を豊富に使ったお数《かず》であった。陸士はまったく物怖《ものお》じせずに大声で喋り、誰彼の別け隔てなく話しかけ、敗戦のショックとか戦後の憂鬱《ゆううつ》とかを知らぬげで、そういう態度がぼくには心強く映った。

同級生のあいだで、ぼくは居心地の悪い思いをしていた。とにかく全員がぼくより年上の人たちで、話題も哲学や社会学などの小難しいものを外国人の名前をふんだんに使って話すという具合で、大人たちの集団にまぎれ込んだ子供のように、ぼくはおずおずとして周囲を見回していた。

戦後の物資不足と混乱を象徴するように、服装はまちまちで、尋常科からあがってきた者は、概してきちんとした詰襟《つめえり》の学生服（英国のイートン校のを真似《まね》た作りだそうだ）と白線入りの制帽を被《かぶ》りマントや外套《がいとう》を着ていて、いかにも正式の都高生らしかったが、この春に中学から入ってきた者は乙号国民服の中学生服を着ていたし、むろんぼくと陸士は軍服であった。しかし、どこで調達したのか、油の染《し》みた破れ帽子に、汚れた白線を二本巻き、太い鼻緒の背高の朴歯《ほおば》を履いて、半分色褪《いろあ》せた黒マントを麻縄で首につるし、やたらと朴歯の音を立ててマントを風に翻《ひるがえ》して歩く、絵に描《か》いたような高校生がいた。彼は苦節七年のすえやっと憧《あこが》れの高校生になれたので、嬉しさのあまり、受験参考書と机と椅子《いす》と辞書と中学生服とを売り払い、卒業生名簿を頼りに焼け残りの先輩の家を訪ねては帽子やマントを買い取り、苦心と努力によって、完全な高校生に変身をとげたのだという。髭面《ひげづら》の彼は大正生れと称していたので、ぼくはひそかに彼に大正という綽名《あだな》をつけてやった。

もう一人目立ったのが、黒ビロード襟のついた奇妙な上着を着た男で、縮れ髪の下に白皙《はくせき》の額が広く真っ黒な瞳《ひとみ》の光る男であった。彼の顔がショーペンハウアーにそっくりだと教えてくれたのは大正だった。ぼくは図書館に行き、ショーペンハウアーの肖像を見て納得し、彼をショーペンと名付けることにした。ショーペンは日がな一日、机上に本を広げて読んでいた。この読書は授業中も平気で続行されていた。英語の時間など、教授がテキスト（たしかコナン・ドイルのシャーロック・ホームズ物であった）の訳を命じると、彼は面倒くさげに読みさしの本の下からテキストを引っ張り出し、教授に指摘されたページと箇所を隣の者に聞き、訳本でも棒読みするようにあっさりと訳してしまった。ぼくはてっきり、テキストに詳細な訳が書き込んであるものと勘繰っていたが、ある日盗み見すると、行間は真っ白であった。彼は休憩時間になっても誰ともお喋りなどせず、黒い瞳をきっかりと活字と結びつけ、ほぼ等速で視線を動かしていた。

ショーペンが本を一冊読み終えたときの満足げな仕種《しぐさ》は独特であった。本の最初から最後までページをぱらぱらとめくり、頭に染み込ませた内容を楽しむようにすると、今度は目をつぶり記憶を脳髄の要所の引出しに仕舞っていく。それから目を開き、まだ本の世界に半分浸っているぼんやりした目付きで教室内を見る。が、つぎの瞬間、黒い瞳は電気がともったように輝き、つぎの一冊を鞄から抜き出すと、机上にひろげ、最初の一ページから読みだすのだ。目次を見たり、後書きや解説をのぞいたりという予備的操作を一切せずに、いきなり本文に進入する彼の読書法には、敵を一人倒すと別な敵にまっしぐらに向かう剣士のおもむきがあった。

どういう切っ掛けであったか忘れたが、ある日、陸士とショーペンとが議論を戦わしたことがある。陸士がどえらい大声で言った。「……だから言ったろう、今度の戦争はアジアの植民地解放戦争だと信じて軍人になろうとしたのだ」「本当にそんなことを信じたの」「ああ信じた。おれだけじゃない。日本人の大部分がそう信じた、だから聖なる戦をする国に協力したのだ」「ぼくにはそれがわからない。満洲事変、支那事変と、要するに日本帝国が宣戦布告もなしにシナを侵略しただけではないか。大東亜戦争になってやっと植民地解放という目的が明示された。が、むろんそれはまやかしだ。米英仏蘭《らん》の植民地をおのれのものにしたいという帝国主義的侵略の本質は変わらない」「それは違うな。おれたち日本人は植民地解放を本気で願った。だから熱狂的に国策を支持して戦ったのだ」「まったく違う。軍部は植民地解放などというお題目で国民を騙《だま》したのだ。君は騙されていたのだ」「じゃ聞くが、騙されなかった君は戦争に対してどんな態度を取っていたのだ」「反対だったよ。ぼくはここの尋常科出身だが、この戦争は愚劣だとずっと思っていた」「ずっと思っていた……で、君は何をしたのかね」「だから侵略戦争には反対で、もちろん陸士や海兵など、ゾルになろうとは思わなかった」「ご立派。しかし、ゾルにならなかっただけでは、戦争に反対したことにはならない。だって、ゾルの学校に入らなくても、男子である以上、どうせ将来日本帝国の兵隊にはさせられるわけだからな。そうではなくて、天皇と政府軍部にはっきり、戦争をやめろと迫る。すなわち行為で示して初めて君が戦争反対論者だと証明できる」「そんな行為は特高警察の厳重監視のもとでは不可能だった」「不可能であったという理由であれ、君が何もしなかった以上戦争に反対だったと証明はできない。したがって君は戦争賛成論者だったと言われても反論はできない」ショーペンは黙った。白皙の肌《はだ》に血がのぼり赤くなった。

どうやら陸士のほうに分があるとぼくは思った。ぼくが漠然《ばくぜん》と考えていたことに彼は論理の筋を通して明確にしたとも思った。

気まずい沈黙が来た。ショーペンは書物に目を落とし、ほかの者は顔をそむけた。「おい、外に出よう」と陸士がぼくを校庭に誘い出した。思い出したが、それは晴れて西風の強い寒い日で、白い富士がくっきりと見えた。「今のぼくの議論をどう思う」と陸士は太った体を、毛布で作ったマントにくるんで、ロダンのバルザックの立像のような形で言った。「正しいと思いますよ」と幼年学校で三年先輩への礼儀をつくして丁寧な言葉遣いで言った。「みんながぼくら軍隊帰りをゾルと呼んで軽蔑《けいべつ》する風潮があるのを知ってるだろう」「ええ」「わが都立高校は難関校だ、それをゾルというだけで優先入学してきたお前らゾルは卑怯《ひきょう》だ、戦争中は軍国主義者で大きな顔をして戦後は優先転学でまた大きな特権を享受《きょうじゅ》しているという奴《やつ》らの見方があるのだ。あの男は軍の学校からの編入試験に反対で、来年一般の受験者と同列に並んで正々堂々と受験して難関を突破すべきだと校長に談判に行ったそうだ」「ショーペンがねえ」「なんと言った?」陸士はぼくの説明を聞くと幅広の肩をゆすって笑った。「あいつは外観はショーペンハウアーに似ているが、頭の中はマルクスとレーニンだ。共産党員だよ」陸士は、ショーペンの読書がマルクスやレーニンなどの唯物《ゆいぶつ》主義の文献に限られていると断定した。生徒の中にも共産党員がいて、門の付近に立看板を立てたり、掲示板や壁にビラを貼《は》ったりしていた。戦争中軍国主義に迎合した校長の辞職を求める声明を出し、そのための集会を開き、マルクス・レーニン主義読書会や社会科学研究会への勧誘をしていた。そういう運動にショーペンが加わっているとは意外であった。もっとも、ぼくは共産主義について何も知らなかった。マルクスもレーニンも読んだことがなかった。そうして、マルクス・エンゲルスの『ドイッチェ・イデオロギー』とかレーニンの『唯物論と経験批判論』とかについて、何やら小むずかしい解説をする陸士の言を感嘆して聞いていた。

陸士とショーペンの論争は、それきりで途絶えてしまった。相変らず陸士は誰かをつかまえては大声で喋りまくり、ショーペンはおのれの世界に閉じこもり、ひたすら書物を読みふけっていた。陸士の言うとおり、ショーペンの読む物はマルクス主義関係の文庫本や単行本、近頃《ちかごろ》再刊されだした『赤旗』と決まっていた。ある日、彼が不意に本より顔をあげて、こちらに鋭い視線をなげつけたので、ぼくの視線と衝突した。視線をそらすのが癪《しゃく》でぼくがそのまま見詰めていると、彼のほうが視線を落として、本のページを撫でながら言った。「ぼくはね、どんな敵の思想でも撃破できる自信を持つことができたよ」「敵?」「そう、マルクス主義の敵さ。日本の軍国主義、ナチスのファシズム、米国の自由主義、その他のあらゆる観念論的反動的哲学さ」「すごい自信だな」とぼくは驚いて目をしばたたいた。マルクス主義以外の思想はすべて敵で、敵である以上は撃破できるという必勝の信念は、天皇主義以外はすべて非国民の思想だと極《き》め付けた戦争中の国粋主義とそっくりだと思い、驚いたのだ。みんなが話しやめて、ショーペンの今の言葉を聞いていた。陸士が何か発言しようと振り向いたとき、ショーペンは穴に逃げ込む小動物のように書物の中にもぐり込んでしまった。

陸士は聞こえよがしに言った。「すべての哲学を撃破できる哲学などはこの世にありえない。それが証拠に哲学は哲学者の数だけ存在するではないか。すべての哲学者はおのれの学説を真理だと主張している。ところが困ったことに真理はたった一つしか存在しないのだから、すべての哲学者は嘘《うそ》をついていることになる」ショーペンは答えなかった。しかし、その顔には薄笑いが浮かんでいた。ずっとあとで、彼が、都立高校細胞の闘士として、演説したり糾弾する相手に迫ったりするときに、この薄笑いをぼくは何度も見ることになる。

通学する途次、電車内でしょっちゅう顔を合わすのが大正だった。ぼくと背丈が同じぐらいであった彼が、歯長十センチはある朴歯を履くとぬっとした大男に見えた。色褪せた釣鐘《つりがね》マントを結ぶ紐《ひも》が白い麻の紐を縒《よ》り合わせた太いもので、これをゆるゆるに結ぶものだから、マントは肩までずり落ち、前が開いて腰に下げた手拭《てぬぐい》がちらちらと見えた。この薄汚い手拭が小道具として重要なので、破れ帽子とともに、高校生をそれらしく見せる必需品なのであった。こういう弊衣破帽は、今は過去の遺物で旧制高校の回顧写真集などでお目にかかれるのみだが、戦争直後にはまだまだ数多く見られ、とくに渋谷駅では一高生と都高生が、そんな恰好《かっこう》で往来していたので、大正の風俗もそう異様なものではなかった。ただ彼が目立ったのは、あまりにも何もかもが揃《そろ》い過ぎていたことである。それが丹精したお洒落《しゃれ》であることは一目瞭然《りょうぜん》で、黒光りする帽子は何かの脂《あぶら》をつけて磨《みが》いたものだったし、髭黒の顔は、口の回りを綺麗《きれい》に刈り込み、揉《も》み上げから頰髯《ほおひげ》にかけては形よく見せる輪郭まで剃《そ》りあげてあり、決して自然の不精髭ではなく、手数をかけた不精髭なのであった。小さな黒い鼻がちょんと突き出していて、どことなく犬に似た愛嬌《あいきょう》のある面貌《めんぼう》である。彼が容姿のうえで気にしていたのは、髪の毛がまだ充分に長くなっていないことであった。今年、高校入試に合格するとは予測していなかったので、あらかじめ髪を伸ばしておくことができず、高校生の装いに欠くべからざる肩まで垂れた長髪を用意できなかったというのだ。

大正に出会うのは大抵新宿駅で、別れるのもそうだった。ある時別れようとしたら、彼がこれからどこ行きの電車に乗り換えるのかと尋ねたので、乗り換えるのではなくここで降りるのだと答えたところ、彼は新宿に住んでいるとはすごいとすっ頓狂《とんきよう》に叫んだ。あまり大げさに叫んだので朴歯を踏み外し転びそうになったほどだ。さらにぼくが、焼け残りの家に住んでいるというと、彼はまたすごいと叫んだ。

大正は、浅草の家が三月十日に焼け、その際両親を失い、麻布の伯父の家に身を寄せていたところ五月二十五日に焼け出され、つまり二度の大空襲の被害を受け、岡山に遠縁の人を頼って逃げて行くと、六月下旬にまたもや戦災に遭い、敗戦後は東京に舞い戻り、散々頼み込んで東中野の叔母の家に転げ込んだ。三度の戦災にもかかわらず、大切な蔵書を大きなトランクに詰めて運び出し、全部を無事に守り通したというのが彼の誇る〝偉業〟なのであった。そんな境遇だったから寮のある一高に入りたかったのだが、学力がちょっと足りなかったので都高で我慢したのだと、いかにも無念そうに語った。こう言われてみると、駅頭などで帽子に柏葉《はくよう》の徽章《きしよう》を誇らしげに光らす一高生に出会った瞬間に示す彼の過剰なほどの反射、すなわち相手の身形《みなり》をじろじろと吟味し、マントや帽子の高校装束においておのれが優《まさ》ると見極めるや昂然《こうぜん》と朴歯を鳴らしてわざと相手の前を擦《す》り抜けて行く、弱い犬が吠《ほ》えながら強い犬の前を駆け抜けるような行為が、ぼくには充分な同情を持って了解できた。

誘われて彼の下宿に行ったことがある。東中野駅に近い線路沿いに建った古い二階屋で、玄関脇《わき》の狭い書生部屋に縮こまるようにして暮らしていた。書架には沢山の岩波文庫と、ぼくの家にあるのと同じ版の『世界文学全集』と『現代日本文学全集』の揃いが、持ち主がそれらを愛玩《あいがん》していることが一見してわかる汚れ具合と整頓《せいとん》とを保って並んでいた。教科書以外に、およそ理科系の生徒を思わせる本はない。彼はぼくに打ち明けた――戦争中理科系の学生には徴兵延期の恩典があったので理科を選んだが、実際は文学に志があり、機会をみて文科に転科するつもりだ、ついでに言えば七年も浪人したというのは嘘で四年が本当で、年は二十二歳だという。それでも大正生れであることは事実であった。ぼくの年を尋ねるので十七歳だと答えると彼は大袈裟《おおげさ》に驚いてみせた。驚いたとき、すごいっと甲高い声をたて黒っぽい鼻を犬のようにくんくん鳴らすのが彼の癖だった。それから、女を知っているかと尋ねてきた。「知らない」とぼくは正直に答えた。「十七じゃ、そうだろうな。でも興味はあるんだろう」「あるさ、男だもの」「今度、二丁目に連れてってやろうか」「二丁目?」「やっぱりね、新宿に住んでいて二丁目を知らねえんだ。戦前からの色街だよ。戦後逸早《いちはや》く復興して繁盛してらあ」「そんな所へ行きたくないよ」「しかし、今に行きたくなるさ。行きたくなったら言えよ。いつでもいい店を紹介してやるぜ」彼は文学論をぶち始めた。近代文学では娼《しょう》婦《ふ》が重要な役割を果している、たとえば『罪と罰』『復活』『ナナ』『椿姫』『婦系図《おんなけいず》』だ、娼婦を知らなければ文学の醍醐味《だいごみ》を把握《はあく》できぬという主張であった。

その頃ぼくは、巷間《こうかん》に目ぼしい新刊書がないまま、古くから家にあった書物、『世界文学全集』、『現代日本文学全集』、『近代劇全集』、『漱石全集』、『トルストイ全集』など大正から昭和初期にかけて父が買い集めて応接間の装飾にしていた（父はこれらを少しは読んだろうが、大部分は単に飾っていたのだと推定される。ページが時々繋《つな》がっていて、読んだ形跡がなかった本が多かったからだ）蔵書を手当り次第に耽読《たんどく》していたのだ。とくに『世界文学全集』や『現代日本文学全集』は小学校、中学校を通じてぼくの愛読書でもあった。要するにぼくは彼とかなり重なり合う読書体験を持っていたので彼が引き合いに出す文学作品を大体読んでいて、彼の主張もそれなりに理解できた。もっともぼくの理解ははるかに彼に及ばなかったので、ぼくが『ファウスト』を最近読んだと言うと、彼はすぐさま「庭のあずま屋」でファウストがマルガレーテにキスした場面の官能を理解するためには女とキスした体験がなければならないと主張した。そうしてドイツ語の原著を持ってきて問題の箇所を示し、それを訳して見せた。彼は四年前から独学でドイツ語を勉強しているという。今ぼくの古いドイツ語ノートに彼が書き写してくれた原文が残っている。当時ドイツ語を学びだしたばかりのぼくに、彼の訳の正否がわかったはずはなく、ずっとあとで自力でドイツ語を読めるようになってから、ぼくが試みた翻訳が書き込まれてある。

Faust

Treff' ich dich! (Er küßt sie.)

Margarete
(ihn fassend und den Kuß zurückgebend.)
Bester Mann! Von Herzen lieb' ich dich!

ファウスト　さあつかまへた！（と娘にキスする）
マルガレーテ　（ファウストに抱きついてキスのお返しをして）わたしあなたが、好きで好きでたまらないわ。

「女にキスしたことのない者にはこの二行に籠《こ》められた感覚の興奮、官能の悦楽は感得できない。これが感得できなければ、『ファウスト』全編を心身の奥底から理解できない。いいかね、ゲーテの文学における恋愛についてはキスが中心にあるんだ。『若きウェルテルの悩み』だってそうだ」大正はまた原著を取り出してきて、問題の箇所を示し、訳してみせた。
ぼくはわが青春の思い出のために、やはりその時、彼が筆写してくれた原文とぼくの翻訳をここに写しておく。

Am 30. Oktober.
Wenn ich nicht schon hundertmal auf dem Punkte gestanden bin, ihr um den Hals zu fallen! Weiß der große Gott, wie einem das thut, so viele Liebenswürdigkeit vor einem herumkreuzen zu

sehen und nicht zugreifen zu dürfen: und das Zugreifen ist doch der natürlichste Trieb der Menschheit! Greifen die Kinder nicht nach allem, was ihnen in den Sinn fällt? — Und ich?

十月三十日

ぼくはもう百回も彼女の首に危うく抱きつきそうになった。こんなに愛すべきものが目の前に漂っていても、つかむことができないのは、神よ、ほんとうに辛《つら》いのです。つかむというのは人間のごく自然の衝動だ。それが証拠に幼い子は目に見えたものを何でもつかんで見る。——それなのにぼくときたら？

「つまりだ、文学の根本には Sinn 感覚というやつがあるんだ」と大正は、何だか大学者のようにおごそかに言った。「この Sinn ていうやつだけは体験しなければわからない。キスして、触って、つかむ体験が大切なんだ。本を読むより前にまず体験を積むことだ。ところで君はメッチェンにキスした経験ぐらいはあるんだろう」「まだない」とぼくは残念そうに言った。すると大正は、ぼくの顔をじっと観察し、「若いな。ま、幼いと言ってもいい。きみには、気の毒だが『ファウスト』も『ウェルテル』も、総じて恋愛文学はすべて理解できんな」「それはひどいや。ぼくにだって想像力はあるんだからね」「想像と体験とはまるで次元が違うのさ」大正は体験を積んだ大人として年少者に訓戒を垂れていた。それだけの重みを彼の発言が持っているように思えた。

彼がひょっこりぼくの家を訪ねてきたことがある。日曜日の早朝で、ぼくは寝ていたのを起こされた。「こんなに朝早くお友達が?」と訝《いぶか》る母に、「変ったやつだがいい男なんだ」と説明して、二人は外へ出た。二階のぼくの部屋にあげて、彼があけすけに口走る女の話を隣室の弟たちに聞かれたくなかったのだ。「二丁目からの朝帰りだ」と彼は事もなげに言った。「で、何か用か」とぼくは尋ねた。「行き倒れを見せてやろうと思ってね」と彼は朴歯《ほおば》をかたかたさせた。裸の足が寒いらしく、やたらと音高く足踏みをした。伊勢丹前の歩道に老人が倒れていた。髑髏《どくろ》のように目が窪《くぼ》み、手の指も骨のように細かった。あきらかに餓死者である。これがぼくが見た最初の餓死者であった。「日本全国で飢え死にする人間が出ている。ぼくはこれで五人見た。まだまだ見る機会があるだろう」と大正は言い、「空襲の焼死者、戦後の餓死者、この一九四五年は死者の年だ。ぼくはこのことをいつか、書く。かならず書く」と右手にペンを持つ形を作った。彼は新宿二丁目を案内してくれた。一面の焼け跡であった場所にちゃんと新築された家々が建っており、金沢で見たのとそっくりの連子窓《れんじまど》を並べていた。西大久保の焼け跡では人々はまだバラックや壕舎《ごうしゃ》で生活していたのにこの近辺の復興は早かった。端から端まで一巡すると大正はあっさりと帰って行った。闇市に集まってきた人々を擦り抜け、マントをひらひらさせながら小さくなって行った彼の後姿が、今でも鮮やかに見えるようだ。

冬期休暇に入る数日前、忘れもしない十二月八日、きっかり四年前に戦争が勃発《ぼつぱつ》した日を選んで、クラスのコンパが開かれた。コンパという言葉を聞いたのも、そういう集いに参加したのもぼくには初めてで、それだけに印象深く記憶している。

体育館に付属するコンクリート床の着替室に車座になった三十人は、焼酎《しょうちゅう》を飲み固いするめを齧《かじ》りタバコを吸った。日頃何かと対立するショーペンと陸士が冗談を言い合い、大正が茶々を入れた。会話は固い床に跳ね天井に反響して、つぎの会話を誘い出した。暗くなるにつれ、酔うにつれて、会話も急ピッチで踊り狂った。国民を締め上げていた陸軍も海軍もない、憲兵もいない、特高もいない、何を放言しようと勝手放題だとは、初めて覚えた自由の感覚であった。焼酎を初めて（敗戦になってから初めての経験が目白押しであった）飲んだぼくは、おのれのアルコール耐性を知らず、たちまち深酔いして頭が燃え盛った。寒かったので、火を焚《た》こうということになった。誰かが廃材らしきものを探し出してきた。しかしマッチで火をつけようとしても燃えださない。ぼくは暗い校内を大胆に渡り歩き、教授の部屋らしい所に侵入し、整理して積み上げてあった新聞紙を一抱え持ち帰り、飯盒炊爨《はんごうすいさん》の要領で火をつけた。廃材から炎があがったとき、一同は拍手をしてくれた。火に興奮した一同は立ち上がり、肩を組み、寮歌を唱《うた》い出した。歌詞を知らぬぼくは、ただわあわあと喚《わめ》き散らした。ショーペンが意外にも朗々としたテノールで一同の歌声に上乗りし、大正は寮歌の歌詞をよく覚えていて一同をリードし、陸士は底抜けの大声で一同を鼓舞した。『椿姫』の『乾杯の歌』を何十回も繰り返して唱い、ついに止まらなくなった。「あげよ、さかずき、若き日のために、いざ酔う友よ、満ち満てる日……」この歌声の渦《うず》の中にいてぼくは、確実に何かが終り、何かが始まった思いがしていた。こうして一九四五年は暮れようとしていた。

4

その冬から春にかけてわが家の食糧事情は最悪であった。武蔵新田の祖父宅と今市のときやの実家だけが、わが家の持つ田舎の知人であったが、そう何度も無心や買出しに行くわけにもいかず、千葉や埼玉の農家に一家が手分けして買出しに出掛けた。ところが、父の背広や母が編んだ毛のセーターなどは農家の必要品ではないうえに、都会から殺到する客に慣れた農家は頭《ず》が高く狡猾《こうかつ》になり、交渉はなかなか成立しなかったし、帰路の電車で一斉取締りにあって全部を没収されてしまうこともしばしばであった。

主食の配給は滞りがちで、米の代りにじゃがいもや玉蜀黍《とうもろこし》の粉などが配られた。じゃがいもの蒸《ふ》かしたのが一人二個のみ、玉蜀黍粉のパン一枚のみ、などの夕食が続いたすえ、ついに食糧が尽きてしまう。ぼくはせめて空腹感だけでも紛らわせようと水で胃を満たして、二階にあがり、毛布に足をくるみ、頭から掻巻《かいまき》をかぶって本を読む。やがて水が吸収されてしまうと、胃を中心に飢えの感覚が全身に伝播《でんぱ》してくる。幅広のバンドでぎゅっと腹を締めつけて必死でそれを我慢する。この飢餓感は、幼年学校でもお馴染《なじ》みの現象であったが、その冬体験したのはもっと、そしてもっとも激烈であった。幼年学校では腹は空《す》かしてはいても一定量の滋養分の供給はなされていたのに、わが家ではそれがゼロになったのだ。母は必死で買出しに行き、甘藷《かんしょ》や大豆や時には麩《ふ》を買い入れてきて、大豆粉と麩のパンを作ってくれた。それで何日か家族は食いつなぐ。そうしてまたゼロの日がくる。三月になって、ときやが上京して来て、米や麦を大量に運びいれてくれた。久し振りにつやつや光る白米飯を食べて一家がどんなに感激したことか、あの時の、暖かい御飯を白菜の漬物《つけもの》でくるんで食べた味が忘れられず、それは今でもぼくの好物となっている。

ときやが帰ってしばらくした時、学校から帰宅して、ぼんやり新聞を眺《なが》めていたところ、不意に一つの小さな記事が、ぱっと閃光《せんこう》を発して心の中心に飛び込んできた。

〔横浜発〕ウイーンで活躍してゐた国際的ヴアイオリニスト富士彰子さん（四六）がヨーロッパより引揚げの外交官や芸術家たちとともに、夫の音楽評論家新平さん（五一）、セリストの長女朋奈《ともな》さん（二〇）、ピアニストの次女千束《ちづか》さん（一八）ともども浦賀に上陸、昭和十六年の秋渡欧して以来、四年有半、変り果てた祖国の姿に眉を曇らせながらも、戦火のヨーロッパの生活について語った

十九年の六月までパリでリサイタルなどを開いてゐましたが聯合軍がノルマンジーに上陸してからはベルリンに移り、それからは音楽どころではありませんでした、ウイーンに戻らうにも戻れず、市内に聯合軍が突入してからは知人の地下室に隠れ住んでゐました、滞欧中最大の収穫は千束がパリで独奏家として認められ、何回かリサイタルを開いて好評を得たことです

写真に一家四人の顔が写っていた。千束は母親の彰子に寄り添っている。娘は母にそっくりの顔立ちで二人は姉妹のようだ。額から真っ直《す》ぐに通った鼻筋に共通の特徴がある。彼女を見た最後は昭和十六年の春、聖心女子学院で開催された温習会においてであった。薔薇色《ばらいろ》の少女がまぶしかった。温かい風が新緑を萌《も》え出させ、何百の音譜が妖精《ようせい》となって軽やかな舞踏をした。その頃《ころ》にくらべると、ふっくらとして、成熟した娘に育ったようだ。今やソリストとして活躍する音楽家なのだ。ぼくは、新聞写真の粒子の荒さを嘆きながら、とみこうみした。何度見ても見飽きなかった。

千束に会いたいと切に思った。が、記事には富士一家の新住所までは書いてない。鎌倉の海辺の家の可能性が高いが、他人が住んでいて入れない場合もあるだろう。新聞社に電話して住居を聞き出すのも気恥ずかしく、二の足を踏んだ。新聞写真に、和毛《にこげ》の光る薔薇色の肌《はだ》や西洋人のように茶色い髪や、不揃《ふぞろ》いな可愛《かわい》い真っ白な前歯などの細部を想像で色付けして、その想像で再現された千束にぼくは心の中でキスした。すると、今にも巻きつきそうな細い首が、吸い込むように柔らかい背中が、蠱惑《こわく》を秘めた暗い茂みが、実際に彼女を抱擁しているように生き生きと感じられた。マルガレーテにキスしたファウストの感覚をぼくは想像裏に体験したのだ。大正の説は転倒しているので、まず愛がなければ至福の感覚もないのだとぼくは思った。ダンテはベアトゥリーチェに九歳で会い、九年後に再会するが、それもある橋の上で彼女の会釈《えしやく》を受けただけではないか。ウェルテルはロッテの手にキスをし、ロッテの口にキスしたカナリアとキスしただけで一度も直接のキスなど交わしていないではないか。

大正の体験説は間違っていると退けて、際限もなく千束を想《おも》っては欲望の悦楽にふけった。それは三月の中旬で、数日後に控えた期末試験のため勉強中であったのが、たちまち恋しい人への妄想《もうそう》に取りつかれて教科書やノートは気持から遠のいてしまった。そんなものよりも、敗戦後、夜を日に継いで読みふけっていた文学の中にぼくは恋愛の甘い描写を探してはうさ晴らしをするのだった。『神曲』のパウロとフランチェスカを読み返す。フランチェスカを愛したパウロが最初にする行為はキスで、これが二人の破滅の原因になっているとダンテは明瞭《めいりょう》に書いていた。作者がベアトゥリーチェにあえてしなかった行為を作品の中の人物には堂々と実行させる、どうやらそれが文学らしいのだ。

読物はあまた度我等の目を唆《そその》かし、我等の頰《ほほ》の色を失はしめき。されど我等の打ち負かされしは、ただ一の箇所にすぎず。

すなはち、久しく憧《あこが》れし微笑《ほほゑみ》の上に、かの愛人の接吻《くちづけ》するところを我等が読みし時、いつまでも我より離るまじきこの人は、身をわななかせながら我が口に接吻《くちづけ》せり。

身をわななかせながらフランチェスカにキスをしたパウロのすべてが、その欲望の硬直と全身をつらぬく歓喜の念が、ぼくにはしっかりと〝体験〟された。そして、大正が筆写してくれた『若きウェルテルの悩み』の一節を、つかみたいと切望しながらつかめない悩みが、あの小説の中心主題で、ウェルテルがロッテにキスしてしまったら、彼女をつかんでしまったら終ってしまう恋愛もあるのだと思った。

ぼくはページを閉じて外へよろめき出、生温かい春の風を女の肌と感じて愛撫《あいぶ》しながら、歩くにつれて女の子宮に包まれてしまい、自分が一匹の弱々しい精子となって遠くの卵子に這《は》いよって行く心地になった。いつしか抜弁天《ぬけべんてん》の高台に立っていた。崩れた築地塀《ついじべい》の向うに、斜面の墓石が雛壇《ひなだん》に並ぶ人形のように赤い顔を火照《ほて》らせ、長い髪の毛さながらの影を長く伸ばしていた。ずっと下に孤独に立つ石の鳥居に見覚えがある。西向天神の境内がごっそりと焦《こ》げた荒れ跡になっている。細い凸凹《でこぼこ》道をたどるうち焼けぼっくいに行く手を塞《ふさ》がれた。迂《う》回《かい》して道に戻ったが方向を失った。入り日と新宿のビルの群落が道標だ。記憶の底をいくら浚《さら》ってみても、千束の家がどこにあったのか特定できない。ふと小学生になってから香取栄太郎とこのあたりを探索したが、すでに発見できなかったのを思い出した。富士一家が鎌倉に越して行ったとき、家は取り潰《つぶ》されたのかも知れない。とすれば、空襲で燃えたというぼくの思い込みは無意味である。が、どうしてもそれが燃えた気がした。そのほうがあの家に相応《ふさわ》しい終末だと思えた。冬だと家から富士山がよく望めると、幼稚園児の千束が自慢していたのがぼんやりと思い出された。今は地平も霞《かす》む春で、熟した太陽は輪郭がぼけて上下に潰れ、やがて雲の中に吸い込まれた。ぼくは遠い幼年時代の記憶を、濁った水を掻《か》きまわせば宝物でも出てくるような気持で、検《あらた》めていた。

帰宅すると乱暴に階段をあがり二階の自室に入り鍵《かぎ》を閉めた。元応接間のその洋間は簡単な内鍵がかかる仕掛けになっていて、独りになりたいときは鍵を閉めるのだった。隣の広間は弟二人の部屋になっていて、ぼくは長男の特権でこの一部屋を占拠していた。駿次は出掛けているらしく、研三が英語の音読を彼らしい執拗《しつよう》さで反復していた。雀《すずめ》が鳴いた。電車が坂を登る場合のぐーんと腹に響く音を伝えた。占領軍のジープの傍若無人の爆音が鼓膜を打った。新宿駅のほうで汽笛がやたらと吹きたてた。子供が叫び、烏《からす》が笑う。都会の騒音にぼくは、ロンドンの喧騒《けんそう》——寺の鐘、汽車の笛、何とも知れず遠きより来る下界の声——に呪《のろ》われたカーライルにおのれを擬していらだち、髪を掻きむしった。包丁の音が止まった。階段を母が登ってきた。ドアの前で言う。「悠太、何かあったのかい」「何もないよ」とぼくは険のある応答をした。「何かあったんだね。入っていいかい」母はドアを開こうとして鍵にはばまれた。「何でもないよ。独りにしてくれよ」とぼくは叫んだ。母は、おそらくは首を振り振り、ドアに心を残しながら降りて行ったのであろう。すぐさまぼくは後悔した。しかし、母に謝れば理由を言わねばならぬと思うと、そのまま閉じ籠もっていた。

勉強が手につかない。翌日、登校はしたものの、教師の言葉は耳の外を通り過ぎ、ノートは空白のままであった。大正が「どうした。浮かぬつらしてるぜ」と言った。ぼくは「若き悠太の悩み」と言った。大正は「女か。そいつは君が大人に脱皮するためには必要な病気さ」と笑った。彼の笑い声は不快ではなかった。そこに軽薄な調子ではあったが年長者の労《いたわ》りが含まれていたからだ。帰宅すると、小説本を手当たり次第に抜き出しては、いそがしく男女のキスや性交の場面を捜し出し、ふと恰好《かっこう》の作品として『地獄』に出会ったが、あまりにもあからさまな描写がかえって想像力をしぼませた。夜になると淫《みだ》らな欲望で苦しんだ。

苦しまないために小説を走り読みして、小説家の悪意を感じ取り、新しい苦しみに取りつかれた。悪意――そう、ナナを、マルグリットを、テスを、エマを、アンナを、ウェルテルを破滅させた小説家は涼しい顔をして生き残ったではないか。すくなくともウェルテルを自殺させたことでゲーテは生き延びたのではなかったか。そしてダンテは、自分は絶対安全な視点に身をおいて、殺されたパウロとフランチェスカを地獄の風に乗せたのだ。何といい気なものだ。ぼくは本を放《ほう》り出して、また髪を掻きむしった。机上には教科書やノートが積まれ、勉強の計画表が壁に貼《は》ってあったのに、一週間前から計画に従ってせっせと復習《さら》っていたのに、もはや全く興味がないのだった。千束の目がぼくを見つめていた。ぼくは新聞写真の切り抜きを見る。千束の目はどこか脇《わき》にいる新聞記者の方角に向いている。天眼鏡で拡大してみると十ほどの荒い点の集合にすぎなくなる。が、ぼくはそれらの点の中に吸い込まれていくのだ。その刹那《せつな》（ほんの刹那だが）ぼくはめくるめく幸福に襲われる、そうして天眼鏡を離して、彼女の目があらぬ方を見詰めているのを見ると、その視線の方角にいる記者に嫉妬《しっと》して苦しむ。そのくせ切り抜きから目をそらすと彼女の目がこちらをじっと見詰めている気がして落ち着きをなくすのだ。この繰り返しを莫迦《ばか》げた行為と考えながら、何度でも繰り返さなくてはならなかった。この強制された繰り返しはぼくには苦痛であった。が、苦痛のなかには快楽の甘味が隠れていて、やめることができなかった。

そんなふうにして数日が経《た》ち期末試験の当日になってしまった。自信はまったく無いくせに、ぼくの自尊心は人一倍強かった。散々な成績を取るよりは落第したほうが増しだと決心し欠席をすることに決めた。三月の末、終業式当日に学校に行ってみると落第者の名前が貼り出された中にぼくの名があった。驚いたことに大正の名前もあった。彼は文科に転科して一年生の最初からやり直すために落第したに違いない。もっと驚いたことは、新学期の開始が九月一日とあったことだ。理由は不明だが生徒の校長排斥運動で校内が騒然としていたことと、食糧難で欠席生徒が多かったせいだろうと思えた。とにかくまる五箇月の暇ができたわけだ。ぼくは突然決心した、千束を忘れるために読書に没頭してみようと。ただ単純にそう決心した。

　春になったけれども、わが家の食糧事情はすこしも好転しなかった。都立高校が休みで助かったのだ。毎日弁当を持って通学することなど不可能であったからだ。わが家の畑、裏の畑と都立家政の会社の農園に、三月末にはじゃがいもの種芋の植え付けをした。それは風が強く、黄塵《こうじん》で空が黄色く染まり、何度も目に土が飛び込む、嫌《いや》な日であった。五月半ばには甘薯の苗七百本を植え付けた。やはり風が強く、せっかく育った麦の茎が無残に折れていたし、杉菜が一面にはびこり、それを抜くのに苦労した。千束のことが時折頭をかすめたが、飢えと労働に追われた毎日ではわが恋愛を顧みる余裕はなかった。パウロもウェルテルもファウストも、要するに飢えてはおらず、余裕のある暮らしをしていたからこそ恋愛などができたのだとぼくは思った。

　もっとも、予定したように、ぼくは暇さえあれば読書に没頭していた。哲学や社会学も読まねばならぬとは考えていたが、実際に手に取るのは小説であった。ところで、小説の中で食事の場面が出てくると、ことのほか注意深く、ゆっくりと読み、空想のなかで楽しんだ。イタリアの山賊にとらえられて飢えた銀行家が、山賊の食べている黒パンやチーズや豌豆《えんどう》のシチューに生唾《なまつば》を呑《の》み込む様子。ノルマンディーの田舎の婚礼の宴で、一日十六時間、数日にわたって食べ続ける御馳《ちそう》走の山――牛の腰肉、若鶏《わかどり》のシチュー、犢《こうし》の煮込み、羊の腿肉《ももにく》と子豚の丸焼き、回廊や列柱や櫓《やぐら》をそなえた巨大な菓子。ロシアの貴族の命名祝日の宴で食欲旺盛《おうせい》な肥《ふと》った青年の食べて飲んだもの――亀《かめ》のスープ、フィッシュ・パイ、えぞ山鳥、ドライ・マデラ酒、エンゲル酒、ライン葡萄酒《ぶどうしゅ》。これら、まだ食べたことも飲んだこともないものを、小説の筋よりももっと鮮明に記憶している。北欧の青年が飢えて街をうろつく作品で「飢えが腹を齧る」という表現を読んで、それだけでその小説を傑作だと断じた。その頃、新宿の映画館でチャップリンの『黄金狂時代』を見て、主人公が飢えて、靴《くつ》を煮て食べるシーンに笑えず、涙ばかり流れて困ったのを覚えている。飢えた人間を滑稽《こっけい》と思えるのは飽食した人だけである。飢えた人間、それは真実限りなく悲しい人間なのだ。

　五月半ばのある日、ぼくは軽井沢の野本邸まで買出しに行くことになった。桜子が佐久の農家より米、麦、大豆、小豆などを沢山買い入れたので分けてあげてもいいと母に手紙をくれたからだ。央子に会う機会だからと母は行きたがったが、前夜からぼくが駅に泊まり込んで翌朝ようやく買うことができた切符は一枚切りで、重い荷物運びには母より体力のあるぼくのほうが適役だと父が判断した。それまでもその後も方々に何度も買出しに行ったため、多くの記憶が混じり合っているなかで、この軽井沢行きだけがきらりと鮮明に、隅々《すみずみ》まで照明されて追想されてくるのは、あとで述べるようにその旅が特別な意味を持っていたせいである。

朝、汽車の発車時刻よりかなり早めに上野駅に行ってみたが、すでにプラットホームには人だかりがしていた。人の数は見る見る増して、それまで一応作っていた列に四周から割り込み、それを排除しようとする人々との間で揉《も》み合いが始まり、しかも列車が入って来るとまだ動いているうちに列は乱れ、われ先にと飛び乗る紊乱《ぶんらん》が現出した。毎度こうなるに決まっていると予測していたぼくはガラスの欠けた窓に駆け寄り、やっと掛け声もろとも飛び込むと首尾よく窓際《まどぎわ》の席に坐《すわ》ることができた。それも窓から人々がする小便の飛沫《ひまつ》がかからぬように後ろ向きの席を占領したのだ。何度も買出し列車を経験して得た知恵である。二人掛けの椅子《いす》に三人目が押し入ってきて、ぼくは窓際に強く押しつけられた。窓からはどんどん人が侵入してきた。その節、どの列車も窓ガラスがほとんど破れて無く、窓は出入り口と化していたのだ。たちまち身動きもできぬ超満員である。座席の下に押し入れた革トランク(中には空のリュックサックが入っていた)を両足で押さえつけ、背後に人々の圧力を感じながら、軍服の懐《ふところ》から、大型の『現代日本文学全集』を取り出して読み始めた。残念ながらその一冊が何であったか忘れてしまったけれども、全集の中でも厚い重い一冊であったことははっきり覚えている。たちまち周囲の状況に一切無関心になった。隣や前に誰がいようが、駅に止まるたびに人が乗り込もうが、走行中に窓に腰掛けて誰かが放尿しようが、本の中の一行一句ほどの刺戟《しげき》もあたえないのだ。どこかの駅で新しい侵入者がちょっかいを出した。

本の題名か何かを尋ねたらしいが、答えないでいると腹立ちまぎれに本をぼくの手から抜き取ったのだ。すぐさま本を取り返し、白線帽の庇《ひさし》で顔を隠すとまた読み始めた。相手の顔を見る努力さえ惜しかった。相手は何か毒突いていたが、やがてあきらめてしまった。小突かれても、殴られても、ぼくは反応しなかったろう。衆人環視の車内では大した暴力も行使できぬと先刻承知していたのだ。落第してから、日常生活は百八十度転倒してしまい、小説や劇や詩の世界が、きっかりとした意味や比喩《ひゆ》を持つ現実のように思え、その世界にたまたま、農耕作業や町会の焼け跡片付けや食事や買出し旅行が、非現実の邪魔者、およそ無意味な些《さ》事《じ》として入りこむようだった。ともかく読書によって、千束を、飢えを、敗戦国の悲惨を、忘れることができた。できたと思い込んでいた。

駅に着くたびに惹起《じやつき》される、乗降者同士が発散する圧力と斥力《せきりよく》、悲鳴と怒号をよそに読み続けた。この時分、ダイアの乱れはひどかったし、その列車がとくに混雑していたこともあって、進行は不規則で鈍く、大分の遅れのようだった。昼が過ぎて空腹を覚え、ポケットから握り飯を抜き出して食べた。水筒には茶が入っていたが、尿意をもよおすと面倒なので喉《のど》は渇くにまかせた。

駅に着いた。三文字の駅だ。小説の生き生きとした情景に較《くら》べると、その駅など淡い存在感しか持たなかった。軽・井・沢と読めたが取り立てて興味を引かない。列車はなかなか動かない。いくつものトンネルをくぐって山を分け入った、急勾配《きゆうこうばい》をぐんぐん登った、これがアプト式の電気機関車だと思った、**軽井沢**！　突然軽井沢が意味を伴った。ぼくは本の活字から外へ躍り出、座席下からトランクを引き出し、窓より飛び下りた。押し退《の》けられた人々の悪態が降ってきた。列車は動きだしていた。やれ間に合ったと安堵《あんど》したとたん、大変なことに気付いた。本を忘れたのだ。座席の上だ。窓に飛びつき、ぼくの跡を占領した人を邪険に押し退けると、その人の尻《しり》の下から分厚い『現代日本文学全集』を抜き出して、しっかり握ると飛び下りた。列車はかなりの速度になっており、ぼくはコンクリートに落ちて転び、数回くるくる回転した。最後に腹這いになって、去って行く列車のデッキに鈴生《すずな》りの人々を見送りながら、柔道の受け身の要領でうまく加速度を殺したと満足して、おもむろに立ち上がった。右手を少し擦《す》り剝《む》いただけで、別に怪我《けが》はなかった。突然ぞっとした。そこはプラットホームの端に近かった。あと一、二秒遅ければ線路端の砂利に叩《たた》き付けられて大怪我をしただろう。本を拾って、それが無事であったことを喜びながらトランクまで走り戻り、落ちていた帽子を被《かぶ》ったところで怒声を浴びた。駅員が火の玉となって喚《わめ》いていた。

ぼくには彼がなぜ怒るのか理解できず、相手の興奮を目を丸くして眺《なが》め、その落ち着きはらった態度が、相手にはふてぶてしく見えたのだろう、とうとう駅員室に連行された。年輩の駅員が嚙《か》んで含めるように説明してくれた。動いている列車から、飛び下り飛び乗りなどの危険な行為をすることは厳禁されていたのに、あんたは飛び下り二回、飛び乗り一回もの違反行為をしたというのだ。ぼくは自分がぼんやりして停車中の列車から降りる機会を逸し、あわてて降車したところ、大切な忘れ物に気づき、それを取り戻そうと無茶な行動に走ったと陳謝した。年輩の駅員は、険しい顔付きで質問した。「すんでのところで命を落とすところだったんですぞ。ところで、あんたが命懸けで取り戻した〝大切な忘れ物〟とはなんですかな」「これです」とぼくは『現代日本文学全集』を差し出した。「なんだ本か」と唖然《あぜん》とした彼はくだんの駅員と顔を見合わせた。彼らは高校生の非常識な執着にあきれた様子で、案外にあっさりとぼくを釈放してくれた。

　駅前に出てまず目についたのは、アメリカ兵の多いこと、そして彼らの習性として自動車をやたらと走らせていたことである。道路標識はすべて英語で、交通整理をしているのはＭＰであった。日本の警官のように生真面目《きまじめ》に勤務するのではなく、笑顔を浮かべおどけた動作を交えている。ジープに追い越された人力車を日本人が曳《ひ》いていた。客はキスを交わしながら抱き合っている白人の男女であった。陽気なアメリカ兵、胸を張って大股《おおまた》に歩く白人の女。塗りたくった油絵のように濃い原色の外国人たちのあいだで、貧しい服装の日本人は、ぼくを含めて、墨絵の影のように淡い部外者であった。

　母の描《か》いてくれた地図を頼りに横道にそれると、たちまち木《こ》の下闇《したやみ》となって冷涼とした風に包まれた。このように密で奥深い森をぼくは知らなかった。戸山ヶ原には貧弱な松林が、幼年学校の丘には灌木《かんぼく》の疎林《そりん》しかなかった。苔《こけ》をふいた幹が太く梢《こずえ》が遠い。木々の葉が空間を充満して、わずかな木漏《こも》れ日《び》が下草を光らせている。森のさなかに建つのを嬉《うれ》しがっているようにさまざまな趣向をこらした家々が見え隠れする。花が咲き、小鳥がさえずり、枝々がさやぐ。空気は酸素に富み、肺の隅々までが洗われる。と、いかめしい雰囲気《ふんいき》に出会った。万平ホテルに行く道をＭＰ二人が固めている。ホテルはアメリカ軍に接収されて、何かの重要な機関となっているらしい。

右に曲がる。やがて大きな茅葺《かやぶき》屋根の百姓家が迫《せ》り出してきた。母が言っていた風間《かざま》振一郎《しんいちろう》邸と見た。とすれば、その手前の木造二階建ての洋館が野本邸に違いないと近付いてみると、石組みの門柱には英語でアメリカ人らしい名前が表示されてあった。DR. T. NOMOTOとローマ字の表札である。はて野本武太郎《たけたろう》がいつ博士になったのかと戸惑ったが、音楽が建物を破裂させるように鳴り響いているので、それだと確信できた。ピアノと弦楽の合奏である。当初、電気蓄音機の音かと聴いたが、それにしては音が澄んで生きている。実演奏とすれば、ヴァイオリンは央子であろうか、雨後の空にかかる虹《にじ》のように伝わり昇る音色を、雲間を漏れるおびただしい陽光のようなピアノの音が切っている。

玄関先に吊《つ》り下げてあるカウベルを叩こうとしてやめ、ぼくはヴェランダに回った。フランス人がéclaircieと呼ぶ森の中の明るい空間が開けた。広い庭である。緑に点を打つ赤いツツジが白樺《しらかば》の幹とともに庭を限っていた。ふと胸に懐《なつ》かしい思いが湧《わ》き上がってきた。色が浮かぶ。紺と緑と黒が動きだした。動く色が音を発散して……音楽となる。この曲は聞いたことがある、どこかで。花壇に咲きそろう百合《ゆり》を横目に芝生を渡り、木の階段をそっと登ると広間の端の壇上に三人の演奏者が見えた。ヴァイオリンとチェロとピアノの三重奏曲だ。ヴァイオリンはなんと富士彰子先生ではないか。そしてチェロは朋奈だ。ぼくは心底からびっくりして、すぐピアノの演奏者を見た。千束である！　四年前のほっそりとした少女は、膨らみを持った胸とくびれた腰の乙女に変っていた。全体に細作りなのは以前のままだが、肌《はだ》にぴったりとついたドレスが腰から尻への線を優美に浮きださしている。肩を叩かれた。桜子だった。人差し指を唇《くちびる》に立てて目くばせした。彼女の真似《まね》をして忍び足で進むのだが、鉄鋲《てつびょう》を打った軍靴《ぐんか》が床に高鳴り、首を振った桜子に、聴衆と離れた、入口脇の籐椅子《とういす》に坐らされた。桜子がささやいた。「悠太《ゆうた》ちゃん、どうしたの。泥《どろ》だらけよ」「プラットホームで転んだんだ」とぼくはそっと言った。桜子は濡《ぬ》れタオルを運んできて、まずぼくの顔を拭《ぬぐ》い、それから軍服の泥を丁寧に拭《ふ》き取ってくれた。

央子が一番前の席に坐っていた。広間にぎっしり聴衆が詰めていて、何人か日本人もいたが、ほとんどはアメリカ軍の将兵とその家族たちと見えた。みんなきちんとした服装である。ぼくは汚れた軍服によれよれの作業ズボン、つまり買出し人の出《い》で立ちであった。今日ここでコンサートがあることも、まして千束の出演があるなどとはつゆ知らなかった。桜子がタイプされた英文のプログラムを渡してくれた。最初が富士母子によるピアノ三重奏曲、二番目が央子とシュタイナー家の子供たちによる弦楽四重奏曲、最後がシュタイナーと夫人によるヴァイオリン・ソナタであった。

場違いな所に飛び込んだ居心地の悪さを覚えながらも、ぼくは千束の姿に見とれた。聖心女子学院の情景が二重映しになって見えてきた。あの時、彰子先生は紺のドレスを、朋奈は濃緑の衣裳《いしょう》を着て、千束は黒ずくめであった。さっき想起された三つの色はあの時の服の色であった。そうして今演奏されているのもあの時と同じ、モーツァルトの『ピアノ三重奏曲』であった（それがハ長調ケッヘル五四八であることを、ずっとあとでぼくは確認した）。

今、千束は深紅のドレスを着ている。黒も似合ったが、赤も似合う。薔薇色《ばらいろ》の肌と鼻筋の通ったはっきりした目鼻立ちには、強い色彩が映えるのだ。かつて細すぎるように思えた腕は形がよくなり、肩から優雅に泳ぎ出て、今にも折れそうに見えた指は鍵盤《けんばん》の上で白魚のように飛び跳ねている。音楽を聴いているのではなく、千束と一緒に遊んでいる幼子の心となって、ぼくは幸せだった。このような機会を作ってくれた運命の力（ぼくは神様など信じないことにしたのに、運命という人間をあやつる不思議な力だけはまだ信じていたのだ）に感謝した。

演奏が終った。盛大な拍手に母と娘二人は何回もお辞儀した。むろんぼくは力一杯にいつまでも手を叩き、人々が不審がって振り向いたほどだった。千束は央子の隣に腰掛けた。茶色の髪がポニーテイルに束ねられて、清らかな項《うなじ》が光った。まこと光輝いて見えた。その一点を自分の眼力が優しく撫《な》で、彼女が振り向いてくれることをぼくは祈った。息苦しいほどに熱望した。

「どうしたの」と桜子がぼくの目の高さでぱちんと手を打って、顔を覗《のぞ》き込んできた。悪戯《いたずら》っぽい明るい眸《ひとみ》である。「何だか苦しそうね。転んだとこが痛いの?」「いいや……」とぼくは狼狽《ろうばい》して、しばらく言葉が出なかった。「……すばらしい演奏だったから……それにしても、富士先生たちがどうしてここにいるの。富士先生は脇の晋ちゃんとオッコの昔の先生で、ぼくも知っているんだ。先生がウィーンに行った年だったけど、聖心でお弟子さんの演奏会があって、ぼく晋ちゃんとオッコが弾くんで聴きに行った」「そうだったの。じゃあ悠太ちゃんが見えたの富士先生お喜びになるわ。でも、先生が晋助さんの先生だったてのは初耳だわ」「一高時代からずっとだよ。大体、晋ちゃんがオッコを富士先生に紹介したんだ」「あら、オッコちゃん、そんな話を全然しないもんだから、わたしちっとも知らなかった」「でも、富士先生たちをここに呼んだの、オッコに言われてなんでしょう?」「それが違うのよ。招待なさったのはシュタイナー先生よ。あいだを取り持ったのはわたくしですけどね。富士先生が来られてからオッコちゃんの昔の先生だとわかって、もうびっくり」「じゃあ、シュタイナー先生は彰子先生と親しいんだね」「それがそうでもないの。彰子先生がヨーロッパで有名になったのはここ四年前からで、そのあいだシュタイナー先生は日本にいて、向うの楽壇情勢にうといでしょう」「じゃ、どうしてシュタイナー先生は富士先生を招待したの」「ああそれ、複雑な事情があるの。つづめて言えば軽井沢のせいなんだけど」と桜子は不得要領な返事をした。その時、央子とシュタイナーの子供たちの合奏になった。

弦楽四重奏曲。それが誰の曲であったか忘れてしまったが、ヴァイオリンが央子とワルター、ヴィオラがヘラ、チェロがペーターだったのははっきり覚えている。央子は千束のに作りがよく似た、つまり体にぴったりと貼《は》り付くピンクのドレスを着ていた。(あとで聞いたら千束のは桜子のドレスで央子のは桜子のお手製であった。)妹が大人が着るような裾長《すそなが》のドレスなど着ていたのが目ざましく、その色まではっきり再現される。それはきらきら光る桜色で、央子の幼い体を可愛《かわい》らしく包んでいた。ペーターがぼくの注目を引いた。すらりとした長身で、大正が見たらさぞ羨《うらや》ましがるだろうような見事な長い黒髪を肩まで垂らした美青年であった。彼はちょうど千束の真ん前に坐っていて、楽章の終りにはそちらの方向に会釈《えしゃく》を送っているように見え、ぼくにはその視線の動きが気になった。

演奏が終ると桜子がまたぼくに話しかけた。お喋《しゃべ》り好きの彼女らしく、楽しげな早口である。

この軽井沢は戦争中は外国人の居住地と定められて、米英などの敵国人（強制送還または収容所入り）以外のあらゆる国の人々が住んでいた。外国人たちは戦争中でも乗馬、テニス、アイススケートを続けたので軽井沢の雰囲気は日本のほかの場所とは画然と違っていた。とくにドイツ人が多く、枢軸国人《すうじくこく》というので威張って暮らしていた。彼らは数人が隊を作り、ナチスの鉤十字《かぎじゅうじ》の三角旗を持ち、自分たちの優秀性を示すように颯爽《さっそう》と闊歩《かっぽ》していた。ところが敗戦後、アメリカ軍が進駐してきて、万平ホテルに軍政部を置き、外国人の管理を一手に行うようになってからドイツ人の立場は逆転した。ドイツ教会の周辺にドイツ人の軟禁地区が設定され、厳重な監視下に置かれることになった。ドイツ人はその地区から外出するのに警察署長の許可証を必要とし、帰ると許可証を返還しなくてはならなかった。シュタイナー一家も今までの家を去り、居住区への移転を命じられたが、桜子や来栖《くるす》大使夫人アリスなどの陳情の結果、アメリカ軍のＣＩＣの調査でハインリヒ・シュタイナーが国際的に有名な芸術家であることが判明して、従来通りの生活が許されることになった。シュタイナーはアメリカ軍の好意へのお礼の意味をこめて、彼らが駐留している万平ホテル、グリーンホテル、三笠ホテルなどを巡回して演奏会を開いた。彼の希望としては東京のどこかで演奏会を開催し、その世に在るのを示したかったのだが、食糧と経済事情の逼迫《ひっぱく》した首都には到底そのような余裕はないとあきらめ、今は夫人の故国フランスへの、つまりパリでの演奏活動を考えているらしい。そこへ持ってきて、昨年半ばまでパリで活躍した富士彰子の帰国を新聞で知り、パリ楽壇の近況をいろいろ聞きたくて彼が今度のコンサートを提案したわけである。

「なるほど軽井沢のせいだね」とぼくは納得した。「でもシュタイナー先生は富士先生の芸術を認めていらっしゃるんでしょう」「数日前からのお付合いだけど、すっかり感心なすっているわ。ただし、わたしに言わせれば格がだんちだけど。シュタイナー先生は天才で全世界で通用する方だもの」「娘さんのほうはどうなの。たとえば千束さん」「朋奈さんはまあまあだけど、千束さんはさすがパリで注目されただけの豊かな才能があるとおっしゃった。彼女、パリでコルトーに認められ、特別レッスンを受けたうえ、数回リサイタルを開いて好評だったんですって」「パリでリサイタルを開くってすごいねえ」とぼくは千束の項を見つめた。その白い点がたちまち光源となってまぶしいように輝きだした。

シュタイナー夫妻の演奏が始まった。ヴァイオリン・ソナタだったが、曲も作曲者名もまったく記憶していない。ただ、著名なヴァイオリニストが丸々と肥《ふと》った金髪の小男で額が瘤《こぶ》のように飛び出した醜男《ぶおとこ》であったのに、夫人が長身の黒髪の美しい女性であったこと、ペーターが夫人のほうの遺伝を受けていると気付いたことは思い出せる。

演奏が終った。桜子は出口へ飛んで行き、帰って行く聴衆を見送った。あとに残ったのは富士家とシュタイナー家の人々だけである。彰子の夫、富士新平もいた。桜子がぼくを両家の人々に、央子の兄だと紹介してくれた。正装した彼らの前でぼくは、買出し用のちぐはぐな風体を恥じていたが、どうにも仕方がない。もう度胸がすわって、むしろ挑《いど》むようにみんなに挨拶《あいさつ》した。

彰子先生はぼくを覚えていてくれたが、千束は一瞬怪訝《けげん》な面持《おもも》ちを向けてぼくを失望させた。しかしつぎの刹那《せつな》、快い微笑がぼくを安堵させた。花びらのような唇の奥に輝いた真っ白な歯を吸い込まれる思いで見、そこにキスしたいという欲望が脹《ふく》れ上がった。千束は、横を向きペーターとドイツ語で話し始めた。彼女はぼくよりも背が低く、ペーターをぎゅっと見上げながら話し、その分、まろやかで優美な喉仏の形を露《あら》わにしていた。額からすっと鼻に移行する線、あんなに何度も想像した顔が目のあたりにある。千束と同じ空気を呼吸している。彼女の息づかいや声が聴かれる。そうして薔薇色の頰《ほお》にそよぐ金の和毛《にこげ》を見られる。それだけでぼくは幸福だった。しかし、その幸福も、千束とペーターが親しすぎるような気がして曇ってきた。千束は何かを熱心に話し、ペーターも熱心に頷《うなず》いていた。そう、二人ともに熱心すぎるのだ。「ねえ、悠太ちゃん、ペーターはあなたと同い年よ。十八歳よ」と桜子が言ったとき、ぼくは驚くとともに安心もした。ずっと年上の青年が千束の恋人になるような予感が、さっきからぼくの胸を痛めていたのだ。さらに、桜子はけしかけるように言った。「ペーターと話してごらんなさいよ。彼、日本語が上手なのよ」

ぼくは二人のあいだに割って入った。「ねえペーターさん、君とぼくとは同い年ですって」「おや、そうですか。偶然ですね」とペーターは目を丸くし、「それでは中学生ですか」と尋ねた。桜子が後ろから応援してくれた。「悠太ちゃんは高校生よ。すごい秀才で、一年飛び越しちゃったの」千束がぼくに注目してくれた。彼女の視線を受けただけでぼくは汗ばんでき、気持が舞い上がりふわふわと風に漂うのだった。ぼくは千束に微笑を向け、なおもペーターに言った。「千束さんとぼくとは幼稚園が一緒なんですよ。家も近かったんです。千束さんちは抜弁天《ぬけべんてん》、ぼくんちは西大久保」「そうだったわ」と千束の中で固い殻《から》にくるまれていた記憶がはじけたようだった。彼女は急に顔を寄せてきて、温かい息をぼくに吹きつけながら言った。「高千穂幼稚園の悠太くんね」ああ、その息の香り高く甘かったこと、どんな花の香りもあの香りには及ばない。「そう！　そうなんだ。高千穂幼稚園の千束ちゃんなんだ」ぼくは歓喜で息を弾ませた。

ぼくの内側から、情景と言葉とが競い合って溢《あふ》れ出てきた。喉《のど》に繃帯《ほうたい》を巻いたいたいけらしい少女、赤い屋根がひときわ目立ち、壁のなかば以上が蔦《つた》に覆《おお》われたお伽話《とぎばなし》の洋館、ドアが西洋人の家のように内側に開く玄関、ドアを開くとずんと体の芯《しん》が震えたピアノの音、少女の部屋では壁紙もカーテンも縫いぐるみも赤い。そうして去年の四月十三日の大空襲で炎上する抜弁天一帯。もちろん西洋館も燃えて、赤い屋根もドアも赤い部屋も、何もかもが燃え尽きてしまう。最後の火が消えたのは夕方で、少女の家の廃墟《はいきょ》と付近の寺の墓地とを赤い夕日が照らしていた……ここまで話したとき、千束がしくしく泣き始めた。彰子先生も朋奈もぼくの話を聴いていていて目を潤《うる》ませている。ぼくはわれに返って謝った。「ごめんなさい。こんな話をするつもりじゃなかったんです」「いいえ、ありがとう」と彰子先生が言った。

「あの家にはウィーンに行くまで長く住んでいましたから、家族の歴史が刻みつけられていました。空襲で焼けたらしいと知り悲しんでいました。最後の模様をあなたが目撃しておられたなんて……」ぼくは見たような嘘《うそ》を恥じた。「でも、悠太ちゃん、お話がお上手ね。それにすごい記憶力」と千束に言われてぼくは、その声の可愛らしい澄んだ高音に鼓膜を撫でられ、うっとりとした。彼女に褒《ほ》められたことでぼくの嘘は真実になったのだ。

ヴェランダでお茶となった。千束はドレスから一転して、白いセーターと短いスカートつまりテニスウェアになり、すんなりした脚を露わにしていた。ぼくの視線は脛《すね》の滑らかな表面に吸い寄せられ、香り高い百合のまわりを飛ぶ昆虫《こんちゅう》のようにそのまわりを飛んだ。ペーターに請《こ》われて千束がピアノを弾いた。今度は音楽をつむぎだす魔法の指の上をぼくの視線は飛び回った。彼女が弾き終えるとお返しにペーターがチェロの独奏曲を弾いた。こういうしゃれた芸のないぼくは、ただ気を滅入《めい》らせて、親しげな二人を見ているだけだった。ペーターの態度は社交儀礼なのか、それとも本気なのか、なぜ彼は朋奈に関心を向けないのか、ぼくは自問して解答のないまま、膝《ひざ》の部分が不格好な山を作っている自分の汚れたズボンを見た。不意に自分と千束とには幼友達であった以外に何の接点もないという悲しい事実が透けて見えてきた。彼女に必要なのは音楽家である。なかでもシュタイナー先生のような理解者であり後ろ楯である。そうしてペーターは、ぼくよりも断然優れた理解者であり、シュタイナーの息子として強力な後ろ楯であり、彼は彼女と結びつく大きな力を持ち、しかも美青年だ。それなのにぼくときたら?

ぼくの内面を充《み》たしていたすべてのこと、ダンテもゲーテも、ついさっき命がけで取り戻した『現代日本文学全集』も、すべて彼女の前ではただの紙片のように何の意味も持たなかった。彼女に「小説読む?」と質問したら即刻「読まない」という返答があった古い苦い記憶がぼくの胸の底を棘《とげ》のように突いた。

チェロを弾きおえたペーターは千束と親密な様子で話していた。シュタイナー夫妻と富士夫妻と桜子とが、何やら大人同士の会話を交わしていた。ワルターとヘラと央子は芝生で遊んでいた。ぼくは、所在なげに隅《すみ》に坐《すわ》っていた朋奈に話しかけてみた。美しさという点では朋奈のほうが千束より勝っていたかも知れない。整った顔立ちと円《つぶ》らな瞳《ひとみ》は美人の条件を備えていた。が、それだけではぼくの心を惑乱させなかった。端的に言おう――唇にキスしたいと思わなかったのだ。「ぼく鎌倉のお宅を訪ねたことがあるんですよ」しばしの沈黙でこちらが拍子抜けした頃《ころ》に答があった。「……ああ、別荘ね。わたし、あまり行ったことがないんです」「なぜですか」「……わたし泳げないんです」そこで対話が跡切《とぎ》れた。ぼくは話題を探して新聞にあったベルリンのことを尋ねてみた。「ベルリンは大変だったようですね」「……ええ、大変でしたわ」ぼくはあきらめて黙り込み、千束の切れ目のない、せせらぎのようなお喋りを遠くに聴いていた。

しかし、ぼくのベルリンという一言が大人たちに飛び火した。シュタイナー先生がベルリン陥落前後の模様を富士夫妻に質問したのだ。彰子先生が「ああベルリンはひどかったですわ」と答え、それに富士氏が口添えして、二人はこもごも、戦争末期のベルリンでの生活を語った。

一昨年の六月聯合《れんごう》軍がノルマンジーに上陸してからは、ドイツ軍は押され気味一方で、富士一家もベルリンまで戻ってきたものの、南から聯合軍が攻めのぼって来るのでウィーンへの帰還をあきらめ、ダーレム美術館近くのアパートを借りて住んでいた。しかし空襲と飢えがひどくなる一方なので、どこか郊外への疎開《そかい》を考えていた。その矢先にベルリン・フィルハーモニーの演奏会があって、それが印象深かったという。

「あれは去年の正月頃だったと思いますわ」と彰子先生が言った。「一月二十二日と二十三日だよ」と富士氏が言った。「フルトヴェングラー指揮で、モーツァルトとブラームスの作品を演奏したんですの。ベルリン・フィルハーモニー奏楽堂は爆撃で壊されて、演奏会場はベートーヴェン・ホールや国立オペラ劇場やアドミラール・パラストなどを転々としていましたから、どこの劇場でしたかしら」「アドミラール・パラストだよ。一家四人でダーレムから歩いて行ったじゃないか。寒い日で道が凍ってつるつる滑った。ブラームスの第一番。これが名演奏でした」と富士氏が言った。「本当にあんな悲惨な状態になってもドイツ人の音楽への愛好は少しも変らず、聴衆は熱狂していました。人々は土砂で埋まった道や廃墟となった市街を通り抜けて集まってきて、劇場は満員になるんです。そしてフルトヴェングラーは、戦争なんてやがて消えてしまう、音楽は永遠だというように、堂々として、自信に充ちて指揮をしていましたわ」

「ああ、フルトヴェングラーは元気か。なつかしい男。大した男。真の天才」とシュタイナー先生がもじゃもじゃの金髪を振って言った。「主人は彼の指揮で何度も演奏しているのです。レコードも何枚も出しています」と夫人が言った。「不思議ですわ。オッコちゃんは先生のレコードのうち、フルトヴェングラー指揮のベートーヴェンの協奏曲が一番好きで、何度も聴いていますわ」と桜子が言った。

「おや、オッコがぼくのレコード、持ってる?」とシュタイナー先生が大きな耳をぴくりと動かした。「はい。従兄《いとこ》の晋助さんがオッコちゃんのためにと残してくれたレコードは、先生のものが随分ありますの」「そうだった? それ、聞きたいね。ぼく、手元に一枚も持ってない」「どうぞどうぞ、でもオッコちゃんがしょっちゅう聴くので大分擦《す》り切れていますが」「脇晋助さんはわたしの教え子でしたわ。入営されるときにウィーンにお便りをいただきました」と彰子先生が言った。「徴兵のあと召集を受けて戦地にまわされ、サイゴンの陸軍病院に入院したところまではわかっているんですが、その後の消息は不明ですの」「負傷されたんですか」と彰子先生。「それが一切不明なんです。負傷なのか病気なのか、重いのか軽いのか。具体的なことについては何も便りがないんです」「およそ兵隊には不向きな方でしたわ。神経が繊細で音楽の感性が豊かで、ヴァイオリンもお上手で、将来ヴァイオリニストになる志も持っておられたんですもの」「しかし、きっと帰って来られますよ。生きていさえすれば無事復員してこられる。最近続々と外地から復員していますから」と富士氏が言った。

ひとしきり晋助の噂話《うわさばなし》となったすえ、シュタイナー先生が、またベルリン末期の状況について質問したので、彰子先生が答えた。ペーターと千束も話に加わるために近くの椅子《いす》に坐り直した。

去年の一月末、フルトヴェングラーの最後の演奏があったあとにヒトラー総統のラジオ放送があった。それが独裁者の最後の放送であった。その直後から聯合軍の空襲が猛烈になり、北と東からはソ聯軍が、南と西からは米英軍が迫ってくる情勢で、市民は手提げ鞄《かばん》やリュックサックを背負いトラックや郵便バスに乗って続々と避難を始めた。四月になりソ聯軍がウィーンを陥落させてエルベ河を渡り、米軍がリュウベックを占領した噂が走り、富士一家もどこかに避難しようと、ブランデンブルク門近くの日本大使館に相談しに行ったところ、驚いたことに大使館はもぬけのからで、大使館員も武官たちも自動車でベルリンを脱出したあとであった。市内ではすでに車は姿を消し、汽車は動かず、交通の手段がないまま、一家は地下室に籠《こ》もり、ベーコンとチーズを齧《かじ》りながら飢えをしのいでいた。そして五月初めにソ聯軍が侵入してきたのだ……。

「娘が二人もいますでしょう、ソ聯兵が怖くて、地下室に隠れたきりでした」と彰子先生が言った。「地下室の隅に秘密の入口のある地下二階の穴蔵でしたの」

「ある朝、あんまり寒いので、わたしがそっと地上に偵察《ていさつ》に出てみたのです」と千束が不意に口をはさんだ。彼女の声にぼくの鼓膜は緊張を高め、その言葉のひとつひとつを吸い取るように聴いていた。「雪が降っていました。瓦礫《がれき》の山が白い美しい山に変っていました。五月の初めだというのに大雪でした。誰の影も見えません。一人の子供の足跡だけが点々と続いています。平和な光景でした。急に涙が溢れ出ました。わたしの心に聞こえてきたのは静かな悲しい音楽です。ドビュッシーのDes pas sur la neigeです」そう言い終ると千束はうっすらと涙ぐんだ。ぼくは心から感嘆していた。何と美しい表現と感性であろう。そうしてフランス語の美しい発音、Des pas sur la neige の意味をぼくは即座に理解し、情景をまざまざと思い浮かべた、雪の上の足跡を、親を失った幼子のたどたどしい歩みの跡を、そうして千束の苦しみと孤独を。

「千束の報告でわたしたちは決心したのです、ともかく外に出て西へ向って歩いてみようと」と彰子先生が言った。「もう食べ物も尽きていましたし、この寒さのなかで餓死するよりは、ソ聯兵に捕まったほうがましだと思いました。明るい雪景色では兵隊たちも乱暴できないとも考えました。不思議にだれにも会わず、二時間ほどで街の端の森に着きました。アメリカ軍の哨兵《しょうへい》に誰何《すいか》されて保護されました。そこでドイツ軍が無条件降伏をしたことを知ったのです」

ぼくは飢えた千束が深い雪の上をよろけ歩く様子を想像して、深い同情の念に打たれた。同時にそのように苦しみ疲れながら進む姿を美しいとも思った。

軽井沢の昨今についてシュタイナー夫妻と桜子がいろいろな風聞を伝えた。アメリカ軍は概して紳士的に振舞っている。今日コンサートを聴きにきた将校連はクラシック音楽が好きで教養のある連中だ。しかし連中は大きな別荘を接収して住みたがるので困る。現に風間振一郎を始め、大河内《おおこうち》秀雄《ひでお》や速水正蔵《はやみずしょうぞう》の別荘も接収されてしまった。最近、アメリカ兵の別荘荒らしが三件ほど出たので、軍政部は神経質になりジープに乗ったMPに軽井沢中を警邏《けいら》させている……。しかし、そういう時事的な情報はぼくの興味を引かなかった。ぼくは、千束の語った雪の情景に、まだ知らないドビュッシーの音楽を流し、それを千束の白い横顔と重ね合わせた。森の中の日の翳《かげ》りは早くてすみやかだった。そうしていつのまにか、シュタイナー一家と富士一家が帰る時刻が来てしまった。千束が去ったとき、ぼくは彼女と再会を約することもしなかった自分に気づいて、おのれの不覚を呪《のろ》った。

夜、央子が寝てから桜子から相談を受けた。もしシュタイナー一家がパリに向けて発《た》った場合、央子をどうしたらいいかというのだ。桜子の意見では、央子にはヴァイオリニストとしての才能があり、その才能をさらに伸ばして完結させるためには、大先生に従ってパリに行くのが最上の道なのであった。「でも、おかあさんが反対するだろうな」とぼくは言った。母は、央子と離れて暮らすのを淋《さび》しがり、今はヴァイオリンの上達のためには軽井沢滞在も仕方がないと思ってはいたが、将来、まだ十一歳の幼い女の子を一人で遠い異国にやることには猛反対するだろう。「そして、おとうさんも反対するだろうな」とまた言った。父は戦争で株のすべてを失い、さらに今年二月の新円への切替えで預金のほとんどが封鎖されて、給料だけでやっと家族の生活を支えている始末であった。央子の月々三十円の授業料も払うのが苦痛で、実際、ヴァイオリンのレッスンの回数を今の半分にしたいという桜子への言伝《ことづ》てを頼まれていたのだ。ましてパリへの渡航費など出せる余裕などありそうにもない。両親の気持や事情を聴いた桜子は、溜息《ためいき》をつきつつひとり言のように言った。

「パリに行きたがっているのはオッコちゃんなの。ヴァイオリンが好きで、音楽が好きで、その道を歩きたいと本気で思っている。大勢の日本人が目標を失って呆然《ぼうぜん》自失している現在、オッコちゃんみたいな、はっきりとした目的を持つ姿勢は貴重よ。いいわ。わたし御両親に相談しに行くわ」

帰りの切符を桜子はアメリカ軍将校に頼んで簡単に入手してくれた。翌朝、米、麦、大豆、小豆などで脹れあがったリュックサックを背負い重いトランクを下げて、行きよりももっとひどい混雑の列車に乗り込んだ。しかし、『現代日本文学全集』を開いてみても、視線は活字の上を上滑りするだけであった。行きの列車の中であんなに自分の全精神を呑《の》み込んでいた小説の世界が、いかにもわざとらしく陳腐で、何の感興も呼び起こさない。ぼくはきのう千束に会ったあいだの、彼女のすべてを再現しようとして追憶にふけった。追憶するたびに至福の思いとともに彼女が遠い所にいるという悲哀を覚えた。しかし、その悲哀は至福の甘い包みにくるまれて快い余韻を残すのだった。

5

富士一家が鎌倉に住むようになったと桜子から葉書が来た。みんな悠太ちゃんに会えたのを喜んでいたとあったが、みんなの中に千束が含まれているかどうかが気になった。鎌倉の家が以前の富士家別荘、江ノ島近くの海辺の家かどうかは不明だった。桜子に聞けば教えてもらえるに決まっていたが、気恥ずかしくて聞く勇気がなかった。

脇敬助は妻子と母とを金沢から呼び戻して逗子の別荘に住んでいた。風間振一郎が新しい民主主義政党を作り、それに参加して代議士になる準備をしているらしいとは父の言である。脇家を訪ねるついでに鎌倉に回り、千束の家を探してみようと、何度も思いながらぼくは迷っていた。尋ね当てたとしてどういう理由で訪問したものか、いやそんな勇気は到底自分にはないと自己判定して心萎《な》えていた。

今思えば、あの時、桜子にぼくの千束への想《おも》いを告白して、彼女の住所を聞き出して恋文を書くのが最上の方法であったのだが、それができなかったのはぼくに自信がなかったせいであった。自分に千束のような才能のある美しいお嬢さんは相応《ふさわ》しくないという思い込みである。父は、ついに央子の授業料も払えなくなり、桜子に立て替えてもらっている有様で、ぼくも高校の授業料を育英会の奨学資金で払う手続きを取れと命じられて学校に願書を提出していた。もし奨学資金が借りられない場合は、学資を自分の手で稼《かせ》ぎ出すか、それとも高校をやめるより仕方がないというのがぼくの現実であった。こんな困窮した高校生に千束のように洋行帰りの、大ピアニスト、コルトーに認められパリでリサイタルを開いたような才媛《さいえん》が、わずかでも関心をいだいてくれるとは想像もできなかった。

ある瞬間から、ぼくは彼女への想いを断然思い切り、また書物にもぐりこみ、どこまでも連なっている言葉の森の旅に出掛けた。言葉の森は奥が深くて限りがなかった。二階の狭いぼくの部屋はヨーロッパやアメリカを、地獄や煉獄《れんごく》を、大都会や戦場や牢獄《ろうごく》を、そうして千年二千年の時間を含む、広大な時空を含む魔法の部屋になった。日がな一日、読書にふける、書物の世界を体験することのみが生きている徴《しるし》である毎日が続いた。体に障るからたまには運動に出掛けなさいという母の忠告をぼくは無視した。そんなある日、六月初めの午後だったと思う、庭で男の声がしたので、二階の窓から覗《のぞ》いてみた。肩幅の広い、胸の厚い男が、登山用の大型リュックサックを背負い、壊れた木戸を押し倒して侵入していた。父は会社、弟たちは中学校、母はいるはずだが答えないところを見ると外出しているらしい。「どなたですか」と言うぼくを見上げたのは史郎叔父だった。

叔父は縁側からずかずかと広間に入ってきた。「やあ、悠坊か。大きくなったな」と快活な大声で言い、リュックサックを転がすとハンカチで汗を拭《ぬぐ》った。肥《ふと》ってつやつやと血色のいい顔は、出征したときよりも若返ったようだ。

「叔父さん、いつ復員してきたの」「ああ、十日ぐらい前に帰ってきた。今新田にいる。ねえさんは?」「さっきまでいたんだけど……お使いじゃないかなあ。すぐ帰ってくるだろう」「暑いねえ」と叔父はぼくの前で、半袖《はんそで》シャツとズボンを脱いでギリシャ彫刻のように素っ裸かになるや、風呂場《ふろば》に行き、じゃあじゃあ水を浴びた。ぼくは気を利《き》かせて父の浴衣《ゆかた》を持ってきてあげた。浴衣は叔父には小さすぎて前腕と脛《すね》とがはみ出した。叔父は、脱ぎ捨ててあったズボンをハンガーに通して長押《なげし》に掛け、シャツとパンツを洗面所で慣れた手付きで洗い、「ようし」と掛け声をかけて縁側に坐った。浴衣の前がはだけ陰部が転げ出したのに平気で、扇風機の風に当たり、タバコをすぱすぱのむ。「悠坊、ビール持ってきてくれ。喉《のど》が渇いちまった」「そんなもの、ないと思うな」ぼくはお勝手に行き、あちこち探したがむろんビールなど見当たらない。このところ父は酒をたしなまないのだ。「ないよ」と報告すると叔父は虚を突かれた顔付きで、「へえ、この世にはビールもねえ家があるんだな。うーん」とうなった。ぼくはコップに水を入れて出してあげた。

「叔父さん、どこの戦地にいて、敵とどう戦ったの」ぼくは生真面目《きまじめ》に尋ねた。外地から帰還した復員軍人に初めて出会ったので、いささか好奇心が触発されたのだ。「それがな、叔父さんの場合、戦地と言っても敵と戦闘したことは一度もなかったんだよ……」史郎叔父は磊落《らいらく》に笑いながら、持ち前の早口で話してくれた。

彼は、野戦航空補給廠《ほきゅうしょう》に応召して、少尉《しょうい》だから庶務主任に任命された。最初は仏印《ふついん》のサイゴンに上陸し、庶務主任の立場を利用して物資購入の名目でショロン地区の酒場で飲んだくれているうち十二月八日になった。突然灯火管制で真っ暗となり、手探りで隊に帰った。その後、サイゴン、シンゴラなどを転々としているうち中尉に昇進してパレンバンの精油所の管理官となった。精油所で原油を精製して航空ガソリンとしてドラム缶《かん》に詰めさせるのが仕事だ。ドラム缶はジャングルの中の小屋に保管した。しかし、戦局の悪化にともなって輸送手段がなく、せっかくのガソリンも無駄《むだ》な製品になっていった。

「管理官というのは製油所、ドラム缶の修理工場、ドラム缶のキャップの鋳物《いもの》工場などを一巡したあとは仕事がねえんだよ。で、家に帰ってのうのうとしていた。叔父さんの家というのがオランダ人の大邸宅でな、広い庭には花壇がありプールやテニスコートもある。まわりがジャングルだから蚊が多いんだが窓に網戸があって、家のなかは快適さ。キッチンにはでっかい電気冷蔵庫があるし、地下室には缶詰が沢山あったうえにフランスやイタリアの葡萄《ぶどう》酒《しゅ》がびっしり並んでいて、このコレクションには一度大東亜共栄圏の資源調査団として視察にきた風間の叔父も度肝を抜かれていた。叔父は日本一の葡萄酒蒐集家《しゅうしゅうか》を自任している人物なんだがね。毎晩将校連が集まって酒宴を開いたんだが、とうとう終戦のときまでに全部は飲めなかった。残ったやつを持ってこれねえで、惜しいことをしたよ。ま、叔父さんの戦地の生活ってのは、そんなもんだった」「空襲なんかなかったの」「なかったなあ。アメ公は、蘭印《らんいん》なんか無視して、遮二無二《しゃにむに》、てめえの植民地、フィリピンを奪回しようとしていたからな」「毎日御馳走《ちそう》を食べて、お酒を飲んでたの?」

「まあそうだ」と叔父は笑った。「おかげで二十キロも肥っちまった。で、運動のために現地人に軍事教練をしてやった。防衛義勇軍――PETA――ってんだ。彼らに銃をやって訓練をする。オランダはそういう教育を一切しなかったから現地人は喜んで参加したね。こっちは退屈しのぎで面白がってやっていた」「へえ、叔父さんみたいな戦争もあったんだね」

「苦労したのは降伏したあと捕虜収容所にいたあいだかな。レンパン島という島に十二万人の日本将兵が集められた。小屋建築作業で重い材木を担《かつ》がされて腰を痛めた。軍医の診断でその後は作業免除で楽をした。ま、こいつも八箇月で内地送還となったから、いい思い出さ」

母が帰ってきて、驚きの叫びをあげた。驚き――史郎叔父を突然見たことへの、そして叔父の陰部が丸出しであったことへの驚きである。最初の一言は「史郎ちゃん、パンツどうしたのよ」であった。母はどこからか新しいパンツを持ってきて弟にはかせてから、やっと坐《すわ》った。「いつ帰ってきたの」「今も悠坊に話したんだけどよ、十日前に復員してきた」「十日も前に？　すぐ電話してくれればいいのに。心配してたのよ」「いろいろあってな。結構忙しかったんだ。今新田の親父《おやじ》んとこにいるんだけど、あそこじゃ通勤に不便でね、それでねえさんに相談にきた」「どういう話？」「ここに下宿させてもらいてえんだ」「駄目よ。うちは子供が三人もいるし、そのうちオッコが帰ってくれば四人になるし、狭い所で満杯よ」「さっきちらりと見たんだけど女中部屋が空いてるじゃねえか。あそこを貸してくれ」「あれは二畳間よ。史郎ちゃんには窮屈すぎる」「大丈夫。間代はちゃんと払うし食事の世話はいらねえ。おれは朝飯は食わないし、夕食は外食してくる。寝るだけだ。たのむよ」「そうね……」母の気持が少し動いた気配がある。「掃除も洗濯《せんたく》も全部自分でやる。自慢じゃねえが軍隊生活はなげえんだ。身のまわりの世話は自分でして一切迷惑をかけない」「じゃ主人に聞いてみるわ」「もう悠次《ゆうじ》さんには電話で諒解《りようかい》を取ってある。初江《はつえ》さえよければという答だ。家賃は二十円」二十円が母を動かした。にっこりして「いいわ」と答えた。「でもあなた、早々に薫《かおる》さんを呼んで一緒に暮らすんでしょう」「それが問題なんだ。実はなあ」と叔父はまた口早に喋《しやべ》りまくった。

復員船が名古屋港に着いてすぐ、妻の疎開《そかい》先である岡山県の津山《つやま》に電報を打った。さて津山に行ってみて仰天した。ものすごいあばら屋に住んでいる。わが妻薫の顔をしげしげと吟味すると、まだ二十代半ばなのに婆《ばあ》さんみたいに皺《しわ》だらけだ。長い顎《あご》の皮膚が伸びて顎から舌が生えているみたいだ（とこう言うと叔父はぼくをちらと見たが、むしろ昂然《こうぜん》として話を続けた）。まあ女としての魅力はゼロで、抱く気にもならない。電報は届いたかと尋《と》ねると、届きましたと答える。夫がもうすぐ帰ってくると知っていて化粧もせず、髪も梳かさずに乞《こ》食《じき》みたいな恰好《かっこう》をしている女に腹が立った。塀《へい》の上で遊んでいる子供が武史だという。もちろんわが子とは初対面だ。おいで、おとうさんだよ、と言うと逃げだした。つかまえて抱き上げてみると風呂に何日も入っていないのか、ぷんと臭い。紺の上着を着ていたが、五つあるボタンのうち二つしかついていない。ともかく家に入ろうと一歩踏み出してまた仰天した。廊下も畳も土砂で一杯で足の踏み場もない。最近洪水《こうずい》があったというんだが、後片付けを全然していなかったのだ。二階に住んでいますというので二階にあがり、やっと腰をおろした。やあと声を掛けると、はいと言う。ながの御出征御苦労さまでしたとか、御無事で御帰還おめでとうございますとか挨拶《あいさつ》があってしかるべきなのに、言ったのは「はい」だけだ。そう言えば、戦地にもほとんど手紙をくれなかった。神戸から津山に疎開する知らせだけはあったが、手紙というより転居通知のようなそっけないものであった。薫の馬面《うまづら》を見ているうちに癇癪《かんしゃく》が起こってきた。叩《たた》きふせようとしたが、そうしたところで何も事態は変りはしないと気付き、この女とは別れようと決心した。出征する直前にもそう思っていたのだが、妊娠を告げられて実行しないでいたのだ。旅館に部屋を取った。あばら屋に泊まる気がまるでしなかった。一晩考えた。薫と離婚する場合、武史は自分で引き取ろうと思った。翌日薫にその旨《むね》を告げた。が、離婚は異存なしだったが息子を手ばなすことには同意しない。武史の取り合いになった。

「が、結局、今回は折れて、武史は津山に置いてきた。いずれ離婚するとして、そのときの条件として息子を父親側に引き渡してもらうさ」と史郎叔父は言った。「大変だったのね。でも薫さん、どうしたんでしょうね」「塚原の両親にも会ったが、両親もこぼしてたよ。隣組の集会、農家の手伝い、防空演習などには一切出ずに部屋に隠れて、本ばかり読んでいたらしい。それも英語の本ときてらあ。御近所には病気ということにして、いろんな割当義務を免除してもらったそうだ。今回おれが提案した別れ話にも両親は賛成だった。むしろふつつかな娘で申し訳ないと謝っていたよ」「おとうさまに話したの?」「新田の親父か。親父は前からあんなだらしのねえ女とは別れろと言ってたし、自分の前の女房、おっと、前の前の女房がやっぱし薫みてえにだらしねえ女だったんだそうで、お前の気持はようわかるってえすぐ賛成してくれた。ただし孫だけは連れてこいという厳命だ。時田病院を再建して将来武史を院長にするなんて言ってた」「おとうさまにそういうお気持が、まだおありになるのは心強いわ。将来に夢を持つって大切なことですものね」「いや、ありゃ本当の、まるで実現性のない夢だね。親父は昼間から酒を飲みモルヒネを打ち、アル中と麻薬中毒で、ふわふわ幻覚みたいな夢を見ていて、誰かと電波で交信したり、てんでおかしいや。夢と現実との区別がまるでつかねえ有様だ。時田病院はまだ焼けていないと思い込んだり、日本軍がいまに米本土に上陸するなんて、時代錯誤の夢に漬《つ》かってらあ」「酒とモルヒネ、体によくないわねえ」「よくねえ。しかし、全身の火傷《やけど》が痛痒《いたがゆ》いうえにあちこちの神経が露出していて激痛が走り、モルヒネでねえと効かねえらしい。こいつは夏江の言だが。困ったことに、新田の土蔵にゃ酒とモルヒネが大量に隠匿《いんとく》してあり、いくらでも使える環境だ。土蔵の鍵《かぎ》は五郎が管理していて、親父の許可がなければ渡せねえという。透や夏江にも渡さないできたんだな。しかも五郎は、親父の命令でどんどん運びだしてくる。五郎の言種《いいぐさ》が不気味だあね——おお先生の死ぬまで、酒もモルヒネもたっぷりあります、とさ」「いやあね」「五郎が何を考えてるか、まるでわからねえ。おれは短気だから、親父を殺す気かと怒鳴ってやったんだが、やつは平気だね。おお先生はお医者さんで、お医者さんの言うとおり動いてるだけだと抜かした。もっとも親父の世話はよくする。酒の肴《さかな》を作ったり、注射をしたり、風呂に入れたり、このごろ、透さんと夏江が神田の教会に勤めて、昼間いねえあいだ、親父の面倒を全部一人でみている」「五郎さんてのは働きものなのよ。あそこの畑で芋や野菜をつくり、鶏を飼って玉子を取り、豚を飼って肉も取る。近所の農家とも仲よくして食糧の確保に努めている。うちなんか、五郎さんのお蔭《かげ》で買出しができて随分助かってるのよ」「しかし、気味悪いやな、あの男は。透さんも夏江も気味悪がっていた。透さんは神田の教会の事務員をしているんで朝出掛けてしまう。昼間は親父と五郎と夏江だけになる。それが嫌《いや》で、親父のことが気になりながらも夏江も教会で働くことにしたらしい。おれがここに下宿を頼もうと思ったのも五郎から離れたいからさ」「でも史郎ちゃんが帰ってきて、おとうさまお喜びなんじゃない？　あなたが新田を出たらがっかりなさるんじゃない？」「でもなさそうだな。親父には現実と夢の、現在と過去の区別もつかなくなってるみてえだ。そうして人を呼ぶときは五郎、五郎だ。五郎だけを頼りにしてるんだね。五郎が遠くにいても連絡がとれるように、居間には鐘が備えつけてある。時田病院の防空監視所にあった焼け半鐘なんだそうだが、そいつをジャンジャン鳴らす。近所迷惑もいいとこだよ。すると五郎が飛んでくるってえ仕掛けさ」

「この正月だったかしら、夏っちゃんとも相談したんだけど、おとうさま、ちゃんとした医者に診せたほうがいいんじゃないかしら。たとえば精神科とか。悠太」と母は突然ぼくに目くばせした。

「お前ももう高校生だから知っていてもらいたいんだけど、おじいちゃま、おととしの暮れから二箇月ほどモルヒネ中毒で松沢病院に入院していらしたの」「その話は夏江からちょっと聞いた。でもよ、あの親父がよくそんな所におとなしく入院したね」と叔父。「説得が大変だった。うちの人にも一枚嚙《か》んでもらって必死に説得したの。結局、入院なさってよかったのよ。すっかり元気になって退院して来たのだもの。中毒ってのは割合簡単に治るみたいよ」

「今回は無駄だな」と史郎叔父は言った。「親父には自分の中毒を治す気がない。それにあの体力ではもう長くはない」「だったら、大学病院でもどう? 帝大病院は焼け残っているのよ」「透さんも夏江も同じように帝大への入院を勧めたんだが、親父は頑《がん》として応じない。おれの体はもう医学では手が及ばぬ、ボロボロだ。どうせ死ぬなら、この新田で死にたいの一点張りだったそうだ……」「五郎さんの言うのと同じね。おとうさま、あの人に動かされているんじゃないかしら」「逆だね。親父が五郎にそう言ってるんだ。そう言ってるのを一度耳にしたよ。五郎、おれはここで死にたい。好きな酒を思い切り飲み、モルヒネで楽をして死にたい。頼むぞって言ってた」「どうしようもないわね」「ああ、どうしようもねえ……」

「ところで話は違うが、夏江は妊娠しているぜ」と史郎叔父は、顔を動かさずに視線を母とぼくとに往復させた。「あら、ちっとも知らなかった。会ったのはこの正月、五箇月前ですものね」「今六箇月だとよ。予定日は九月半ば頃だそうだ」「よかったわ。めでたい話ね。あの子は、あの子だけは、苦労の連続だったものね。最初の結婚には失敗し、せっかく透さんと幸福な生活をと思ったら、別れ別れですものね。透さんも喜んでるでしょう」「ああ、あの人は子煩悩《こぼんのう》な親父になるぜ……」

二人の話をそこまで聞き、ぼくは二階にあがった。人を避け、ドアに鍵をかけて終日机に向かって読書に没頭している自分は薫叔母に似ている異常な人間かも知れぬと、いささか後ろめたくもあった。また、利平祖父のように中毒者かも知れぬとも思った。何もかも放擲《ほうてき》して酒とモルヒネ漬けになっている祖父の絶望がぼくには少しばかり追体験できた。弟たちはもちろん、母でさえも侵入を許さぬ部屋の中は掃除もせず、埃《ほこり》だらけで乱雑そのもの、服装には無頓着《むとんじゃく》で、ひたすら言葉の果てし無い行列をたどるだけの毎日であった。軽井沢での十数時間だけが、厚い壁にぽっかりと開いた小窓から望む景色のように鮮明であるが、あとの日常は暗闇《くらやみ》の中に沈み、ぼんやりとして物事の輪郭も定かでないうちに消え去って行くのだった。

夕食のとき下に降りていくと、叔父は女中部屋に持ち物を並べて、すっかり自分の部屋に変えていた。父と弟たちとみんなで食卓を囲み、叔父の歓迎会となった。井戸で冷やしたビールが出た。叔父は遠慮なくぐびぐび飲んだ。父はパレンバンでの生活の詳細を知りたがっていろいろ質問した。「食糧不足ってのは全然なかったのかな」「なかったなあ。米、肉、魚、野菜と豊富でしたよ。米はばさばさだけど椰子油《やしゅ》でいためるとうまい。肉も牛肉、豚肉、鶏《とり》肉《にく》、山羊肉《やぎにく》、亀肉《かめにく》となんでもある。野菜も種類が多い。ニンジン、キュウリ、ジャガイモ、ネギ、モヤシ、まず豊かでしたな」「うらやましいね。内地は食糧不足で飢えていたというのに。酒なんか、どうなの」「日本軍が米を醸造して作った『南正宗』てえのがありましたが、高いうえにあんまりうまくない。不断は椰子酒を飲む。五十度ぐらいの強烈なやつで、兵隊がよく胃炎をおこしていました。おれたち将校はオランダ人の葡萄酒《ぶどうしゅ》でうるおっていましたが」「ぜいたくな戦地だね」

「戦地て言ってもいろいろあるんでしょうね……」叔父は酔って、自慢話をまくしたてた。要するに叔父の体験では、こんな結構な戦争なら何度あってもいいというのであった。辛《つら》い軍事訓練、飢え、焦熱地獄、死と負傷、つまり肉体的苦痛が戦争の実態だと思っているぼくの視野は狭すぎる気もした。叔父の体験もまがうことなき戦争体験の一つとして認めざるをえないのだ。

母が突然質問した。「史郎ちゃんは一時サイゴンにいたんでしょう。そこで晋助さんに会わなかった?」「脇の晋助君か。会わなかったな。おれたちは短期間滞在しただけだからね」「サイゴンてのはどんな町?」「港町だ。海から大分奥地にあるんだが、メコン河は日本じゃ想像できない、海のような大河でね、大型船が入ってこられる。フランス人の作った軍港、銀行、ホテル、彼らの住宅なんて立派でヨーロッパ風だ。華僑《かきょう》の作ったショロンという一角があり、酒場や料理店や淫売宿《いんばい》が並ぶ独特の雰囲気《ふんいき》をそなえた繁華街となっている。おれは開戦の日、ショロンで飲んでいた」「大都会なのね」「まあね。しかし安南《あんなん》人の居住区はあばら家で、貧民窟《ひんみんくつ》で、きたねえな。彼らは搾取《さくしゅ》されて、哀れな暮しをしている」「陸軍病院のあたりは?」「知らねえな。そんなものあったのか」それで母は黙った。叔父は父と慰安婦やら花柳病やらの〝落ちた〟話を始めたので、ぼくは立って二階にあがった。

史郎叔父はぼくの家から会社に通うことになった。しかし朝は食事もせずに出掛け、夜は遅く帰ってくるので、ぼくと顔を合わすことはまれだった。一度、女中部屋を覗《のぞ》いてみたことがある。きちんと整頓《せいとん》されて、洗った下着が紐《ひも》に吊《つ》るしてあった。本箱はなく本など一冊も見当たらなかった。本を読まずに生活できる人間がいるという事実に、ぼくは驚きもし感心もした。

梅雨の季節は、連日の晴天で暑かった。そして八月になった。相変らずの猛暑だったが、ぼくは平気だった。〝休暇〟もあとひと月となって、ぼくの読書も佳境に入り、本の世界の面白さにくらべれば暑気などどうでもよかったのだ。食事の時間も惜しんで机に向かった。すで当番の食糧買出しと日曜日に父と弟たちと都立家政の農園に行く以外は、坐り通した。すでに『世界文学全集』と『近代劇全集』のあらかたを読みおえて、『現代日本文学全集』を三分の二ほど読みおえていた。脳髄の細胞を無数の活字が『失楽園』の天使の列のようにきらめきながら、すいすいと通り抜けていく快楽があった。部屋を掃除せよとか運動しないと体に障るとかうるさく言ってきた母もぼくの頑固にあきらめてしまい、ぼくを放置してくれた。

晴れた夏の午後のことだ、電話に出た母が階段を駆け上がってきた。いつになく急《せ》き込む口調で声がうわずっている。「晋助さんが帰ってきたんだよ。今逗子のおねえさまから電話があった」「万歳！　無事復員したんだね。よかったじゃない」「それがね。帝大病院に入院だって」と母は憂《うれ》い顔になった。「やっぱり病気が重いのかな。それとも負傷が治らないのかな。何科？」「それが……精神科だって」と、母は腰が抜けたようによろけて、階段の手《て》摺《すり》につかまった。「じゃ、精神病なの？」「その点は、おねえさまもはっきりおっしゃらないんでわからないの。悠太、おかあさんは今から病院に行ってみるんだけど一緒について来てくれない？　わたし独りじゃ怖いんだよ。もし精神病だったら、どう話していいか見当もつかないからね」「ぼくだってつかないよ」

夏の陽光が鋭く射《さ》し、蟬《せみ》しぐれが暑さを倍加するなか、母とぼくは汗まみれで、病院の黴《ばい》菌《きん》だらけの汚い建物の間を迷い、やっと赤煉瓦《あかれんが》の建物に〝精神科〟の木札を発見した。錆《さ》びた鉄格子《てつごうし》の嵌《は》まった窓の並ぶ、陰気な光景である。煉瓦は罅割《ひびわ》れして地のコンクリートをのぞかせ、鉄錆は鉄条網の針のように尖《とが》り、堅固な牢獄《ろうごく》のさまである。廊下は暗く、目が慣れるまで二人はしばらく立ち尽くしていた。〝医局〟で母は晋助の主治医を呼んでもらった。

出てきた医師を一目見ると、母ははっと思い当たった様子で、「金沢の村瀬先生のお坊っちゃんでらっしゃいませんか」と尋ね、相手が肯定すると、「金沢疎開中には村瀬先生には往診までしていただき、大変お世話になりました」と頭をぺこぺこさげた。

外来診察室の一つに招じ入れられた。母はぼくを長男の悠太だと紹介した。村瀬医師は頬《ほお》のこけた人で、表情が読みにくい。別にたいした理由はなかったが、こういう顔は精神科医にふさわしいのだろうと想像した。「ぼくは海軍にいたんですが、復員して金沢に帰り、父からお噂《うわさ》を聞きました」「まあ、お父上から……光栄ですわ」「今もすぐわかりましたよ。一度葉山でお目にかかりましたね」と村瀬医師が言った。「昭和十一年八月十一日。丁度十年前ですが、脇君と一緒に風間さんの別荘でお会いしました」母はにっこりして頷《うなず》いた。「わたくしも覚えております。モーツァルトの『すみれ』を見事にお唱《うた》いになった」「大昔の夢ですね。平和な時代でした」母と医師とは見詰め合った。思い出を確かめるようで、実は大切な言い出しにくい話題を避けているようだった。

「で、晋助さん、どういう具合なんでしょう」と母が切り出した。「病状は思わしくありません」と、村瀬医師は重い言葉を引きずるようにゆっくりと言った。「発病以来二年経《た》っていて慢性化しています」「何という病気なんでしょうか」「……まだ、はっきりとした診断はできていないのです」「おねえさま、晋助さんの母上から、今日お電話があり、見舞ってやってほしい、するとあの子の心も少しは開くだろうからと言われて、あわてて参りました。心が閉じてしまった病気なんでしょうか」「そうも言えます」「会えますでしょうか」「そうですね」医師はしばらく沈黙していたが、「脇君のお母上がそう言っておられるなら……どうぞ、お会いください」とやっと決心した様子で言った。

そう言われて母は身震いした。にわかに心配になったらしい。「あのう……わたくしどもが会って病気に障るようなことがあるのでしょうか」「それはありません。ただ、そちらさまがびっくりされるのではないかと心配しました」「頭とか体のどこかに重傷を負ったのでしょうか」「それはありません。体は健康です」

村瀬医師はぼくらを廊下のどん詰まりに導いた。ズボンのポケットから紐のついた長い鍵を出すと、鉄扉《てっぴ》を開いた。廊下が真っ直《す》ぐに伸び、それから直角に左に曲がった。左右に病室がある。どの部屋にも窓の鉄格子が目立ち、患者たちはベッドを離れて歩き回ったり、椅《い》子《す》に背を丸めて坐ったりして、通常の病院風景とは異質の、やはり精神科の監禁病棟なのだ。

病室のドアを村瀬医師がノックをしたとき母はまた身震いした。返事はなかったが医師はドアを開き、振り向いてぼくらを招いた。母が後込《しりご》みしたのでぼくは先に入った。ベッドサイドの椅子に掛けて、膝《ひざ》の上の本にかがみ込んでいた男がいた。顔をあげてこちらをじっと見た。晋助であった。短い坊主頭《ぼうずあたま》をのぞくと、白い肌《はだ》や秀《ひい》でた額は以前のままだ。が、死人のような硬い冷たい表情が入室者を拒否している感じであった。「晋ちゃん」とぼくが言うのと「晋助さん」と母が呼びかけたのとが同時であった。

「お帰りなさい。御無事でよかった」涙をこぼしながら母は駆け寄った。晋助の前に立ち、相手の目の高さまでかがみながら夢中で話しかけた。あんなに興奮した母は珍しい。「ねえ、心配してたのよ。サイゴンの病院に入院してるって聞いて、どんな重傷かしらと心配してたのよ。でも命が助かってよかった。お久しぶりね。ねえねえ、晋助さん……」さすがに母は言葉を切った。相手が無表情に黙っているのに気付いたのだ。

「脇君」と村瀬医師が晋助の肩に手を置いて言った。「小暮の叔母さんと従弟《いとこ》の悠太君だよ。話したまえ」「うん、わかってる」と晋助が言った。「叔母さんと悠ちゃんだ。こんにちは。ぼくは復員してきた。無事に帰ってきた」抑揚のない、小学生が棒読みしているような平板な声であった。晋助の声を聞いて安心した母は、今度は子供にでも言うように、一語一語を区切って言った。「家は、みんな、元気ですよ。主人もわたくしも、悠太、駿次、研三、オッコ、みんな元気ですよ」「オッコ」と呟《つぶや》いた彼の顔から硬さが取れて、何らかの表情らしい動きがにじみ出た。が、それは微笑に結実する一歩手前でぴたりと静止してしまった。「オッコはね」と母は、相手の消えてしまった微笑をつかみ出そうとするように、一所懸命に晋助の顔を覗き込みながら言った。「晋助さん、聞いて、オッコはね、元気なのよ。今、軽井沢の、桜子さん、風間の、にあずかってもらってるの。軽井沢には、有名なシュタイナー先生、あなたも多分御存知の、だって悠太から聞いたんだけど、あなたがオッコにくれたレコードにはシュタイナー先生演奏のが沢山あるそうじゃないの、そのシュタイナー先生がいらして、オッコはシュタイナー先生からヴァイオリンを、習っているのよ。オッコのヴァイオリンは、すっかり上手になりましたよ。オッコは元気なのよ」「それは、よかった。オッコは元気なんだ。オッコは元気なんだ」晋助は谺《こだま》のように反復した。「そう、元気ですよ」

母は何だか急に熱くなり、その分、口疾《くちど》になった。「桜子さんとこは、戦争中も物資が豊かだったし、何不自由ない生活だったし、あの子だけは恵まれていました。あなた、内地の生活も大変だったのよ。空襲と食糧難。あなたの家も焼けちゃった。おとうさまの脇礼助邸も焼けちゃった。ああもう、こんなこと先刻御存知だったわね。おねえさまや敬助さんにお会いになったはずですからね……」

母の話の途中から晋助は膝の上の本に視線を移して読む体《てい》になった。が、その視線は動かずにいる。彼はただ本に向かって凝固していたのだ。さっきちらと見せた微笑の萌芽《ほうが》は消えて冷たい彫像に逆戻りしていた。母は途方に暮れて村瀬医師に目顔で助けを求めた。村瀬医師は、もう一度晋助の肩に手を置いて言った。「脇君、怖がることはないよ。これは本当の小暮の叔母さんと悠太君だよ」「本当……」と母は不安げに医師を見た。「わたしたちを本当の人間だと思っていないのでしょうか。晋助さん、しっかりしてよ」

まったく自信はなかったが、ぼくは介入を試みた。晋助の心の扉《とびら》を少しでも開くためには、さっきのオッコのような鍵になる言葉が必要だとはとっさに見て取った。そう、彰子先生を持ち出してみよう。「晋ちゃん、こないだ軽井沢で富士彰子先生にあったよ。この三月、ドイツから引き揚げて来られたんだ」晋助は顔をあげ、ぼくをじっと見詰めた。ぼくがたじろぐほどの強い凝視であった。「富士彰子先生……」と低い、地の底からしみ出るような声だ。「そうだよ。晋ちゃんもオッコもヴァイオリンを習った先生だよ。ウィーンに留学した先生に、晋ちゃんも手紙を出したんだってね。彰子先生が晋ちゃんの手紙をもらったと言ってたよ。彰子先生はウィーンとパリで認められて、国際的なヴァイオリニストになって帰ってきて、今鎌倉に住んでいる。ねえ、晋ちゃん、またヴァイオリンを始めたらいい。彰子先生に習えばいい。彰子先生は晋ちゃんのヴァイオリンをほめていたよ」

「駄目《だめ》だ」と晋助は突如大声をあげた。ぎくりとしてぼくと母は後ずさりした。「ヴァイオリンは死んだ。音楽も詩も絵も、芸術はみんな死んだ。もう用はないんだ。帰ってくれ。出て行け！」最後の声は絶叫だった。村瀬医師がぼくと母とを部屋から連れだした。彼はドアを閉めて晋助と何か話して、しばらくすると出てきた。ぼくらは医師の後ろに従った。看護婦室に寄って看護婦に何事かを命じたあと、医師はぼくらを最前の外来診察室まで招き入れた。

「びっくりしましたわ。どうして急に怒りだしたんでしょう」と母が震えながら言った。水からあがった犬のように小刻みな震えが止まらない。「悠太君に怒ったんじゃないんです。彼の内面の声に向かって怒鳴ったんです」「内面の声？」「そうです。彼は絶えず内面の声を聴いているんです。それは彼自身の心でありながら、彼を脅《おびや》かす敵の声でもある。つまり彼は自分に対して、自分の中の敵に対して怒鳴ったんです」「わかりませんわ」「そうですね、そういう症状だと言うのはやさしいのですが、なぜそうなったかを解説するのはむつかしい」「つまり気が狂ってるんですねえ」と母は嘆息した。「わたくしどもを本当の人間じゃないなんて思ってるんでしょうか」「人間だとは思っていますよ。ただ、彼にはすべての人間が仮装しているという奇妙な感覚があるんです。あなたがたを、小暮の叔母さんと悠太君にそっくりの仮面をつけた別人だと思っている」「わたくしのほうにも、そういう感じがありますわ。あれは晋助さんじゃない、晋助さんそっくりのお面を被《かぶ》った人だという」「まあ、それに近い感覚なんでしょうが、彼の場合、知っているあらゆる人間がそう見える。もっとも、人によって異なる。さすが、自分の母上に対しては本当だと思うようです。しかし、おにいさんの敬助さんは別人だと見えるようです。この前、敬助さんが見舞いに来たときなんか、警戒してついに一言も話さなかった。そういう意味では、今日は珍しくよく喋《しゃべ》りました」「すっかり変ってしまいました」と母は涙をハンカチで押さえた。「もっと気立ての優しい人だったのに、まるで冷たくて、変ですわ。先生、晋助さん、治るのでしょうか」「だんだんによくなるでしょう。時間は掛かるでしょうが」「それならよろしいんですけど……魂を抜き取られた人みたいで……どうして、ああなったんでしょう」「魂を抜き取られた――その通りです。感情が鈍くなっている。物事への生き生きとした反応力が低下しているんです」「可哀相《かわいそう》に、あの人はおよそ兵隊には向かない、線の細い人ですから」と母はまた目頭《めがしら》を押さえた。「彼が繊細で壊れやすい感性を備えた人物であることは、わたしもよく知っています。十二月八日の開戦の日にわたしは彼と会って、二人の将来を語り合ったのです。ぼくは、海軍軍医を志願し、彼はいやいやながら陸軍の兵隊になる決心をしました。帝大出身ですから幹部候補生になれたのに、兵隊のままで苦労したらしいですね。復員したときの位がまだ一等兵でしたから」「教練をさぼったため配属将校の検定証がもらえず、幹部候補生になれなかったとか……」「とにかく要領が悪いですよ。にいさんが参謀本部の参謀だし、親戚《しんせき》に風間振一郎のような大物政治家がいたんですから、いくらでも打つ手はあったでしょうに」「そのあげく、病気になるなんて、自分をもっと大事にしてほしかったですわ」「母上も兄上も同じことを言っておられました。もっとも兄上によれば、弟は陸軍病院に入院していたため命が助かったというんですけど。脇君の所属部隊は転戦中に全滅したんだそうですから」

医師に別れて、ぼくらは赤煉瓦の建物を出、三四郎池の森に入った。数年前、父が眼底出血で入院したとき、母と晋助と三人でこの池のほとりに来たことを思い出し、おそらく母も同じ思いであろうと推測した。あの時は冬だったが今は夏だ。蟬の声が厚い葉叢《はむら》のあいだに充満し、ノウゼンカズラの花が濃い緑の中にオレンジ色の光のアクセントをつけていた。藤《ふじ》棚《だな》の下に石のベンチがあり、ぼくらは腰をおろした。

「あのとき晋助さんと、ここに腰をおろした」と母が言った。独り言のようでもある。「あの人はあのときとまるで変ってしまった。もうすぐ兵隊に取られて戦場に駆り出されると嘆いていた」「今は何も感じない人みたいだね」「お前もそう思うかい。戦争のせいだ。戦争があの人の脳を錆びつかせてしまった。あれじゃまるで廃人だ……」母は項垂《うなだ》れて両手を膝のうえで組み、しばらく小声で何かぶつぶつ言っていた。そのうち身もだえすると、ぼくには不可解なことを口走った。「ああ神様お許しください。みんなわたしが悪いのです。お許しください……」

本郷の帝大病院から御茶ノ水駅まで歩いて十五分で行き着いた。と、母は唐突に夏江叔母を訪ねようと言い出し、二人は駿河台《するがだい》の高台から急階段を神田の方角に下りた。家々も木々も焼き払われた赤錆びた不毛の海に、太古から保存された森のように濃い緑の島が浮いており、その島の中央にすっくと立つ荒武者という具合に教会が建っていた。襲い掛かった業火《ごうか》の大軍に対して荒武者は単身応戦して立派に切り抜けたので、緑の屋根に光る十字架が一騎当千の勇士の兜《かぶと》の鍬形《くわがた》のように見えた。

子供たちの無邪気で開けっ広げな笑い声が風変わりな雰囲気をかもしだしていて、今の日本の子供たちはこういう明るい笑い声を立てない、意味不明の言語は英語のようだと思った。予想した通り、プラタナスや欅《けやき》の巨木の葉陰で白人の子供たちがサッカーの練習をしていた。中央に小柄《こがら》な西洋人が立って子供たちにボールを蹴《け》って回している。なかなか巧みな身のこなしでサッカーの選手らしい。ぼくらを見ると彼は気さくに近づいてきて、「やあこんにちは」と笑い掛けてきた。「あのう」と母は顔を赤らめた。占領軍であるアメリカ人に対して恐怖を覚えているのだ。母ときたら、最近の丸腰になった米兵を見てもあわてて物陰に隠れたが、それというのも白人兵は、何だか脂《あぶら》ぎっていて襲い掛かられそうだし、黒人兵は何だか取って食われてしまうようで恐《こわ》いよ、というのだった。

「菊池透さんに会いたいのですが」とぼくが言った。「透ね。今呼んであげる」と彼は子供たちに練習の続行を命じると、信徒会館と札が掲げてある建物に軽やかに駆け込み、すぐさま透叔父と肩を並べて出てきた。透叔父は出獄直後に新田で会ったときに比べて肉がつき活力に溢《あふ》れた歩きぶりだし、浅黒い顔の頬骨は磨《みが》かれたようにつやつやしている。

「ジョー、紹介する。こちらが夏江の姉の小暮初江さん。こちらが甥《おい》の悠太君。そしてジョー・ウィリアムズ神父」「神父さま……」母は尊敬の眼《め》で丁寧にお辞儀をした。ミッションスクール出の彼女は、神父やマザーに対しては畏敬《いけい》の念を抱いていた。「ジョーさんですね」とぼくはにっこりして彼と握手した。「透叔父さんからお噂《うわさ》を聞いています」「悠太君」とジョーが言った。「わが教会のサッカーティームに入りませんか。ちかぢかアメリカンスクールと試合をやるんだが、メンバーが不足して困っている」「駄目です。ぼく運動神経ゼロなんです」「それ残念。透によると君は幼年学校に行っていて運動は得意だとか」「それ誤解」とぼくもジョーさんの口真似《くちまね》をした。「ぼく教練も運動もまるで劣等生である」「あきらめましょ」とジョー神父は、まるで幼い子がするように、スキップをしながら子供たちの輪の中心に戻った。

「ジョーは若い人が来るとすぐティームに誘う」と透叔父が解説した。「あれはフランスの子供たちでね。アテネ・フランセの先生たちの息子たち。彼らもジョーにスカウトされたんだ」「へえ、アメリカ人じゃないの」とぼくは興味を持って金髪や褐色髪の子供たちを眺《なが》めた。フランス語は自分がもっとも勉強したい言語であり、その言語が頭に詰まっていて自在に話せる子供たちがうらやましかった。「今、脇晋助さんを見舞ってきたんですよ」と母が言った。「あ、無事復員してきたんだ！」と透叔父は喜んだ。「それが無事じゃないの」母は事情を説明した。「それは気の毒に」と透叔父は顔を曇らせた。二人がそのまま話し込んでしまったので、ぼくは教会の中に入ってみた。

水切り遊びの石のように丸いアーチが跳ねて行き、視線は柱列の奥の祭壇にいざなわれ、高窓から真っ直ぐ腕のように伸びた光に支えられて十字架が輝き、そこから光の玉が柔らかな雨滴のように降り、その前に跪《ひざまず》いている女の肩を濡《ぬ》らしていた。夏江叔母だった。祈っていた。叔母は妊婦らしくふわふわのマタニティードレスを着て裾《すそ》のふくらみの中にふんわり浮いていた。人の祈る姿がこんなに美しいものだったとは……。最後尾のベンチに坐《すわ》って眺めた。破れた窓から風が通じて涼しく、ボールを蹴る音と子供たちの歓声は遠く、都会の遠い単調な唸《うな》りが空を渡って届いて来た。空から風が吹く。その空を突き抜けて上がれば無限の宇宙で、無限の、無数の、おびただしい星のさなかにわが地球が漂っており、その地上の一点として自分が存在する感覚を風が呼び起す。が、そのような美しい感覚が不意に消え、他人の魂を覗《のぞ》き見ているという後ろめたさが、不快な黒雲のように襲ってきた。夏江叔母は何やら異常な熱心さで祈っている。ぼくは聖堂にあるまじき、腥《なまぐさ》い連想に突き動かされてうろたえながらも連想をやめることができなかった——妊娠の原因となった男女の媾合《こうごう》、そのことへの羞恥《しゅうち》、さらには母となる女の恐れと不安。そっと肩に触れられて、ぼくは真実飛び上がりそうになった。透叔父だった。母もいた。まるで背後に目があったように夏江叔母が立ちあがり、こちらに来た。大きい腹を、しっかりと梱包《こんぽう》した荷物のようにすこし乱暴に揺らしながら前に来た。

「まあ夏っちゃん、そんなお腹《なか》でこんな所まで来ていいの」「いいのよ。おとうさまも運動したほうがいいとおっしゃるし」「赤ちゃん、動く?」「動くわよ。あら動きだした。お祈りのあいだは静かにいい子にしていたのに。すごく暴れん坊なの。男の子よ、きっと」夏江叔母は腹を両の手の平でさすった。ぼくは、さっき感じた恐れと不安の影を彼女の顔に求めたが、以前ほっそりとしていたのが少しふっくらとしたほか何も見出《みいだ》せず、要するに自分の想像が病的に敏感すぎたのだと反省した。

　母が夏江叔母と神田の町に買い物に出たので、ぼくは透叔父の事務室に行った。黒板の月間予定表、歌ミサのポスター、映画の広告などで壁は混乱した掲示板さながらであり、その混乱をさらに強めていたのが残りの空間を埋めた書物の大群で、大小色とりどりの本は、書棚から机上に、さらに床に溢れ、その大部分が英語の本であり、英語を話す大勢の俳優たちが出を待って押し合い圧《へ》し合いしているようであった。

「高校は夏休みだな。何をしてるの」

「毎日毎日、読書してます」とぼくは正直に答えた。「それしかやることないんです」「読書はいいさ。若いうちは読めるだけ読んだらいい。ところで何を読んでいるの」ぼくは文学全集を第一巻から順々に読んでいく自分の読書法を叔父に伝えた。「そいつは独創的な方法だね。世界中の名作を年代順に読むなんて素敵じゃない。で、どういう感想を持った」「『現代日本文学全集』は作家の身辺雑記やら貧乏話が多くて気が滅入《めい》るけど、『世界文学全集』はローマやヨーロッパやロシアの貴族も農民もお城も牢獄《ろうごく》も町も戦場も、縦横に描かれていて、息をもつかせず読ませますね。『現代日本文学全集』があと三分の一だけ残ってるけど、何だか飽き飽きしてきちゃった。すると、困っちゃうんだけど、もう家には読むものがないんです」「今度はその中の気に入った作家の全集を読んでみるんだよ」「うん、それも実行したんです。家には漱石とトルストイの全集があるんで、主な小説は読んでみたの」「で、どうだった」「スケールがだんち。漱石はちまちまこせこせしていて息が詰まるけど、トルストイは壮大で豪華ですかっとする」「そういう感性だと、ドストエフスキーなんかいいかも知れないな」「『罪と罰』は読んだけど、ほかのは入手できないんです。古本屋を覗いたけどえらく高いんだもの」「ぼくは米川訳のドストエフスキー全集を持ってるけどね」

透叔父はかがみこむと、床の書物の壁を移動し始めた。左手だけの作業だからはかがいかない。ぼくは見かねて手伝った。すると永年埋没していた中国の王の墓を発掘したように、三重の壁の向うから書棚に並んだ文庫本やハードカバーの本が現れた。ドストエフスキーやゲーテやシェークスピアなどの全集も金色燦然《さんぜん》とした背文字を光らせている！

「これはね、ぼくが学生時代に集めた本なんだ。八丈島に置いてあったのを今度送ってもらった。教会に来る若い人に読んでもらおうと思ってね。ところが、文学に関心のある人なんかさっぱり来ない。で、ほかの本に隠れてしまった。よかったら好きなの、どんどん持って行きたまえ」

あのマルセイユの船乗りが宝の箱を掘り出して開いたときのように、掛け値なしにぼくは目のくらむような思いがした。古本屋で手に取って見、値段を見て口惜しく情けなく書棚にもどす無念、ある本屋では、本に手を伸ばしたとたん主人から、「そいつは高い本でね、お前さんには無理だよ」とさえぎられた屈辱、大正に蔵書を借りようとしたら、「これは空襲のさなか命がけで運び出したもんだから、たとえ親友でも貸せないね」と断られた失望、それらの不快な記憶の雲を貫いて自分を照らす金貨と地金と宝石の光の滝を見て目がくらんだ。ぼくは、まず『ドストエフスキー全集』の最初の三巻を抜き出し、「これを読んでみる」と言った。この瞬間、『現代日本文学全集』の残り三分の一への興味を喪失し、それから当分の間、ぼくはこのロシアの小説家のとりこになってしまい、彼の全集を借りるために、何度も何度もこの部屋を訪れる結果となったのだ。

そのとき、透叔父と二時間近くも話したのだが具体的内容は思い出せない。しかし、あのごつごつした頭蓋骨《ずがいこつ》の中に収められた彼の脳髄がすばらしい容量と機能を持っていて、文学はむろん哲学や宗教について、細密な知識と的確な意見をぼくに示したであろうとは推測される。ともかく、この二時間でぼくは透叔父という貴重な相談相手と先達を得たことは間違いない。叔父は帰り際《ぎわ》にぼくに一冊の聖書をくれた。それはニューヨークで出版された文語文日本語訳の旧新約聖書であり、今でもぼくの座右の書となっている。母はぼくが本を包んだ重い風呂敷包《ふろしきづつ》みを抱えているのを見て眉《まゆ》をひそめた。「まだ本を読むつもりかい。ちょっと読みすぎだよ。お前は子供のときに頭に大怪我《おおけが》をしたんだからね。脳は大事に使いなさい」

6

夏江叔母が女子を産んだと聞いたのは九月の半ばであった。母は赤ん坊を見に行き、「色が黒いから透さん似だよ。それにしても〝火之子《ひのこ》〟だなんて妙な名前をつけたものだよ。焼け跡の東京で生まれた子だからと言うんだけどね。女の子だから大きくなったらきっと困るよ。火事でもおこしそうでお嫁の貰《もら》い手がないよ」と言った。

ちょうどその頃《ころ》、都立高校の新学期が始まり、ぼくは落第生だけれども新入生のような顔をして理科一組のクラスに出てみた。四十人のクラスは雑多な服装の集団であった。軍服を着てるのはぼくのほか二人で、学生服、国民服、中には菜っ葉服を着た人もいた。尋常科から来た数人はイートン校まがいの制服を着て割合にまとまったグループを作っていた。去年のクラスと違うのは同年輩者がいて安心できたことだが、苦節数年の年寄りもいたし、外地からの引揚者もいた。もっともみんな、どこかで工面した学生帽に白線を二本巻き付け、桜花の徽章《きしよう》をつけているところだけは高校生らしかった。ぼくも史郎叔父からもらった慶応義塾の制帽に白線を巻いてかぶっていた。

授業——知識と経験を持った教師が教壇に立ち、生徒が教科書やノートを開き、何か新しい事柄を学ぶ姿勢でいる光景——に接したのは、多くのクラスメイトにとって久々の経験であった。学徒動員、空襲、疎開《そかい》、軍事訓練、壕掘《ごうほ》り、農耕作業などでずたずたになっていた学習が高等学校という伝統のある場でともかくも開始された喜びが、心を高揚させ、みんな熱心にノートを取り、出席率も高かった。それに教師の質も中学などとは違い、格段に高かったようだ。いや、変わった人がいて目立ったのかも知れない。

いつしかワンチョという綽名《あだな》で呼ばれるようになった数学の教師は、どこか例の大正に似た小さな鼻と精悍《せいかん》な身のこなしで、吠《ほ》えかかる犬を思わせ、チョークを軽く持ち、それを見るたびにショパンの子犬のワルツをぼくは連想したほど、素晴らしい速度で数式を書いて行き、しかも黒板を数式で一杯にするや惜しげもなく消してしまったので、彼の授業のノートは、まるで速記術の学習帳のようになるのが常であった。セイノという英語の教師は、口を歪《ゆが》めて小さな声で流暢《りゅうちょう》に英語を読み、それはほとんど聞き取れなかったし、訳も早口でこれまた聞き取りにくかったが、crabbed を佶屈聱牙《きっくつごうが》、bird's-eye view を尺山寸水《せきざんすんすい》、the tail wags the dog. を飛揚跋扈《ひようばっこ》と訳すような衒学《げんがく》癖があって、それが取って置きの術を披露《ひろう》する魔術師のようで生徒に人気があった。

ところで、ぼくの定位置は一番後ろの席で、休憩時間には潮騒《しおさい》のような諸声《もろごえ》を聞き流して本を読んでいた。ありがたいことにそうしているぼくを誰もが放《ほう》っておいてくれたし、だべる者、タバコをのむ者、早飯を食う者、早くも代返を頼んでさぼる者、分厚い哲学書を読む者と、まるでおのがむきむきの行動が相互に無関心に、そして自由にまかり通っていて、戦争中の軍隊学校にあった杓子《しゃくし》定規の規律や偽善的礼儀の強制はまるで見られなかった。去年は復員した転入学者をゾルと呼んで軽蔑《けいべつ》する風潮があったが、そんな気配もすでにクラスにはなく、ぼくのような軍服も不揃《ふぞろ》いと混沌《こんとん》の一部として立派に役割を果していたのだ。

クラスメイトで目立ったのが苦節数年の男であった。年配者らしい風格を持った顔立ちで、工員のような菜っ葉服を着、胸を張って坐っていた。彼の姿勢のよさが実際にはカリエスを病みコルセットを着用していたからだと知るのは大分時が経《た》ってからであるが。彼が選んだ席がクラスの中央、つまり教室の前後左右の中央であり、しかも授業中頻繁《ひんぱん》に手をあげて質問するので目立つのであった。倫理の教師があげたカントの著書名が間違いだと指摘したり、数学のワンチョが黒板に書いた解答に間違いを発見したりしてみんなを驚かせた。

ある日のこと、ショーペンが教室に来てビラを配り、共産主義の宣伝を始めた。例の憂《うれ》いの哲学者めいた額を光らせ、燃えるような黒い瞳《ひとみ》で、雄弁に演説をしている。ぼくらのクラスの者は、気をのまれて黙り込んだ。すると菜っ葉服が立って、壇上の弁士を睨《にら》み付け、一声叫んだ。

「そんな莫迦《ばか》なことはない。この世に歴史的必然なんてものは絶対にありえない。なぜなら歴史は一個性の発現であり、個性による統一だからだ」「違うな」とショーペンは相手の無知への嘲笑《ちようしよう》をあらわにして言った。「歴史は階級闘争によって作られる。いかなる国のいかなる歴史も、この点では個性を喪失する」「冗談ではない。ロシア革命をやりとげたのはレーニンの個性だ」「それでは日本においてレーニン的革命ができないというのか」「できっこない。ロシア革命は一回こっきりの個性ある運動で日本で成功する訳がない。レーニンといえども歴史的自己である。彼は身体的に物を見、すなわち弁証法的に形を見た」「そんなのは弁証法ではない。きみは観念論に毒されている……」ショーペンが言葉に詰まる現場をぼくは初めて見た。「そちらこそ観念論だ。階級闘争だの歴史的必然だの歴史の静止だの、目にみえぬものを基盤に血を流そうとしている。おれの判断は経験した事実より出発している。主客未分の純粋経験より出発している」まあこの種の議論が激烈に展開したすえ、ショーペン一派は、菜っ葉服に言い負かされてしっぽを巻いて退散したのだ。以後、ぼくは彼が好んで引用する西田幾多郎《きたろう》にちなみ、彼に西田哲学という綽名をつけた。

　初めの緊張が解けるとぼくは、さぼり出した。せっせと受動的にノートを取るよりも、読みかけの本への興味の方が優《まさ》ってきたのだ。それに教室を抜け出して心置きなく読書に耽《ふけ》る恰好《かっこう》の場所を発見した。校庭の南端の土手の向うに寺院の森に向かう閑寂な斜面があり、学校からは見えないし、天気のいい日にはぽかぽか温かかった。たちまちその斜面はペテルブルグの陋巷《ろうこう》となり哀れな九等官や飲んだくれが歩きまわる舞台に変容した。

　ある日、ペテルブルグの三月の太陽、澄みきった寒い日の落日のなかできらめく家々にうっとりとなっているぼくの夢を覚ました無遠慮な男がいた。こともあろうにわが聖域に滑り下りてきたのは西田哲学であった。彼はぼくの隣に坐り、鞄《かばん》から大型の書物を取り出して、そのまま無言で読み始めた。ぼくもまた自分のドストエフスキーに戻った。それから西田哲学は、しばしばこの斜面に来てはぼくと並んで読書に耽るようになった。頻繁にそうして二人だけで会いながら、二人はまったく会話を取り交わすことがなかった。ただ、秘密の場所を共有しているという一種暗黙の連帯感のようなものはおたがいの間に生まれ、クラスに戻ると、彼もぼくも何食わぬ顔をしていたのだ。

　新入生たちがまだおたがいに友人を作れないでいたあいだ、集まっては騒がしいのが尋常科から上がってきた数人であった。彼らはすでに四年間をこの学園で過ごしたという親しさをもって寄り合うのであった。ある時、彼らがあまり愉快そうに笑うので覗いてみると、色の白い貴公子然とした男が画用紙一杯に描いた漫画を見せていた。そこにはクラスの人間が巧みに戯画化されて描かれてあり、ブータという綽名の肥《ふと》って近眼の男は植物採集の趣味があるので、眼鏡を掛けた豚になって弁当箱に詰めた草をむしゃむしゃ食べており、尋常科時代にドップラー効果について論文を書いたのでドップラーと呼ばれるようになった男はガウンをまとった学者となり、メフィストフェレスのむく犬になって吠えているワンチョを蹴飛《けと》ばして、複雑難解な数式を黒板に書き散らし、西田哲学は菜っ葉服の片手をあげてドップラーの間違いを指摘している。ぼくは小学生の時の夭折《ようせつ》した友人、吉野牧人《まきと》を思い出したが、デッサンの巧みさと観察の精密さでは、貴公子のほうが抜きん出ていた。

寒くなると、マントや外套《がいとう》を着てくるようになった。これがまた不統一で、ちゃんとした釣鐘《つりがね》マントもあれば、ぼろ布を体に巻きつけただけの男もいるし、将校外套を着ているのもいた。ぼくは母が古い擦《す》り切れた毛布を黒く染めて作ってくれたマントをまとっていたが、ボタンが無いため兵児帯《へこおび》を割いて編んだ紐《ひも》で首に結びつけていた。それでも何とか防寒の役目を果たしたので、無いよりは増しだった。ところで一際《ひときわ》人目を引いたのが貴公子の立派な外套であった。貂《てん》の毛皮襟《けがわえり》が付き、黒光りする布で、これでシルクハットをかぶれば英国紳士である。そう言えば、貴公子は晴れた日でも傘《かさ》をステッキのようについて登校してきた。肩から下げている鞄が黒革の堂々としたやつで、白線帽がなければ高校生とは思われなかったろう。

彼とは電車内でよく出会った。確か、外套について質問したのが彼との最初の会話であったと思う。「父がロンドンで着ていたお古だよ」と彼は言い、にっと笑った。眉毛の濃い色白の彼は育ちのいい少年らしい、人なつっこい笑顔を見せ、その笑みは顔面より前に温かく広がってくるようであった。

「君のおとうさんはロンドンにいたのか」「昔、留学してた」「何を勉強しに行ったんだ」「社会学」「では学者か」「いや坊主《ぼうず》だ」と例の笑みを浮かべ、「本当は社会学者になりたかったんだが、家が代々住職なもんだから、坊主になったんだ」と説明した。ある日誘われて千駄ヶ谷の彼の家に行った。

それは神宮外苑《がいえん》の近くにある万寿院という寺であった。戦災に遭って全焼したので今のは仮建築に過ぎないと彼は言っていたけれども、すでにして歴とした本堂を備えた構えの大きな寺で、本堂の裏に家族の住む広壮な二階屋が建っていた。父の住職は大僧正の位を持つのだと貴公子から聞いていたが、息子に似た眉毛の濃い人で、三衣《さんえ》の似合う、威厳に満ちた人であった。ぼくらが二階の部屋に上がると、本堂のほうで太鼓や鉦《かね》やオルガンの演奏とともに合唱が聞こえてきた。

「何が始まったんだ」「お勤めだよ。父はね、英国留学中にグレゴリヤン聖歌を聴いて魂を奪われて、その研究をして帰国し、仏教のお経に自作の節をつけた仏教歌を創作して、音楽勤行《ごんぎょう》を創始したんだ。家は日蓮宗でね、団扇《うちわ》太鼓とオルガンが絶妙の合奏となる」

貴公子は電気蓄音機でレコードを掛けてくれた。金庫を思わせる頑丈《がんじょう》な蓄音機は英国製で、時田式とは段違いに音質がよく、むろん回転むらなどもなかった。棚《たな》には大僧正が集めたという夥しいレコードが納められてあった。晋助と央子のお蔭で多少はモーツァルトやシューベルトやバッハを聴いていたものの音楽について何も知らなかったと言っていいぼくに、その部屋がクラシック音楽の豊饒《ほうじょう》な世界の扉《とびら》を開いてくれたのだ。その後何度もそこでレコードを聴かせてもらったが、それでも聴きえたのはコレクションのほんの一部であった。作曲家の名前と作品のほかに、多くの演奏家の名前を覚えた。ヴァイオリニストでは、エルマン、ジャック・チボー、ハイフェッツ、クライスラー、フーバーマン、シゲティ、そしてシュタイナー！「シュタイナーは当代随一の演奏家だね」と貴公子は言った。「ハイフェッツとは画然と違う音色と技巧を持っている。フーベルマン、シゲティの系譜を引いている。芸域が広くて、恐るべき表現力を備えている。バッハの無伴奏を叙情味たっぷりに弾く茶目っ気もあるし、ベートーヴェンのコンチェルトを、男性的な激情で満たす力もある。変幻自在の怪物だよ」

シュタイナーの演奏をあれこれ聴いているうち、ぼくは貴公子の意見に同意することが出来た。古典から現代までを楽々とこなし、作曲家によって、あるいはそれに合わせて音色も技巧も変るだけの感性の振幅と技術の蓄えを持っている。それでいて、ああシュタイナーの演奏だという独自の音色を響かせている。もっともこの変幻自在の怪物が、わが妹の師であるとは友人に告げられなかった。あんまり彼が怪物を誉《ほ》めるので自慢話ととられるのが嫌《いや》だったからである。

ある日、貴公子に尋ねた。深い森を散歩していてふと名前だけで知っている高名な泉を見たくなった心で、ぼくは尋ねたのだ。「きみんとこにDes pas sur la neigeがあるかしら」「ドビュッシーのピアノ曲だね。父はフランスの音楽はあまり好きでないようだからどうかな」と言いながら彼は棚を探索したが、結局見つからなかった。「どうして、その曲を聴きたいの」「親戚《しんせき》にピアノ好きの人がいて、莫迦にその曲を誉めるもんだから聴いてみたくなったのさ」「楽譜はあるんだ。ぼく、ドビュッシーは好きで昔はよく弾いていたからね」「君、ピアノが弾けるの?」「ピアノとオルガンは子供の時から習っていた。焼ける前は家にグランド・ピアノとパイプオルガンがあった。パイプオルガンは本堂の備付けでね、大僧正のグレゴリヤン仏教歌の伴奏をぼく命じられていたんだ」

学校のピアノで実際に彼はDes pas sur la neigeを弾いてくれた。それは、かすれた字で「研究室」という札が下がっている部屋で、ホルマリン漬《づ》けの魚や胎児などがガラス戸棚に並び、鳥や動物の剝製《はくせい》が机上に置かれ、ラッパや太鼓やアプライト・ピアノが片隅《かたすみ》にある、得体の知れない部屋であった。そこが尋常科出身者の集会所のようになっていたのは確かである。七年制高等学校の尋常科には東京の中流知識階級、上流金持ちの子弟が多く、どこか坊っちゃん風の人が大勢いた。彼らは高等学校の受験勉強の必要がないため、楽器演奏、植物採集、写真撮影、登山、スポーツと趣味に深入りしていて、軍国主義教育一辺倒の中学や軍隊を経験してきたぼくから見ると、気儘《きまま》で自由な羨《うらや》ましい生活を送ってきていた。現に、貴公子がピアノを弾くそばでは、ブータが、度の強い近眼鏡をきらめかしながら採集した植物標本の整理をしていたし、ドップラーは、おおきな藁半紙《わらばんし》に数式を書き散らし、彼が言うには〝数学上の世紀の大問題〟を解いているのであった。

そういう雑然とした部屋で貴公子が弾いたピアノが、たちまちぼくの心を一点に凝縮させ、雪の上の孤独な足跡をありありと現出させたのだ。ひと月も闇《やみ》の地下の密室で暮らした人が、飢えと寒さと絶望に震えながら見た、地上の眩《まぶ》しい雪の上の足跡を音楽がたどっていったのだ。演奏が終ってもじっと目をつぶって動かずにいたぼくは貴公子に肩を叩《たた》かれて我に返った。

十月末の記念祭の準備に人々が熱を入れ出した。演劇、展示、屋台店、何でもいいから人を集めてお祭騒ぎをしようというのだ。ぼくは演劇の出演をショーペンから勧誘された。革命運動一辺倒の彼が演劇をやるというのが意外だったが、常には無表情な彼が黒い瞳に愛想笑いを漂わし誘いにきたのがもっと意外だった。二年生を中心にシラーの『群盗』をやるのだが、ブスばかりが集まってきて美女アマリアを演じる者がいない、君は割合に整った顔立ちだから、ひとつ女形役を引き受けてくれないかという。一晩考えて断った。実のところ、わが家の食糧事情が逼迫《ひっぱく》してきたうえ、学費にも事欠く有様になっていて、みんなと一緒に陽気に騒ぐ気にもなれなかったのだ。去年の夏の終りに会社の農園が盗掘に遭って収穫がゼロになったのと、秋に央子を除く家族全員が疎開地から帰京して父が予想していたよりもわが家の口が急増したため、冬になって食糧は底をつき、必死の買出しで何とかしのいだ。そして今年は、農園も旧家の焼け跡畑も豊作で、ジャガイモ、カボチャ、サツマイモ、アズキ、ダイズ、ソバなどが取れ、それに占領軍の放出物資でトウモロコシ粉の配給があって息をついた。しかし、日増しに寒くなるにつれて、そろそろ食糧が底を突いてきたので、買出しに行かねばならぬのだが、肝心の資金が乏しくなってきた。インフレの進行とともに父の収入はがた落ちになってしまい闇の食糧を買う金がないのだった。母は逗子《ずし》の美津伯母の手ほどきを受けて洋裁を習い、手内職で金を稼《かせ》いでいた。こういう場合に才覚をめぐらすのが巧みな駿次は焼け跡から拾ってきたガラクタを売りさばいていた。家の庭には駿次の木箱が十数個あり、釘《くぎ》、電線、皿、茶碗《ちゃわん》、フライパン、鉄兜《てつかぶと》、匙《さじ》などが区分けして集められていた。弟の言うには、銅と鉄と分けただけで高く売れ、フライパンは再生品に鉄兜は鍋《なべ》に加工できるので高値で売れるのだそうだ。ぼくの場合、育英資金を借りて学費はそれで何とかまかなっていたけれども、家の食糧資金を援助するほどの余裕はなかった。何かしなくてはと志して出掛けたのが焼け跡の整理作業であった。

早朝、父のお古の作業服を着て、浅草は山谷《さんや》の日雇い溜《だま》りに行く。トラックが着いて、先方の現場監督が、日当の高と作業の内容を告げる。するとトラックを囲んでいた群衆のなかで応募者が手を挙げる。強制収容所で囚人の選別をするナチ将校のように、監督は体力のありそうな男たちを指さしては、どんどんトラックの荷台に乗せる。ぼくは自分がなるべく屈強の男に見えるように、薄く生えてきた髭《ひげ》をわざと剃《そ》らずに残し、シャツの内側に新聞紙を入れて体を脹《ふく》らまして見せたりしたが、あえなく貧弱な体格を見破られてしまい、結局ありつけるのは日当の低い、割りの合わぬ現場ばかりであった。ビルの内外に四散したガラス破片の片付け、異臭を発している化学工場の残骸《ざんがい》整理、ゴミ捨て用の穴掘り（一度不発弾を掘り出して大恐慌《だいきょうこう》となった）など、結構危険な仕事であった。鉄条網で腕を割かれて化膿《かのう》し、医師から破傷風の恐れがあると診断されて心配したこともあった。肉体労働は即金で労賃がもらえるのがよかったけれども、その後二、三日は疲れが取れず、授業中に居眠りが出て、これには弱った。

ある日のこと、何かいい仕事を探さねばと思案しながら、学校へ向う柿ノ木坂を登っていると後ろから声を掛けられた。大正だった。例によって朴歯《ほおば》を高鳴らせ、マントを翻《ひるがえ》している。「しばらくだなあ」とぼくが言った。彼にはこの春からずっと会っていなかった。「元気がまるでないぜ。失恋でもしたか」と大正。「ゲルピンなんだ」ぼくは苦笑いして貧相なマントを振って見せた。「じゃひと儲《もう》けしないか」「何かうまい話があるのか」「ある。記念祭で音楽会をやるんだ。有名な音楽家を呼んでくれれば講堂は満員になる。有料のチケットを売れば大儲けだ」「誰を呼ぶんだ」「それをきみに相談したいんだ」

大正の言うには、今度の記念祭では、社会学研究会が有名な社会主義者の講演会を開き、二年生が『群盗』を一年生が『商船テナシティー』を上演する。しかし丁度、日曜日の午後は講堂が空いている、そこでクラシック音楽研究部として音楽会を開くと申請して、午後を予約しておいたというのだ。

「きみはそんな研究会に入っているのか」「いや、急遽《きゅうきょ》新設したんだ。部員として二十数人の名前を書いておいたが、実際の部員は今のところ二人だ。つまりぼくときみだ」「おいおい」「きみの妹は有名なシュタイナーの弟子だそうじゃないか。シュタイナーを呼べないか。

呼べたら事件になる」「無理だよ。あんな大家を呼べば莫大《ばくだい》な出演料を払わねばならない。それに一流の音楽堂でのコンサートが目白押しで一高校の記念祭ごときに出る意志も暇もありはしない」事実、桜子からの情報によれば、シュタイナー先生一家はパリに向けて出立する準備におおわらわであり、最近夫妻が日比谷公会堂で開いて大評判となり連日満員だったうえ新聞でも絶賛されていた「ベートーヴェン十大ヴァイオリン・ソナタ連続演奏会」も、旅費作りのためなのであった。先生は央子をパリに連れて行きたがっていて、それを勧める桜子と反対する両親との間で、持久戦模様の対立となっていた。

ふと富士彰子先生ならどうだろうかと考えた。シュタイナーほど有名ではないが、最近の演奏会は新聞の文化欄でも好評だったし、ラジオにも出演している。「フジ・アキコ? 知らんな」と大正は渋い顔をした。「そんな無名の人じゃ、入りが悪いぞ」「いや、無名の人じゃないよ。富士彰子と言えば、ウィーンを中心にヨーロッパ楽壇で活躍していた国際的ヴァイオリニストだよ。それに、娘の千束はパリでアルフレッド・コルトーに認められた、これまた国際的な天才ピアニストだ。ヴァイオリンにはピアノの伴奏が要るが、娘に弾かせればいい。その娘だがね、すごいシャンなメッチェンだよ」「シャンなメッチェン! いくつだ」「ぼくと同い年だから、十八だと思う」「芳紀まさに十八歳か。いいね。ところできみの妹はいくつだ」「小学校四年生、十一歳」「そりゃまたちっちゃいな。よし、発想がひらめいた。この二人を組み合わせれば、意外性で注目される。アルフレッド・コルトーの高弟、天才少女とハインリヒ・シュタイナーの愛弟子《まなでし》、可憐《かれん》な妖精と」

大正と二人で計画を練った。妹の央子のほうは野本桜子という人に頼めば簡単に事が進むだろう、桜子を通じて、シュタイナー先生の弟子であると宣伝をする許可を先生からもらうことにすればなおいいだろう、とぼくは言った。ところで、富士千束のほうは、礼をつくして自宅——鎌倉——を訪問懇請すべきであろう、その場合大正とぼくと、もう一人貴公子のような音楽に詳しいやつに一緒に行ってもらったらどうだろうとも言った。ともかく、ぼくらは、クラシック音楽研究部主催「国際的天才少女と注目の可憐な妖精による、ピアノとヴァイオリンの午後」なる企画を練り上げた。教室に戻って貴公子にこの計画を話すと、「へえ、きみの妹が大シュタイナーの愛弟子だったとは知らなかったよ。面白い！　やってみようよ」と二つ返事で言い、そのうえ尋常科の生徒のコーラス部の指揮をしているから、部員二十人全員に、これが大切な所だがただで手伝わすと約束してくれた。しかも彼は富士彰子の名前を知っており、帰国の新聞記事も読んでいて、娘の千束がパリで独奏家として認められたことまでも覚えていた。

千束に会える、その演奏を聴けるという期待で熱く燃え、ぼくはどんなことでもしようと張り切った。ところが軽井沢の桜子に電話して計画を話しただけで、事はするすると運んでしまったのだ。桜子は、「面白いわよ、その計画。わたしがうまくやってあげる」と電話口で叫び、央子の出演についてすぐシュタイナー先生の許諾を得てくれた。央子の選んだ曲目はベートーヴェンのソナタ『春』であった。桜子はさらに、鎌倉の富士彰子先生に電話して母親から千束を口説いてくれた。千束は最初、高校の記念祭という場末での演奏会に気が向かない様子であったが、シュタイナー先生のお声掛りだと知ると、引き受けてくれた。彼女がレパートリーの中から選んだ曲目は、ベートーヴェンのソナタ『熱情』であった。これで、「ベートーヴェンの二大ソナタ演奏会」という形が整った。

桜子の、とにかくシュタイナー先生と富士彰子先生の両方に利《き》く広い顔、千束の自尊心を傷つけぬように話を通じた巧みな社交術、少しお節介なほどの過度の親切のお蔭で、何もかもとんとん拍子に事が運んでしまって、ぼくは大正と貴公子に対して面目が立ったのだが、いささか残念で悔やまれたのは、鎌倉の千束の家まで出掛けて彼女に会い、その甘い芳《かんば》しい呼気に乗った声に包まれ、花びらの口の奥に光る白い歯の吸引力に恍惚《こうこつ》となる楽しみが奪われたことだった。打ち明けて言うと、その日を予想して、日雇い労働で溜めた小遣いで、帽子とマントと朴歯を大正の手づるで入手して、高校生らしい装いを整えつつあったのである。母は、自分が折角毛布で作ってやったマントを息子があっさりと捨ててしまったのに不快を示したが、さらに軍服を学生服のように紺に染めてくれと要求されて、ついに癇癪玉《かんしゃくだま》を破裂させた。ぼくは母の機嫌《きげん》を取るために、肩をもんだり、毛糸巻の手伝いをしたり、一升瓶《びん》に入れた玄米を棒で搗《つ》いたりしたあげく、とうとう紺染めを承諾させた。紺色になった軍服は純毛だけあってなかなかに風合いがよく威厳があり（大正はプロシャの龍騎兵《りゅうきへい》みたいだとからかったが）、ぼくの高校生の風姿はこれで完成した。それなのに……であった。

音楽会のポスターについては貴公子の画才が役立った。写真をもとに千束はさらに美人に、央子はさらに幼く可愛《かわい》らしくなり、肖像画の傑作として後世に残りそうな出来ばえであった。

さいわいぼくはその一枚を保存していて、写真などより余程大切な思い出の品となっている。藁半紙のため茶色に劣化して、折り目からぼろぼろに欠けてしまっている一枚は、それでもポスターカラーの色彩は鮮やかであり、貴公子の才能豊かな筆勢やタッチを保存している。もっとも宣伝文は大正の作で、いささか大袈裟《おおげさ》であったが。

都立高等学校記念祭特別大音楽会！
八雲ケ丘に我等の青春の思ひ出を刻まん！
熱情の火を燃やさん！
　ベートーヴエンの二大ソナタの午後

一、ヴアイオリン・ソナタ、へ長調
　『春』作品24
二、ピアノ・ソナタ、へ短調
　『熱情』作品57

　ピアノ富士千束
ヨーロッパ楽壇で大活躍の
我等戦後世代の名花ピアニスト

パリで巨匠アルフレッド・コルトーに師事し、パリ楽壇に彗星《すいせい》の如《ごと》く登場、数々のリサイタルで絶賛を博し、国際的に声名を轟《とどろ》かした名花、天才ピアニストの凱旋《がいせん》コンサート

ヴァイオリン**小暮央子**
甘美な音と魔法のテクニックを持つ
可憐なる妖精ヴァイオリニスト
幼くして巨匠ハインリヒ・シユタイナーに見出《みいだ》されて親しく薫陶《くんたう》を受け、戦後鮮烈なデビユーを飾り、今や数々の音楽会で驚異の演奏活動を続けている天才少女ヴァイオリニスト

来《きた》れ集へ若人よ！
新しき時代の**春**に
いまぞ**熱**情の花を開かん！

随分誇張と嘘《うそ》が入っているが、これでもぼくが半分ぐらいに縮めて、美女、麗人、佳人、西施《せいし》、李夫人《り》、などを削り、天才という言葉を五分の一に減らし、愛、真善美、芸術という言葉を全部取り去ったのである。問題はチケットの販売で、印刷したものに番号を入れ、校門や東横線の駅で尋常科コーラス部の全面的協力によって売った。大正の文章のせいではなく貴公子の絵のせいだと思うが宣伝が行き届き、売行きは好調であった。そうして当日会場

で売る五十枚を残して全部が売り切れてしまった。逆に心配になったのは買った人が全員来たら講堂に入り切れないことであった。

　前から頼んでおいたピアノの調律師が予定の日に現れず、三度も催促の電話をして、やっと来てくれたのが金曜日の夕方、記念祭の前日であった。演奏会は日曜日の午後と聞いていたので、これが一番よい時期です、誰かが弾いたりすると音が狂いますからと調律師は、遅延を責めようと睨《にら》み付けているぼくに、にこやかに頷《うなず》いた。

　千束の出演料も桜子が交渉してくれ、予定よりも低く抑えてくれたので、大正は、「すげえ。当日券も売り切れたら大儲けだ」とはしゃいでいた。演奏家の送迎も桜子が一手に引き受けてくれた。彼女は木曜日に央子を連れて鎌倉の富士邸へ行って泊り込み、たっぷり二日、千束と合奏の練習をしたのち、土曜日の夜は西大久保に来て、日曜日には、野本汽船の社長専用車で央子と二人で東京駅へ回り、千束を拾って、直接、都立高校に来るという。「自動車で乗り付けるなんて驚天動地の威勢だね」と大正が感心した。鎌倉まで千束を迎えに行く心積もりだったぼくは、またもや桜子のお節介めと内心で苦笑していた。

　土曜日の朝、祭はすでに始まっているはずであったが、校門の木製アーチも各教室の飾りつけも展示パネルもまだ製作進行中で、みんな蜜《みつ》を運ぶ蜂《はち》のようにぶんぶん忙しげに飛び回っていた。鋸《のこぎり》が軋《きし》み、金槌《かなづち》が跳ね、糊《のり》とラッカーの匂《にお》いが鼻をつくなかをぼくは一巡してみた。自分のクラスへ来てみると、クラス会で決めた「ファウストの穴蔵」があらかた出来上がっていた。錬金術師の実験室となると、尋常科時代から物理実験室や化学実験室に入り浸り、〝実験の主〟であるドップラーが、知識とコネを利用して、いかにもそれらしい器具、天秤《てんびん》、蒸発皿、蒸留装置、乳鉢《にゅうばち》、ピペット、メジャーグラス、レトルト、鉱物標本、薬品などを借りだしてきて並べている。そしてブータが例の「研究室」から、胎児のホルマリン漬けやら動物の剥製《はくせい》を持ち出して、床や天井を異様な感じで装飾していた。それに貴公子が地下の穴蔵らしい具合に描いた即席の壁紙を貼《は》り、ほとんど完璧《かんぺき》な錬金術師の部屋ができあがっていた。ところが、その立派な穴蔵に、極端に稚拙な縫いぐるみのファウストが背中を見せて坐《すわ》っていて、これではぶち壊しだと考えたが、これは西田哲学が昨夜徹夜で作りあげたものだそうで誰も文句が言えないのであった。

　昼頃までに飾り付けや展示が終った。こういう遅れを見込んでいたのか、ぞろぞろと人が集まってきた。父兄らしい年配者、先輩、女学生、近所の人々。女学生が五人、二人と連れ立って来ると、誰かが案内役を買って出、展示の説明にも力が入った。模擬店も並んだが食糧事情の逼迫した時世で、ラムネかサッカリン水ぐらいの店開きで人気がない。そんななかで、大繁盛なのが焼芋屋で、店主は例の陸士だ。埼玉の実家から持ち込んだらしい芋俵を背に、頬被《ほおかぶ》りに野良着《のらぎ》姿で石焼芋を作っている。大兵《だいひょう》肥満の彼は栄養不良の女学生たちのお眼鏡にかなったらしく、写真を一緒に撮られたり、住所を手帳に書き取られたりしていた。

　講堂で戦後、軍国主義批判で躍り出た社会学者の講演があった。学者は頬が顎《あご》の幅までこけた特異な顔貌《がんぼう》をぐっと聴衆に突きつけ、開口一番、「君たちは東京都民の税金のお蔭《かげ》で勉強ができるのだ。だから税金を払った人民に感謝と奉仕の心を持ちながら学校に来るべきである」と喝破《かっぱ》した。講演のつぎが、『商船テナシティー』の上演だった。女役は小柄《こがら》な生徒がこなしていた。恋人同士が別れる悲しいキスシーンで観客がどっと沸いて拍手をした。が、この講演と演劇のあいだ、ぼくらは舞台裏や楽屋口や入口をちょろちょろ走り回り、明日の演奏者の案内と聴衆の誘導について予行演習をしていた。

家の門を入るとヴァイオリンの澄んだ音色が懐《なつ》かしい雰囲気《ふんいき》を振りまいていて、色づき初めた唐楓《とうかえで》の葉漉しに央子の存在を知らせた。応接間に母と桜子がいて、二階の演奏に耳を傾けており、振り向いた母の目が潤《うる》んでいた。母は曲に合わせて首を軽くくねらせつつ言った。「あれから一年半しか経《た》ってないんだね。随分大昔の出来事みたいだけど……あの時、あの電車……そう草軽《くさかる》電鉄、あれが動き始めた時、どんどん小さくなっていく央子を見ていた時、これでオッコとは一生の別れだと信じていたのよ。空襲の真っ最中でいつ殺されてもおかしくない時代だったもんね。草津から研三と二人で山を下りて上野に帰ったとたん、三月十日の大空襲に出会ったんだものね。助かったのが奇蹟《きせき》よ。それが突然戦争が終ってしまい、世の中はすっかり変ったけどオッコの音楽は変らないねえ。あれが平和の音なんだわ。平和ってていいもんだねえ。まあ、何て綺麗《きれい》な音、あんなに特急列車みたいに速く弾いて。その記念祭とやらに行って聴きたいねえ」「いらっしゃいよ。あした、オッコちゃんとここを車で出るから、一緒に乗って行けばいいわ」「駄目《だめ》、着て行く物がないの。みんな食糧になっちまったんだから」母は洗い晒《ざら》しの着物の袖《そで》を示して、自嘲《じちょう》の尖《とが》り口をした。

「わたし着物と帯、余分に持ってきてるの。貸してあげるわよ」と桜子が言った。「あなたとは体型がまるで違うから、着られないわよ」「そんなこともあろうかと、わたし母の着物も借りてきたの。母と初っちゃんとは背恰好《せかっこう》がそっくりだもの。きっと着られると思うわ」桜子は座敷に母を誘い、トランクから取り出した着物を母に試着させた。姿見の前に立った母は、桜子に「初っちゃん、あなたまだ若いわ。この小紋、派手過ぎるかと思ったらよく似合うんですものね。これ母の若い頃のよ。これにしなさいよ」と言われたとたん畳にうつぶして泣きだした。「やっぱり駄目。見て、この手。こんなに荒れて醜いのよ。この着物を着るとますます醜く目立ってしまう。わたしね、ずっとおさんどんと百姓ばかりだもの」「あら、ちっとも目立たないわよ」

ぼくも桜子を応援した。「ね、おかあさん。高校の記念祭なんて気楽な催しなんだよ。第一主催する高校生自体が蛮カラでひどい恰好をしているんだから」母は泣きじゃくりながら言った。「男と女は違うんだよ。女はちゃんと身嗜《みだしな》みを整えなければ人さまの前には出られないの。この手を見てごらん。オッコの晴れ舞台にそんな母親が付いて行ったら、オッコが可哀相《かわいそう》だよ」

母にそう言われてみると、その手の甲は象のようにごわごわ厚くなり、指は節くれ立ってあかぎれが痛々しく、爪《つめ》は割れて黒いものがこびりついていた。母は着物を脱ぐと指先が絹糸に引っ掛かるのよとぼやきながらも、丁寧に畳んで桜子に返し、急に気を取り直し、たすき掛けで台所に立った。

夕食は桜子の持参した白米や卵や野菜を使った五目鮨《ごもくずし》であった。何年ぶりかの御馳走《ちそう》に子供たちは「すげえ」と驚き、母は今夜だけは何杯お代わりしてもいいと笑顔で応じ、「ああ、やっと四人の子供たちが揃《そろ》ったねえ。平和はいいねえ」と、ぼくらを自分の制作した作品の出来具合を点検する彫刻家の目付きで見詰めた。ところが、食事が始まってすぐ、央子が立ち上がってしまった。「わたしいや。こういう所じゃ食べられない。足が痛い」父と母とは顔を見合せ、父は「これ、オッコ、行儀が悪いぞ」と怒声を発したのを母は目顔で制し、気を利かせたぼくは応接間からスツールとサイドテーブルを持ってきてやり、「オッコは西洋人みたいになったんだな」とおどけて言ってみた。「そうじゃないのよ」と桜子が釈明した。「ヴァイオリンの演奏は立ってするでしょう。女性ヴァイオリニストは脚の線が真っ直《す》ぐで美しくなくちゃならないの。だからわたしオッコちゃんに日本式の坐り方、させなかったんです」家族の視線が央子の脚に集中した。央子はこそばゆそうに両膝《りょうひざ》をさすった。母が感嘆の声をあげた。「ほんと、オッコの脚は真っ直ぐで長くて綺麗だよ。お前はひょっとするとすごい美人になるよ」

日曜日の午後、アメリカ製の豪華車に乗った千束の一行が校門に入ったときは一騒動であった。ボール紙のちゃちな飾り門や貧相な模擬店のなかにピカピカの大型自動車が滑り込んで来たのが場違いで人目を引き、しかも大正の企《たくら》みで、ぼくら一同が勢揃いして盛んに拍手をして迎えたせいもある。千束と央子と桜子の三人が、これまた、群衆にはついぞ見かけぬ派手な服装、それがどんな服装であったか思い出せないが、くすんだ池の面に浮く華やかな花びら三つという感じであったとは明瞭《めいりょう》に記憶に焼きついている。

音楽会は、空前の大成功であった。まさしく超満員で通路に折り畳み椅子《いす》を並べても足りず、ついに通路の床一杯に人々を坐らせ、舞台の袖にまで立ち見席を作るという、講堂が破裂せんばかりの盛況になった。大正は汗だくになって群衆をさばきながら、「畜生、全員が来やがった。わずかな金が惜しいんでみんな来やがった。ちゃっかりした野郎どもだ」と笑いながら呪詛《じゆそ》の言葉を吐いた。この時の成功に味を占めてその後何回か音楽会を開催してみたが、この時ほどの成功はついぞなかった。おそらく戦後すぐでクラシック音楽会という催しが珍しかったせいもあるかと思う。

聴衆との対応に追われていたので、残念ながら演奏を鑑賞し、千束の姿態にうっとりする余裕はぼくになかった。熱狂した聴衆がアンコールを繰り返して、千束と央子が三回ほど応じたのだが、何の曲を演奏したかも覚えていない。ただ演奏を終えて貴公子が先導して千束と央子を外に連れだしたとき、夕日が千束の項《うなじ》を薔薇色《ばらいろ》に照らし、滑らかな肩の線に沿ってするすると零《こぼ》れ落ちる光の粒が、そのままぼくの心の扉《とびら》の奥に転がりこんで来るような快感を覚えた、ほんの刹那《せつな》の光景だけははっきりと思い出せる。千束が会釈《えしやく》している窓が消え、車が去って行った時に、初めてぼくは、せっかく千束を呼んで一緒の時間を過ごしながら、彼女とろくに言葉を交わすこともできなかった事実に気がつき、淋《さび》しく虚《むな》しく悲しかった。

校庭に展示や舞台装置を積み上げて火を放つと夜空を焦《こ》がす盛大な焚《た》き火になった。闇《やみ》と火が生徒たちの興奮を誘い、太鼓を叩《たた》き寮歌を唱《うた》い踊り狂った。大正と貴公子と火明かりに笑い合いながら、ぼくは沈み込む気持を炎の勢いで何とか引き立てようとしていた。ぼくの心には千束を利用した、彼女を裏切ったという悔恨が巣くっていた。窓の奥の彼女の微笑が思い出されるたびに悔恨はますます暗く鋭く胸をえぐった。

7

千束について、「美人だけどね、ちょっとぼくの趣味じゃない。つんとして、お高くとまってやがる」と大正は言い、「あれに較《くら》べると央子ちゃん、こっちは断然いい。愛嬌《あいきょう》があって自然で可愛《かわい》い。きみの妹らしく目がぱっちりしていて、将来は……ふむ、そう、数年後にぜひ逢《あ》いたいものだ。よろしく頼むよ」と冗談とも真剣ともとれる顔付きで、黒っぽい犬鼻をくんくん鳴らした。

貴公子のはもっぱら演奏批評であった。「音楽家としては、きみの妹のほうが本物の才能を持ってると思うね。技術的にはまだ頼りないところがあるけど、自分の好きな音楽を好きなように、シュタイナーを押し退《の》けて行く勇気があるというか、とにかく自分のつかんだ音楽を示そうと天真爛漫《らんまん》に弾いていく。千束のほうは、技術は一流でがんがん弾けるけど、型にとらわれていて、小さくまとまり過ぎているね。コルトーという偉大な天才の呪縛にかかっているのかなあ。師の演奏を小型化したみたいで物足りない」

ぼくは思った——大正には千束の美、あの茶色の髪と薔薇色の肌《はだ》の魅力も細作りの身体《からだ》の芯《しん》に秘められた熱い活力も感じられず、貴公子には彼女の音楽の本質、戦争のさなかで経験した絶望と憂愁から立ち上がり、典雅で気品に満ちた芸域を作りあげた、魂の深奥にある振幅が聴き取れないのだ、と。二人の友が千束について否定的なのが大いに不満であったが、同時に安心もあたえたので、二人の意見に一切反駁《はんばく》せず、むしろそれに同意する振りをして、自分が千束にいだいている愛を隠した。

千束に礼状を書いてみたけれども、できあがったものは彼女の演奏を最大限の美辞麗句で賛美した、下心が透けて見えるような軽薄な文章であった。それを破り捨て、最初からやりなおすと、今度は彼女を利用して、演奏会を開き、安い出演料でごまかして自分たちだけが金を儲《もう》けた、世故に長《た》けた嫌《いや》らしさと裏切りとに対する後悔の念が筆先に溢《あふ》れだしてしまい、こんな手紙を受け取った女はあきれ果てるに違いないと予想して、それを捨てた。『赤と黒』に出てくるコラゾフ公爵《こうしゃく》のような人物が現れて古今の恋文のコレクションを見せてくれ、それを引き写したら、どんなに楽であろうかとぼくは嘆いた。結局ぼくが書いたのは、ごく当たり障りのない、ありきたりの礼状であった。「あなたとゆっくりお話する時間が無かったのが残念でした」と書くのがせいぜいで、ウェルテルのように、「愛するロッテよ」とか「あなたの姿、あなたの思い出が、おおロッテよ、かくも神聖でかくも温かいのです！」とかいう熱い文章は一行たりとも書けなかった。しかも愚かなことに、ぼくは自分の出した平凡な礼状の返事が来るのを心待ちにしていたのだ。

が、返事などはついに来なかったのである。そしてぼくの最大の楽しみは、そして苦しみは、待つという不安定な状態に身をまかすことにあった。ある日は、待ちきれずに、鎌倉の片瀬海岸の家を訪れてみようと決心したが、家の前を物欲しげにうろついている無様な自分を想像して決心が鈍り、そのあと、自分が実際の鎌倉から逃げ帰ったように沈鬱《ちんうつ》な気分になり、負け犬が穴蔵に逃げ帰るようにして、本の世界に潜り込んだ。繁々《しげしげ》と神田の教会に透叔父を訪ねて本を借りた。叔父と話し込み、話が終わらず、夕方になって叔父が借りて住んでいる神保町の本屋の屋根裏部屋に行き、夏江叔母の手料理で夕食を食べながら会話を継続することもあった。彼らが武蔵新田《むさしにった》からそこに引越してきたのは、赤ん坊が生まれた直後で、武蔵新田のほうには利平祖父の世話をするために、勇と勝子が八丈島から新田に移り住んできたという。「夏江がおお先生と火之子の二人の世話をするのは大変なのでね、親父《おやじ》と妹に無理を言って来てもらったんだ」とは透叔父の言である。

赤ん坊は色黒なところは父親似だったが、大きな二重瞼《ふたえまぶた》は、両親のどちらにも似ていず、利平祖父の隔世遺伝だと思われた。ほっそりした顔立ちは母親似で、整った美人になりそうだった。「女の子だからね、顔がおれに似ていなくてよかったよ」と叔父は笑い、左手だけで器用に子供を抱き上げてあやした。当時の父親としては珍しい行為であったと思うが、叔父はおむつの取り替えなども自分でしたし、盥《たらい》で行水を使わせるのも喜んでしていた。左腕にぐにゃぐにゃする子供をかかえ、口にくわえたタオルで巧みに拭《ふ》いていく姿が今でも、浮世絵の一枚のように記憶に焼きついている。

少し話が逆戻りするが、秋口、史郎叔父は薫叔母と離婚し、津山から五歳の長男武史を連れて帰ってき、行き場のないまま、幼児はわが家に住んでいた。その日のことが鮮やかに思い出される。汚れたモンペに身を固めて待ち構えていた母は玄関前に出て、泣き叫ぶ幼児の着ていたもの一切を剝《は》ぎ取って丸裸にし、庭先の盥で全身をたわしでごしごし洗い、特に念入りに髪の毛を洗い、当初泣いて嫌がった子も母の迫力に圧倒されて死んだように静かになり、やっと洗い終えると、母は一転優しい声で、「さあ武史ちゃん、これを着なさい」と、用意してあったもの（ぼく、駿次、研三と三代にわたって着古されたもの）を着せた。そのあと、武史の着ていたもの、持参した衣服を一つ一つ日に曝《さら》し、ポケットを探り、臭《にお》いを嗅《か》ぎしたあげく、叔父を振り向くと、「これどうしようもなく傷《いた》んで、垢《あか》だらけだからね、全部焼いてしまうよ」と断り、石油を掛けると火をつけた。炎が意外に高く大きくあがったものだから、叔父が飛んできて焼却作業を受け持った。史郎叔父から津山の田舎家での不潔な生活を吹き込まれて、不潔という観念で頭を充満させていた母は、武史もその衣服も一切が蚤《のみ》と虱《しらみ》で不潔まみれであり、そんな虫の一匹でも家に入れてはならぬという固い決意で新しい同居者に臨んだのであった。

史郎叔父は二畳の女中部屋を出て、武史と二人で六畳の応接間を占領することになった。そこは央子の部屋として取って置いた部屋だから、母は、央子が帰ったらすぐ出てもらうという条件で叔父に貸したのであるが、叔父は、長期滞在するつもりかベッドや洋服簞笥《だんす》や麻雀卓《マージャンたく》を運び込み、たちまち自分流の居間に変えてしまった。

ところで、母親の遺伝として面長《おもなが》に蛙《かえる》のように飛び出した目をつけていた武史は、母を困らせることばかりしたのである。まずは家の中にじっとしておられず、外へ、それも家の庭で遊ぶのではなく、一高教授の庭に入り込み、教授が大切に育てている薬草園を荒らして苦情を言われたり、かと思うと門から外へ、いずこともなく姿を消してしまい、母はやきもきして捜し回り、やっと見つけては連れ戻した。今日は都電の大久保車庫にいた、翌日は花園神社の境内をうろついていたという話が蒸し返されたあげく、ついに母はあきらめてなすがままにしたところ、武史はもう自由自在に外出した。この場合感心なのは、食事時だけちゃんと知っていて帰ってくることで、その正確なこと、ぼくは武史が帰ったから飯時と知るほどであった。困るのは、とんでもない様子で帰ってくることで、ある日などはドブに落ちたのか腐敗臭を発散させながら、またある日には得体の知れぬ白粉《おしろい》にまみれてきて、毒薬か何かかも知れぬと母を恐慌《きようこう》に陥《おとしい》れた。

こういう放浪癖に加えて、高い所に上がるのが得意で、ぼくなど小学生になってからやっとのぼった唐楓《とうかえで》の大木に五つの幼い子がするするとのぼってしまう。ある日、読書していると、小枝が机上に飛び込み、驚いて見ると武史が子猿《こざる》さながら唐楓の梢《こずえ》にちょこなんと腰掛けて枝を折ってはこちらに投げつけていた。それでも運動神経未発達の幼児だから、へまをやることはあり、屋根から庭に滑り落ちて足に怪我《けが》をしたり、建仁寺垣《けんにんじがき》の割れ目を通り抜けて一高教授宅に侵入しようとして肩に切り傷を作ったりしていた。こう書いてきて思い出したが、武史の怪我はあれこれあって枚挙に暇《いとま》がないほどで、膝を擦《す》りむく、爪を剝がす、後頭部に瘤《こぶ》を作る、まではまだしも、ある日などは、焼け跡で拾ってきた錆《さび》包丁で遊ぶうちに左手の人差し指の先を切り落としてしまい、母の金切り声で飛んで行ったぼくは、血を吹き出す指先に繃帯《ほうたい》を巻き付けると、母と二人で泣きわめく子をかかえて医者を探し回った。が、医者などいっかな見つからず、そのうちふと大正が案内してくれた時の記憶がよみがえり、新宿二丁目の新しい医院に連れて行った。この際、ぼくのとっさの判断で切り落とされた指先をガーゼに包んで持参したのがよかったので、医者は指先を縫い付けてくれ、その手術は立派に成功して武史は指先の喪失をまぬがれたのである。

ぼくら兄弟と武史とをまったく差別《しゃべつ》せず、食事などを平等に分配した母に対して、ぼくらは不満であったし、研三などは、五歳の子供と自分たちとでは必要栄養摂取量が違うと理屈をこねたが、母は、武史は実の母親に虐待《ぎゃくたい》された可哀相な子で、発育も遅れているから、それを取り戻させるべく、沢山食べる必要があると三男の理屈を撥《は》ね除《の》けた。そうでなくても乏しい、わが家の食卓は、武史が増えたことで、ますます乏しくなり、夕食に蒸《ふ》かし芋一本に大根汁などという日もあった。来たときは骨と皮に痩《や》せた子であった武史は、食欲が旺盛《おうせい》で、乏しい食事では足りぬらしく、ぼくら兄弟が礼節として手を出さぬ、母の貯蔵食品、蠅《はい》帳《ちょう》内の握り飯や戸棚《とだな》の奥の乾パンなどを盗み食いして、見る見る肥《ふと》ってきた。母は幼児のとどかぬ高い棚や、天袋の奥に食品を隠したが、高所に平気でのぼる技を持つ子には、そんな防衛策も効がなかった。ついに、作り置きした料理をいちいち金庫に仕舞う羽目になり、さすが気丈な母も、食欲の塊のような幼児の存在に閉口し、史郎叔父に憤懣《ふんまん》をもらした。すると叔父は発奮して、新田あたりの田舎へ行き、米麦野菜を買い集めてきた。ただ、叔父の発奮は発作のようなもので、一度買出しをしたあと母がふたたび憤懣をもらすまでは知らん顔を決め込み、自分が集めた食品がわずか数日で消費される現実には目を瞑《つむ》っていた。

十二月になって、北風の吹き荒れるひどく寒い夜、ぼくはドストエフスキーを読み耽《ふけ》っていた。どの作品であったか忘れてしまったが、じめじめした沼地の感じと暗い陰惨な殺人の場面が浮かびあがるので、多分『悪霊《あくりょう》』であったと推測される。寒気は容赦なく窓の隙間《すきま》から侵入し、暖房のない部屋の毛布と掻巻《かいまき》を通して体を表面から傷めつけ、それにクヌート・ハムスンの『飢え』という小説の主人公が経験した通り「飢えが腹を齧《かじ》って」いた。外の寒さと内なる飢えに挟《はさ》み打ちに遭い、ほとんど生気を失った肉体の中で、意識だけが無機質の軽やかな精霊として小説の文面から物語の広大な世界に入り込み自由に活潑《かっぱつ》に動き回っていた。と、階下で子供の鋭い叫び声がしてぼくの胸を抉《えぐ》った。子供の声、猫《ねこ》に追い詰められた窮鼠《きゅうそ》の発するような鋭い泣き声は武史の声だった。泣き声はどうやら玄関の外でしているようで不審だ。続いて母の、これはまぎれもない悲鳴が聞こえた。何か大嫌《だいきら》いなものを見た、たとえば、猫の死骸《しがい》やどぶ鼠《ねずみ》を見た時の、大袈裟《おおげさ》な金切り声であった。ぼくは階段口まで走り出た。研三が下を覗《のぞ》いていた。すでに素早く駿次は下に降りていて、ものすごい勢いで階段を駆け上がってきた。「黒人だよ。アメリカ兵だ。二人もいる。どうしよう」「強盗か」「わかんねえ。何だか英語で怒鳴っている」「何て言ってるんだ」「だから、わかんねえ」

ぼくは降りて行った。弟二人が兄貴の勇気ある行為を見守っている気配に、いささか誇り高く思いながら、その実、心臓の縮まる恐怖におびえながら、そっと盗み見ると、いた！のっぽの黒人兵と太っちょの黒人兵が玄関に立っていた。のっぽの頭は格子戸《こうしど》の長押《なげし》を突き抜けて高かった。二人は各自両腕に大きな紙箱を持ち、むしろこちらの騒ぎに当惑したように軽く震え、しかも白い歯を浮き出させて、どうやら愛想笑いらしきものを浮かべているではないか。押し込みではない、物売りだと、とっさの判断で見て取ったぼくが言ったのは、英語で「寒いよ。ドアを閉めろ」であった。太っちょが反応し、格子戸を閉めたとたんに、それを開いて飛び込んできたのは武史であった。相変らず泣きわめきながら、のっぽの開いた股《また》の間を抜けて、土足のまま自分の部屋に逃げ込んだ。これで太っちょが吹き出し、その場の緊張がほぐれ、ぼくの度胸も定まった。ぼくが見せろと言うと、黒人兵たちはこもごも、紙箱の蓋《ふた》を上げて見せた。緑色の米軍用の缶詰《かんづめ》が詰まっている。ためしにコンビーフの値段を聞いてみたら、肉の闇値に較べて安く、ぼくは購買欲を刺激されて、シチュウ、コンデンスミルクなど十缶と、チョコレート五枚、ドロップ一缶を買った。すべて街では入手できない物ばかりだったし、音楽会の収益でまかなえる範囲であった。金を払うと黒人兵たちは、にわか闇屋らしい小心さであたふたと闇に消え、やがてジープ特有のエンジン音が急発進で去って行った。とたんにぼくは震えて冷や汗を吹き出した。落ち着いているつもりが緊張しきっていたのだ。

母が来て弟たちが降りてきた。廊下から出てきた父は手に木刀を持っていた。武史が、まだ泣きじゃくりながら走り出て、チョコレートに出した手を、「これ」と母が引っぱたいた。みんなは入手した食品に関心があり、手に取っては感嘆して眺《なが》めた。缶詰の一つの内容がわからず辞書を引いてみたらヴィタミンCでちょっとがっかりしたが、これはその後、わが家のヴィタミン補給に長く役立つことになった。

「アメリカ兵たちも金には困ってるんだな」と父が言った。「しかし、悠太、大丈夫かな。新聞によるとGHQは米軍放出物資が闇市に出回っているのに神経質になり日本政府に注意したとあったが……」「MPが来たらどうしよう」と母は救急袋に今買った物を入れるとどこかに隠そうとするようにうろうろ歩き、父に言われて金庫に仕舞い込むことにした。わが家の大型金庫ときたらすっかり食糧品倉庫と化していた。

物騒な世相なので玄関の鍵《かぎ》を二重にしておいたにもかかわらず、黒人兵がやすやすと侵入してきたのは武史が鍵を開けて外に出たせいであった。「まったく、しょうがねえ」〝餓鬼だ〟という言葉を、父は史郎叔父に遠慮して呑《の》み込んだが、部屋を覗くと、この騒ぎにも気づかず、叔父は鼾《いびき》をかいて寝ていたので、もう一度武史を睨《にら》みつけ、「夜は鍵開けちゃ駄目《だめ》だぞ」と言い聞かせた。折角手に入れたのだからと、みんなで茶の間でチョコレートを食べようと坐《すわ》った所に武史が入ってきた。父は舌打ちして追い出そうとしたが母は幼児にもチョコレートを分けてやった。

期末試験も過ぎ、高校は冬の休暇に入った。ある日、神田教会を訪ねると、透叔父から耳寄りな話を聞いた。ジョー神父の友人の英国大使館員が持ってきた情報で、英国大使館で臨時のボーイを募集している、給料は高いし、食事は食べ放題だし、英語会話の勉強にもなるというのだ。クリスマスから正月にかけて職員が休暇で休む間、きっちり四週間の臨時雇いで、勘定してみると高校を数日休むだけですみそうだ。ぼくはすぐ応募してみることにし、神父から友人に電話してもらって内諾を得たうえで、神父の紹介状を持って、一番町の大使館に行ったのが十二月下旬の晴れた、冬には珍しく温かい日であった。

　半蔵門で都電を降りて濠沿《ほりぞ》いに歩くと、広い歩道の中央が盛り上がって丘になり桜並木のある小公園となり、左側に長い御影石《みかげいし》の塀《へい》が、皇居の石垣と競い合うかのように、つまり幾分傲岸不遜《ごうがんふそん》な感じで続いていた。と、四つの石柱のあいだに金塗りの槍《やり》を並べた鉄格子の門が黒く拒絶的に光っていた。鉄格子の中央に大きな楯《たて》が掲げてある。中央上部に王冠、右に白い一角獣、左に王冠を被《かぶ》った獅子《しし》が躍り上がり、この楯こそは、大英帝国の象徴であり、征服者と勝利者の誇りと喜びを示していた。門の奥、正面玄関の二階から突き出した竿《さお》の先にユニオン・ジャックが陽光に曝されて血の十字架を光らせつつ身を揺すっていた。自慢にしていた紺染めの軍服がとたんに貧相なものに成り代わる心細さを覚えながら、先方の内諾もあるし紹介状も揃《そろ》っていることだからと強《し》いて胸を張って門に入って行くと、それまで人形のように静止していた衛兵が、いきなりぼくの顔先にカービン銃を突き出し、引き金に指をかけて行手を阻《はば》んだ。しどろもどろの英語で、ここのボーイの募集に応じてきたと言うと、衛兵は黙って外を指差した。意が通じなかったと思い神父の紹介状を示すと、やはりその方角を指差し、行けと顎《あご》をしゃくった。仕方なしにぼくは公園まで後退し、困惑の表情で佇《たたず》んでいた。すると、衛兵詰所から英国兵に似た軍服を着た日本人が走り出てきて、「ここは正門で、日本人は通れない。通用門に行けと言ってるんだよ」と教えてくれた。ぼくは礼を言い、一言も言葉を発しなかった衛兵が、また元の人形に凝固して真正面を向いているのを見た。日本人は、ぼくの紹介状を見て、「ああ、あんたもうOKされてるね。なら大丈夫よ」と言い、彼は自分は通訳で正門に常駐している、困ったときには相談しに来い、とも言った。

通用門の衛兵は紹介状を見せると簡単に通してくれ、まず身体検査があるからドクターの所へ行けと、ガリ版刷りの地図に赤丸をつけてくれた。ピカピカの乗用車やジープが並ぶギャレージでは日本人従業員たちが英国人の指図を受けて立ち働いていた。

診療所のドアを叩《たた》くと金髪の若い看護婦が開いてくれ、すぐつんと鼻の突き出た禿《は》げ頭のドクターの前に連れて行かれた。裸になれと言われ、上半身だけ裸になると、ズボンもパンツも取れと命令された。若い女性の前だからと躊躇《ちゆうちよ》していると、ズボンのベルトに手をかけて脱げという仕種《しぐさ》をしたのは、なんと看護婦であった。仕方なく素裸になるとベッドに横になれと命令された。ドクターはぼくの皮膚の具合を上から下まで、前側と後側と、まるで魚の焼き具合を確かめるように観察した上、両脚を両腕でかかえる海老《えび》の形をとらせ、看護婦に命じて尻《しり》の穴に油を塗ったガラス棒を差し込ませた。若い女性にされた冷たい太い棒の侵入には凌辱《りようじよく》の感覚があり、その快感のためぼくはあやうく勃起《ぼつき》しそうになった。そのあと血液検査とレントゲン撮影があり、その日は家に帰された。三日して電話があり、ぼくは臨時雇いのボーイとして、ある建物に配属されることになった。あとで知ったのだが、ガラス棒の検査は日本人に多い、腸の寄生虫を極度におそれる英国人の衛生思想による特別検査であった。

この大使館には大使館員のためにいくつもの居住用のコッテッジがあり、そのおのおのにコック、メイド、ボーイが配属されていた。ぼくが回されたのは、西の端にある女性職員用のコッテッジであった。

緑の屋根、灰色の壁、白い窓枠《まどわく》に青い鎧戸《よろいど》の瀟洒《しょうしゃ》な建物には五つの部屋があったが、現在住んでいるのはタイピストのミスKと文化部図書係のミセスOの二人だけで、この二人に日本人の女コック、メイド、ボーイの三人が仕えていた。ぼくの寝泊まりしたのはキッチンの隣にある、井戸の底に落とされたように天井が高く、明かり取りとして船室風の丸窓が一つだけついている薄暗い小部屋であった。折り畳み式の簡易ベッドが一つあり、調度はそれだけだった。現在休暇を取っているボーイの持ち物を入れた大型のトランクが残りの空間を占領していて、それをまたいでベッドに到達するのだ。自分のボストンバッグをトランクの上に置き、脱いだ作業用の胸当てズボンを毛布の上に掛けて寝た。以前食品倉庫として使われていたらしく、壁に缶詰の錆や蜂蜜《はちみつ》やソースやチーズがこびりつき、腐敗と発酵による甘酸《あまず》っぱいような汚臭に加えて、おそらくここの住人ボーイのらしい強烈な腋臭《わきが》の臭いが部屋を充塡《じゅうてん》していた。もっともコックが料理を始めると、その新しい臭いが古い臭いを駆逐してくれ、毎晩寝るときには多少慰められたのであるが。

朝六時、まだ夜の闇《やみ》に漬《つ》かっている道を恐る恐る辿《たど》りながら通用門そばの倉庫まで缶入りの牛乳を取りに行かねばならなかった。途中で兵隊やら大使館員に出会うので、グッド・モーニング・サーとやって見るのだが、何の反応も起こらず、彼らは完全にぼくを無視し、そのくせすれ違う彼ら同士は丁寧に挨拶《あいさつ》をし合っていた。英国人は日本人を同等の人間だとは見なしておらず、従って日本人の挨拶に応《こた》えるなどありえないことだったのだ。だが、その習慣を知らぬぼくは最初の失敗をした。暗い慣れぬ道で迷い、通りがかりの男（兵隊だったか館員だったか、白人の青年という以外に何も覚えていない）に尋ねたところ、いきなり下顎にパンチをくらって倒れてしまい、牛乳をあたり一面にぶちまけてしまったのである。あわてて、缶を立てて蓋《ふた》を閉めたけれどもすでに半分は流失していた。どうにか自分のコッテッジに帰り着き、コックに顚末《てんまつ》を報告すると、イギリス人に道を尋ねる非礼について諄々《じゆんじゆん》と説かれ、迷った場合一旦《いつたん》倉庫に戻って倉庫係の通訳に尋ねるのが日本人としては安全な方法だと教えられ、今日は牛乳を使わぬ料理を工夫してやると親切ごかしを言われ、明るくならぬうちに大急ぎで道路の清掃をして粗相の痕跡《こんせき》を消しなさいと命じられた。下顎は二、三日、紫色に腫《は》れあがり、ずきずきと痛んだ。

コックがミスKとミセスOの朝食作りをしているあいだ、二人の眠りを邪魔しないためにメイドもぼくも物音をたてぬ用心をし、朝食をメイドが運んでから、ようやくぼくも部屋の片付けと掃除を始めた。二人が事務所に出掛けたあと、コックとメイドとぼくは朝食を取った。トースト、茹《ゆ》で卵、オレンジ・ジュースに砂糖入りのミルク・ティー、それに二人の食べ残しの肉やチーズが、ぼくには大変な御馳走《ちそう》に思えた。黒人兵の缶詰で一時うるおったものの、水団《すいとん》と玉蜀黍《とうもろこし》パンが常食なのがわが家の食糧事情であったから、卵や牛乳やバターや砂糖が当たりまえのように用いられている食事は、贅沢《ぜいたく》の極みであった。食後の皿洗いはぼくの係りで、当初、この皿洗いでコックから、随分きつく仕込まれた。

洗った皿を電灯に透かして見て、ほんの一かすりでも脂《あぶら》がついていたり指紋がついていたら洗い直しであった。この仕上がりを完璧《かんぺき》にするためには、脂を完全に抜いたナプキンを使わねばならず、皿を拭《ぬぐ》ったあとには、つぎの皿洗いのためにナプキンの洗濯《せんたく》が待っていた。続いて、キッチンの掃除だ。流しを手始めに調理台、床タイルと、脂の跡が見えぬように仕上げる原則は守らねばならぬ。そのあいだコックは食器を洗って磨《みが》いていた。銀製の食器は、疵《きず》がつくのを恐れて、ぼくには絶対に触らせなかった。

艶々《つやつや》した赤ら顔の女コックは肉の締まった頑丈《がんじょう》な体格で活潑《かっぱつ》に素早く動き回りまだ三十代かと思える顔付きをしていたが、戦前には英国人の家庭に長く雇われていたというし、かなり白髪を交えた髪から推すと四十過ぎかも知れなかった。英国人の好みをよく知っていて、戦後この大使館に来て以来何人もの英国人に仕えたがみんな自分の料理に満足して去って行ったと自慢していた。彼女にとっては英国人が世界でもっとも優秀な民族なので、日本を占領している米国人などは、英国の下層階級の成れの果てなのであり、その下層階級に支配された日本人となるともう人間と動物との中間にわずかに許容された存在なのであった。それでいて、彼女は英国人の品定めと悪口が好きで、ミスKは美人だが無教育で色気違いのオールド・ミスで、ミセスOは世話好きの婆《ばあ》さんだがお節介が過ぎてうるさい、ああいうのをフランス語で du genre vieille dame obligeante というのだと言っていた。コックは英語のほか、料理の名前をフランス語で知っていて、なかなか学があった。

メイドは吊《つ》り目の柳腰で、目尻の皺《しわ》が深いし、ぼくなんかを全くの子供あつかいにして相当の小母さんに見えたけれども、白人たちには若い東洋女と見えるらしくて人気があり、夜になると時々英国兵たちが、彼らの間の取決めでもあるのか、一人ずつ通ってきた。まあ勤務外の商売をしていたので、コックは汚らわしいと眉《まゆ》をひそめつつ、大使館側に知られないようにと注意するだけで黙認していた。

コック関係の仕事が一段落するのを待っていたメイドはぼくに用事を言いつけた。力仕事ばかりで、一番の労働はヴァキュウム・クリーナーによる床の掃除であった。この電気掃除機など、当時の日本人の家庭ではまだ使われておらず、そういう物があるというのを知ったのは以前風間家で使っているのを見たからであるが、大使館のは風間邸とは格が違い、大型で強力に塵《ちり》を吸い取る性能を備えていてぼくを驚嘆させた。二階に並ぶ五つの部屋のうち、ミスKとミセスOは廊下の端と端、つまりもっとも離れた位置の部屋を使用していた。二人の大使館員の寝室、居間、階段、玄関、食堂とぼくは床ばかり見て回ったので、室内の調度やら壁紙やらがどうであったのか、全く覚えていない。ミスKの部屋には沢山の化粧品や何かの薬品があって絨毯《じゅうたん》に染《し》みが多く、ミセスOの部屋には、書棚からはみ出した本が床に積み上げられ、書き損じの便箋《びんせん》や新聞が投げ捨てられてあり、いたる所に犬の糞がこびりついていた。ミセスOは出勤の時に犬を籠《かご》に入れて連れて行くので、ついにぼくは彼女の愛犬にお目にかかれなかったけれども、コックとメイドの話では、ミニチュア・ピンシャーという種類で、「猫のように鼠を捕る変てこな小犬」だそうだ。そう書いて思い出したが、建物が古いし食糧が豊富なため鼠が繁殖していて、その死骸や糞の掃除もぼくの仕事であった。

昼食は昨日の館員二人のお余りを三人で食べて簡単にすました。そのあと夕方二人の館員が御帰還になるまでが暇で、ぼくは自室にもぐり込み、ミセスOの屑籠《くずかご》で拾ったイギリスの絵入り雑誌の小説を辞書を引き引き読んだ。

クリスマス・パーティーの打合せのため、ミスKとミセスOがキッチンに現れたときに、ぼくは初めて女主人たちの声貌《せいぼう》に接したのだった。

ミスKはぼくより背がすらりと高くて、整った顔で特有な髪の色――ドビュッシーの亜麻色の髪の少女の色だと思った――をしていた。雪花石膏《せっかせっこう》のような肌《はだ》で、石膏像のように無表情で、口述筆記でもする人のように、一語一語を区切り、ゆっくりと話した。あとで、コックはこちらが英語ができぬと莫迦《ばか》にしてあんな喋《しゃべ》り方をすると怒り、メイドはタイピストでいつも口述筆記をさせられているので、その口調がうつったのだと陰口をたたいていた。

ミセスOはぼくより背が低く、つまり英国人として小柄《こがら》な肥満した中年婦人で灰色の髪を振り振り、溢《あふ》れるように話した。こちらは表情が豊かで、愛想がよく、キッチンの隅《すみ》にいたぼくに気がつき、「ウィリアムズ神父の紹介で来たというのはあなたね」と話し掛けてきた。「そうです。神父を御存知ですか」「よく知ってますよ。ここの文化部に本をよく借りに来るからね。臨時のボーイを頼んだのは、わたしなのよ」「そうでしたか、よろしく……」こんなちょっとした会話でもコックの機嫌《きげん》を損じたので、すぐあとで折角仕事の打合せをしていたのを邪魔したとぼくをなじり、ミセスOがボーイ如《ごと》きに気軽に声を掛けたのは英国人としてはしたない行為だったと評した。

クリスマス・イブのパーティーに、メイドはピンクのキャップを被り、短いスカートに花柄のエプロンをして、ひどく若作りとなって料理を運んだ。ぼくの任務は食堂の隣室まで料理や食器を運ぶことで、むさくるしい作業服姿を客に見られぬようにとメイドからもコックからも厳に戒められていた。ドアの隙間《すきま》からちらと見えたのは、軍服やタキシードの男たちに色とりどりのドレスを着た女たちであった。要するに純粋に白人たちだけの集まりで、英国兵に多い黒人やインド人や、まして日本人などは一人として混じっていなかった。コックは「今日の客は上種《じょうだね》だよ」と言い、自分の腕の見せ所だと張り切っていた。メイドは「官費でこんな贅沢《ぜいたく》していい気なもんだ。こっちはチップもなしにこき使われるんだから」とぼやいていたが、男客の一人に美人だと言われて肩を撫《な》でられたと得意げでもあった。

その夜の皿洗いは重労働であった。いつも三十分であげるところを二時間の余もかかった。疲れたメイドは機嫌が悪くてどこかへ外出してしまい、働きづめであったコックは早寝してしまった。すると深夜になってメイドを呼ぶベルが鳴ったのだ。ミスKの部屋の赤灯が明滅していた。メイドがいない時はコックが行く習慣だったので、ネグリジェのコックが出て来て電話に出た。コックは欠伸《あくび》をしながらぼくに「あんた悪いけど今晩は行っておくれ、ブランディーと水を運んで行き、置いてくるだけでいいんだよ」と言った。

盆を持って二階に上がり、ミスKのドアをノックすると、入れと男の声で言われ驚いた。居間には人影がなく、さらに寝室まで来いと仰せつかり、ドアを開くとベッドの上で素裸の男女がからみ合っていた。毛むくじゃらの男に組み伏せられたミスKは目を瞑《つむ》り口を開いて、絶叫のような善《よ》がり声をあげていた。男はちらとこちらを見て、テーブルを視線で差し、そのまま行為を続けた。ぼくは度肝を抜かれたが、男女の交媾《こうこう》を見るのは初めてなので、好奇心が先立ちじっと観察していた。男が動物的な叫びとともに射精した時、あわてて後ずさりし、何かを踵《かかと》に引っかけて音を立てたけれども、男も女もぼくの存在を気にする風もなく抱き合ったままであった。

翌朝のことだ。誰かがそっとキッチンに入ってきた。メイドが帰ってきたのかと思って丸窓からそっと窺《うかが》っていると、何とミセスOで、忍び足で奥の物置の方へ行く。彼女の真似《まね》をしてぼくも忍び足で出て行くと、振り向いたミセスOは唇《くちびる》に人差し指を立て、囁《ささや》き声で、「あんた、二階のミスKの部屋に、バケツと雑巾《ぞうきん》とモップを持って来てちょうだい」と言い置き、そっと出て行った。キッチンの入口にあるコックの部屋の前を抜き足差し足で出て行く姿を見て、これは何か、コックにもメイドにも知らせたくないことなのだとぼくは了解し、大急ぎで着替え、命じられたものを持って二階に上がった。

ミスKのドアは半開きで、中に入ると、奥でミセスOが手招きしていた。ベッドの上も枕《まくら》元《もと》の床も反吐《へど》の狼藉《ろうぜき》である。ぼくはまず雑巾でベッドの上を拭い、それから床に掛かった。風呂場《ふろば》との間を何度も往復しているとミスKが便所から青白い顔で出てきてソファに倒れ込み、ミセスOの介抱を受けていた。男はとっくに帰ったらしく姿が見えない。以前腹を壊して吐いた時に母がしていた処置をぼくは思い出し、ベッドの毛布を剝《は》ぐと浴槽《よくそう》に溜《た》めた湯で洗い、絨毯には何度も水を含ませては汚物を吸い取り、一時間ほどで何とか清掃を完了させた。

その時、ミスKがシャワー室からふらふら出てきた。素裸で前も隠さずにタオルで体を拭っている。ミセスOはすっ飛んで行き、ナイトガウンを着せた。すこしは気分が良くなったのかソファに腰掛けてタバコを吸い出し、ミセスOがぼくが掃除をしてくれたと言っても顔色も動かさず、ぼくを見もしなかったし、もちろん礼の一言もなかった。ぼくは潮時と察して部屋を出た。ミセスOが付いてきて、「ありがとう。たすかったわ」と言い、ぼくの手に紙幣を握らせた。五ドル紙幣であった。別に断る理由もなかったのでぼくはそれをポケットにしまった。ミセスOは、微笑で顔を一杯にし、と、急に老婆《ろうば》の相になって、「今日のことはコックにもメイドにも内緒よ」と言った。「なぜですか」「あなたは四週間の臨時雇いですぐいなくなるけれど、彼女たちはずっとここで働いている。わたくしたち大使館職員としては、自分たちの失態を常雇いの日本人職員に知られたくないの」これは露骨だけど率直な告白であって、ぼくは少しあきれたが、不愉快は覚えなかった。ぼくがそっとキッチンに帰ると、コックはまだ寝ていて、起きてきたのは午後三時過ぎであった。メイドが英国兵を伴って帰ってきたのは夕方で、その夜遅くまでメイドのベッドが軋《きし》む音が聞こえた。

翌朝、コックもメイドもきのうのことを一切話題にせず、ぼくも素知らぬ顔で過ごしたのに、ミスKの部屋に入ったメイドはすぐさま異様な臭《にお》いがするとくんくん嗅《か》ぎ回り、シーツと毛布の染みと皺、絨毯の湿りという具合に探偵《たんてい》はだしの勘を発揮して異変を発見してしまった。

「これは吐いたあとだね。おととい彼女は酔い潰《つぶ》れていたから、きのうはひどい二日酔いだったに違いない。あんた、きのう掃除を頼まれたんだろう。コックが言ってたよ、ミセスOがこっそり来て、あんたを呼び出したんだって」「コックさんも知ってたんですか」とぼくは苦笑いして、きのうの顚末を正直に伝えた。もっとも一昨夜の男の件は黙っていた。が、それもメイドに漏れていたのだ。「男が泊まったそうだね。やっぱりコックが言ってたよ。GHQの将校で、以前からよく来るんだよ。クリスマス・パーティーにも出席していたからね。泊まって行くに違いないって踏んで、わたしゃ逃げ出したんだよ。案の定、大荒れだったらしいね。二人でセックスしてるのを見せられたろう」「あれ、わざと見せたんですかね」「そうだよ。それがミスKの趣味なんだから。日本人が犬みたいに侍《はべ》っていないと、オーガズムが来ないっていう変な趣味なんだよ。あんた、ああ言うの初めて見たの?」「はい」「あんた、ミセスOの紹介で臨時に入ったっていうけど、本当は中学生?」「はい」高校生だと言うのは気が引けた。「じゃ、まだ童貞だよね。女を抱いたことないんだろう」「ありません」「じゃ可哀相《かわいそう》に、刺戟《しげき》が大き過ぎたね。でも童貞だなんて可愛《かわい》いね。わたしが手ほどきしてあげるよ」

メイドはぼくを引き寄せるといきなり唇にキスしてきた。彼女を突き放さなかったのは、異常な快感が全身に走り、手足が痺《しび》れて動かなかったからである。メイドは燕《つばめ》のようにドアに飛んで行き内側から鍵《かぎ》を掛けると、また帰ってきてキスを続け、ぼくの手を誘導して自分を抱かせ、ぼくの勃起を確かめると、そこに集中した摩擦を加え、興奮が高まったところでベッドに仰向けに倒れ込んだ。メイドの白い裸体はほっそりとしていたが乳や腰の線は見事で、ぼくは夢中で愛撫《あいぶ》をした。ミスKに米軍将校がした形がぼくのお手本であった。こうしてぼくは童貞を失った。

二人は一緒にシャワーを浴びた。「あんた、素晴らしかったよ。わたしゃ童貞の坊やとやったのは初めてで興奮しちゃった。あんたに惚《ほ》れちゃったよ。ね、またやろうね」

そう言われただけで、ぼくの若いペニスは固く盛り上がり、女はそれを頼もしげにつかみ、口に啣《くわ》えると吸い出した。ぼくは喘《あえ》ぎ出し、二度目の行為をシャワー室でする羽目になった。女はぼくの精液を味わいながら飲み干し、「おいしいミルク。童貞さんのは新鮮でいい」と舌なめずりした。化粧の取れた女の顔は気味が悪いように老《ふ》けて見え、こんな女と初体験をしたのかと後悔もしたが、これで一人前の男になったという満足も覚えた。しばらく後でもう一度ぼくはメイドに抱かれたが、ぼくがコックに、「あんた、朝からシャワーを浴びたね。髪が湿って石鹼《せっけん》の匂《にお》いがするよ」と言われたのを聞いていたメイドはぴたりと誘惑をやめたのである。

メイドとぼくは、暗黙の盟約のもとに、ミスKの部屋を徹底して掃除した。染み一つ、湿り一つ、臭いの痕跡、髪の毛一本でも逃さぬように、バス・ルーム、シャワー室、便所の隅々まで、念入りに細心の注意を払って綺麗《きれい》にした。とくに便所は脂肪分をたっぷり含んだ吐瀉《としゃ》物《ぶつ》でべたべたに汚れ切っており、朝顔型の便器の深い底まで雑巾を突っ込んで拭った。意地になって艶出しクリームをつけてピカピカに磨いてやった。そのため、昼飯時になってもまだ仕事が終わらず、午後遅くまで掛かったのだ。メイドはコックに、「ミスKの汚しようときたら目茶苦茶なんだよ。毛布を洗濯してスティームで乾かし、アイロンを掛ける始末だからね、おおごとだよ」と言った。

正月になっても大使館内の生活は別に変化は見られなかった。お節《せち》料理や雑煮や門松があるわけではなし、ごく普通の毎日であった。もっともある夜に本館の広間で映画をやるから日本人従業員も見てよいと集められたことがあった。大使館員たちは椅子《いす》に坐《すわ》ったが日本人は後ろのほうで立ったままであった。英国兵たちは盛んにふざけて笑い合っている。見れば若い兵隊たちでぼくと同い年ぐらいの者もいた。日本人従業員は押し黙って、おたがいに小声で話すのみで、むろん笑い声などは立てなかった。映画が始まった。美しく磨かれたような外国の街を美女と美男が歩いていた。この男女が愛し合うことは最初から予測できた。喜劇仕立てらしく、英国人たちは要所要所でどっと笑った。ぼくの近くに最初の日に正門で会った通訳がいたので、「何かおかしいことを言ってるんですか」と尋ねると、「わからんね」と彼は不快げに眉をひそめ、「あんな下品な英語、わかってみたって仕方がねえよ」と言い、笑っている英国兵の方角へふんと鼻を鳴らした。美男は軍服姿で現れ、女との別離のあと、戦闘機を操縦して戦場の上を飛んだ。戦車を先頭にして進む英国軍が苦戦している。男は敵の陣地に勇敢に急降下して行き、地上の日本軍を機銃掃射しだした。無様な恰好で逃げて散っていく日本軍を見て、英国兵が歓声をあげた。日本軍がばたばた殺されていくのを日本人従業員は黙々と見ていた。ぼくはこのような映画をわざわざ日本人に見せつけようとする大使館員の気持に勝者の奢《おご》りと残酷とを感じて、途中から目を閉じて眠った振りをし、そのうち本当に眠ってしまった。

コッテッジに帰る途中、ミセスOとミスKに会ったので会釈《えしやく》するとミセスOはウインクして手を振ったがミスKのほうは知らん顔であった。ミスKが同僚らしい女性とどこかへ行ったあと、ミセスOがぼくと並んで歩きながら話し掛けてきた。「今の映画、どうだった？」「率直に言って日本人には気持のいい作品ではありません。その気持は汲《く》める。西部劇をインディアンが見て気持がよくないのと同じです」「そうでしょうね。大使館の上層部にはそういう意見は通らない。わたしはあの映画を日本人に見せるのに反対だった。でもね、大使館の上層部にはそういう意見は通らない。日本人に敗戦国人としての自覚……humiliateすべきだという意見が支配的なの」ミセスOは不意に街灯の光の下に悲しげな表情を浮かばせた。館員や兵隊、それに日本人までがぼくらを不思議そうに振り返って行く。英国人の女性が日本人の男と、それもボーイと長話しているのが不審であったらしい。

「質問を許していただけますか」とぼくは、ミセスOの善良そうな顔に言った。「どうぞ」と彼女は微笑して頷《うなず》いた。「ミスKはどうして日本人を嫌《きら》う……軽蔑《けいべつ》するのですか。彼女はぼくが挨拶《あいさつ》してもいつも知らん顔です」「むつかしい質問だ」とミセスOは微笑を引っ込めて闇《やみ》の中をすたすた歩き出した。「あなたには世話になったから言っておく。彼女の恋人は海軍の士官で、戦争の初期に日本軍に不意打ちで殺された。戦艦レパルスの乗組員だった」「わかりました。それで日本人を憎んでいるんですね」と言ったものの、ぼくには十全な了解はできなかった。今度の戦争で日本人は何百万人も殺された。三月十日、広島、長崎では非戦闘員の大虐殺《だいぎゃくさつ》をこうむった。だからと言って、アメリカ人や英国人を憎んでいるだろうか。戦争という、個人の力を上回る力が殺したのであって、個々のアメリカ人や英国人には恨みを抱いてはいないと、自分では思っていたので、ミスKの〝個人的〟恨みがよく納得はできなかったのだ。

　コッテッジの前に来るとミセスOは立ち止まって囁いた。「だから、ミスKは男嫌いになってしまったのよ。あの人全然男っ気がないでしょう」「男嫌いですか……」ぼくはびっくりしてミセスOの生真面目《きまじめ》な顔を見詰めた。彼女はミスKと同じ家に住みながら、ミスKの生態について何も知らないのか、それとも同僚の乱れた生活を日本人に隠すために、わざとそう言ったのだろうか。そう考えてみると、ミセスOに呼ばれてミスKの部屋に行った時に男の痕跡《こんせき》、吸殻《すいがら》や二人分のグラスなどが見事に片付けられていたのが改めて思い出された。ミセスOは単純な dame obligeante ではなさそうであった。

　キッチンに戻るとコックとメイドが映画の感想を言い合っていた。コックは、今度の戦争は大体あのようなもので、旧式の武器しか持たぬ日本軍が優秀な近代的装備を持つ英国軍にばたばた殺された、あの映画の描いたビルマ戦線ではそうだった、映画は真実を活写していると言い、メイドは、だからと言って、日本軍を無能で下等な集団として蠅《はえ》のように殺していく映画の作り方は、あまりにも英国人の自尊心をくすぐり過ぎていて不愉快だし戦争の真実からは遠いと反論した。ぼくはメイドに賛成だったが、女二人のどちらにも与《くみ》せず狡猾《こうかつ》に黙っていた。

英国大使館で働いたのはきっかり四週間であった。わずかな時間ではあったが戦勝国の別世界にいた目には、東京の街はいかにも貧相で薄汚く見えた。まだ放置したままの赤錆《あかさ》びた焼け跡、アスファルトが裂けて波打つ道路、未舗装の泥道《どろみち》、塗りの剝げた旧式の自動車、おんぼろ自転車、満員の路面電車に、痩《や》せた乞食《こじき》のような人々。透叔父は、「どうだ、英語の勉強になったろう」と言ったが、彼の人の良い微笑に、ぼくは、「うん」と曖昧《あいまい》に頷いてみせ、またドストエフスキーを数冊借りて帰った。

8

三月半ばにぼくの住んでいた淀橋《よどばし》区は新宿区と名前を変えた。四谷《よつや》区、牛込《うしごめ》区、淀橋区の三区が新宿区に統合されたのである。同時に文京区とか港区とか耳新しい区の名前が公布された。ところで丁度この頃《ころ》から四月に行われる種々の選挙について、新聞やラジオがうるさく報道するようになってきた。昨年十一月三日に公布され今年五月三日に施行される新憲法下での初の選挙で、知事、市区町村長、参議院議員、衆議院議員、県・市区町村会議員という具合に行政全般の選挙が行われて戦後政治の出発点になる記念すべき選挙だというので、さまざまな新党の結成があり、定員を遥《はる》かに上回る多数の立候補者があり、天下がひっくり返ったような騒ぎなのである。もっともこういう騒ぎは貧乏な高校生にとって稼《かせ》ぎ時で、学校の掲示板に貼《は》りだされた選挙運動員募集の記事をせっせと見て、有利な日当にありつこうとしていた。こういう場合、事前運動と宣伝を最も熱心に展開していたのは共産党で、ショーペン一派は、人の顔を見ると、人民の解放と革命のために力を貸せと勧誘していたが、彼らのはどうもただ働きをさせるらしいという噂《うわさ》で、あまりみんなの関心を引かなかった。そうこうしているうち、脇敬助が衆議院議員候補として保守党から打って出るらしいという風聞を父から聞いたのである。

風間振一郎が、それまでの皇国史観に基づく軍国主義を捨てて、アメリカ的な民主主義を奉じる平和主義者に変身して新しい政党を結成したのは敗戦直後のことであった。彼の新政党は結党以来勢力を伸ばし、去年四月の戦後第一回衆議院議員総選挙では大勢の党員を当選させたうえ、彼自身も東京で当選を果たしたところ、この正月、占領軍の好ましからざる人物の公職追放令に引っ掛かって突然失脚してしまい、穴埋めに脇敬助を担《かつ》ぎ出したというのだ。

「まあ、戦争中軍国主義で凝り固まっていた大本営参謀が平和主義を鼓吹する政治家になろうとするのも時代だね」と父はつぶやいた。その口調には敬助の変節を皮肉るというより、自分を含めて日本人全体が大きく時代の風潮に流されているという自嘲《じちよう》があった。戦争中あれほど喧伝《けんでん》され続けてきた、天皇中心の軍国主義は、敗戦後、あっという間にどこかに姿を消してしまい、ほとんどの国民が自分は根っからの平和主義者でございという顔を臆面《おくめん》もなくしている始末だ。あながちに敬助一人の変節を責めるわけにはいかない。第一、戦争中、いっぱしの軍国少年であり、敗戦時に涙を零《こぼ》したぼくからして、いつのまにか平和はいいものだなどと感じているではないか。

新宿三丁目の、つまり伊勢丹百貨店の向かいに連なる映画館の裏手にある風呂屋が脇敬助の選挙事務所になっていた。「わき・けいすけ」と大書した立看板がずらりと並び、軒には名入りの提灯《ちょうちん》がぶら下げてある。玄関口は開いていたが、目付き鋭い屈強の男たちが「わき・けいすけ」の印半纏《しるしばんてん》を着て警備に当たっていた。察するところ反対党の嫌《いや》がらせや殴り込みを警戒しているおもむきである。が、敬助の従弟《いとこ》と言っただけで簡単に通してくれた。男湯の更衣室や洗い場に筵《むしろ》を敷きつめて、机や椅子が家具倉庫みたいな具合に窮屈詰めにされてあり、残されたわずかな空間を大勢の人々がラグビー選手のように擦《す》り抜けては忙しげに往来していた。浴槽内には小型の印刷機械が設置されて機関銃のような音を立ててビラを刷っていた。女湯のほうは、倉庫と来客の接待所に使われていて、更衣室では真っ昼間から十数人が車座となって酒を飲んで声高な政治談義をしていた。敬助は奥の幔幕《まんまく》で囲った中から出てきて、「やあ、よく来てくれたな」と気さくな笑顔をしてぼくと握手し、ぼくの両肩を両手で引き寄せて軽く抱擁してみせた。すっかりアメリカ風の仕種《しぐさ》である。髪を七三に分け、紺の背広を着て、「衆議院選挙候補者わき・けいすけ」の襷《たすき》を斜めに掛けている。しばらく見ぬ間に、でっぷりと肥《ふと》り、脂《あぶら》ぎった中年男になっていた。運動員として雇ってくれないかとぼくが言うと、敬助は「そいつは願ってもないことだ。人手不足で弱っていたところだ」と言い、幔幕の中から一人の若い男を呼び出し、「ぼくの選挙参謀の小池君だ。彼とよく相談してくれ」と紹介し、自分は幔幕の中に姿を消した。この小池は、選挙運動員全体の総指揮を取っていて、以前は陸軍将校であったという。しかし元軍人らしからぬ痩せていかにもひ弱そうな体付きをしていたし、腰の低い丁寧な言葉遣いには昔の職業を連想させる気配のかけらもなかった。

「あなたは脇さんの身内だそうで、心強いです。どうでしょう、高校の友達を二十人ぐらい集められませんか」「そうですね……」ぼくははっきりと言った。「報酬によりますね。今度の選挙では、いろんな政党から学生生徒は引っ張りだこなんです」「報酬なら大丈夫です。わが党は資金が潤沢なんです」なるほど小池の提示した額はほかの党よりも高かった。

まず大正に話を持っていくとすぐさま乗り気になって、彼の口ききでたちまち二十人近くが集まった。そのメンバーのなかには、脇敬助参謀の名前を知っていた陸士、「赤貧洗うが如《ごと》し」と自称する西田哲学、戦後わが高校にもできた寮住まいで食糧欠乏に喘いでいるブータがいた。

最初の仕事はポスター貼りであった。二人一組で、一人は糊《のり》を入れたバケツを持ち、もう一人が筒に丸めたポスターを持ち、電柱、壁、羽目板およそ紙を貼れる面ならどこでも貼って行った。結局、前に貼ってあったポスターの上に貼るのが楽で、そうすると翌日にはすでに別なポスターが貼られていて、その上にまた貼った。電柱や壁はポスターの重ね貼りで二、三センチも厚くなり、重みに耐えかねてばりっと剥《は》がれる。すると露出した生地の上にまた貼って行く。この仕事は詰まるところ物量の勝利で、つぎつぎに貼り続けた者がその面を占領することになるのだった。この物量というカテゴリーにおいて脇敬助事務所は優れていた。

ほとんど無尽蔵にタブロイド判の紙が倉庫に積み上げてあり、ポスターをどしどし印刷していたのである。その紙の出所は、どうやら旧陸軍の、たとえば大本営あたりの備蓄品だろうとぼくは想像した。

そもそもこの選挙においては、用紙の不足の折から宣伝運動の公平を期する趣旨で使用する紙の量に、法律で制限が加えられていた。候補者一人についてタブロイド判千枚を限度とするという定めである。が、敬助の事務所に関する限り、この法律は完全に無視されていた。運動員たちは、東京第一区、すなわち千代田区、中央区、港区、新宿区、文京区、台東区の広い地域に散り、毎日何千枚ものポスターを貼りまくっていたのだ。

旧淀橋区には土地勘があろうから重点的に回れと小池に命令されて、わが家の周辺を振出しに、新宿繁華街、西大久保や東大久保の住宅街、高田馬場駅近辺と、まずは道案内のある地域にポスターを貼った。最初西田哲学と組んだが、こういう単調で膂力《りょりょく》の要る労働にはおよそ不向きな男で、糊バケツを持てばすぐさま疲れて下に置いてしまい、刷毛《はけ》で糊を塗ると糊が厚過ぎてポスターが流れ落ち、それに哲学者の放心と迂闊《うかつ》で、石につまずき、電柱にぶつかり、バケツの糊をこぼし、休憩だと言っては坐りこんで文庫本を読み出し、読書にのめり込んではすっかり仕事を忘れる風ではあった。

つぎに組んだ相手はブータであった。この尋常科出身で植物採集に熱中している男とは、貴公子を介して面識がある程度であったのが、ポスター貼りを一週間も一緒にしているあいだにすっかり馬が合う仲となった。度の強い眼鏡を掛けて、眼球が二分の一ほどに縮まって見える彼は、太り肉《じし》で動作は鈍かったけれども、採集で山野を踏破していたせいか足腰は粘り強く、あたえられた仕事を短時間でこなす体力を持ち合せていた。路地や焼け跡の草花に眼差《まなざし》を光らせ、そこに生えている全種類を一瞬にして見て取り、たまに珍種を発見するや丸っこい手で巧みに根こそぎにして油紙に包み、肩からさげたズック鞄《かばん》に仕舞うと、ウインクをしてみせた。

戸山ヶ原練兵場は戦後、都営住宅用地に転用されて、いかにも急造された感じの安手な家々が建て込んでいたが、丘や原っぱや松林など、子供の時の遊び場はまだかなり手付かずに残っていた。ある日、仕事を早めに終えたぼくらは子供たちの恰好《かっこう》の遊び場であり、兵隊ごっこや模型飛行機の試験飛行の丘であった三角山に登り、草むらに寝ころんだ。

ブータは、豚のように鼻を草のさなかに突き出し、子細らしくあたりの植物を観察していたが不意に鼻を鳴らすと、「わあ、うるさい」と叫んだ。「うるさい？」とぼくは聞き返した。生温かな風が耳朶《じだ》に鳴り、どこかで雲雀《ひばり》が囀《さえず》っているほかに物音はしない。「植物の名前さ。ここに生えている植物すべての名前をおれは知っている。だから見回すと名前が一斉《いっせい》にわいわい聞こえてきて、うるさくてかなわんのだ」とブータは言った。

「そういうものかねえ」とぼくは草を見た。タンポポとかクローバーとかありきたりの花のほかは、名もない花と草、要するに雑草に過ぎない。「この丘に生えている植物は戦前から東京にあった在来種ばかりだ。つまり平凡で当たり前のものばかりだ。しかし新宿駅近辺にはアメチャンが南方あたりから種を持ってきたらしい変った種類があって面白い」「なるほど」

下の線路を山手線の電車が通って行く。ぼくは小学生の時、線路の上に五寸釘《くぎ》を置いて電車に轢《ひ》かせて平らにし、それを叩《たた》いたり砥石《といし》で研いだりしてナイフを作ったことを思い出した。同級生のいたずら者、竹井広吉の家は廃品回収業で、そういう作業場にはもってこいの設備があり、煉瓦《れんが》製の炉で赤熱させた釘を水に漬《つ》けて焼きを入れ、よく切れるナイフを完成させたものだ。

ところで今、戸山ヶ原周辺の街は消え、南の新大久保駅も北の高田馬場駅も赤錆びた焼け跡、壕舎《ごうしゃ》とバラックが点々とあるのみの廃墟《はいきょ》にくっきりと孤立して見えている。が、北東の方向を見ると、諏《す》訪町《わちょう》一帯だけが戦前からの街の保存地区となっていて、家々の庭に新緑が萌《も》え、花が咲いていた。そこでは人々が庭木に丹精をつくし春を楽しんでいるのが見て取れる。ブータは言った。

「平凡な植物が花盛りだ。ヤエザクラ、レンギョウ、ユキヤナギ、オオバベニガシワ、ミツマタ……」

新大久保駅よりさらに南の新宿方面に目を移すと俄然《がぜん》様相が変っていた。それをぼくはブータの影響で一種植物学的な感性で眺《なが》めた。新宿のビル街の周囲にはもう焼け跡などは見えず、見知らぬ新しい都市が出現していた。それは、木造の二階屋で物干台を備え、甍《いらか》の海が連綿と続くという、ぼくにとって懐《なつ》かしい様式を備えた都市ではなく、大小のビルが勝手気《き》儘《まま》な高さと形で、珍奇な帰化植物のように建ち、その下に貧相な木造平屋のバラックが栄養不良の在来植物のようにして這《は》いつくばっている、いかにも不揃《ふぞろ》いで混乱した様相を呈していた。やがてこれら木造建築物は成長したビルという大木の下草となって行き、ビルを主体とした石の森のような新都市が出現して来るのであるが、その予兆は、その時すでにはっきりと見て取れた。都市は絶えず変化して行き、ついには一応の完成を遂げるが、それもある時、一挙に崩壊する。そしてまた徐々に復興して行くが、二度と同じ様相は呈さない。明治維新後、富を蓄積して築きあげた大東京は関東大震災で灰燼《かいじん》に帰した。震災後の勤労と努力によって見事に復興した帝都は空襲で一面の焼野原になった。今はっきりと兆《きざ》しを見せているコンクリートのビルの群はやがては鬱蒼《うつそう》とした石の森になるであろうが、それとても、いつかはバベルの塔のように崩れさるであろうと、ぼくは思った。人間の作ったものはかならず滅びる。永遠の都、そんなものは幻想に過ぎない、そして、草原のように平らな木造家屋の街は消え、突兀《とつこつ》とした石と鉄の街を、ぼくにとっての異郷を、いつかは故郷と呼ばねばならないと、ぼくは予感した。

夕方ぼくらは糊だらけになって選挙事務所に帰ってきた。手は糊で塗り固められ、ズボンも上着もごわごわに突っ張ってぱりぱりと音をたてた。水に漬けてぬるぬるになった手を洗い、ズボンと上着は木槌《きづち》で糊を叩き落とした。それから幔幕の中に入り、小池に貼付《ちようふ》箇所を報告する。小池の秘書の島津という中年男が身軽に脚立《きやたつ》に乗ると壁の地図に書き入れて行く。この地図は浴槽《よくそう》の壁、富士と三保の松原のペンキ絵の上に貼ってあり、高い所は脚立にのぼらないと届かなかった。しかし、実に詳細に街並みが描き込まれてあり、古い家屋は黄で、焼け跡は赤で、戦後建った建物は青で彩色されてあった。空襲の災禍は広大なもので、新宿区で黄色の区域は西落合《にしおちあい》、下落合、戸塚町の一部、それにぼくの家がある西大久保一丁目のほんの一部のみで、あとは赤く塗り潰《つぶ》されてあり、わが家が焼け残ったのは、まったくの僥倖《ぎようこう》であったと教えられた。

小池は元陸軍大尉《たいい》、戦争末期、大本営陸軍部作戦課で脇敬助中佐の部下であった。小池の秘書をしている島津中年は敬助が中尉時代に歩兵第三聯隊《れんたい》の軍曹《ぐんそう》であり、二・二六事件の頃に敬助と行をともにした過去を誇りにして、好んで昔話をした。小池や島津だけでなく、この選挙事務所には敬助の同僚や部下が多数集まっていた。夜になって行われる作戦会議には、敬助を中心にして、小池や島津や、つまり旧軍人たちが輪を作っていた。敬助を「隊長殿」とか「中佐殿」とか呼ぶ人もいたのを、敬助は「脇さんと呼んでくれ」と訂正させた。しかし結局彼は「脇先生」または単に「先生」と呼ばれるようになった。小池元大尉には「参謀殿」という呼び名が定着した。玄関を固めている屈強の若者たちは歩兵第三聯隊から復員してきた兵隊たちで「親衛隊」と言われるようになった。彼らは終戦時に宮古島守備隊となり、米軍が島を飛び越えて沖縄本島に上陸したため無事であったそうで、夜の酒宴では島の思い出話に花が咲いた。

党の黒幕、実力者、資金源である風間振一郎も時々姿を見せた。戦争中坊主頭《ぼうずあたま》をぴかぴか光らせていたのが、今は脳天は禿《は》げ白髪は長く、仙人のような風貌《ふうぼう》である。公職追放の身などどこ吹く風と、大声で話し、けたたましい高笑いをして、いつとはなく「親分」と囁《ささや》かれるようになった。振一郎にぴったりと従い、護衛のように見えるのが巨軀《きよく》の大河内秀雄秘書である。娘松子の夫で、柔道五段、みんなから「熊《くま》さん」と呼ばれていた。大河内のほか、梅子の夫、建築家の速水正蔵や桜子の夫、野本汽船社長野本武太郎などもときたま顔を見せた。

振一郎が現れたとたん、その傍若無人な振舞いで彼が真の親分であり、卑屈な物腰の敬助は子分に過ぎない事実が明らかになるのだが、その上下関係を陸軍関係の同輩や部下は嫌がり、島津中年など、「もう親分の時代は終ったんだ。それを大きな顔をして出てきやがる」とか、「先生が当選すれば、親分とか熊さんも頭があがらないよ」とぶつぶつ言っていた。「奥さん」としてみんなから一目置かれている百合子《ゆりこ》は、客の接待、運動員の食事の手当、作業着の配給などをてきぱきこなし、なかなかに目端《めはし》が利《き》く役所《やくどころ》を果していた。松子や梅子も姉の助太刀をしていて、風間一家で姿を見せないのは桜子だけであった。

ポスター貼りが一段落すると、街頭での演説と連呼、政見演説会の段階に入った。毎朝出動前、小池参謀は全運動員を集めて訓示をした。この優男は、すこし猫背《ねこぜ》気味で、不断の会話は女のように物柔らかく、動作もなよなよとしていて頼りなげであったが、大勢の運動員に向かうと甲高い声音が隅々《すみずみ》までよく通ったうえ、内容を補強する手振り身振りが、オーケストラの指揮者のように運動員を動かした。

「みなさん、よく聴いてください（両耳に手を立てる）。駅という場所には四方八方に住む人々が離合集散します。つまりある地域の駅で宣伝活動をしても、かならずしも地域の人々に浸透するとは限らないのです。しかし、朝の出勤時刻と夕方の帰宅時刻には地域の住民は駅を通過します（左手で作った輪に右手を素早く往復させる）。すなわち地域のサラリーマンは駅に集まっているわけです。ですからこの時間帯には駅とその周辺での宣伝活動を行います（左手の拳《こぶし》の周囲を右手がぐるぐる回る）。わが選挙区で申し上げれば、千代田区では東京駅、中央区では有楽町駅、港区では品川駅、新宿区では新宿駅、文京区では御茶ノ水駅、台東区では上野駅、これらの駅前を重点的に回ります。みなさん、けっして分散してはいけません。ある時間ある一箇所に全員が集結するのです。脇先生を始めとして、応援弁士、全運動員が集い、数の多さと仕種の派手ぶりと連呼の騒々しさにおいて、ほかの候補者を圧倒するのです。そうして最終的には脇先生の演説を盛り上げる、この要点に全力を集中発揮するのです」

ははん、陸軍の『作戦要務令』だなとぼくは気付いた。幼年学校で叩き込まれたやつだ。「戦捷《センセフ》ノ要ハ有形無形ノ各種戦闘要素ヲ綜合《ソウガフ》シテ敵ニ優《マサ》ル威力ヲ要点ニ集中発揮セシムルニ在リ」である。

「駅での宣伝を終えたら、脇先生のトラックを先頭にして、全員がオート三輪に分乗して行列を組み、連呼しながら住宅地をジグザグに移動して行きます（右手で大きな稲妻を描く）。この行列はこけおどしに長く、目を見張らせるほど猥雑《わいざつ》で、耳を聾《ろう》するほどの轟《とどろ》きであることと、つまり住民に忘れえぬ印象を与えることを目的とします。ほかの候補者の連呼のように、ばらばらに分散する愚劣な方法をわれわれは排除します。終日喉《のど》を酷使しますから出発前に全員が生卵を一個呑《の》み込みます。生卵は昼食後と午後三時にも支給します。それでも喉が嗄《か》れたら用意した砂糖水を呑むか氷砂糖をしゃぶってください。これはズルチンでもサッカリンでもない正真正銘の砂糖で、野本汽船からの特別差入れであります。ではみなさん、必勝の信念を堅持して、士気旺盛《おうせい》に聖戦を完遂《かんすい》いたしましょう」

遠くから通って来る者は事務所に泊まり、夜明け前に起きた。始発電車に乗った者たちが続々集まってきた。握り飯を食べ、生卵を呑むと、えいえいおう、と勝鬨《かちどき》をあげ、トラックを先頭に、十台ばかりのオート三輪に分乗し、乗り切れぬ者は自転車に乗って一斉に目的地である駅に向かった。もちろん最初の日は、事務所近くの新宿駅であった。

まず東口前広場の、改札口正面の目立つ場所にトラックを駐車し、その左右にオート三輪がずらりと並んだ。これは場所取りで、あとから他の候補者の宣伝カーが来ても、最上の場所はもう占拠されているわけである。トラックとオート三輪の荷台に、「わき・けいすけ」と大書した幟《のぼり》を立てた。数十本の幟が風にはためく様は戦国大名の陣地を思わせて勇ましく、人目を引いた。運動員は二手に分かれ、荷台の上の者どもは軍手をはめて日の丸の小旗を持ち、街頭に降りた者どもは通勤客を装い、鞄を持ったりショルダーバッグをさげたりして改札口近辺をうろうろし、いざ演説が始まったらサクラとしてトラックの前に集まるように命令されていた。

人々の数が増して広場には群衆が流れだした。応援弁士が演説を始めた。拡声器の音量を一杯にした轟音《ごうおん》が群衆の頭を包んだ。運転席の屋根の上に立った小池参謀が予《あらかじ》め決めてあったサインで指揮をすると、荷台に並んだ運動員たちは軍手をした手を振り、演説の合間に「わき・けいすけ！」「新日本建設のため　わき・けいすけ　に清き一票を！」と全員が声を揃えて怒鳴った。ラッシュがピークに達した時、太鼓をドドンドドドと鳴らして脇敬助が登場した。運動員は片膝《かたひざ》をつき両手で敬助の方を差し示した。ぼくが感心したのは敬助の声に張りがあり、雄弁で論理が通って、群衆を引きつけたことである。

「わたしは戦争中、祖国日本の勝利のために命を的にして戦いました。しかし祖国が敗れた今はその再建のための礎《いしずえ》となって命を捨てる覚悟です。これからの日本は、科学と技術の水準を高くして産業を復興し、貿易立国で世界に雄飛して行く以外に生きる道はありません。それこそが国を富まし、失業とインフレで惨憺《さんたん》たる現在の国民生活を向上させる道です。産業振興と貿易立国のためには、出費の多い戦争はやめ、富を節約しうる平和だけが求められます。平和を愛する世界に冠たる新憲法の精神に則《のっと》り、みなさん、不肖脇敬助とともに一致協力して新生日本の建設に邁進《まいしん》して行こうではありませんか……」

敬助の言葉の要所では運動員全員が頷《うなず》き、さらに区切りのいい箇所では、全員が一斉に軍手で拍手をした。

敬助の演説が終りに近づいた時に、「インターナショナル」の歌声が起こった。赤旗を振りながら共産党候補Nのトラックが近付いてきた。駅前一帯を敬助に占領されているので、大通りの反対側に位置を占めて演説を始めた。敬助の前から離れた群衆がかなり向うに移動した。有名な共産主義者の顔を見ようとしたためである。中国の延安《えんあん》で反戦運動をしていた筋金入りの共産主義者Nの帰国は新聞に大々的に報道されて、彼のモットー「愛される共産党」はよく知られていた。遠目に定かではなかったがNのトラックにはショーペンらしい憂《うれ》いの哲学者めいた顔付きの男が乗っていた。

Nも敬助も拡声器の音量を最大限にして相手の演説を凌駕《りようが》しようとし、双方の運動員は拳を振り上げて怒鳴り散らし、騒音の渦巻《うずま》きとなった。しかし、すぐに小池参謀の下知《げじ》が飛んだ。無秩序に怒鳴るのをやめて、今まで通りに、彼の指揮にしたがって共同動作と斉唱《せいしょう》をせよというのである。この命令は極めて有効であった。Nの拡声器は性能も悪く、音量をあげるにつれて音が割れてしまい、意味不明の騒音となったのに、敬助の演説は駅の真っ正面にあるという有利な位置も手伝って広場全体に響き渡ったし、トラックの両側にならんだオート三輪の上で運動員たちが一斉に行う奇抜な動作が人目を奪った。それにサクラの数でも敬助側が優《まさ》ったのである。労働組合員らしい一隊がスクラムを組んでこちらに近づいたが、サクラはたちまち「親衛隊」となり、小池参謀の号令一下、整然と横三列の隊列を組んで押し返した。形勢不利と悟った彼らは、悲壮な調子で「インターナショナル」を唱《うた》いながら逃げて行った。トラックが擦《す》れ違う瞬間、ぼくは延安の革命の闘士を見たが、どこぞの一流銀行員さながらのインテリ風の優男で、ちょっと失望した。大正が「ショーペンがいたぞ」と言った。「あいつに議論を吹っ掛けてやっつけてやりたかったな」と西田哲学がくやしがった。

駅から隊列を組んで地区内をまわることになった。先導のオート三輪が数台「わき・けいすけ」の名前をメガホンで連呼しつつ超低速で行く。トラック上では敬助が応援弁士や運動員の中心にいて手を振り、太鼓の轟きに続き、拡声器の大音響で「わき・けいすけ　です。有権者のみなさまに御挨拶《あいさつ》に来ました」と繰り返す。その後ろからまたオート三輪の列が続き、連呼をする。さらに自転車の列が片手で「わき・けいすけ」の小旗を振り振り行く。ゆっくりと進む、長い派手な行列は確かに目立った。メガホンで三十分も叫んでいると声が嗄れてくるので交代して別な者が連呼した。夕方になるとみんな喉を潰して帰ってきた。叫ぶという行為はポスター貼《は》りよりも重労働であった。軍隊の号令調声で鍛えたため大声が出るのが自慢であった陸士もすっかりがらがら声になって参っていた。

連日トラックは都内各所を巡《まわ》り、卵を呑み連呼し手を振り、弁当を食べ卵を呑み連呼し砂糖水を呑み、連呼し氷砂糖をしゃぶって、日当をもらった。すっかり日焼けして声は潰れ、母は「まるで黒焦《くろこ》げのヒキガエルだね」とあきれていた。

衆議院選挙は四月二十五日に行われた。翌日午後に脇敬助の当選が確定した時の選挙事務所は、党幹部、風間振一郎、支持者、運動員で溢《あふ》れていた。振一郎の音頭で万歳が三唱され、敬助と百合子は深々と頭を下げた。美津《みつ》伯母が姿を見せ、故脇礼助夫人で新代議士の母堂であると一同に紹介されて盛んな拍手を浴びた。そのあと敬助を囲んで祝宴が張られたが、ぼくは日当をもらうと家に帰った。ほぼ二週間ほど学校を休んで懸命に働き、英国大使館での報酬と合わせると、何とか一年分の学費は儲《もう》けた勘定になり、目的は達したものの、すっかり疲れ果てていた。三日ほど眠りっぱなしで、「このまま死んじまうかと思ったよ」と、母を心配させた。学校に出てみると、授業は大分進んでいた。しかし、ドップラーと貴公子からノートを借りて写し、すぐ遅れを取り戻した。
脇敬助は時の人になった。東京一区という最重要の激戦地で当選したうえ、政友会幹事長や総務や内閣書記官長を歴任した脇礼助の御曹司《おんぞうし》というので注目され、新時代の若手代議士として新聞に寄稿したりラジオでインタヴューを受けたりしていた。父が「ニュース映画に敬助とお前が出ていたよ」というので、伊勢丹前のニュース映画専門館に母や弟たちと見に行った。新宿駅前で共産党のN候補と鉢合《はちあ》わせした時のシーンで、演説する敬助や軍手で拍手しているぼく、大正、陸士、西田哲学、ブータの姿が大写しになっていた。早速ぼくは彼らに情報を伝え、みんなニュース映画を見たそうで、大正など「歴史的瞬間にぼくは永遠に定着された」と小躍りして、カッカと朴歯《ほおば》を高鳴らせた。

9

敬助ほどではないが、ちょっと評判になったのが間島《まじま》五郎の油絵の個展であった。五月初め、透叔父から五郎が銀座で展覧会を開いたと聞いて意外に思った。五郎は自分が絵を描《か》いているのを秘密にしたがっていたので、他人にそれを公開するとは思えなかったからである。しばらくして、父が新聞の文化欄に載っている個展評を発見した。なかなかの好評で、幻想的な世界を確かな技巧と細密描写で実現し、戦後日本の荒廃した現状を活写しているというのだ。日本のダリだという形容もあった。ダリという画家が何者か父に質問したが、父も知らないという返事であった。「しかしな、あの五郎の絵じゃ、さぞ薄気味悪いだろうな。おれは見たくもねえ」と父は付け加えた。

数日経《た》った土曜日の午後、学校の帰りに銀座の画廊に回ってみた。朝からの雨で、有楽町駅はひどい混雑であった。古びたモーニング、軍服姿の青年、田舎風の女将《おかみ》さん、蝙蝠傘《こうもりがさ》と雨合羽《あまがっぱ》、陸続と古風な大群衆が宮城の方角から来る。そうであった、今日は新憲法施行の日であったと悟る。天皇、首相、閣僚を始め国民が宮城前広場で式典をしたのだ。それはまさしく七年前に天皇、首相、閣僚を中心にして紀元二千六百年の記念式典をした広場であった。そして新憲法を賛美する祝祭に参加したのも同じような群衆であった。ぼくは群衆に背を向け銀座に向かった。銀座は敬助の選挙運動で隈《くま》なく走り回った地域で、六丁目までは全焼していたが七丁目、八丁目あたりは残り、木造二階建ての古い建物が並んでいた。画廊もそんな一軒で、中に入ると、スリッパに履き替え、柔らかなリノリウム張りの床を踏み、焼けた時田病院が連想された。

新聞で激賞されたためか、結構観客がいて賑《にぎ》わっていた。しかし五郎の姿を会場に見かけなかった。正面の壁にある「時田病院」と題された大作に人だかりがしている。四階建ての巨大な建造物が、丹念に細密に描かれてある。屋上の〝医学研究室〟の屋根にガラスが張られてアトリエ風に改築されてあり、戦艦の艦橋のようにあたりを見渡す高みにある露台のぐるりに土嚢《どのう》がくくりつけられて〝防空監視台〟となっていて、病院の左手に製薬工場が描かれているから、これは空襲で焼失する直前の病院の全景である。ぼくは〝花壇〟と呼ばれた大広間の天窓や〝時田式紫外線療法室〟のガラス窓などを見分け、利平祖父の頭の構造を透かし見るような思いとそこで過ごした幼年時代が凝縮して形象化してあるような懐《なつ》かしさに浸っていた。しかし、その隣の絵を見て、はっとした。今度は同じ大きさで、同じ視点から、病院の廃墟《はいきょ》が描かれてあったのだ。焼け棒杭《ぼっくい》、トタン、電線、金庫、鉄扉《てっぴ》、鉄製ベッド――赤茶けた鉄と瓦礫《がれき》の山だ。敗戦直前の夏の日に見た病院の焼け跡、夏の日光に曝《さら》された光景とそっくりなものを五郎も見ていたのだ。しかもぼくの見たものよりも、五郎の絵はもっと強烈であった。彼は残骸《ざんがい》に重ねて、かつて存在した部屋や建物の様子をうっすらと描いていたのだ。残骸はかつて生きて役立っていたものの破壊であり喪失であることが、これほど胸に迫る絵画をぼくは初めて見た。

　砂丘を描いた作品のシリーズ。夕日に赤く燃え立つ砂丘は、砂の底の底にある灼熱《しゃくねつ》した岩《がん》漿《しょう》が流出したかとも見え、炎上する大都会を連想させるまがまがしさと美とを備えている。黒々とした砂丘の腹に明るい海が透けて見えるのは、壊滅した都市の怨念《おんねん》と希望とを示しているようだ。現実にはありえない形象だが、砂山の中に岩漿や水平線が描かれ、砂丘を限る密な松林の奥に百姓家が透視されている。そうして、砂は一粒一粒が都会の家々であるような、奇妙な立体感と存在感を備えた細密描写で描き出されていた。

　自画像のシリーズ。パッチを穿《は》いた大工姿、背広、裸体……ぎょろ目の浅黒い小男の肖像である。逞《たくま》しい男の肖像でありながら体がねじくれていて、ある作品では顔が足の所まで垂れて、奇妙で気味の悪い感じを出している。

数点の女性像。夏江叔母によく似た顔付きである。着物を着ているがまったくヌードのような感覚で体の線が浮き出ている。締めた帯のなかにくびれた腰を透視している不思議な画法である。そして髪の毛をすべて写し取るような繊細な筆遣いであった。この女性像にはすべて売却済の赤いシールが貼ってあった。

五郎に肩を叩《たた》かれた。背中に丸い瘤《こぶ》を突き出し、小学生ほどの小柄《こがら》な彼は、背広を窮屈そうに着ている。ぼくの白線帽とマントと朴歯を上から下まで見て、それから顔に視線を戻した。「完璧《かんぺき》な高校生だね」「ゴロちゃん、個展おめでとう。新聞で知って急いで来てみたんだ。知らせてくれればよかったのに」「知らせるほどのものじゃないさ。シロウトのお遊びだからね。きのうだか、美術学校の先生が見えて、誰にデッサンを習ったかと尋ねるから、誰にも習わない、自己流だと答えたら、この嘘《うそ》つきめという感じで黙っちまった」「すごいじゃない。日本のダリだって」「ダリ？　ふん、笑わせるない。おれはおれだ。新聞だの批評家だの教授だのは、碌《ろく》なことを言いやあしねえ」

二人は「時田病院」の前に行き、ぼくはもう一度繁々《しげしげ》と眺《なが》めた。もしぼくに金があるならばこの絵を買いたいと切に思った。が、さっき気づかなかった売却済の赤印がすでについていたのだ。「ゴロちゃんこの絵、いいよ。欲しいよ。でもこんなおおきな絵、家じゃ懸ける場所がないな」「それは、ついさっき、野本桜子さんが買ったんだ」「桜子さんが東京に来てるの？」「オッコちゃんも一緒だったよ。上野に着いて、ここに直行してくれたんだ」「へえ……」とぼくは不審顔をしたが、桜子の上京の用向きは察知できた。近々シュタイナー一家がパリに向けて出発するので央子を同行させようとして両親を説得に来たのだ。とくに母が頑強《がんきょう》に反対していて、桜子との間に頻繁《ひんぱん》な文通があることも知っていた。

「ちょっと出よう」と五郎が言った。二人は喫茶店に入った。コーヒーを取った。砂糖はなくズルチン入りの代物《しろもの》である。が、この時飲んだコーヒーの味をぼくは忘れない。ズルチンという甘味料の歯茎に滲《し》みる感じとともに五郎との会話が思い出されてくる。

「展覧会開けてよかったね」「透さんの勧めで決心し、大松寺の和尚《おしょう》さんの肝煎《きもい》りで、画廊を説得してくれた。画廊の持ち主は和尚さんの水墨画の有力なコレクターだそうだ。でもね、絵なんて自分の恥部を曝け出すもんだから恥ずかしいよ」「評判はいいし、大分売れているし、ゴロちゃん、いよいよ画家として世に出られるんじゃない」「いや、画家としてやってゆく気はないね。この個展は最初にして最後だ」「どうして」「もう絵を描かないからさ」「どうしてさ」「絵を描く動機が無くなった……無くなるだろうからさ」「わかんないね」「わかんねえだろうな」五郎は暗い顔の中で白い歯と白目を光らせた。「おれにもうまく言えねえんだがよ。おお先生がもうすぐ死ぬからよ」「ますますわかんねえ。でも、おじいちゃま、そんなに具合悪いの」「ああ悪い。すっかり衰弱してもう長くねえ。もっともこれは御本人の診断だがよ」

「しばらく会ってないな。でもまだ元気だと聞いていたけどな」去年の秋夏江叔母たちが神田に移転してからは、代わりに来た勇や勝子に馴染《なじ》めなくて、新田から足が遠のいた。もっとも時々実父を訪ねていた史郎叔父からは祖父の様子を聞いていた。叔父は、「親父《おやじ》は相変らずだな。酒びたり麻薬びたりだが、これはずっと前からの癖で今に始まったことじゃねえ。あれで元漁師だけあって体の芯《しん》は丈夫で、長生きするね。百までは持つんじゃねえか」と言っていたのだ。

「おお先生が死んだら、おれは新田から追い出される。勇も勝子も因業《いんごう》だからな。ま、それもあって絵の始末をつけようと個展に踏み切った。ところが、おれが自分で傑作だと思う自画像と砂丘には買い手がつかねえ。どうだ、悠ちゃん、売れ残った絵を引き取ってくれねえか」「駄目《だめ》。ぼくなんか全然金がない」「金なんかいらねえ。預かってもらえばいいんだ。隣の家は焼けたけど、蔵は無事だったって聞いたぜ」「でも……」父は嫌《いや》がるだろうと思う。自画像と砂丘は五郎の作品のなかで、格別〝薄気味悪い〟絵なのだ。「父に話してみるけどね」とぼくは気のない返事でごまかし、話題を変えて「脇の敬助さんが代議士に当選したね」と言ってみた。その選挙運動を手伝ったことも得意げに話すつもりだった。

「ふん、呆《あき》れが宙返りすらあ」と五郎は目を剥《む》いて激しい憤怒《ふんぬ》もあらわに、語気鋭く言った。

「あいつなんか戦争中えばりくさって、おれみたいに兵隊にも取られねえ男を片端《かたわ》もんだ非国民だと莫迦《ばか》にしやがった、とんだ玉よ。そいつが、戦後、平和愛好家だ民主主義者だ自由主義者だって、またぞろ、えばりくさる。要するに戦争中は天皇に、戦後はマッカーサーに、汚ねえ尻尾《しっぽ》を振ってる犬じゃねえか」「まあ日本人全体がそういう傾向だね。ようするにお上《かみ》になびくんだ。そういう生活習慣しか持ってないんだ」「ところがそのお上てえやつが間違いだらけときている。戦争中の日本軍なんてひでえもんだったし、戦後のアメリカ軍だって似たり寄ったりさ。日本軍は、アメリカ人を五十万人、アジア人を千何百万人殺した。日本人に五十万人殺されたアメリカ人は日本人を何百万人も殺した。空襲、とくに原子爆弾では婦女子の非戦闘員まで容赦なく無差別に虐殺《ぎゃくさつ》した。戦争は殺し合いだ。しかも敵を殺せば殺すほど英雄になれる。日本軍もアメリカ軍も血塗《ちまみ》れの殺人集団だ。敬助なんて手合いは、要するに、戦争中も戦後も殺人集団の手先に過ぎねえ」

「日本人もアメリカ人も地獄の住民なんだねえ」「その通り。トテモ地獄ハイチジョウスミカゾカシ」「なに、それ」「タンニショウという本の言葉さ」五郎は紙ナプキンに〝歎異抄《たんにしょう》〟〝とても地獄は一定すみかぞかし〟と書き、親鸞《しんらん》の語録だと教えてくれた。

「いつかもたしか『歎異抄』という本のこと話していたね。それいい本なの」「ああいい本だ。人間なんて罪深く煩悩《ぼんのう》の固まりだ、地獄に住んでいるから助けなければという教えだ」と言い、〝罪悪深重煩悩熾盛《しじょう》の衆生をたすけんがための願にまします〟と書いた。「あ、覚えている。ゲコンノボンプ、イチモンフツウノモノ」「よく覚えていたな」「意味が不明だから、呪文《じゅもん》のように覚えていたさ」「悠ちゃんは変な所に記憶力抜群だね。〝下根の凡夫一文不通のもの〟罪深く心が弱く文盲の人という意味だ。そういう人こそ助けねばならない」「地獄にいる人間も助かるの？」「親鸞みたいな人がいればな」「だとしたら親鸞はダンテよりえらいや。『神曲』では地獄に一度落ちた者は助からないんだもの」

「じゃあな」と唐突に五郎は席を立った。「おれ、画廊に帰らにゃなんねえ」「新田におじいちゃまを見舞いに行くよ。でもゴロちゃんがいないとつまらないな」「個展があさって終る。

そのあとは、新田にいる。そうだ。売れ残りの絵を預かってくれるようにおとうさんに話してくれ。画廊に電話してくれても、新田に電話してくれてもいい。頼むよ」「ああ」とぼくは、相手の気迫に押されて、承知したと頷《うなず》いてしまった。

そのあと神田教会の透叔父を訪ねて本を借り、神田の古書店で文庫本をあさり、夕方に帰宅すると、両親と桜子とが央子の前途をめぐって議論の真っ最中であった。シュタイナー夫妻は六月末にいよいよ渡仏することになり、最後の機会だというので、桜子は央子を連れて乗り込んできたのだ。

「オッコちゃんの意志ははっきりしているの。先生と一緒にパリに行ってヴァイオリンの勉強を続けたいの。そうでしょうオッコちゃん」と桜子は央子に目くばせし、央子は頷いた。「そうして、渡仏の費用は野本が出すと承知してくれています。今小型蒸気船の需要が多い、漁船とか運送船とかで、うちは景気がいいんです。気兼ねなんかは全然いらない。オッコちゃんにお金を出すんじゃなくて、オッコちゃんの才能が日本の将来に役立つと思うから出すんですから」「しかし、おれにはその借金を返す当てがないですよ」と父が言った。「おれは一文無しなんです。株も預金も貸家もすべてぱあになった。この先もサラリーマンの身では、渡航費用など到底捻出《ねんしゅつ》できやしない」「だから、オッコちゃんが成功してから返してくれればいいのです」「でも、成功するかどうか」「大丈夫よ。かならず成功します」と桜子は目の当たりに確固として存在する物を見ているように自信をもって言った。「これでもうまる二年間、わたしはオッコちゃんと毎日一緒にいて、その才能を知っています。シュタイナー先生も惚《ほ》れ込むくらいです。間違いありません」

「まだ十二だからねえ」と父は嘆息した。「一人での外国行きは心配だし、親として子を手放したくない気持も強い。なあ初江」「そうですね」と母は言った。「わたしは母親としてずっと反対してきました。桜子ちゃんにもそう手紙で書き続けてきました。でも、ここへ来て、ヨーロッパに行かせてやりたい気になりました。それがオッコのためになり、オッコの望みであり、日本のためになるならば……行かせてやりたい」「お?」と父は驚いた。「一番頑固に反対していたのはお前じゃないか。いいのかい」「いいんです。わたし決心しました」「おかあさん」と央子が母に抱きつき、その膝の上に俯《うつぶ》して泣きだした。

「あなた」と母は父をきっと見据《みす》えた。「桜子ちゃんの御好意をお受けいたしましょう。オッコはヴァイオリンで身を立てることが一番の幸福です。子の幸福の邪魔をする権利は親にはありませんわ」央子は激しく泣き、その頭を母は優しく撫《な》でた。「そうか、お前がそう言うなら」と父は居住まいを正した。「桜子さん、オッコをフランスに行かせましょう。渡航費用の件、よろしくお願いします」

「いいんですか」と桜子が拍子抜けしたように言った。「わたし、今回は説得に二、三日かかると見て、長期戦の覚悟で参りましたのよ。嬉《うれ》しいですわ。オッコちゃん、よかったわね。今外貨不足で日本人の海外渡航は制限されていますけど、戦勝国フランスに保証人がいれば簡単なんです。さいわい、リリー――シュタイナー夫人ですが――のお父上がパリ郊外に住んでらっしゃり、保証人になってくださいます。さっそく連絡をします」

ぼくはこのビッグニュースを持って二階に上がり、駿次と研三に伝えた。「いいなあ」というのが駿次の反応であった。「ぼくもフランスへ行きたいなあ」「でも、ちいにいちゃん」と研三が言った。「フランス語ができないじゃない。オッコはフランス語ができるし、ヴァイオリンはフランス人にもわかるし、だからむこうでやって行けるけどさ」「オッコがいないと淋《さび》しいよ」「でもさ、オッコはずっと家にいなかったじゃない。今でもまるでよその子みたいなんだからさ、いなくなっても、どうってことないさ」「オッコが芸術家になるって素晴らしいと思う」とぼくは言った。サラリーマン、医師、実業家、技師などより芸術家という言葉が光り輝いて感じられた。「妹が芸術家になるなんて夢があっていいよ。敗戦、飢え、貧乏、暗くて陰気で荒涼とした世の中で、ヨーロッパで芸術の道に励むなんて明るいニュースだよ」

翌朝、ぼくは晋助の夢を見た。彼とぼくはパリの街を歩いていた。灰色のノートルダム寺院とエッフェル塔がある。晋助は央子の手を引いている。セーヌ河岸で黒い水を見ながら央子がヴァイオリンを弾いた。河は見る見る水嵩《みずかさ》を増して足元まで濡《ぬ》らした。央子の胸元まで水に浸《つ》かった。これでは溺《おぼ》れてしまうと央子を助けようとして、ふと気付くと晋助が波にもまれ、つぎの瞬間、屍体《したい》のような影となって流されて行く。と、央子も流された。まるでオフィーリアのように水に浮き、ついで水に呑《の》まれてしまった。冷や汗をかいて目が覚めた。窓の磨りガラスが薄明るい。下で人声がした。母の声だ。母が電話で誰かと話していた。夢の不安が胸にわだかまったまま、降りて行くと、母はだらりとぶらさがった受話器の下で泣いていた。「どうしたの」とぼくは受話器に耳を当て、切れていることを確かめてからクレイドルに懸けた。母は濡れた頰《ほお》を光らせ、「村瀬先生からの電話。晋助さんが死んだんだよ」と言った。

「突然だね、どうして」とぼくは叫んだ。自殺という想念が水の底からぽんと浮かんできたような気がした。「このところ衰弱が激しかったんだよ。村瀬先生にそう言われてたもんだから、この一週間毎日行っていたんだよ。きのうも行ったの。まだまだ大丈夫と言われて安心して帰ってきたのだけれどもね。こんなに早く亡《な》くなるなんて」

すぐ病院に行ってみますと母は支度を始めた。父は、こんな早朝に病院に行っても先方に迷惑だろうと言った。母は逗子からおねえさまが来られる前に行って、清拭《せいしき》をしてあげたいんですと言って、すぐ支度を始めた。明け方の人気《ひとけ》のない街を女一人では不用心だと考えたぼくは一緒に行くと言った。母は最初、一人で大丈夫だよと我を張っていたが、父に悠太に行ってもらいなさいと言われてやっと承知した。ぼくは母と外に出た。雨はあがっていたが灰色の、汚れた雑巾《ぞうきん》のような雲が重く垂れている。人も車もない大通りは、電柱や並木のあいだにまだ夜の闇《やみ》を保存していて、そこに誰かが隠れているような危険な気配を覚えさせ、母は怖そうに周囲を見回した。最近、食糧不足から泥棒《どろぼう》や強盗が多い、それも深夜よりも、電車で逃走が可能な早朝に多いという噂《うわさ》であった。坂を下りて新田裏《しんでんうら》の停留所で待ったがさっぱり都電は来ない。省線ならもう始発が動いているだろうと線路伝いに歩き出したところに電車が来た。大急ぎで停留所まで走り戻り、やっと飛び乗ることができた。

母は黙っていた。時々涙を拭《ぬぐ》っている。ぼくは晋助としばらく会っていなかった。母の供をして三回ほど見舞いに行ったが、いつも大した会話は交わせず、段々に冷たく無感動な人間になって行くようで、行くのが気詰まりになり、去年の暮から訪問をやめてしまった。

赤門前で電車を降りたのが七時頃《ころ》であった。赤煉瓦《あかれんが》の精神科病棟に来た時、母が急にぼくを振り向いた。「悠太、驚いちゃいけないよ。晋助さんはすっかり面変《おもがわ》りがしてね、別人のようになっちゃってるからね。正月あたりからね、皮膚にぶつぶつが出てね。それが破れて膿《うみ》が流れる。顔なんかひどい有様になってね。そんな顔を見せたくないらしく、ますます人《ひと》嫌《ぎら》いになった。おねえさまにも敬助さんにも会おうとしない。でもね、わたしだけは無理に部屋に入り込んで会っていたの。その後もなぜかわたしだけは部屋に入れてくれたんだよ。多分あんな顔になってもわたしが平気だったからだろうね」「病気は何なの」「皮膚科のお医者さまの往診を受けていたんだけどね、診断はつかなかったみたい。熱帯性皮膚病の一種らしいんだけど日本には治療薬はなくてね。段々にひどくなって、全身がぶつぶつになって腐ってきた……本当に臭くなったの」

医局のドアを叩いたが返事がない。すると廊下の突き当たりの鉄扉を鍵音《かぎおと》高く開いて医師が一人ぬっと出てきた。長身の村瀬医師だった。母は駆け寄り、頭を下げて電話の礼を言った。「脇君、残念でした。もう少し持つと思ったのですが……遺体は霊安室に移してあります。清拭はこちらでいたしました。ああいう皮膚の様子ですから遺族の方に見端《みば》がいいように繃帯《ほうたい》しましたが、一部の皮膚はやはり見えてしまいます」

村瀬医師は霊安室まで案内してくれた。病院の外れにひっそりと建つ、ちょっと礼拝堂を思わせるコンクリートの建物である。中は案外に明るく、遺体に掛けた白布が目に滲みた。医師は顔の被《おお》いをそっと剝《は》いだ。母が悲鳴のように泣き始めた。ぼくは晋助の顔をじっと見た。暮に会った時よりも一層瘦《や》せて、頭蓋骨《ずがいこつ》が小さい石塊《いしくれ》に縮んだように思われる。繃帯で額の半分と頰の半分が被われている。顕《あらわ》れた額や頰の部分に削り取られたような穴が月のクレータのようにぼこぼこあり、顔全体がこのようであるとすれば二目《ふため》と見られぬ様相であろう。救いはこのクレータのために青白い死者の肌色《はだいろ》が隠れて見えることである。それは病変を保存するために作られた皮膚科学の標本のように、無機質の質感を示していた。ひとしきり泣いた母は村瀬医師の許可を得て、持参した化粧品を用いて死化粧にかかった。クレータに何種類かのクリームを何層にも塗り重ね、平らにすると白粉《おしろい》をまぶす。その上に紅を掃くと自然の肌のように綺麗《きれい》になった。その手際《てぎわ》に感心した村瀬医師は、額と頰の繃帯をずらして顔全体が顕れるようにした。母の作業は続く。やがて、いかにも晋助らしい顔が出来上がった。その顔を眺めているうちに、ぼくは泣けてきた。晋助と遊び、彼と多くの時間を過ごした幼い頃の思い出が胸に浮かびあがり悲しみとなって目から滴《したた》り落ちた。村瀬医師が去ってからも、母とぼくは木のベンチに腰掛けて死者の顔を見続けた。今、母は静かに泣いていた。ときたま、沈んだ声で死者に話しかけた。

「あなた、オッコはパリに行きます。あなたがずっとあこがれていたパリに行きます。あなたがなりたいと夢見ていたヴァイオリニストにオッコはなるでしょう。あなたがレコードで聴き、尊敬していたシュタイナー先生の弟子として、きっと大成するでしょう。あなた、オッコを守ってください」「戦地でどんな苦しみがあなたにあったの。あなたは何も話してくださらなかったわね。大嫌いな兵隊にさせられ、大嫌いな人殺しをさせられ、大好きな本も読めず、大好きなヴァイオリンも弾けず、あんなに書きたがっていた詩も小説も書けずに、沢山の夢を粉々に砕かれ、あなたは逝《い》ってしまった。可哀相《かわいそう》な人、可哀相な……」「でも、きのうあなたと少しお話しができたのはよかったわ。桜子ちゃんがオッコを連れてきたあと、何となく胸騒ぎがして病院に来たのよ。オッコをパリに行かせたい、自分の代わりに行かせたいとあなたはおっしゃった。あの一言でわたしは決心したのよ」母はぼくの視線に気付くと、はっとした感じで口を閉じ、ぼくに説明した。「そうなんだよ。きのう晋助さんが、突然、オッコをパリに行かせなさいと、はっきりおっしゃったの。別に桜子ちゃんの希望やオッコの上京を話しもしないのに、まったく突然にそう言うの。死ぬ人の霊感というのかね。わたしはびっくりして、とたんに自分の決心が定まったんだよ」

　そうこうしているうちに敬助が来た。新代議士の彼は、黒背広に黒ネクタイを締め、大きなアメリカ車に乗り、秘書二人をともなっていた。母とぼくが早くも遺体のそばにいるのを見て、ちょっと怪訝《けげん》な顔付きをしたが、母がすでに湯灌《ゆかん》と死化粧をすませたと報告すると、「それはありがたい。お世話になりました」と一礼し、「例の棺を運べ」と秘書の一人に命じると、葬儀屋が棺を運び込んで遺体を納棺した。「今夜七時、逗子のわが家で通夜《つや》をやります。葬儀はあす午後一時、やはり自宅でやります。今から霊柩車《れいきゅうしゃ》で遺体を逗子まで運ばせます」とまったくの事後承諾であった。午前十時頃であったろうか、逗子から美津伯母と百合子が到着した。近所の寺から僧侶《そうりよ》が呼ばれて、点燭《てんしよく》した棺の前で誦経《ずきよう》が行われた。一同焼香。そこに頃合いよく霊柩車が到着し、ぼくを含めて男たちで車内に棺を運び込んだ。敬助の車には美津伯母と百合子と秘書一人が乗り、逗子に向かった。秘書一人は残って落合の風間邸で親戚《しんせき》知人への連絡をするという。めまぐるしく事が運び、気がついてみると、霊安室には母とぼくの二人が取り残されていた。

「何だか、ばたばたと片付くようで味気ないねえ」と母は言った。雲が切れて日が射《さ》し、三四郎池の森の緑が泡立《あわだ》った。森の中に入ると去年の夏、母と晋助を見舞ったあと来てみた時とは大分様子が変っていた。草茫々《ぼうぼう》だった道は整理されて砂利が敷かれ、木々には新しい白札が貼《は》ってあり、木名が和名と学名で記されてあった。ブータだったら全部の木々の名前が森中に響き渡るのであろう。アカメガシワ、エノキ、カラスザンショウ、エゴノキ、マロニエ……。白い蠟燭《ろうそく》型の花が陽光に燃えている。霊安室の蠟燭と花とが重なって揺らいでいる。

「とうとう死んでしまった」と母は呟《つぶや》いた。「せっかく生きて復員できたのに、何もしないで死んでしまった」

藤棚《ふじだな》の下に来た。満開の花がふと過去の情景を呼び覚ました。聖心での温習会の帰り、晋助と母と央子と一緒に行った公園でも藤が満開であった。あれは昭和十六年の春、大東亜戦争はまだ始まっていなかった。

「晋助さんと藤を見たねえ」と母が言った。まったく同じ情景を思い出していたらしい。

「あれ六年前だよ」「たった六年前かねえ。十年も二十年も昔のように思えるけど」「大勢の人が死んで、何もかも変ってしまった。人が死ぬと世の中が変る」

母の思考が瞬時にしてぼくに伝わってきた。死者の顔が藤の花房と揺らぎのさなかに明滅する。脇礼助、菊江《きくえ》祖母、岡田の爺《じい》や、まきちゃん、お久米《くめ》さん、おとめ婆《ばあ》さん、いと祖母、平吉《へいきち》、間島キヨ、そうして晋ちゃん。ふと、五郎の言葉がどきりと閃光《せんこう》を発した。「おお先生がもうすぐ死ぬ」すると母が「あっ」と叫んだ。「びっくりするよ、おかあさん」「けさ、おとうさまが死ぬ夢を見たんだよ。急に思い出した。それでどきりとした」「けさ、ぼくはね、晋ちゃんが死んだ夢を見た。そして目が覚めたら病院からの電話が掛かっていた」「何だか、また悪いことが起きそうな気がするよ」母は身震いした。するとその身震いに感応したかのように風が立ち、濃淡さまざまな新緑が混ぜ合わされた。

その夜、逗子の脇邸で通夜が行われた。広間の中央の五角形の大テーブルの上に棺が安置されて、金きらきんの菊灯や御花束台や五具足《ごぐそく》に荘厳された豪華な祭壇が設《しつら》えられてあった。しかし、白布の端から大テーブルは食《は》み出して、その異様な形を明らかにしていた。しかし、ぼくにとってはそのテーブルが幼年時代を思い出すよすがであった。それは、鬼ごっこの場であり、〝ゴリョウカクゴッコ〟のお城であり、悪漢ごっこの拷問台《ごうもんだい》であった。

大袈裟《おおげさ》と思われるほど大勢の僧侶が入堂してき、喚鐘《かんしょう》が鳴り、盛大な読経《どきょう》が始まった。広間には入り切れないほどの大勢の人々が詰めていて、補助椅子《いす》が足りず、立っている人々もかなりいた。喪主の敬助が先頭に坐《すわ》り、美津伯母、百合子、父母とぼくら兄弟、央子、そして風間振一郎を筆頭に風間家の人々が居並び、桜子の姿も見えた。時田家関係では史郎叔父と武史、透叔父と赤ん坊を抱いた夏江叔母がいた。晋助の友人も数人いた。村瀬医師と最近数学者として名の出た花岡が話していた。ぼくはこの二人が一高時代に逗子の脇別邸に滞在しながら葉山に遊びにきたのをよく覚えている。ところであとは、すべて敬助関係の、つまり陸軍の同輩部下と政党員で、時代の先頭を行く新代議士脇先生の威勢を慕って集まった人々で、むろん晋助とは何の関係もない人たちだった。

通夜振舞いの時、ぼくは五郎の依頼をふと思い出して父に言った。「きのうゴロちゃんの個展を見てきた。その時ね、今度の個展で売れ残った絵を家の蔵で預かってくれないかと頼まれたんだけど」「売れ残りか。つまり詰まらねえ絵を仕舞っとけというわけか」と父は苦笑した。「そうじゃないの。自画像だとか砂丘だとか、ゴロちゃんの絵では一番いい絵が、どうしてだか売れないんだよ。今にきっと認められるよ」「まあよかろう。新聞であれだけ誉《ほ》められたんだから、きっといい絵なんだろう。蔵には余裕がある。預かってやるよ」父は存外簡単に承知してくれた。

食後、桜子の誘いで母と央子とぼくは海辺に出た。満月であった。凪《な》いでいて滑らかな銀波が寄せてくる。右のほうに江ノ島がぼんやりと見えた。あのあたりに千束が住んでいると、ふと思い、女がねそべるような蒼白《あおじろ》い島影を凝視した。と、そこの灯台の光が水平線のあたりを行く孤独な船を一瞬浮き上がらせた。「オッコちゃんの出発は六月二十八日、午後四時横浜からよ」と桜子が言った。不意に母が激しく泣きだした。波音を抑えて嗚咽《おえつ》が尾を引き、足元に震える影を波が優しく洗った。「みんな……みんな……いなく……なっちゃう……わたしは……わたしひとりだけは……置いてきぼりだわ」

第八章　雨の冥府

1

もうすぐ、自分は死ぬと知っている。〝もうすぐ〟とは、おれの嫌《きら》いな曖昧《あいまい》な言葉である。医師として多くの患者に死期を宣告してきた。今晩が山場ですな、御家族に危篤《きとく》の電報を打ったほうがいいですな、あとひと月かふた月持つでしょう、あと半年の命ですな。ところが自分自身の余命となると曖昧になる。死はそう遠くないとは予感される。長くて半月ぐらいか、短くて一週間後か、そんなものだとは予感できた。しかしその曖昧さが嫌《いや》で、二日前のこと、五郎と史郎を呼び、あさっての朝になったら、時田利平は危篤であり、おそらくは夜になったら死ぬであろうと、電話電報で各方面に報知するように命じた。けさ、二人はおれの命令を忠実に履行したため、午後になって人々が集まってきた。人々が到着するごとに、五郎が誰が来たかを知らせてくれる。五郎のやつ、枕辺《まくらべ》で唐山《からやま》の手伝いをしているかと思うと、ふとおらんようになり、必要な情報をもたらす。風というより影じゃ。音がまったくせん。盲者の敏感に発達した聴覚でも、彼の所在を聞き取れん。おらんと思うとおる。その逆もまた真なり。

わが肉体の衰え切った有様は哀れを極める。手を上げるのが大変な労働で、その労働のあとせわしく呼吸して酸素を補給せねばならん。常に息苦しく、はあはあ息衝《いきづ》いているが、呼吸筋も無力となり、胸郭はもはやフイゴの機能を失い、肺は常に酸欠状態だ。おかげで心臓はわずかな働きしかできず、体全体に酸素を運搬する役目の血液を、ちびちびとしか循環させぬ。こうして補給の行き届かぬ遠隔地から死んでいく。おれの足はすでに死んでいるのだろう、もう足に何の感覚もなく、動かすこともできぬ。死んでいるだけではない、もう腐っている、壊疽《えそ》の悪臭を発している。

きのう、五郎のやつ、お節介にも唐山を呼んできた。この爺《じい》さんのうるさいこと、すぐさま酸素吸入だ、強心剤の注射だと仰々しい治療を押しつけてきたうえ、モルヒネの量を減らせ、モルヒネが衰弱を早めている、と言い出した。モルヒネを今減らしたらどんな苦しみが訪れるか、火傷《やけど》の痒《かゆ》み、神経痛、褥瘡《じよくそう》痛、不眠、それプラス禁断症状とくる。そしてモルヒネを使用しなくても、おれはどうせ早晩死ぬのだ。どうせ死ぬなら苦痛のないほうを選ぶ。唐山には断固としておれの意志を通告してやった。

時田利平はモルヒネ中毒者なり。両腕は注射の瘢痕《はんこん》ですっかり〝硬結〟していて、よほどの手練《てだ》れの者でないと注射できない。最初は手さぐりで自分でやっていたが、ある時から五郎に打ってもらうようになった。五郎は手先が器用で、硬い皮膚をするりと刺し通す技術を会得《えとく》し、おれの命じるままに注射を繰り返してくれる従順さもあって、やつなしではおれは持たない。いつだったか――えい、時間が特定できぬ――五郎が銀座で絵の個展を開くとかでしばらく留守した時にはモルヒネ打ちに苦労した。多少は看護婦の心得のある勝子にさせたが、針は撥《は》ね返ったり、曲がったりで往生した。

けさ、五郎に命じて、体中を丁寧に洗い、特別に夏江に仕立てさせた経帷子《きょうかたびら》を着せてもらった。鼻と口と肛門《こうもん》と注射を打つ肘《ひじ》の部分以外は完全に覆《おお》うように工夫した特別設計の経帷子である。この死装束を人々の視線に曝《さら》す必要がある。見てもらうために見場よく工夫した代物《しろもの》なのだ。それを二度と脱ぐことはあるまい。そうだと予想しているのではなく、そうであるべきというおれの意志なのだ。死装束を人々に見せて別れを告げたあとは、もう通夜も葬式もいらない。五郎に命じて、死骸《しがい》は、頑丈《がんじょう》な棺に密閉したうえ、ただちに焼いてしまい、遺骨は砕いて海に撒《ま》いてしまうようにした。五郎は多磨《たま》墓地の時田家の墓に菊江と一緒に葬《ほうむ》るのを勧めたが、おれは嫌なのだ。もっとも、世間への体裁上、骨の一本や二本を墓に入れることまでは拒否しない。おれの墓がなければ、子供や孫が困るというのならば、それぐらいは妥協しよう。

雨が降っている。もう何日も降り続けている。梅雨の季節のまっただなかだ。雨は屋根を打つ。雨樋《あまどい》から落ちる滝は石に跳ねる。湿度は高く、わが肉体が濡《ぬ》れ、経帷子が濡れ、わが精神が濡れている。ありがたや、水の中におるようなもんじゃ。時おり梅雨の晴れ間があり、蒸し暑く、南風に松と軒と窓が唸《うな》ったりするが、すぐまた雨になり、気温も下って、しのぎやすくなる。雨よ、降りやむな。おれの死に際《ぎわ》に天が泣いてくれるのはありがたい。それに雨には旋律とリズムがあって、心にしみ入る語りと歌を贈ってくれる。糠雨《ぬかあめ》、小雨、篠突《しのつ》く雨、長雨、俄雨《にわかあめ》、それぞれに旋律とリズムが異なる。海に似ている。凪《なぎ》から時化《しけ》まで、内海から外洋まで、さまざまな旋律とリズムを持ち、語りかけ唱《うた》ってくれる海。海。青い海が見えてくる。コバルトブルー。日本海の色だ。この海辺の寒村におれは生まれ育った。海軍軍医としてのおれの活動の場はほとんどこの海だった。おれの生涯《しょうがい》で最大の出来事、あの大海戦がおれの故郷の真ん前の大海で行われたとは不思議な因縁だ。おれの心には海があり、それを当たりまえとして意識しなかった。上京して牛乳屋に住み込んだ夜、ふと波音のせぬのを物足りないと思った。波音を幼い時からおのれの呼吸音のように聞き慣れてしまい、ほとんど意識しなかった事実にその時初めて気付いたのだ。

ああ、海。死ぬ前に一度海を見たいが、海に別れを告げたいが、今となっては叶《かな》わぬ夢である。海は生命を生み出したという。万物の母だという。むろんそれは現今の科学的探究の成果としてかなり確実な事実と見なされるであろう。しかし、それだからと言って、軟弱な詩人どものように、海を母になぞらえて賛美することは、おれにはできない。生命を生み出したとしても、その生命を殺すのも海なのだから。命を生み出す母であるだけでなく、海は冷酷で残酷で、おびただしい死を作り出す怪物でもある。

故郷の海にはよく難破船の破片や屍体《したい》が流れついた。その水脹《みずぶく》れした屍体は一つとして満足な形態を保っていなかった。海の微生物により、喰《く》い荒らされ、すなわち無残な腐敗をおこし、魚に肉を喰いちぎられていた。人間の屍体など微生物や魚にとっては恰好《かっこう》の餌食《えじき》に過ぎない。思い出した――大海戦のあと、ロシア兵の死骸がつぎつぎに故郷に流れてきたことを。それから思い出した――子供の時、大きな真鯛《まだい》を料理していて、胃袋の中から、人間の指の骨と金の指輪を取り出し、その後、真鯛を食べるたびに、その肉の一部は人間の肉だと思ってきたことを。

海の底は無数の微生物と魚と海藻《かいそう》の墓場である。そして海で死んだ船乗りや水兵の墓場でもある。陸戦と違い、海戦は墓場の上で戦われるのだ。大海戦がそうだった。鉄甲船とともに多くの将士が沈んだ。ミクルフ艦長の墓場は今海底にある。大海戦でロシア側の俘虜《ふりょ》は三千余名、しかし海中に沈んだ十七隻《せき》の艦船の死者の数は正確にはわからぬ。海戦とは殺戮《さつりく》に異ならず、勝利の謳歌《おうか》とは殺人行為の隠蔽《いんぺい》にほかならない。そう、おれが海から学んだのは、自然とはおびただしい死を作りだす場だということ、自然を作ったのが神であるならば、神こそは最大の殺戮者だということだ。

祖父は船大工の傍《かたわ》ら漁師をしていた。本業は船大工の方で、曾祖父《そうそふ》の作業場で働いていたが、きまった手順で仕事を進める大工は得手でなく、勝手気儘《きまま》な漁師の方が性に合っていて、ついに大工はやめてしまった。村の漁師たちは穏やかな湾内で網打ちで魚を捕獲するのを常としていたが、祖父は潮の流れの急な外海に独り漕《こ》ぎ出して釣《つり》をするのを好んだ。大男で力が強かったし櫓《ろ》を操るのがうまく、村の者が〝豹岩《ひょういわ》〟とよぶ巨大な断崖《だんがい》の沖まで行き、荒波に揺られながら真鯛を釣るのだった。何度も大物を釣りあげ、いつしか〝鯛の利平次〟と呼ばれるようになった。そう、おれの名の利平はこの祖父の名の二字をもらったものだった。

晩秋のある日、時化た海に彼は乗り出した。こんな日はやめろと兄が止めたのを、こういう日こそ大物が釣れるんじゃからと言い捨て、どんどん沖に消え、とうとうそのまま帰ってこなかった。偶然岬《みさき》に立った村人が豹岩のあたりの白濁する波に揺られて釣をしている利平次を認めたというが、そのあとの消息は不明であった。数日後、木っ端微塵《こっぱみじん》になった舟と櫓が浜に流れついたが屍体はついにあがらず、誰言うとなく利平次は鯛に食べられたという風聞が流れた。おれは体長一メートルの余はある大鯛に襲われ、バリバリ食べられていく血まみれの祖父の姿を想像した。

もう小学校を卒業して、おれも一人で漁に出られるようになってから、禁を破って豹岩の先まで漕ぎだすようになった。しかし祖父のように真鯛を釣りあげる腕がおれにはなく、鰺《あじ》や皮剝《かわは》ぎの小物がせいぜいであった。ある秋の午後、そろそろ大陸から吹き寄せる北風が冷たく強く、波が高く砕け始めた様子で、おれの舟は豹岩の真ん前に吹き寄せられた。岩は黒と灰色の斑《まだら》模様を折からの夕日に変になまなましく光らせ、牙《きば》をむいて口を思わせる洞窟《どうくつ》がぐんぐん近づいてきた。おれは必死で櫓を漕ぎ、何とか岩から遠ざかったが、舟の底を岩礁《がんしょう》に齧《かじ》られ、みるみる浸水して、海に投げ出されてしまった。太い腕のように抱き締めては岩に叩《たた》きつけようとする波を避け、何度か岩に腕や脚をぶつけながら泳ぐうち、海の底にひどく明るい光が充《み》ちている場所に来た。それがあまりに明るいので、おれは、海底噴火がおこったのかと驚愕《きょうがく》して、逃げようと力一杯水を掻《か》いかなぐった。が、つぎの瞬間意識を失った。気がついたときは、わが家の縁側に寝かされていた。母の顔がまず見え、長兄次兄三兄……と、七人の兄たちがおれを囲んでいるのが見えた。「豹岩の洞窟で、気を失のうちょった」と母が言った。岩盤に倒れているおれを発見したのは、夜になっても帰らぬ末弟を探索に出た兄たちで、出血が少なかったのと、岩が風を遮《さえぎ》ったのと、引き潮であったのと、偶然が重なって、おれは九死に一生を得たのだ。そのとき、母が、「運が強い子じゃ。多分、利平次じいさんの霊が助けたんじゃろ」と言った。おれは、あの明るい海の底に利平次祖父の墓があり、彼の霊がおれを照らしてくれたと考えた。

ずっとこの体験をおれは忘れていた。が、今、死のうとして不意に、深い底から浮かびあがった一つの丸い空気玉のように記憶が浮かびあがった。暗い暗い海の底には墓場があるが、どこかに冥界への入口があり、その冥界とは光輝く場所のような気がする。そこはあまりに明るいので、ものに影はなく、したがって形は見えず、利平次祖父も父も母も兄たち――四兄と七兄だけはまだ生きているが――もおれが愛《め》でた女たちも、光のなかの光の霊となって漂っているのだ。

極貧の家の八男には、貰《もら》い分はゼロであり、そこで生きる手立ては全くなくて、あの海辺の村、故郷を捨てて、おれは旅立った。爾来《じらい》、おれは、固い決心とともに故郷とは無関係に生きようと努め励んだ。おのれ個人の、体力と知的能力にのみ頼って生きようとし、生きてきた。苦学して私立医学校を卒業し、軍医学校に入り、軍医となって身を立てる過程において、故郷は貧困と病気と因習と悪臭の、すなわち文明開化と進歩に反する場所の象徴であった。十九歳で郷里を出てから、おれが海辺の村に帰ったのは、たったの三回、軍医になった翌年、退官した時、母が死んだ時であった。母が死んだのは震災の直前だから、これで――ああ、計算ができない。意識がふわふわして、計算能力は麻痺《まひ》している――長い年月、故郷に帰っておらん。おれはひたすらに、世紀の大勝利、大海戦で得た信念、文明開化と進歩を信じて、つまり反故郷の精神で生きてきた。

大海戦の勝利は、大砲を正確に射撃し、鋼鉄の艦船を自在に操舵《そうだ》した、すなわち文明の利器を駆使したことに加えて、司令長官の果敢な決断による命令を一糸乱れずに遂行した将士の働きによるものであった。退官し開業したあと、おれがまっしぐらに突き進んだのは、おのれが学んだ医術を、正確に自在に用いて、決断と勤勉によって医院を経営して行く道であった。医院は病院となり、その軍艦をかたどった建物は、出世魚のように駆逐艦、巡洋艦、戦艦と拡大発展し、胃洗滌療法《いせんじょう》の開発で名声をあげ、紫外線の研究で医学博士（ま、金鵄《きんし》勲章みたいなもんじゃ）をもらい（フウム新聞に載りよった。一世一代じゃった）、胃洗滌療法解説の著書は洛陽《らくよう》の紙価を高め、趣味の発明品では莫大《ばくだい》な利益をあげ（待て。なかには大損したもんもあったのう。震災前のレントゲン器じゃあ、えらい失敗をやらかしよった。病院ちゅう軍艦の戦争じゃから、たまにゃ損傷を受けるわい）、とくに戦争中においてレントゲン撮影機を復活させ、完皮液《かんぺーき》・完皮膏《かんぷこう》・真水ちゃんは前線の将士に賞用されて皇軍のお役に立った。要するに、日露戦争のあと大躍進を遂げた大日本帝国とともに、わが時田病院も隆盛の一途を辿《たど》った。が、大日本帝国が衰亡し瓦解《がかい》するにつれて、わが時田病院も衰亡し瓦解した。空襲でわが一生の粒々辛苦の結晶、時田病院は壊滅し、おれはすべてを失った。その時、視力を失いしは神の恵みであったろう（おお、わが病院の焼け跡を見ずに済んだのじゃ。ありがたや、ありがたや）。そうして、あの夏の正午、大日本帝国が消滅した。あろうことか、それまでの日本人の努力と勤勉のすべてが侵略のためであったとされ、わが時田病院の繁栄も忘れ去られてしまった。おお、時田利平の一生はすべてが過誤であったと人は言うのか。戦前から戦中にかけての日本人の行為はすべて、何の価値もない愚行であったと言うのか。

医師として多くの患者を癒《いや》してきた。その職業的行為には多少の価値があったと思う。もっとも、失敗もしばしばした。誤診や手遅れで患者を死なした。時には手一杯で診療を断って医師の義務を放棄したこともあった。半ば潰《つぶ》れて血塗《ちまみ》れの顔がぬっと、あの明るい冥府から浮かびあがった。フム、お前を知っちょるわ。安在彦《アン・ジエオン》じゃろ。おれは死のうとしちょる。死んだ者が死による者に何の用じゃ。恨めしげにおれを見るな。そりゃ、お前には恩義を覚えちょる。お前の片脚切断術の成功が評判となり、外科医としてのおれの評判があがったのだ。お前が〝不逞《ふてい》鮮人〟として暴徒に拉致《らち》された時、おれは何もしてやれなかった。岡田棟《とう》梁《りょう》に引き止められただけで、腰砕けになり、みすみす見殺しにしてしもうた。安在彦、お前だけではない、おれは大勢の人間にすまんことをした。イマワノトジメに、大勢の死者に責められちょる。菊江もそうじゃ。おれは女遊びで苦しめ、事務長として酷使し、結局喘息《ぜんそく》の重積発作で死なせてしもうた。岡田棟梁、久米薬剤師、それに五月の空襲では伝習生の花田、朝鮮人職員朴《ぼく》、おとめ賄方《まかないかた》、菊池フク、いとと上野平吉を死なせてしもうた。が、地下室でいとと平吉が焼死したのは意外じゃった。病院炎上で逃げる機会を失うたためらしいが、唐山から聞いたところ、一酸化炭素中毒の徴候があったそうじゃから、煙にまかれてしもうたかのう。あの二人だけは、おれが死なせた気はせんのじゃがのう。
おれが愛でて抱いた女たちを、みんな死なせてしもうた。サイ、菊江、お久米、いと、キヨ、みんな哀れな死じゃった。鶴丸《つるまる》、あの女も戦後餓死したと最近聞いちょる。抱きゃあせんがいつかは抱いてやろうと密《ひそ》かに思うておったフクは、おれを助けようとして焼死してしもうた。別に優しい言葉を掛けるでなし、ごく普通の院長と看護婦の会話をお前と交わしておったのじゃが、あるいはお前はおれの眼差《まなざし》に何かを感じ取ったんじゃろう。でなきゃあ、あの危険な建物の中へ、おれのそばへと駆け込んで来はせんかったじゃろ。ともかくおれは凶事を女たちにもたらす男じゃ。おれが想《おも》うただけでその女を死なしてしまうほどの、不吉な男じゃ。おお、その不吉な男が今冥府に旅立とうとしている。祖先、父母、兄、安在彦、そうして多くの女たちが待つ海の底に沈もうとしている。懐《なつ》かしい人々にまた会えるのう。嬉しいのう。

女たちの名前だけは思い出せるが、肉体のほうの記憶がどうしても再現してこない。脳髄の活動が大分低下してきた。せめて顔でもと願うのだが、映像は歪《ゆが》んだレンズを通すように頼りなく動き、雲のようにとりとめなく流れて行く。ああ、あんなに愛でて抱いて、その肉体の深奥へと噴射をして歓喜をさせた女たちの、乳房や腰や茂みの感触はどこへ消えてしまったのか。それを生きるあかし、生き甲斐《がい》としてきた、強烈な官能の世界は、死に行く者にとって何と虚《むな》しいものなのか。冥府においてはおれは女たちをもう抱けない。彼女たちに囲まれて暮す。永劫《えいごう》に暮す……。

ぐんぐん沈む。気持よく沈む。これが死か。何と気持よく、女と合一したときの限りない安堵《あんど》に似ていることか。死んだおれは、ぐんぐん沈んで行きながら、海の底の底の底に明るい冥府への入口があるはずと、目を凝らした。真っ暗である。何も見えない。暗闇《くらやみ》の中に大勢の人々の声がする。そうじゃった。おれは目が見えんようになっちょる。すると今見ちょった光景は夢じゃったんか。いや、夢にしちゃ、えろう鮮明にして真に迫っておったがのう。

2

吹きつける雨で窓の景色はうろうろと揺れていた。送電線が波を打つ。田植えを終えた田《たん》圃《ぼ》に波が立つ。工場があった。建物の醜悪な塊だ。煙突から流れる煙を見て、ふと初江の心に翳《かげ》りが生じた。焼き場で見た晋助の煙を思い出したのだ。あの煙とともに晋助は天国へと昇って行った。村瀬医師から一冊の大学ノートが送られてきたのは初七日を過ぎた頃《ころ》であった。謎《なぞ》めいた文章が書き込まれてあった。

彼の心の殻《から》は打ち壊され、ひびだらけの隙間《すきま》から悪魔どもが侵入してき、彼の記憶をうまさうに喰い散らかした。彼の記憶は彼らの中で消化されて臭い糞《ふん》になつて転がつてゐる。しかし、なほ彼は悪魔に降参はしてゐない。

彼の時間は静止しているのに時計は動いてゐる。悪魔どもの時計が滑稽《こつけい》な従順さで一斉《いつせい》に動いてゐる。時計によれば一日が去つたさうだ。太陽までが悪魔に同調して朝だの夕方だのを演出している。医師やら見舞客やら母やら兄やら女やらの仮面をつけた悪魔どもが来て、上辺は同情と憐憫《れんびん》、その実、軽蔑《けいべつ》と拒否の目付きで彼を観察した。南国の監獄のはうが増しであつた。あちらでは彼は逃亡兵であり国賊であり、正当に迫害されてゐた。が、ここでは偽善が横行してゐる。

「食べたらう」と声が言ふ。「食べた」と答へる。「なぜ食べた」と畳み掛けての詰問《きつもん》だ。そこで彼は考へ込む。飢ゑてゐたから。みんなが食べてゐたから。食べなければ死んでしまふから。うまかつたから。このうちもつともらしいのは、うまかつたから。悪魔の肉は本当に本当にうまかつたのだから。

『サランボー』『水滸伝《すいこでん》』。勝者が敗者の肉を喰ふ。カルタゴでも中国でも、殺した敵を食べるのが勝者の宴であつた。ところが二十世紀となると、南国では勝者に殺された敗者の肉を敗者が喰ふのであつた。

悪魔は人間の魂を食べ、つひには人間の体を乗つ取つてしまふ。démonopathie とは、悪魔に精神と肉体とを占領され possédé された者、憑依《ひようい》された者だ。つまりは人間の形をした悪魔で、往古は少数派の魔女だつた。それが現代では、多数派になつた。悪魔に憑《つ》かれてない人間を探す方がむつかしい。

彼の懐疑はかうだ。人間の肉体を喰ふ者と、人間の魂を喰ふ者と、どちらが悪であらうか。きみたち、悪魔に憑かれた者はかう答へるだらう。人間の肉体を喰ふ快楽よりも、人間の魂を喰ふ快楽の方が何千何万倍も大きいのだ、この馬鹿者《ばかもの》め！　と。

あのノートの記載は事実なのだろうか。書き散らされた文章は、軍隊、戦場、監獄、精神病院の思い出のようでもあり、詩、小説のスケッチ、ふと晋助の脳髄に作動した言葉の記録のようでもある。事実か想像かは判別できない。それにしても晋助の脳髄を一瞬であれ、人肉食の行為が横切ったことは確かで、それと彼の病気とは関係があるのではないか。村瀬先生にそのことについて質問しようとしてやめた。先生はこう言ったのだ。「脇君はこのノートをあなたに渡すようにと遺言していました。まあ、彼の妄想《もうそう》を書きつけた奇妙な代物《しろもの》ですけどね」妄想、ありえないことを事実と信じ込むこと。そうならば、それでいいわ。わたしの苦しみは晋助がただの一度もわたしに対して優しい言葉を掛けてくれなかったことだ。なぜなの。あなたにとっては、わたしまで悪魔に乗っ取られた者の一員なの？

「おかあさん、新田《にった》だよ」と悠太が初江の袖《そで》を引いた。悠次を先頭に子供たちが続き、初江はあわてて降り、コンクリートに足駄《あしだ》を滑らせて研三に抱えられた。

薄手な板張りの駅は濡《ぬ》れていた。まるで建物全体が水に沈められたみたいに、天井や改札口まで水玉を吹いていた。線路と平行して流れる川は濁流を腕一杯に抱え込み今にもはち切れそうだった。急に利平が意識の前面に出てきた。「親父《おやじ》が危篤《きとく》なんだ。本人は今夜死ぬからみんなに会いたいと言っている。唐山先生は、もう少し先だと言ってるが、とにかくもう長くはねえ」と数日前から武史を連れて新田に泊り込んでいた史郎より初江に電話があったのは、今日日曜日の昼過ぎだった。雨で家に籠《こ》もっていた一家は、大あわてで出掛けてきたのだ。昨今、利平が急に弱ってきたとは史郎や夏江から聞いてはいたが、それが今日の今夜だとはと驚き、みんな大急ぎで支度したのだ。

傘《かさ》をさし、雨の中に踏み出してみると、着物姿で来たのを後悔した。ぬかるみに足駄がずぶずぶと沈み、膝《ひざ》まで泥《どろ》が跳ねて、動きが取れない。裾《すそ》をからげると、もう形振《なりふ》りかまわずと覚悟して進んだ。家で支度した時、モンペに長靴《ながぐつ》にしようとちょっと考えたが、おそらく大勢が集まるだろうからと、わざわざ着物を着込んでしまった。もっとも、もし今夜が通夜になった場合の用意に喪服と足袋をボストンバッグに入れてはきた。悠次と悠太と駿次は、初江の難儀に無関心でずんずん先に行ってしまう。研三だけが、ボストンバッグを持って付き添ってくれた。

玄関には、「庭から入って下さい」と貼《は》り紙があり、一同は庭先へ回った。利平が居間にしている八畳間は障子が閉め切られ、その隣からは数間の襖《ふすま》を取っ払って一続きの広間とし、人々が集まっていた。史郎が土間の上り框《かまち》に腰掛けている。子供を寝かし付けている夏江のそばに透と勇。そして片隅《かたすみ》に時田病院の旧職員たちが固まっていた。西山副院長、末広婦長と看護婦たち、事務の女の子たち。病院隆盛時代の懐かしい顔ぶれである。さらに近所の人たちか、野良着《のらぎ》の農民らしい姿もあった。人々の間を盆を持って回り、お茶を配っているのは勝子であった。

土間に入ると、すぐ夏江が立ってきた。

「おねえさん、大変」

「ええ、すごい泥道ね。喪服は持参したんだけど、まさか今着るわけにいかないでしょう。夏っちゃん、何か着るものない？」

「少し着替えを持ってきてあるけど、おねえさんには着られないわ。わたし、やせっぽちだから」

「わたしのでよければ」と勝子が言った。「安物ばかりですけど」

「お願いしますわ」初江は勝子の着物を借りることにした。

史郎が徳利から猪口《ちょく》に酒をついではあおっていた。空の徳利が三本ほど転がり、摘《つま》み物の小皿が並んでいる。

「まあ史郎ちゃん、不謹慎ね」

「なあに、親父が飲めって言ったんでありがたく頂戴《ちょうだい》してるんだ。おう史郎か、相変らず飲んじょるか、〝関娘《せきむすめ》〟があるから、まあ一杯飲めってえわけさ。本人は死ぬってえ宣言をしたけど、あの元気じゃ、まだ死にゃしねえ。それにさ、おれが飲んでるうちは親父は死なねえ、そんな感じもするんでね」

「おとうさまとお話できるの」

「さっきまではな。今は眠っているらしい。眠ったり起きたりてえ具合だ」

「そう。お会いしてみたいわ。でも、その前に着替えしなくちゃ」

勝子の所で着替えてから、初江は病室の襖をそっと開けてみた。床の間の前に蒲団《ふとん》が敷かれ、白無垢《しろむく》に白覆面の利平が横になっていた。鼻のあたりに酸素吸入用のゴム管、腕には注射針が差し込まれて、切迫した息遣いである。枕頭《ちんとう》には唐山竜斎《りゅうさい》先生が正座し、離れた下座《しもざ》に五郎がかしこまっていた。唐山は白髪白髯《はくぜん》に白衣を着て医者らしく、五郎は法被《はっぴ》とパッチ姿で大工然としている。

初江が会釈《えしゃく》すると、先方も彼女を認めて頷《うなず》いた。彼女が物問いたげな顔をすると、唐山はつと立って障子を開けて廊下に出た。最前までの細雨がいつの間にか土砂降りになっていて、唐山の小声は聞き取りにくい。

「よくない……全身の……が甚《はなは》だしい。それにモルヒネを多用する……全身状態を悪化させている。頑固爺《がんこじじい》……モルヒネをもっと打て、どんどん打って楽に死なせろと駄々をこねる」

「あとどの位でしょうか」

「それは……本人は今夜だと思い込んでいるが、わしはまだまだ持つと見立てている。としても重篤であまり長くは持たぬことは確かだがね」

「意識はあるのでしょうか」

「はっきりした時と……朦朧《もうろう》……が、頻繁《ひんぱん》に入れ代わる」

「今、お話できますでしょうか」

「どうかな……まあ……らっしゃい」

唐山竜斎は初江を手招きして利平の枕元《まくらもと》に坐《すわ》らせ、急に大声で呼んだ。

「時田君、初江さんだ」

利平は「おう」と答え、「初江か。よう来たのう」とはっきり言った。

「おとうさま。しっかりなすって」ともう涙声だ。声が詰まり、それ以上言葉が出てこない。父に話したいこと報告したいことが山ほどあって心積もりもしてきたのが何も思い出せない。

「顔を手のところに出せ」と利平に言われ、その手袋をはめた手に初江は顔を押し当てた。涙が手袋に染《し》みていった。

「お前、なんぼになる」

「三十九です」

「もうすぐ四十じゃな」

「婆《ばあ》さんですわ」

「何言うちょるか。まだ若いわ。人生はこれからじゃ。すると史郎が」

「三十七。夏江が三十二ですわ」

「おお、みんなまだ若いのう。おれが三田に開業したのは、えい、数が出てこん、たしか不惑にはなっちょらん若い時じゃった。それから新しい人生が始まったんじゃ。が、もう充分に生きた。おのれの力を出し切った。おれは、今夜死ぬ。お前は達者で、まだまだ生きて楽しめよ、のう」

「死ぬなんておっしゃらないで、おとうさま。生きてくださいな。まだ七十二じゃありませんか。お若いわ」

「若い？　何を言いよるか、お前。もう希望のない人間が年寄りなんじゃ。人生ちゅうのはのう、若い時の希望を少しずつ消費して行って、希望がゼロになった時に仕舞いになるんじゃ。ところで、お前、小暮とはうまくいっちょるか」

「はい」

「孫たちは元気か」

「はい」

「呼んでこい。声が聞きとうなった」

初江は襖を開き、悠次と子供たちに目くばせした。みんな急いで枕元に集まった。

「オウ、みな揃《そろ》うたか。みな年はなんぼになった?」

「ええと、悠次は四十六になりました。悠太が十九、駿次が十七、研三が十五です」

「もう一人、女の子はどうした」

「央子は軽井沢にいます。連絡を取ったから今こっちに向かっているはずです。央子は十二歳です」

「そうかそうか。これからは子供たちの世の中じゃ。みな仲ようして息災にな。ところで、悠坊はおるか」

「はい」

「将来何になる？」

「……さあ、まだ決めてないの。でも、医者になるかも知れない」

「そうか。医者はええ。人助けになるわ。おじいちゃまはな、医者としては、ようやったと思うちょる。そうじゃ。おれの日記を悠坊にやろう。海軍軍医や開業医の生活が詳しゅう書いてある。新田に疎開《そかい》しておいたので焼けんですんだ貴重品じゃ。史郎は医者にならんやったから、不要じゃけえのう」

　利平は枕元に積み上げた日記帳の山を指差した。三田の居間の硝子戸棚の中に大切に保存されてあったのを初江は見ている。明治三十七年、日露戦争の軍医の体験から始まって、一日の休みもなく書き続けられたものだ。五郎が日記帳を唐草模様の大風呂敷《おおぶろしき》に包んで悠太に差し出した。

「悠坊、あれ持っちょるか、例の戦利品じゃ」

「金時計でしょう、ロシアの士官に貰《もら》った。大切に持ってるよ。ちゃんと動いてるよ」

「そうか、そうか、それは重畳《ちょうじょう》。おれはな、三田が全焼で何もかも失うてしもうた。残ったのは、日記帳と戦利品だけじゃ。悠坊にやる。子孫に伝えてくれ」

「そんな大事なものを、どうしてぼくに？」

「おじいちゃまはな、三田の病院を将来再建したいと思うちょる。じゃけん、医者になる悠坊に望みをつないでおるんじゃ。時田利平が悠坊を通じて未来に伝わるのを夢見ておるんじゃ」

「でも、ぼく……」と言いかけた悠太の腕を初江はつかみ、目顔で、余計なことを言わぬよう注意した。

「初江」

「はい」

「世話になったのう……」利平の息遣いが、にわかに荒くなった。今の会話で精根を使いはたしたようだ。「それではな。これで別れじゃ。みんな息災にのう」

「おとうさま、しっかりして、もっと生きてください」と初江は父の手にすがった。

「さ、もうええ。行った、行った」

利平は気だるそうにゆっくり首を振り、指先で蒲団を弾《はじ》いて、意思表示をした。と思う間もなく、鼾声《かんせい》を響かせて寝入ってしまった。一家はそっと病室を出た。

3

「随分弱ってらっしゃるけれど、まだまだお元気に見えましたわ」と初江は、少し安堵《あんど》した思いで言った。

「頭ははっきりしているな。記憶力もいい。とても、危篤ですぐどうかなる感じじゃないな」と悠次も認めた。

「唐山先生も、まだまだ持つだろうと診断なさってました。ただ、おとうさまが、今晩死ぬと、変な言い方ですが、頑張ってらっしゃるんですって」

「危篤だと知らせて、みんなに別れを告げたいという算段かな。前にもそんなことがあったじゃねえか」

「そうでした。虫垂突起炎の手術を自分でなさって、危篤状態を宣言なさり、みんなを呼び集められたんでした」

「あんとき、おれは鵠沼《くげぬま》に麻雀《マージャン》に行っていて、本気にせず、翌日会社の帰りに寄ってみたら、すっかり元気になっていて、要するに狂言だった」

「そうでした」と初江は笑い、笑いを浮かぬ顔に凝結させた。「今度は違いますわ。唐山先生がはっきり重態だと診ておられます」

「だろうな。が、今夜というわけではなさそうだ。おれは、あした会社がある。ここに泊まれるのかな。そうすれば、ここから出勤するが」

「二十人や三十人は泊まれます。三田が戦災に遭った直後、職員の仮宿泊所にしたんで蒲団が山ほどあるって夏っちゃんが言ってました」

両親の会話を背に、悠太は縁側から外を眺《なが》めていた。

蒼白《あおじろ》く張り詰めた雲の下を重たい質感の雨雲が走っていた。空を限る森や竹林の緑が雨に洗われて、今にも融《と》けて流れ出しそうに濃い。庭は実用一点張りの野菜畑に占領されている。

キュウリ、ナス、トマト、インゲンマメ、エダマメ、トウモロコシが、もう収穫していいほどに育ってつやつやと光る。やがて梅雨空が裂けて、真夏の青空と入道雲が姿を見せるだけの生命力が、木々や野菜より発散していて、その盛んなさまが、瀕死《ひんし》の病人の臥《ふ》せている部屋の陰気な様子をことさらに誇張して思い出させた。薬と夜具と病身の混ざり合った臭《にお》いが、湿気た廊下に低く這《は》っている。外の生気と家の中の死の気配が、水と油のように反発し合っていて、縁側に立っていると、妙に不安定で目眩《めまい》でも起こしそうだった。

悠太は縁側に腰掛け、祖父より贈られた日記帳の包みを撫《な》でた。ここに時田利平という人物の一生の記録がある。これを読めば、祖父の、明治、大正、昭和の三代を駆け抜けた軌跡が明らかになるであろう。いつの日か、そういう回顧の時間を持ってみたい。ぼくの知っているのは祖父のほんの僅《わず》かな時間だけだもの。さっき、祖父の前で「医者になるかも知れない」などと突然、自分でも考えてもいなかった未来を言ってしまったが、死んで行く祖父を喜ばせたいという気持のほかに、祖父に倣《なら》う気が少しは自分にあったためであろう。別に将来何になろうと心決めしているわけではない。医者になる？　そう、医者になり、医学を研究し、かたわら趣味として好きな小説を読む人生もよさそうだ。ひょっとすると、晋助の志したように小説を書き始めるかも知れない。そして、祖父の日記を資料に小説などを書くかも知れない。

雨がひとしきり本降りになった。その雨に心を洗われる気で、悠太が遠い将来の夢に浸っていると、いきなり後ろから声を掛けられた。五郎だ。

「悠ちゃん、ちょっと遊びにこねえか」例によって猫《ねこ》のように、背後にこっそりと近付いてきた。

「いいよ」とうべない、下駄《げた》を突っ掛け、手渡された番傘を開いて、後を追った。畑の端に飛び石の道が通っていて歩きやすい。五郎は、ひょいひょいと手を伸ばして、キュウリやトマトを懐《ふところ》に入れた。小屋の前にはガクアジサイの紫が泣き悲しんでいるように雨を滴《したた》らせていた。ツツジは半ば以上枯れて古びた血痕《けっこん》のようだったが、ナデシコは新鮮な淡紅色を光らせて、刹那《せつな》に千束《ちづか》の頬《ほお》の艶《つや》やかさを連想させた。「さあ、入れよ」と五郎が木のドアを開いた時に、何か意外な光景が出現する予感がして、悠太は一瞬躊躇《ちゅうちょ》した。そして、それは現れた。内部はあっけらかんとした空虚であった。絵の大群が消えてしまい、壁や棚や床が剝《む》き出しになっていた。本箱に机、それに棚にわずかな食器があるだけだ。その空虚を満たすのは屋根打つ激しい雨音と堀割の轟音《ごうおん》であった。悠太は水底に引きずりこまれる小さな舟に乗り込んだような不安に襲われた。

「へえ、綺麗《きれい》に片付けちゃったんだねえ」と彼は強《し》いてすっ頓狂《とんきょう》に言ってみた。

「絵を預かってもらって恩に着るよ。あれで随分助かった」と五郎は頭を不自然なほど低く垂れた。

「なあに、ぼくじゃなく、父が預かったんだよ。父はね、ゴロちゃんの芸術は素晴らしいって誉《ほ》めてたよ」

五郎はこちらの嘘《うそ》を見抜いたようにギロリと二皮眼《ふたかわめ》を剝いたので、悠太はあわてて話題を変えた。

「ゴロちゃん、いよいよどっかに引っ越すつもりなの」

「ああそうだ」五郎は遠くを見はるかす目付きで明り窓の四角――滝の裏側が水族館の魚群のように動いていた――を見上げた。曲がった背中のせいで平素俯《うつむ》き加減の彼が上をぐいっと見ると、高飛びをする選手さながらの身構えになった。

「どこに住むの」

「まだ決めてねえ」

「じゃあ、いよいよ画家として世に出て行く決心したんだね」

「フン」と五郎はにやりとした。「決心なんて大層なものじゃないがね。画家であることは続けるつもりだ」

「それがいいよ」と悠太は熱心に言った。「芸術家って素敵じゃない？　オッコもね、フランスに行く。ヴァイオリニストとして立つんだ。ああ、ぼくに何か才能があれば芸術家になるんだが。まあ仕方がない。ぼくは医者になろうと思う。ついさっき決めたんだ」

悠太は、白衣を着て回診する時の利平のせかせかした歩き方を真似《まね》て、歩いて見せた。病室から病室へと白衣の裾《すそ》を翻《ひるがえ》す心で動く。ふと隣の部屋のドアを開こうとして、飛んできた五郎に阻止された。

「どうしたんだよ」と悠太は口を尖《とが》らせた。「何か秘密の物を隠してあるの」

「いや、そんな物はねえ。見たきゃ見ろ」五郎は顔を歪《ゆが》めると、ドアを乱暴に開け放した。

ドンとドアの縁が壁に跳ね返った。

白木の棺が一つぽつんと置かれてあった。完成されたばかりらしく、木の香を強く発散している。五郎は電灯を点《とも》した。周囲に花びらのようにおが屑《くず》が散り、棺に飾られた祭具を思わせて大工道具が光っていた。

「これ、おじいちゃまのだね」

「そうだ。おお先生の命令で作らされたんだ。死んだら、すぐ棺桶《かんおけ》に入れて厳重に釘《くぎ》を打ち、火葬場に直行して焼いてくれというんだ」

「すごく立派なお棺だね。頑丈によくできて、ピカピカに磨《みが》いてある。でもさ、ゴロちゃん、おじいちゃまの命令なら堂々としてりゃいいのに。ぼくにさ、別に秘密にしなくてもいいのに」

「やっぱり秘密だよな。世間のやつらは、すぐ曲解して、死ぬ前に棺を製作するのは不吉だとか、おれがおお先生の死を望んでるなんて言いふらす。ヘッ、もうとっくに、言いふらしてるかも知れねえ」

五郎は、電灯を消してドアを閉めた。船底のような天井を急流が削り、小屋全体が軋《きし》んで、難破船に乗っている心地だ。

「悠ちゃん、酒でも飲まないか」

「酒?」悠太はびっくりした。五郎から酒を誘われたのは初めてであった。

「もう高校生だもの。酒ぐらいいいだろう」悠太の返事を待たずに、五郎は一升瓶《びん》を持ち出してコップに注ぎ、「ほら」と勧めた。

乾杯をする。五郎は、キュウリとトマトで即製のサラダを作ると、スルメを電熱器で焼き始めた。

「うまいや」悠太は一口飲んで言った。

「こいつは史郎が飲んでるセキムスメさ。史郎が飲むならこっちも飲んでやるさ」史郎と呼び捨てにする所で五郎の顔は引きつれた。よほど史郎を嫌っているらしい。

「『歎異抄《たんにしよう》』読んでみたよ。だけどよくわからなかった」と悠太は言った。「悪人のほうが往生するってのは、矛盾しているみたい」

「善人てのは、自分が善人だと思い込んでる人間さ。たとえばよ、戦争中は敵を殺すのが善人で、今は平和を愛していれば善人だろう。ところが、敵であれ人間を殺すのは悪だし、平和を願うだけで自分の行為を反省しないのも悪なんだ。つまり善人だと自分で思ってる楽天的なやつよりは、自分が悪人だと感じて絶望している者のほうが往生するってわけだ」

悠太には五郎の言うことがよく理解できず、黙っていた。ただ、敗戦このかた自分の中に、得体の知れない黒々とした絶望がしっかりと住み着いてしまったことと、今五郎が言ったこととは関係があるとは感じられた。五郎は、なおも淡々と語った。

「おれなんか悪人の最たる者だ。しかしよ、悪人が救われるとは限らない。そこが困ったところさ」

「どういうこと?」

「悪を悪だと知りながら、悪をやめられない人間だということさ。信心はしている。念仏も唱える。それでも救われない人間がこの世にいるんだ」

「悪……悪って何なんだろう」

「それさ。それが大問題だ」と五郎は、スルメを割いて悠太に勧めながら、しきりと首を振った。「善じゃないものが悪だが、善という概念がいい加減だから、悪もいい加減な概念なのさ。おれの知ってるのは、この世は善人だと自認している人間に占領されてるってことさ。善人は他人を本当には愛さないで、どこかで憎んでる。おれなんか、人に愛されたことがない。いつも莫迦《ばか》にされ蔑《さげす》まれ嫌われてきた。体がねじくれてるうえに、心もねじくれているからな。小学校に行けば、同級生からこっぴどくいじめられた。口にしないでもみんなが、おれを憎んでいたのさ」

「そうかなあ?」悠太は、友人の吉野牧人を連想し、彼に対して軽蔑《けいべつ》などかけらも持たなかったと思った。小学生時代の体験が五郎と自分では大違いらしい。

「戦争中はもっとひどかった。兵隊になれない、工員にもなれない成年男子など、非国民・非協力者・厄介者《やっかいもの》・半端者《はんぱもの》だったからな。どこへ行っても、伊東の旅館でも三田の病院でも、この新田でもそうだったさ」

「ゴロちゃん、それは思い過ごしだよ。ぼくなんか、ゴロちゃんをそんな目で見たことないよ」

「そうかな?」と五郎は悠太を吟味するように鋭く凝視し、「まあ、信じよう」と断ち切る喉《のど》を鳴らして飲んだ。「ただ、おれがおお先生が死んでみろ、早速に、史郎も夏江も透も、そう言っちゃうように言い、にやりとした。

「今日のゴロちゃんは怖いよ。お酒のせいかなあ?」

「おれは酔っちゃいねえよ」と五郎はコップを傾け、喉を鳴らして飲んだ。「ただ、おれがみんなに憎まれてきたってえことを言いたかったんだよ。おお先生が死んでみろ、早速に、勇や勝子って善人づらの連中がおれを追い出しにかかる。史郎も夏江も透も、そう言っちゃなんだけど悠ちゃんのお袋も同類だ。みんなして……」

「やめてよ」とぼくは五郎を遮《さえぎ》った。「ゴロちゃん、ひがみすぎだよ。そう思ってない人もいるよ。たとえばぼくだ。ぼく、ゴロちゃんの体がどうだからって、莫迦にしたりしないじゃないか。大工として一流で、画家としても優れていて、仏教にも詳しくて信心してるなんて素晴らしいじゃないか」

「悠ちゃんは例外なんだ。しかし、世間は違う。小学校なんて最低だ」

「ぼくが小学生の時ね、脳性小児麻痺《まひ》で脚の悪い子がいた。でもね、親友だった。脚が悪くて、体操の時間に教室に一人残っている子だったけど、そんなの全然気にもならなかったよ」

「小学校はまだいい。その子が世間に出てからが試練の時なんだ」

「その子、小学生で死んだよ。白血病に罹《かか》ったんだ」

「死んだのか」五郎は食い入るような目付きで言った。「いつもそうだ。不幸な人間は夭折《ようせつ》するんだ。そうして夭折したほうが幸福なんだ。なぜって、それだけ不幸に苦しまなくてすむからね」

悠太は言葉を失った。反論しようとは思ったが、相手を論破するだけの理屈が自分にないのを悟っていた。五郎も黙っている。何だか気詰まりで悠太は帰ることにした。外に出て振り返ると、五郎はこちらを見もせず、コップに酒を注ぎ、なおも鋭い目付きで虚空《こくう》を睨《にら》み付けていた。

日は暮れていて、薄暗がりのなか、飛び石にけつまずき危うく転ぶところだった。母屋《おもや》の客は増えていた。風間家と脇家の人々が到着したのだった。みんな声を忍ばせてはいるのだろうが、雨音を越えるざわめきが室内に詰まっていた。

史郎叔父を、悠次、振一郎、敬助、大河内が囲んでいた。みんなの前には猪口が置いてあり、肴《さかな》の皿数も増えていた。史郎叔父は大分酩酊《めいてい》していて声が高い。

「脇先生、文部次官に御就任、おめでとうございます。とんとん拍子の御出世ですなあ。しかし、どうなんです。率直にうかがいたいが片山内閣は長続きしますかね。三党連立てのは不安定ですし、社会党の党首が首相だなんて、ちょいと無気味ですよね。日本もいよいよ社会主義国になっちゃうように新聞なんか書き立てていますしね」

「絶対そうはさせませんよ」と敬助が言った。「わが党が連立に参加しているかぎり、そうはさせせん。そんな動きがあれば、ただちに連立を離脱してやる。そうすれば、片山内閣なんか総辞職だ」

「ひゃあ、冷たい連立の現実だな」と史郎は首をすくめた。

「片山なんて男は」と振一郎は口を挟《はさ》んだ。史郎よりもなおも大きな、無遠慮な声である。禿《は》げ頭に酔いが赤く染《し》みている。「わが党が利用しただけの男さ。わが党が多数派になって政治の実権を取るためには、社会党を取り込む必要があった。それには飴《あめ》として首相の地位をあたえる必要があった。それだけのことさ。わが党は閣内にあって着々実力を蓄える。やがて、わが党の実力が社会党を凌駕《りょうが》したら、政権を離脱し、総選挙をやらせて、今度こそ単独政権を確立するんだよ」

「片山てのはフットライトを浴びてるピエロですか」と史郎が笑った。「でもマックは片山内閣の成立を誉めてますね。中道政治の出現だとか何とか……」

「キリスト教徒が首相になったのを歓迎すると言ってますね」と悠次が新聞の記事を忠実に反復してみせた。「歴史上初めて日本はキリスト教徒、長老教会派の敬虔《けいけん》な信徒によって指導される。これはキリスト教の神聖な観念の確実な前進を意味し、その精神的意義は大きい。これで東洋の三大国がキリスト教徒によって指導されることになった。日本の片山哲《てつ》、中国の蔣介石《しょうかいせき》、フィリピンのマニュエル・ロハスである、というんです」

「マックは日本の首相をアメリカの大統領みたいな指導者と考えてるんだね」と振一郎が笑った。「ところが、日本の首相には、指導なんかする権限も人望も、それを可能にする任期もない。あるのは、ただ、権力抗争をしているばらばらな政治家の、一時期のまとめ役なんだ。マ元帥《げんすい》閣下には日本という曖昧《あいまい》な国の実情が、まるで理解できていない。キリスト教なんて一神教は、八百万《やおよろず》の神の日本には馴染《なじ》まねえ」

「ここにもキリスト教徒がいるんですよ」と敬助が、透と夏江の方向を視線で差して、注意した。

「いたって構わねえ」と振一郎はむしろ、聞こえよがしの高調子になり、わざと奥にいる透のほうに首をねじまげて言った。「キリスト教徒は欧米の回し者よ。今はマッカーサー元帥様が自分はキリスト教徒だと自己宣伝するために、連中は鼻高々だが、戦争中はどこぞの人物のようにスパイをして利敵行為をしやがった連中よ」

透は顔色を変えて腰を浮かした。が、夏江になだめられた気配で、また坐《すわ》った。するとその付近に集まっていた、時田病院の元職員たちの中から勇が抜け出してきた。ずんぐりした体で振一郎の前にぬっと立つ。押し殺した声音で言う。

「少し静かにできねえかね。おお先生が御危篤《きとく》だというのに、何だね、この騒ぎは」

悠次と敬助は恥じ入ったように頭を下げたが、振一郎は腕組みすると、闖入者《ちんにゅうしゃ》を睨み返し、なおも大声で言った。

「その、おお先生が、すこし陽気に騒いでくれとおっしゃったんだよ。さっき、にいさんに会ったが、あんまり静かだと、死んで行くおれは淋《さび》しい。すこし陽気に酒でも飲んじょれと、ハッハ、そういうわけだよ」

勇の顔が怒りで膨れ上がった。

「まあ、たとえ、おお先生がそうおっしゃったにしても、この場にゃ、大勢、先生の病気を心配してる者が集まってる。しめやかに悲しんでる。そうして、先生とのお別れを惜しんでいる。みんなの気持を逆撫《さかな》でするような騒音はやめてほしいですな」

「騒音だと……失敬な！」

振一郎の高声を押し戻すように、いかにも漁師らしい筋張った体格の勇がぐっと一歩進み出ると、白髪の非力な老人である振一郎は腕組みを解いてのけぞり、彼を守るように柔道五段の大河内秀雄がすっと立って勇をさえぎった。いまにも格闘でも起きそうな雲行きに、あたりがしんと静まった。

「きみ下がっていたまえ」と振一郎は大河内に言い、勇に向って居住まいを正した。そうするとにわかに、飄々《ひょうひょう》とした仙人のような威厳が出てきた。「あなた、まあ坐って、よく話し合いましょうよ。さあ、どうぞ」と前に掌《てのひら》を差し出す。すかさず大河内が座蒲団《ざぶとん》をそこに滑り込ます。

「いや、別に話し合うことはないで」と勇は後じさりした。「静かにしてくれればいいんだで」

「菊池さん。まあ聞いてください」と、振一郎は勇を見上げた。「ぼくもにいさんの危篤を心から心配してるんですよ。なにしろ古い付合いだ。菊江さんと結婚する前に、伊皿子坂《いさらござか》の永山邸で会ってるんだから。にいさんは永山の長女菊江に、今だから言うが、そりゃ真剣な恋愛をし（座がどよめいた）、ぼくは次女の藤江を選び、まあそんな具合で喧嘩《けんか》もせず、めでたく義理の兄弟となったわけさ。爾来《じらい》、時田病院の一部始終をぼくは親戚《しんせき》として見守り、また経営に関与もしてきた。忘れもしない、〝株式会社時田レントゲン製作所〟の創立株主初総会を東京ステーション・ホテルで開催した折、にいさんが社長、ぼくが監査役で、二人で協力して事業を推進したものだ。この会社は大震災でぽしゃったけどな。大震災と言えば、あの時は葉山まで、自動車でにいさんの妻子の安否を調べにいったりした。にいさんの著書と言えば、『胃潰瘍《いかいよう》の器械的療法』だが、あの出版の世話はぼくがしたんだからね。時田家と風間家は、夏の葉山では毎夏家族ぐるみで海水浴を楽しんだ。まあ、にいさんとは、本当に長い長い付合いでね、そのぼくが、今、悲しくないわけはないでしょう」振一郎は拳《こぶし》で目を、ごしごしこすって泣いた。芝居がかった男泣きだが、ちゃんと手の甲は涙で光っていた。

「今、ぼくは、悲しみ嘆きながら、強《し》いて陽気な声を、にいさんに聞いてもらってるんだ。我輩の死に目に風間振一郎が、酒を飲んで、にぎにぎしく送ってくれちょると、にいさんが思ってくれるのが、ぼくの望みなんですよ。おわかりかな、菊池さん」

　菊池勇は引っ込みがつかず、当惑して立ち尽くしていた。彼を救うように勝子が、二人の間に割り込んで、勇に何事か耳打ちした。「何だと」と勇は顔色を変え、振一郎に軽く会釈《えしやく》をすると、押っ取り刀で奥に急いだ。玄関辺りが騒がしい。勇と勝子に続いて、病院の旧職員たちが様子を見に立った。素早く走る駿次を追って、悠太も玄関口に行ってみた。ゴム合羽《がっぱ》の男たち数人が三和土《たたき》を雨で濡《ぬ》らしつつ並んでいた。

「聞いてねえね」と勇が、いらいらとした口調で言った。

「でも、ここは、時田利平様のお家《うち》でしょう」と男たちのリーダー格の年配の男が言った。

「わたしどもは築地の料亭でごぜえまして。懐石重《かいせきじゆう》を五十人分、午後七時にお届けするように電話で御注文を受けて、只今《ただいま》、済みません、道に迷って少し遅れましたが、お届けにあがりました」

「さあて、聞いてねえ。五郎のやつが電話したのかな」

「ぼくですよ」と史郎叔父が勇の後ろから声を掛けた。「申し訳ない。菊池さんに報告するのを忘れていました。おととい、親父《おやじ》の命令で、伊東の漁師から魚を、こちら、武蔵新田《むさしにった》の農家から米と野菜を築地に急送させて、懐石料理を作るよう注文したんです。食糧難の折から、材料の手配に奔走して疲れ果てましたよ。ちょっと料理を拝見」史郎は男の差し出す黒漆の重箱の蓋《ふた》を開けて見、「これは豪勢だ。結構結構、中に運び込んで下さい」と男たちに言った。

「二階がいいでしょう。二階の方が広いから」と、いつの間にか来ていた五郎が言い、先に立って階段を上がりかけた。

「二階は掃除ができてませんよ」と勝子が反対した。

「けさ、おれが全部掃除して、雑巾《ぞうきん》掛けをしておいたよ。史郎さんの電話を、おれしっかり盗聴していたからね。今夜のために、ありったけの折敷《おしき》と座蒲団も出しておいた。料理を運ぶだけで、ばっちりさ」

　男たちが外のワゴン車から、重箱を運び下ろす。人々がそれを二階に運びあげる。悠太も二つ三つ持って二階に運びあげた。なるほど、折敷と座蒲団がコの字形にずらりと並べられて、宴席の用意が整っている。座蒲団をオモチャにして遊んでいた美枝と武史が、追い立てられたあと、重箱、汁椀《しるわん》、吸物入りの魔法瓶《まほうびん》などがどんどん運び込まれた。五郎は、小猿《こざる》がふざけるように階段をめまぐるしく登り降りして一同の指揮を取り、宴席の用意が整ったと見るや、階下の振一郎の前に飛んで行き、丸い背を一層こごめてお辞儀をし、にこやかに言った。

「みなさん、時分時には少し遅くなりましたが、おお先生のお振舞いで、二階に特別の懐石料理が届けられてありますので、どうぞ、お越しくださいませ。もちろん、みなさま全員の分を用意してございます。お酒も豊富に準備してございます。ではどうぞ、ごゆっくり」

「へえ、さすが、粋《いき》な計らいじゃねえか。にいさんらしいや」と振一郎は、さっきの勇の咎《とが》め立てへの腹いせか、わざとのような上機嫌《じょうきげん》で高笑いし、敬助や大河内や政党関係者を促して、一同晴れの席にでも出る感じで談笑しつつ、階段の方に移動して行った。近所の人たちもそれに続く。病院の元職員たちは遠慮がちに顔を見合わせていたが、やがて頷《うなず》き合うと二階に去った。脇美津が百合子と美枝を従えて、「行きましょうよ」と誘いに来た。

「わたしは何だか、御馳走《ちそう》をいただく気分ではありませんので」と初江は断った。

「でも、せっかく御用意くださったのに、いただかなかったら、かえって失礼よ」

「行こう」と悠次も誘ったが初江は動かなかった。透叔父と夏江叔母は、子供が寝ているので、あとで参りますと答えた。「じゃ、おれは子供たちと行くぞ。すっかり腹が減った。おい、行こうや」と悠次は、酔いの赤く染みた顔で息子たちに言った。

4

ほとんどの人が二階に上がってしまったので急にがらんとした。残っているのは、初江と夏江と透と火之子と、それに利平に会うため列を作っている十数人の人々と、それだけだった。

二階から勝子と勇が降りて来た。勝子は、運んできた重箱を、初江や透夫妻の前に差し出した。

「やれやれ疲れた」と勇が、どんと落ちる感じで胡座《あぐら》をかき、手拭《てぬぐい》で額の汗を拭った。「どうもいけねえ、あの、振一郎というお人とは一緒に飯を喰《く》う気がしねえ」かれは重箱の蓋を取って見て、仏頂面《ぶっちょうづら》になった。「何だこりゃ。食糧不足と窮乏で国民大衆は飢えているってえのに、今時、こんな贅沢《ぜいたく》な料理を注文するなんて、おお先生もどうかしてるだな」

「でも、おお先生にとって、今夜は特別な日なんだから、お料理だって奮発しなさっただね」と勝子がたしなめた。

「特別な日には違いねえけどよ。とんだ贅沢だ」勇は、気に入らぬとしきりにかぶりを振っていたが、料理を一口食べてみて、「こりゃうめえ」と相好を崩した。すかさず、勝子が徳利を差し出すと猪口《ちょく》で受けて、結構満足げに飲み食いしだした。

「……たくなあ、史郎さんも、水くせえやな。早く教えてくれりゃいいだに。おかげでとんだ赤っ恥かいた」

「びっくらこいただね」と勝子が言った。「ついさっき、玄関先に泥《どろ》だらけの男たちが押し入ってきてさ、時田利平の家はここかと聞くから、てっきり、近所のオイチョカブの賭場《とば》で五郎さんが穴あけて、やあ公が取り立てにきたと思っただよう」

「五郎のやつはちゃんと知っていたな。あの野郎、それでもおれたちにゃ内緒にしやがった」

「わざとじゃねえよ。五郎さんだって、お棺作りと看病と畑仕事で、こんところ大忙しだったもんね」

「そのお棺だ。まだおお先生が生きているってのに、あんな立派なもんを作りやがった。物事の準備をするなあいいが、不吉な準備はいけねえ……」勇はふと黙って、部屋の端を上目遣いに睨んだ。五郎が現れたのだ。料理を載せた盆を持って、涼しい顔で部屋を横切ると、すっと病室の中に入ってしまった。唐山竜斎が病人の枕辺《まくらべ》に端座しているのが瞥見《べっけん》された。

初江は、つくづく感嘆したという具合に口をすぼめて、夏江に言った。

「唐山先生、あのお年で、よくやってくださる。きのうから、あの部屋に寝泊まりして、ずっと掛かり切りなんだってねえ。おとうさまの火傷《やけど》の手当てをしてくださったのもあの先生だった。わたしたちは誰も、それがどんな傷痕《きずあと》なのか知らないんだものね。夏っちゃんも見てないんでしょう。知ってるのは五郎だけだって？」

「おとうさま、ゴロちゃんにだけは平気なのよ、なぜだか知らないけれど」

「御自分の醜い姿は、醜い人にならば見せても平気なんじゃないかしら」

姉が臆面《おくめん》もなくそう言ったので、夏江は鼻白んだ。透の前で体の欠陥をほのめかす言葉は無神経だと思う。しかし、初江には、そんな懸念《けねん》は微塵《みじん》もないらしく、何と、当の透に話し掛けた。

「あなた、本を沢山お読みだから、ご存じかしら、『サランボー』て何ですの」

「それはフローベールの小説ですね」と透は言下に答えた。「古代カルタゴの滅亡を描いたものです」

「敵の肉を食べるシーンがありますの」

「あります。幼い子供を生贄《いけにえ》に捧《ささ》げて神の怒りを鎮《しず》めようとするシーンもあります。凄惨《せいさん》な世界を、フローベール一流の細密描写で書いています」

「『水滸伝』にも、そんなシーンがありますか」

「あります。梁山泊《りようざんぱく》の豪傑どもが、敵の肉を食べながら酒宴を開いています。『水滸伝』には旅人を殺して、その肉料理を食べさせる料亭も出てきます。中国にはそういう作品が時々ありますね。『三国志演義』にも劉備《りゆうび》が立ち寄った家で、主人から美人の奥さんの肉料理の饗応《きようおう》を受ける話があります」

「どうなんでしょう。今度の戦争で日本軍が飢えて人肉を食べたなんて事実があるんでしょうか」

この質問には透もたじろいだ。

「……さあ……ぼくは、少なくともぼくは知りません。ぼくが経験した満洲や北支の戦線では、そういうことはありませんでしたが……」

「が？」とさらに強く聞かれて透は困惑の体で、しきりに汗を拭《ふ》いた。

「……南方戦線では、どうでしょうか。戦争末期には多くの兵隊が飢餓線上をさまよったと聞いています」

それで初江は質問をやめ、電灯の光りに雨足が白く紗《しゃ》を垂れている黒い庭を、遠い所にいる誰かを探すかのようにきょろきょろ落ち着きなく見た。透を質問攻めにしたあと、急に質問の内容のおぞましさに気付いて不安になったという風である。

「透さん、ごめんなさいね、変なこと聞いてしまって」

「いいえ、いいんです」と透は、目を覚まして、むずかりだした火之子を抱きあげ、あやし始め、「おしっこをしてるな」と言うと、左の一本腕で器用に火之子のおしめを取り替えた。

「火之子ちゃん、ちょっと抱かせて」と初江が手を出した。「おお、柔らかくて軽い。目がぱっちりして、美人になるわよ。誰に似たんでしょうね」

その一言で夏江は透と素早く視線を交錯させた。火之子が生まれた時から、目がぱっちりしているのが、夫婦にも、勇や勝子にも気付かれて、話題になるのだった。夏江は切れ長の細い目だし、透も目は小さい方であった。初江は、なおも続けた。

「肌《はだ》の色は、おとうさん似ね。顔形は、あら……おかあさんにも、おとうさんにも似てないわ。不思議ね」

「夏江似ですよ」と透が言った。「こういう細面《ほそおもて》は夏江のもんです。女の子でぼくの顔にほんのちょっぴりでも似たら悲劇ですよ」

「そうだわ、夏っちゃん似なんだ」と初江はあっさりそれを認め、ついで大発見だというように、「わかった！」と叫んだ。「この目、おとうさまの目よ。何とかいうでしょう、ほら一代おきの遺伝よ、間違いないわ。イナイイナイバー！」

子供は蛍《ほたる》のように小さく光る前歯をちらつかせて笑った。それから卓袱台《ちゃぶだい》の上のスプーンに「プン、プン」と言いつつ手を伸ばした。初江はスプーンを握らせてやり、それで一人遊びする子を目を細めて見た。わが子がこんな幼子であった時を思い出す。悠太はいつまでも乳離れができず、満一歳の誕生日に乳を与えていたところ、美津から、まあ甘やかし過ぎねと嫌味《いやみ》を言われた。乳離れも歩き始めも話し始めも、一番早かったのは央子だった。

「いいわねえ。このくらいの年齢。無邪気で、可愛《かわい》くて、自分の子供たちも、こんなんだったかしらと懐《なつ》かしいわ」と過去の甘い追憶に浸っているうち、不意に利平が死にかかっていると思った。父にもう一度会いたくなって、病室の方を見た。面会を待つ人々の列は消えていた。初江が立ち上がったとき、「あら、オッコちゃんだ」と夏江が言った。央子がヴァイオリン・ケースを持って立っていた。続いて桜子と野本武太郎が入ってきた。初江は三人のそばに駆け寄った。

「上野駅で闇屋《やみや》の一斉《いっせい》取締りに遇《あ》っちゃってね、まあ阿鼻叫喚《あびきょうかん》の巷《ちまた》よ」と桜子が言った。

「貴重品はオッコちゃんのヴァイオリンだけだから、わたしが必死でケースを抱えて守ったのよ。あんまり大事にしてるもんで、ケースんなかに闇米が隠してあると勘違いされて、お巡《まわ》りさんに取り上げられちゃった。わたし、夢中で取り返そうとして相手にむしゃぶりついたの。そしたら殴られて突き飛ばされちゃった。そこで、オッコちゃんの武勇伝！　オッコちゃんたらね、お巡りさんの手に嚙《か》みついたのよ。相手はびっくり仰天、手を離したじゃない。オッコちゃん、ケースを奪って、抱えて地べたに伏せて、大事な大事なヴァイオリンなの！　って叫んだのよ」

「えらい災難だったわねえ。怪我《けが》は？」

「オッコちゃんは怪我なし。わたしは殴られたとこが、ほら、青痣《あおあざ》になっただけ。いい気味なことに、一番やられちゃったのは嚙まれたお巡りさんよ。手の甲から血を流して牙《きば》を剝《む》きだした猛犬みたいに怒ってるから、わたしつんつん言ってやった。あなたが乱暴するから悪いんです、民主主義の世の中に、女に乱暴する官吏は許せないって。ちょうどその時、リュックを背負った闇屋が逃げだし、そのお巡りさんが追いかけてったんで、二人とも助かったのよ」

　妻の話の終るのをじっと待っていた野本武太郎が言った。

「ぼくは、芝浦《しばうら》の会社で二人を待っていたんですが、二人がいつまで待っても現れないんで、心配してたんです。通常だと軽井沢から上野まで四時間で、正午過ぎに軽井沢を出たのだから、午後四時には上野に着くはずなのが、さっぱり現れない。やきもきしてたら、六時過ぎに、二人とも泥だらけで現れたんです。で、会社で着替えさせて、車を飛ばして、やっと来たというわけです」

「ほんと、泥だらけだった」と桜子が言った。「でも、ヴァイオリンは大丈夫だったのよ。何しろシュタイナー先生が貸して下さったアマーティだから、濡れないように油紙に包み、綿でくるんで大事を取ったので平気だった。でもね、お巡りさんに取り上げられたときはぞっとしたわ」

「おとうさまの御容体はいかがですか」と武太郎がそっと尋ねた。

「非常に悪いのです」と初江はとたんに憂《うれ》い顔になった。「様子を見てまいりますわ」と、病室ににじり寄り襖《ふすま》を細めに開いてみる。唐山と五郎が懐石弁当を使いながら、利平と何か話していた。

「おとうさまにお会いできますでしょうか。今、野本夫妻と央子が参りましたが」と唐山に言ったつもりだったが、応《こた》えたのは利平であった。

「オウ、初江か。こっちへ来い」

「おとうさま……」

「気分はええわ。息苦しいのが難じゃが、痛みものうて、酒も飲んで、ええ心持ちに酔うた」

「お酒……を召し上がったのですか」と初江は呆気《あっけ》に取られた。瀕死《ひんし》の病人が酒を飲むなど聞いたこともない。利平の枕辺には重箱が開かれ、徳利も並んでいる。鼻にゴム管を突っ込んだ利平は五郎の介添えで吸呑《すいのみ》から、飲みにくそうに、しかしうまそうに一口二口飲んだ。初江は、思わず質《ただ》した。「それ、お酒ですの」

「ホウホウ、末期《まつご》の酒じゃ。おれの体はほとんど死んでしもうたが、胃と肝臓の機能のみは最後まで健在に残っちょる。これも永年、洗滌《せんじょう》と飲酒で胃を鍛えた功徳《くどく》じゃ」

「央子が来ました。末の女の子です」

「オッコか。ええと……あの演奏をしよったな」

「ヴァイオリンです」

「そう、ヴァイオリンじゃった。さぞ腕をあげよったろう」

「はい。シュタイナーというオーストリア人の先生について、すっかり上達しました。もうすぐ、フランスに留学します」

「ウム、史郎よりその話は聞いちょる。おれの孫が音楽家になって、しかもヨーロッパに行くというのは、夢のようじゃのう。おれも一生に一度、ヨーロッパを見とうて念じておった。これでもドイツ医学を修めた身じゃからな、ドイツ語だけは、何とか読める」

「おとうさま、お元気になって、ドイツ旅行をなさいませ」初江は本気で言った。「まだお酒がお飲みになれるほど、お元気なんですもの。楽しいドイツ旅行のために、養生なさいませ」

「駄目《だめ》じゃ。おのれの命数が尽きたことは医者であるおれがよう知っちょる。この日本というちっぽけな島国に生れ、そこで死ぬというのが、前世からのおれの宿命なのじゃ。おれの祖父に利平次というのがおってな、海の底の底の底にある、明るい、黄泉国《よもつくに》、冥府《めいふ》じゃな、に住んじょる。おれはな、その利平次の生まれ変わりでな、そこに帰って光になるのじゃ。おれの冥府はな、暗うはのうて、明るい。あまり明るうて何も見えん」

利平の夢かうつつか定かならぬ不可解な述懐に戸惑いながら、初江はふと本来の用件を思い起こした。

「央子を呼んでよろしいですか」

「オウ、ここへ来させい。声が聞きたい」

「おれが呼んでくる」と五郎が立った。

「桜子さんと野本武太郎さんも来ているのです」

「そうか、みんな来させい」

五郎が去ると初江は急いで言った。

「央子の留学費は、武太郎さんが立て替えてくださったんです。小暮には、今、そういう資力がございませんもの」

「ウム、それも史郎から聞いた。野本の事業は現在登り坂じゃから、借りときゃええ。おれが全盛時代ならば喜んで出してやったんじゃがのう」

大人二人と子供一人の足音を利平は聞いた。子供の足音はすぐ聞き分けられる。遠慮なしに畳を打つが、反応が軽やかで歩幅が小さい。央子に会うたのはいつのことじゃったか。今、年はなんぼやったか、聞いたはずじゃが忘れてしもうた。

「野本武太郎さんと桜子さん、それに央子です」と初江が言った。

「御病状、急変と聞き案じております」と武太郎の声だ。「史郎さんから、けさ連絡が入り、大急ぎで参上すべきところ、軽井沢から女房と央子ちゃんが来るのを待っていたものですから、遅くなりました。いかがですか」

「御覧のように末期状態でな、お別れにみなさんの声を聞きとうなって御足労をかけた。野本汽船は復興著しいと風間振一郎が言うておった。日本も近々諸外国との貿易再開ができるようですな。あんたも御国のために頑張《がんば》ってください。桜子ちゃんか、元気のようじゃのう」

〝あんた、なんぼになる?〟と問おうとして、利平はやめた。初江や史郎や夏江だと、ごく自然な問いが、桜子には非礼になると気付いたからだ。桜子は風間の姪《めい》たちのなかでは、利平のお気に入りであった。一番の美人は百合子だが、冷たい感じで好きになれないし、夏江の将来の夫とおれが心積りにしていた敬助をさらって行った、したたかものだ。松子と梅子は、聖心の幼稚園から女学校まで夏江の同級生でよく三田に遊びに来たので、よく知っている。幼い時から大のお喋《しゃべ》りでおませな双子姉妹で何か新機軸の人生を歩むかと思ったが、長じると父親のあてがい扶持《ぶち》の夫をもらい、平凡な主婦になった。姉たちと違って、末の桜子だけは、ちょっとひねくれた感じが魅力で、かねがね面白く思っていた。自分の倍近くも年上の、しかも醜男《ぶおとこ》を夫にして、勝手気儘《きまま》な生活をしている。

「のう、野本さん、これからの日本の復興は、あんたみたいな実業家の双肩に掛かっちょる。

どうか、いつまでも達者でのう」

「伯父さまも、いつまでも達者でなければ困りますわ」と桜子が言った。「わたくしね、伯父さまの生き方、好き。御自分だけの力で精一杯に生きてこられた、その姿勢が好き。まだまだ、お元気でいてほしい。まだまだ生きてくださいな」

「それは無理な相談じゃ。おれには、もうやることが何ものうなった。やれることは、みんなやってしもうた。振一郎が言うように町医者風情《ふぜい》の一生はこんなもんじゃ。時田病院炎上で勝負ありじゃ。盤上の碁石がばらばらになった」

「伯父さま、まだおやりになること、ありますわ。たとえば、孫たちの成長を見守ること。立派なヴァイオリニストになったオッコちゃんの演奏を御聴きになること」

「オッコはそんなに立派になるかのう」

「今でももうかなり立派ですわ。まだ一流とはいきませんけど、ひとかどの演奏家にはなりましたわ」

「ひとかどの、のう？　オッコはどこじゃ」利平は右手で探った。その掌《てのひら》に小さな手がくるまれた。「おおそうか。そのひとかどの演奏家の演奏を聴きたいのう。オッコや、おじいちゃまはのう、聖心の校医を長いことしちょったで、ヴァイオリンの演奏会は時々聴いちょる。おじいちゃまは、もうすぐ死ぬけいのう、一度ヴァイオリンを聴かせてくれんか。そうじゃった、楽器を持ってこんのか。すまん、妙な願いを言うて」

「ヴァイオリンは持ってきています。実は、おじいちゃまにオッコちゃんの演奏をお聴かせしたくって、わざわざ持ってきてあるんです」
桜子と央子が小声で相談している。

「バッハの『パルティータ第二番』をやります」と央子が言った。金の鈴を鳴らすような涼しげな声である。

「バッハは無伴奏ヴァイオリンのための曲を六つ作曲しましたが、その一つです」と桜子が解説した。

最初の音が響いた瞬間から、初江は、生温かい風、人を惑わし、人の体の細胞を一つ一つ揉《も》みほぐしてしまう春の風が自分を包み込むのを覚えた。晋助がいる。若葉色のポロシャツを着て、長い腕を優雅に操ってヴァイオリンを弾いている。あなたはわたしのために、わたし一人のために弾いてくださったのね。あとで、聖心の講堂で行われた温習会の時とは全然違って、あなたとわたしは二人きりだった。二人きりでいることが難しく危険で、そういう機会は稀《まれ》にしか得られない時代だった。あの春の日の二階の情景を覚えているわ。『パルティータ第二番』という曲はあの日のために作られたのよ。絶対にそうよ。あなたの背後では菩提樹《ぼだいじゅ》の濃い緑が音符の珠《たま》をころころと光らせ、藤《ふじ》の花房が女の乱れ髪さながらに踊り狂い、楠《くすのき》の枯れ葉が、つぎつぎに死んでいく人々の灰のように、降っていたわ。限りもなく降っていたわ。戦争が続き、若者たちが殺されていた、やがて、あなたも殺されに行く、そういう悲しみをこめて、あなたは弾いていた。あなたは言ったわ。「ぼくは空《むな》しいのさ。どうせ、ぼくは先行き短い人生だ。ヴァイオリンも小説も、未完成のまんまで終ってしまう」若者が夢を持てない時代だった。あなたが、そしてわたしが持てた、唯一《ゆいいつ》の夢が愛だった。あなたの演奏を聴いているあいだ、あなたに抱かれたいと切に思った。音楽が体に沁《し》み通り、わたしの口の奥、腹の奥に火をつけて燃え立たせた。今もそう。音楽がわたしの体に火をつけて、炎のさなかから、あなたの感触を復活させたのよ。あの春の日、わたしは、あなたに抱かれた。そうして、それが、あなたに抱かれた最後の日でした。

その頃《ころ》、央子は小さかった。青空色のセーターを着て、白い蝶《ちょう》のリボンをつけ、まるで幼かった。その幼い子をじっと見ていた父親の目、それがあなただった。今、央子は大きくなった。ほっそりとした長い腕は、あなたにそっくり。オッコはあなたの子よ。あなたの言うとおりフランスへ行かせます。あなたの夢を、あなたの子が実現するために。あの眉《まゆ》も顔も顎《あご》も、形のいい脚も、あなたの遺伝よ。オッコが男の子だったら、わたしは恋するでしょう、絶対に。

いつの間にか襖が開いていて、人々が隣室に詰めかけて、央子の演奏に聴き入っていた。透の膝《ひざ》に火之子がおとなしく腰掛けていた。夏江、勝子、西山副院長、末広婦長、看護婦たち、悠次、悠太、駿次、研三、松子に梅子……。シャコンヌが始まった。まあ、央子の腕の冴《さ》えの素晴らしいこと、晋助がたどたどしく、つっかえながら弾いた難曲を、梢《こずえ》にたわむれる春風のように軽やかに弾きこなしている。あなたにオッコを聴かせてあげたかった。帝大病院にオッコを連れて行って演奏させようと何度考えたことかしら。結局、ほかの患者の迷惑になるからと許可されなかったけれども。

5

雨垂れが、メトロノームのように規則正しく、不安な心臓の鼓動のように速く、土間の入口の石畳を打っている。湿った下見板《したみいた》には苔《こけ》がびっしりと海苔《のり》のように貼《は》り付き、流しの野菜の葉を青褐色《せいかっしょく》のナメクジが舐《な》めている。透の心にも濃い霧が立ち込めて、不快に湿っている。からりと爽《さわ》やかに晴れていたのは、央子のヴァイオリンを聴いていたあいだだけ、バッハの天才が琴線《きんせん》に触れた間だけであった。音楽は、絵画も文学も、人を勇気づけるが、その効果が長続きしない。ひょっとすると信仰もそうだ。

おれは神を信じている……と言い切れるだろうか。信じるという言葉の持つ、この世をひっくり返すほどの力、人の心の底の底、暗く深く広く、宇宙のような魂の領域から沸き上がる力により、おれは神と接してきた……と思っていた。が、時として神を信じえなくなっているのに気付いて愕然《がくぜん》とする。北アルプスの霧が晴れて壮大な虹《にじ》のアーチを見た時に神はあると確信した。ジョー神父が「I do set my bow in the cloud…」と Authorized Version の一節を暗唱してくれた時の強い、抗《あらが》いがたい神体験、そうして八丈富士の頂で、地球という遊星の上の無数の土地の中で、八丈島という小島に生まれた不思議を思った瞬間、ジョー神父が「I AM THAT I AM」と神の言葉を述べてくれた時の感激、それらの過去が別人の話でもあるかのように、遠ざかってしまった。残念ながら、とくに今日は、雨垂れが不安な拍動を打ち、心は湿気にふやけて青黴《あおかび》を吹き出し、腐って行く。おお、神よ、わが頼り無き信仰を強めたまえ。

火之子の笑い声がする。幼い子は四つんばいになって腰をあげ、ハイハイをしようとするが、横に倒れてしまう。その腰を夏江と初江が両側から支えてやり、何とかハイハイに誘導しようと努めている。微笑《ほほえ》ましい光景だ。が、透は、ふと嫌《いや》な感じに襲われた。さっき何気なく吐き出された初江の一言に刺された胸の傷が、キリストの右の脇腹《わきばら》の槍傷《やりきず》のようにうずき出した。「御自分の醜い姿は、醜い人になら見せても平気なんじゃないかしら」醜い……この一言こそ夏江が絶対に口にしない言葉であった。結婚当初から、二人が裸で抱き合うとき、夏江はおれの傷痕を見ようとはしなかった。〝醜い〟傷痕が、あたかもそこにないかのように振舞った。おれは、それを彼女の善意だと認めながら、その〝見ようとしない行為〟に幾許《いくばく》かの憐憫《れんびん》をも感じて、素直に彼女を抱けなかった。一度でいいから、夏江に傷痕をまじまじと見てもらい、そこを撫《な》ぜてもらいたかった。あたかもそこにないかのように振舞うのではなく、そこにある〝醜さ〟を直視し、愛してもらいたかった。要するに、おれは夏江に憐《あわ》れんでもらいたくはなかった、あるがままの自分を受け入れてもらいたかったのだ。おれは、彼女の遠慮深げな気振りの裏に隠された憐憫の情、もっと言えば異質感を探り当ててしまうために、お前と完全に合一できないでいた。夏江は心配して、医者に診てもらえと言った。「ひょっとしたら、あそこに傷を受けたせい?」とも言った。夏江と夫婦となってから、この種の会話やほのめかしが何回となくあった。敗戦となり、予防拘禁所を釈放されたあと、おれは極度の栄養失調で、彼女を抱くこともできなかった。やっと回復したのは二箇月ほど経《た》った頃で、お前を抱いてみたが、やはり満足な性交はできなかった。年が明け、正月のある夜、二人が床に入ろうとすると、夏江がいつになく改まった顔付きで蒲団際《ふとんぎわ》に坐《すわ》り、「わたしね……赤ちゃんができたの。お医者さまで確かめたんです」と告げたのだ。おれは、驚喜した。「よかった！　嬉《うれ》しいよ！」が、その直後の夏江の告白が、おれを打ちのめした。「あなた、申し訳ないけど、父親は五郎じゃないかと思うんです」夏江は、おれの凝視の前に、悪びれずに真っ直《す》ぐこちらを見据《みす》えていた。項垂《うなだ》れたのはおれのほうだった。その瞬間、夏江を咎《とが》めるよりも自分の無力に打ちひしがれたのだ。

おれが新田で生活を始めてすぐ、勇と勝子は八丈島に帰り、戦争中強制疎開《そかい》のため放置してあった家を修理し、漁具漁網販売の商売を再開した。一方、おれは体力が回復するにつれて、十二月の初め頃から、体を馴《な》らすためと生活費の足しにするため、ジョー神父のいる神田教会の事務を手伝うことにして、新田から通うようになった。つまり、昼間は、おお先生を除くと、夏江は五郎と二人きりになったのだ。五郎が夏江を好いているらしいことは、初めて五郎の油絵を見たとき——間島キヨの火葬のあと——に直観でわかった。浴衣《ゆかた》を着て籐《とう》椅子《いす》に腰掛けている夏江の像はまるで透けて見えるように体の線が明確に見え、それを想像だけで描いたという五郎の言が信じられないほどであった。しかし、五郎と夏江は異母姉弟であるし、五郎はあのように不具の小男（夏江も小柄《こがら》だが、それよりもなお背が低い）だし、二人のあいだに何かが起こるとは、おれは予想できなかった。ところが、おれが神田に通勤するようになって暫時《ざんじ》経ったある夜、夏江が「この頃、五郎にじっと見詰められて気味が悪いのよ」と打ち明けた。「きみだけじゃないさ」とおれは言った。「あの男の視線は、こちらの心の底を見抜くようで不気味だよ」「わたし恐《こわ》いのよ、何かが起こりそうで」「何も起こりゃしないさ」と夏江に言いながら、五郎という男が発散する、何か蜘蛛《くも》の巣のようにべたべた絡《から》みついてくる妖気《ようき》、そっぽを向いていてもじっとこちらを窺《うかが》うような気配——嵐《あらし》の夜、その不可解な電波のような気配をまざまざと体験した——を思い、おれは不安になった。そこで、夏江を安心させるように言ってみたのだ。「きみと五郎とは、姉と弟ではないか、要するにキョウダイではないか」すると夏江は突然驚くべき情報を伝えたのだった。「違うんですって、五郎はおとうさまの子ではなく、アン・ジェオンという朝鮮人の子なんですって」「それ、どういうことなんだ!」とおれは喉《のど》の粘膜にへばりついた痰《たん》を吐き出すように叫んだ。アン・ジェオンなどという人間について聞いたこともなかったし、五郎が利平の子であることを疑ったこともなかったからだ。

アン・ジェオン、安在彦という朝鮮人について、夏江はわずかな記憶しか持っていなかった。院内では安西という名で呼ばれており、その人が朝鮮人であるとは知らなかったこと、右脚に木の義足をつけて奇妙な飛ぶような歩きかたをしていたこと、大酒飲みでよく昼間から酔って歌を唱《うた》っていたこと、大震災の時虐殺《ぎゃくさつ》されたこと。この虐殺について聞いたのはずっとあとで、夏江が女学校に入った頃に母の菊江が教えてくれた。ただし、菊江はこう言ったそうだ。「おとうさまは安西とかアン・ジェオンという名前を聞くのがお嫌《きら》いだから、病院の中で絶対にこの人の名前を言ってはいけないよ。もちろん虐殺など、とんでもない」そしてこうも言ったそうだ。「安西は頭の回転の速い、面白い人だった。病院の大切な職員だったんだよ。そんな人まで虐殺される、そういう時代だったんだよ」

夏江は、おれを見据えていた視線をおろした。それから、堰《せき》を切ったように泣き出した。とめどもなく泣きながら、詳しく状況を話し出した。「あれは、十二月半ばの寒い日でした。風の強い日でした。いきなり五郎に襲われたんです……」

十二月半ばの寒い、風の強い日。多分、あの日であったろうとおれが思い当たるのは、風邪を引いて微熱があり、教会事務所を早引けして帰宅し、堀割の橋を渡りながらふと見ると、朔風《さくふう》が磨《みが》きあげた青い玻璃《はり》のような空のもと、赤い夕富士がつやつやと見え、その美しい富士の光景を夏江にも見せてやろうと急ぎ二階にあがったところ、夏江が蒲団を敷いて横になっており、俯《うつぶ》せになって泣いていたからである。聞くと、やはり風邪気味で気分すぐれず寝ていたので、泣いた原因は、アルコールとモルヒネに明け暮れしている利平を悲しんでのことだと答えた。が、利平のことは今に始まったわけではなく、その日に限って夏江が泣き悲しむのを異様だとは思った。

実はその午後、二階で繕い物をしていた夏江の前に五郎が不意に現れてスケッチさせてくれと頼んだのだ。以前にも何度か同じ要求をされて断っていたので、その時もはっきり断ると、いきなり五郎に組み敷かれた。不意を突かれたのと、相手の腕っぷしが圧倒的に強かったので、まったく抵抗できなかったという。

夏江は告白し終えると、もう坐っておれなくなり、蒲団に泣き崩れた。そうしている妻の様子に、あの風の強い日に俯せになって泣いていた姿が二重映しに見えた。おれは夏江を膝の上に抱き上げて背中をさすりつつ、まずは相手を落ち着かせようと努めた。

「ねえきみ、気を鎮《しず》めたまえ。そんな風にあんまり泣くとお腹《なか》の子に響くよ」

「御免なさい、あなた。わたしは悪い女よ。何度もあなたに打ち明けようとしたの。でも勇気がなくってできなかった。そのうち、身籠《みごも》ったと知って、また悩みました。ほんとうを言うと、死のうかとも考えたんです。けれど、わたしが死ねばお腹の子を殺すことになると考えるとできなかったの」

夏江はしばらく静かに泣いていた。生暖かい涙がおれの膝を濡《ぬ》らした。子供ができたことへの歓喜と夏江の告白への驚愕と五郎への嫌悪《けんお》のため、安定した位置を見出《みいだ》せずに、わが心は狂った天秤《てんびん》のように揺れ動いた。そのうちに見えてきたのは問題は二つに別れるという結論だった。一つは五郎に犯されたという事件、もう一つは子の父が誰かという疑問である。

まず事件だが、これを妻の不義とか破倫とか呼ぶことはできないと、おれは考えた。永年の筋肉労働で鍛え抜かれた男の暴力にか弱い女が、どんなに必死で抵抗しても抵抗できるわけがない。夏江が叫べば階下の利平に聞こえただろうか。しかし、酒びたりとモルヒネ中毒で衰弱しきった利平は何の助けにもならなかったろう。しかし、夏江のせいではない、仕方がない事件であったとあきらめつつ、妻を抱きしめる男の姿態を想像して、嫌悪と敗北感を覚えたのも事実である。ただ、おれはこう言った。

「きみは何も悪くないさ。きみのせいではないよ」

子の父の疑惑については、そこに不確定要素があると認めざるをえなかった。たしかにおれは、夏江を満足させるような夫婦関係を持てないで悩んでいたが、それを自分の授精能力の欠陥だと極《き》め付けるのは早計だと考えた。そして五郎とたった一回の交渉で子ができると考えるのも、同じく早計であった。生まれてみなければ何一つ分明にならない問題について、今から疑問や不安を覚えるのはおろかだと、おれは心に決めた。そうして、努めて明るく言った。

「子供ができて嬉しいよ。なにきみ、余計なことを心配することはない、生まれてくる子はぼくたちの子だよ。神様の贈りものだ。喜んで感謝して、育てよう。予定日はいつなんだ」

「お医者さまは今年の九月十五日だと言ってます」夏江は消え入るように答えた。

「九月か。さあきみ、体を大事にして、うんと栄養を取って、丈夫な子供を生んでくれたまえ。ぼくは働くぞ。そしてうんと勉強して、何か収入をあげる職業につく……」

その場は一応そう言って夏江も、そして自分も納得させたものの、その後、おれの気持は平らかではなく、何かと波立った。まず、彼女を抱くときに、五郎の姿がちらつき出して困った。夏江に罪はないと自分に言い聞かせながら、今までに増して、しっくりと和合せず、それを夏江に気付かせては気の毒と焦《あせ》り、詰まるところ体の具合が思わしくないという素振りを見せて、妻との接触が間遠になった。五郎に会うと、時として相手を面詰《めんきつ》し、殴り掛かりたい衝動にとらえられた。しかし、おれは何もしなかった。相手の腕力を恐れたからではない。生まれてくる子が彼の子であると、少しでも彼に感知されるのを警戒したからだ。そして、おのれの憎悪を隠蔽《いんぺい》するために、彼に対してむしろ愛想よく応対しさえした。そうすれば、生まれてくる子は彼とは無関係であると、自分も彼も思い込む気がしたからだ。

何度も泌尿器科医《ひにょうきか》を訪れ、おのれの精子の検査を依頼しようとしてやめた。もし、おれの体に男子の機能がないとしたら、生まれてくる子は百パーセント五郎の子となってしまうではないか。そこに曖昧《あいまい》さが残っていたほうがいいと思った。

出産が近付くと、八丈島の父に手紙を出した。おお先生の身辺の世話をするために武蔵新田に勝子と来てくれないか、われわれは子供のお産と養育のため、また通勤の便のために神田に引っ越したいのだからと、書いた。幸い、島での漁具漁網の商売は不振で、東京で仕事を探そうと考えていた勇は二つ返事で引き受けてくれた。こうして夫婦は神保町《じんぼうちょう》の本屋の屋根裏に下宿することになった。

お産をしたのは猿楽町《さるがくちょう》の産院であった。看護婦が抱いて見せてくれた赤ん坊を初めて見たとき、おれは安堵《あんど》と不満とを同時に覚えた。ほっそりした顔立ちは夏江に似、浅黒い肌《はだ》の色はおれに似ていた。しかし、すこし下がり目のおおきな二重瞼《ふたえまぶた》は五郎にそっくりであった。

しかし、おれはこの子こそ、わが子だと心に決めてしまった。この愛らしい女の子はおれの子であり、夏江の子であり、五郎などとは一切関係がない。だから子の血液型が夏江のと同じAB型で、おれがB型だから親子適合すると夏江が喜んでいた時も、おれは「それは嬉しいが、そうでなくてもおれは平気だよ」と言ったのだ。が、おれは言わなくてもいいことまで言ってしまった。「五郎の血液型とも適合したらどうするんだ」「五郎はA型よ。だからこれの方も親子適合してしまうの」と夏江は浮かぬ顔になった。「やっぱり、あなたは疑ってらっしゃるのね」おれは、辛抱強く彼女を慰めねばならなかった。以来、おれは疑うことを、少なくとも母親の前で疑心を示すことを止《や》めてしまった。おれ独りでも、彼女の前ではなおさら、火之子を可愛《かわい》がれば可愛がるほど、二人の子だという気が強くするのだった。おれは火之子を溺愛《できあい》している向きがあり、そういう育て方がこの子の将来に悪影響がなければいいとは反省しているけれども。

雨垂れが石畳を打っている。その音に耳を傾ける。その音を出すために、どれほど夥《おびただ》しい偶然が作用したかを、透は思う。大きな雨雲の一角から降ってきた雨粒がこの屋根に命中して樋《とい》に集められ、その破れから漏れて敷石に命中する。しかも、百年前ではなく、五十年後でもなく、昭和二十二年六月の今、現在、そこに菊池透なる人間がいて、その音を聞かねば、雨垂れの音は知覚されない。つまり、雨垂れを聴くという現象は生じてこない。この夥しい偶然の積み重ねこそ、神の意思なのである。だから、この雨垂れの音には神の意思が示されている。心臓の鼓動と同調する、この不思議、この不安、それは何を意味するのであろうか。ナメクジはどこかへ消えてしまった。透は渡した紐《ひも》に掛けてある火之子のおむつに触ってみて、いずれもまだ湿っている、いや全然乾いていないのに気付いた。炭火を熾《おこ》して焙《あぶ》らねば……雨が降っている。神の意思で降っている。梅雨に入ってから、このところ、あきれるほどに降っている。雨は神の恵みである。「神はなんぢの嗣業《しげふ》の地のつかれおとろへたるとき豊かなる雨を降らせてこれをかたくしたまへり」(詩篇六八の九) しかし雨は神の怒りでもある。四十日四十夜降った雨は洪水《こうずい》を起こし、「わがつくりたるあらゆるものを地の面より拭《ぬぐ》ひ去り」たもうた。神は恵み、生み、しかし報復し、殺す。神の不可思議な御業《みわざ》。

わずかながら小降りになってきて、雨垂れが不規則なリズムを刻む。病み疲れた心臓の鼓動のような音、神が何事かを啓示しようとしている。そのリズムのただなかから、突然、けさ、ジョー神父と議論を戦わしたあとの不快が水しぶきのように立ち昇った。ジョーと議論したあとの不快など、彼との長い付合いで覚えたことはなかったのだ。今までにも幾度も、議論を戦わしてきたし、二人とも人間同士が完全に同じ意見を持つことはありえない、キリスト教徒同士でもおたがいの信仰は微妙に違うという意見の持ち主だったから、どのような議論をしておたがいの意見の差を確認し合っても、後腐れなどは残さなかった。それが、今日は鉛の銃弾を胸に詰められたように、不快が去って行かない。おれと神とを取り持ってくれたジョー神父との間に生じた亀裂《きれつ》、そこから神への信仰が、古い皮袋が裂けて新しい酒が漏れるように逃げて行く。おお、この亀裂の修復ができぬものであろうか。

日曜の朝のミサの説教で、神父は、民主主義的な新憲法が日本に平和と繁栄をもたらすであろうと述べ、新憲法下で成立した片山内閣の前途を祝福し、「このような新しい国家の誕生は、今度の大戦で、民主主義と自由主義の擁護のために戦ったアメリカを中心とする聯合《れんごう》国《こく》側の勝利の結果もたらされたものです」と述べた。透は神父の言葉に疑問を覚え、ミサが終るとすぐ司祭館の神父の部屋を訪れたのだった。

「ジョー」とおれは単刀直入に尋ねた。「アメリカ軍は民主主義と自由主義のために戦ったのか」

「もちろん、そうだ」とジョーは答えた。

「つまり、それは正義の戦いであったというのか」

「そうだ。ヒトラーのナチズム、ムソリーニのファシズム、ヒロヒト……日本軍国主義者の侵略主義に対して戦ったのだ」

「それは現在行われている極東軍事裁判の正当性を示す言辞であり、聯合国側の公式の見解だね、しかし、キリスト者としてはどう思うのだ」

「何を言いたいのだね」

「たとえばアメリカ軍が使用した原子爆弾は、正義の戦いだったから正当化されるというわけか」

ジョーはしばらく考えてから答えた。

「そうだ。広島と長崎の原爆投下は悲惨な結果をもたらした。けれども、それは日本の多くの都市への爆撃と同じく、戦闘行為として是認できる。日本が民主主義と自由主義の敵として聯合国と戦闘状態にある限り、天皇に忠節をつくし軍国主義にかぶれた日本人を殺すことは正義にかなった行為であった」

「しかし、その空襲で殺されたのは、軍国主義にかぶれた日本人ばかりではない。兵士として戦える男たちは徴兵で取られ、留守をあずかる婦女子と老人が、多く犠牲になったのだ。まだ正確な数は発表されていないが、いろいろなインフォーメイションを総合すると、現在のところ、東京の三月十日は十万人ぐらい、沖縄では十万人ぐらい、広島では十数万人以上、長崎では七万人以上の人が殺戮《さつりく》された。広島と長崎の被害者数は、その後も火傷《やけど》や放射能性障害、つまり原爆後遺症のため増大しつつある。こういう大量の殺戮も正義の戦いとして肯定できるのか」

「日本人は、宣戦布告前にハワイを騙《だま》し撃ちにし、二千人ものアメリカ人を殺した。その前には、チャイナで、おそらく一千万人以上を殺している。それを忘れてはいけない。戦争を仕掛けたのは日本なのだ」

「そうだとしても、たとえば、三月十日や広島・長崎のような大虐殺が正当な戦闘行為と言えるか。それは一〇九九年七月十五日に十字軍がイスラム教徒を虐殺した時と同じく、傲慢《ごうまん》な行為ではないのか。そして恥じねばならないのではないか。ナチスの無差別爆撃を非難していたアメリカ軍が日本では無差別爆撃をしたのだ」

「キリスト者として、ぼくは日本の戦争犠牲者を悼《いた》むしその霊魂のために祈る。しかし、何度も言うが、戦争を仕掛けたのは日本であって、アメリカは正義のために戦ったのだ」

「ぼくは誰が戦争を仕掛けたか、どちらに正義があるかを重視するきみの立論を認める。しかし、一度戦争が起こってしまうと、それはとめどもなく拡大して、殺戮行為となる。だから、今度の大戦で、アメリカ軍にも行き過ぎはあったし、とくに原爆投下では、罪を犯したと思うのだ」

「それは、今次の大戦で正義のために命を落したアメリカ軍将士に対する冒瀆《ぼうとく》だ。言っておくが、日本が敗《ま》け、われわれアメリカ人が民主主義を教え、今度の新憲法を作る手伝いをしたのだ。それは歴史的事実であり、正義のために戦ったアメリカ軍……聯合国軍の誇りなのだ」

「教えたというのはアメリカ人の傲慢ではないのかね。ぼくみたいな日本人もいたことを忘れないでほしい。ジョー、ぼくはきみと戦争反対では意見が一致していたし、天皇主義、軍国主義、侵略主義には反対していた。あの時、われわれ二人は一緒に逮捕されたのではなかったかね。そしてきみはアメリカに送還され、ぼくは日本で非国民として予防拘禁所なる強制収容所に監禁された。戦後、きみが獄中のぼくを訪れてくれた時は、本当に嬉《うれ》しかった。戦前と同じ思想と信仰を持つ二人が、一致協力してキリスト教と平和のために働くのを喜びとできると信じたからだ」

「今だって、きみとぼくとは一致協力しているよ」とジョーは親しみのこもった微笑を目許《めもと》に漂わした。

「しかし」とおれは厳しい目遣いをくずさずに言った。「今のきみの意見、広島・長崎を肯定する意見には、ぼくは反対だ。そこにはアメリカ人の傲慢が見える。傲慢は滅亡に先立ち、謙遜《けんそん》は名誉に先立つ。そう、Before destruction the heart of man is haughty, and before honour is humility.」引用した箴言《しんげん》十八の十二に、ジョーはさすが神父だけあって、すぐさま反応した。

「トオル」と言った時微笑は消えていた。「haughtyとは、元来、神のみに属している権利、つまり、神が人間にあたえた生命を人間から奪い取る権利を、人間がみずからの権利として行使することだ。Proverbsの言葉はそれを指している。ところが、まずhaughtyであったのは、夥しいチャイニーズの殺傷を働き、全アジアを征服して、八紘一宇《はっこういちう》などというhaughtyな理想を掲げて、アジアの盟主になろうとした日本だった。そしてhumilityだったのはアメリカだ。なぜなら、アメリカはhaughtyな日本をこらしめ、民主主義と自由主義の名誉を守るために戦ったのだから」

議論はまた振出しに戻った。おれは日本人、彼はアメリカ人、そこを出発点にした議論は平行線をたどり不毛なのだ。おれは沈痛な口調で、ほとんど嘆願するように言った。

「キリストの愛は国境を越えると、ぼくは信じてきた。だから他国の人間を殺せと国家が命じる戦争に反対してきた。ところが、ジョー、きみの愛は国境を越えないのか」

「越えてるよ」とジョーは、おれの意見などは、キリスト者としてごく初歩的なものだと言うように、相変らず人の善さそうな微笑を浮かべて言った。「ぼくは日本人を愛している。愛しているからこそ、早く戦争を終わらせたかった。日本人がこれ以上殺されないように、そうしてむろんアメリカ人もこれ以上殺されないように、日本人を殺すことは認容できると思っていた。あの殺すなかれという第六戒の〝殺す〟は、ラーツァハというヘブル語でイスラエルの民が同胞を殺す場合のみに用いられ、異邦人を殺す場合には用いられない」

「日本人は、アメリカ人にとって、殺してもよい異邦人なのか」

「残念ながら戦争中はそうだった。日本人にとってアメリカ人がそうであったように」

「聖書のイスラエルの民は神によって選ばれた民であった。だから神は異邦人を殺すことを認容された。しかし、アメリカ人は神によって選ばれた民ではない」

「それは比較の問題だ。今度の戦争に関しては、日本人はもっとも神より遠い、選ばれざる民だった」

おれとジョーとの議論は、ふたたび同種の対立意見をつぎつぎに変奏する結果になった。結局、二人は抜き差しならぬ、粘っこい沈黙の塊に取りつかれてしまい、その塊に引っついた身を無理やり引き離すようにして別れたのだった。

信徒会館では、火之子を抱いた夏江が待っていた。

「あなた大変、ゴロちゃんから電話があり、おとうさまが危篤《きとく》なんですって。すぐ知らせようと思ったけど、何だか真剣に神父さまと話し込んでらっしゃったんで、ドアをノックできなかった」

「危篤って、どの程度の病状なのかな」

「わたしが二週間前にお会いした時は、そんなに切羽詰まった容体とは思わなかったけれど、ここ数日で急変して、今夜あたりが危いんですって。そうして、おとうさまが、死ぬ前にみんなに会いたいとおっしゃってるんですって」

「それは大変だ。すぐ出掛けよう」

最近、利平の衰弱が激しくなったとは、勝子からの手紙でも知っており、今度は夏江と二人揃《そろ》って見舞いに行こうと打ち合せていた矢先の電話であった。ひとまず下宿に戻り、万一の場合には新田に泊まれる用意をして出掛けようと道を急ぐあいだ、ジョーとの間に生じた不快が胸にわだかまり、おれは自分の不機嫌を制御できずに、雨のなかを傘《かさ》も差さず、妻子を置き去りにしてずんずん先に行ってしまった。しかし下宿に着くと、妻に頭をさげて言った。

「すまん。実は、ジョーさんと議論してね。ちょっと不愉快だったもんだから」

「全体、何を議論なさったの」

「彼は原爆投下を是認し、ぼくは反対して対立した。ぼくが不愉快なのはね、意見が相違したことではなくて、この議論で二人が国境を越えられなかったことだ。よく気心が通じている彼のような人でもアメリカ人である枠《わく》を越えられない。他方、ぼくも日本人の枠を嵌《は》められていて、彼の懐《ふところ》に入って行けない。二人ともども、〝なんぢの敵を愛せよ〟が実行できない。まして〝頰《ほほ》を打つ者にはほかの頰をも向けよ〟という心境になれない。残念で不本意で不愉快な関係だ」

「戦争中のジョーさんは、ユニヴァーサルな平和主義者だったけど、今はナショナリスト的平和主義者になったようね」

「残念ながらその通りなんだ」と、おれは頷《うなず》いた。「戦争が彼を変えたのか、それとも日本の占領者としての立場が彼にそう言わせるのか。もっとも、今はアメリカ人であるために、彼には人気があるんだけど」

最近、教会には大勢の人々が集まるようになり、ジョー神父の熱心な布教の成果として、洗礼を受ける人の数も増えてきたが、単にジョーがアメリカ人であることに興味を持ち話を聞きに来る人、彼が開いている米会話教室にのみ通って来る人、なかにはジョーが自室で出す砂糖入りのコーヒーが目当ての人などもいた。そうして、戦争中は軍国主義一色に染まり、皇軍の勝利祈願や出征軍人の壮行行進や慰問袋作りや千人針や軍用機献納運動に熱中していた人たちが、今度は一転して平和の集いとかアメリカ軍との親睦会とかデモクラシーについての講演会とかを熱心に開催していた。なかでも転身が素早く徹底していたのが、信徒会理事の国重教授であった。教授は以前、説教で戦争による国際紛争の解決法に反対して平和を説いたジョー神父を批判し、ジョーの擁護をしたおれを、支那事変の聖戦である意義を理解しない不忠不義のやからと非難した。カトリック教徒は愛国者であるべきであり、ジャンヌ・ダルクなどを引いて、皇国臣民であることが第一で、カトリックの教義はこういう国粋主義と少しも齟齬《そご》しないと主張した。その国重教授が、戦後は逸早《いちはや》く神田教会のジョー神父を訪れて、和解の握手をしたというのだ。彼の言い分では、戦争の場合、キリスト教徒が、自分の国のために闘うのは当然であり、あなたがアメリカ人として日本の国策を批判した気持はよくわかる、我輩も日本人として国のために戦うのを義務と心得てあなたを批判したが、あれは他意はなかった、現在、戦争が終ってみれば、昨日の敵は今日の友であり、今後は神父さまと心を一つにして教会発展のために努力したいと言い、ジョー神父と固い握手を交わしたというのだ。教授はなお、戦争中、ジョー神父に同調したおれを国賊呼ばわりしたが、戦後も、おれを見ると胡散《うさん》臭げに眉根《まゆね》に皺《しわ》を寄せ、戦争中教会の基盤を危うくするような平和活動をし、非国民として監獄に入れられたような人間が、今度はわが世の春だとばかり、アメリカの権力を笠《かさ》に着て、威張っていると、ほかの信徒に話したという。ここでおれがジョー神父と対立すれば、せっかく平和と和解のうえに発展しようとする教会の機運に水を差す異端者として、国重教授の牛耳っている信徒会の人々がおれを排斥にかかるのは目に見えていた。神をのみ信じ、人間の作った国家など信じられないと、おれは思い、その志を貫いてきたために、おれは戦争中に迫害され、拷問《ごうもん》と監禁の憂《う》き目を見たが、どうやら戦後も、それが続く予感がする。

いつのまにか雨垂れの音がやんでいた。雨があがったらしい。その無言《しじま》を破り二階の宴のさざめきが聞こえてきた。振一郎の高笑いに、敬助の媚《こ》びるような淀《よど》みない卓論高説調が応じ、大河内のずっしりと重いバスを通奏低音として、会話が進行していた。人一人が死のうとしているのに、まるで祝祭のようなはしゃぎぶりである。振一郎の笑い声が一際《ひときわ》おおきく響くと、夏江と火之子のそばに坐《すわ》っていた勇が、毛虫でも背中に入れられたように身震いして立ち上がり、料理を載せた盆を持って透の前に来、土間の上がり框《かまち》に腰掛けた。

「人一人が重態だというのに、よくあんなに陽気に騒げるもんだ。しかし、あんな宴会を開かせる、時田さんも風変わりなお人よ。ところで、透、おめえ、すっかりまいった様子だな。何かあったんか」

「いや。別に……」

「夫婦喧嘩《げんか》じゃあんめえな」

「そんなこたあねえ」と透は強く言った。「義父《おとう》さんの御病気が心配なんだよ」

「まったくだ。衰弱がひどいからな。頑固《がんこ》に自分を通して生きてきたお人だ。おれも随分諫《いさ》めたが、酒もモルヒネもやめようとしない。また、五郎が、時田さんの命令通りに酒を飲ます。モルヒネは打ってやる。それでどんどん命を縮めてきた。言ってみりゃ御本人の自殺を五郎が幇助《ほうじょ》したようなもんだ。ところで、その、御本人の最後の心尽《こころづ》くしだ。一杯やってあげないか」

「酒は駄目《だめ》だ」

「もう体力は回復したんだろう。おめえは元々いける口だ。少し飲め」

「わかったよ」透は父の徳利を猪口《ちょく》に受けた。ぐっと飲み干すと胃の腑《ふ》を優しく撫《な》ぜられた快感があって、急に飲みたくなり、二杯目も受けた。今度は相手のに注いでやる。勇は目を細めて喜んだ。すっかり白髪となり、皺の深く刻まれた父の顔を今さらのように見ながら、透は、父とこんな風にして酒を酌《く》み交わすのは久し振りだと思った。

「おめえに相談がある。実はな、史郎さんが勝子と結婚したいと申し込んできた」

「へエ?」あまり唐突な話に一瞬呆気《あっけ》に取られたが、すぐさま笑顔になった。「そりゃいい縁組じゃねえか」と言った。

「そう思うか。勝子は美人じゃねえが働きもんだ。ところが史郎のほうは遊び人だ。岡場所の常連だったらしいし、女房とは離婚しているし、もうすぐ不惑の海千山千だ。それに武史という山猿《やまざる》みてえな子（と廊下を走り回ってる子供を一瞥《いちべつ》した）が引っついてるしな」

「史郎さんて人は、慶応ボーイで遊び人だが、会社勤めは真面目《まじめ》にするし、人は無類にいい人だよ」

「じゃ、この話まとめていいかね」

「いいも悪いもない本人次第だ。勝子はどう言ってるんだ」

「史郎の申込みはきのうだ。あんまり突然で、勝子はまだ考え込んでいるってのが現状だ。おめえ、兄貴として相談に乗ってやれ」

「承知した……」

「おれは、これで勝子が片付いてくれれば安心なんだ。あの子も、もう三十二だ。宏の出征、戦死、亀子《かめこ》の死、おめえの入獄（と渋い顔付きとなる）、疎開《そかい》、空襲、帰島、上京、で、この年月、まったく息をつく間もねえうちに年を取らしたのが不憫《ふびん》でな」

勝子は、央子と美枝を相手に、あやとりをしている。時々部屋を駆け回る武史にも声を掛けて、結構保姆《ほぼ》の役目を果している。

史郎と勝子は似合いの夫婦になるのではないか。史郎の別れた女房は、英語に堪能でそういう知識には優れていたが、陰気で内気で話題に乏しく、それに家事がまるでできない人だったらしい。その点勝子は、気心がさっぱりして陽気だし、清潔好きでいつも家の中を綺麗《きれい》に整頓《せいとん》する質《たち》である。

「もうひとつの相談はだな、時田先生がいなくなったあと、おれがどうするかだ。この新田には多分史郎さんが住むことになるんだろう。勝子も一緒かも知れねえ。おれは八丈に帰ろうと思う。漁具漁網の商いは辛気臭えからもうやめて、また気楽な漁師に戻ろうかと思う。畑もあるしな。まあ、人間一人の食糧は確保できる。もう金はいらねえ」

「そういう生活も、とうさに向いてると思うな」と透は相槌《あいづち》を打った。

「おめえはどうするんだ。ずっと今の教会事務をやるつもりか」

「いいや、そろそろやめる潮時かとも考えている。ああいう人の出入りの多い場所はおれに向いていない。もっと落ち着いた環境がほしい。とうさ、おれはね、将来弁護士の資格を取ろうと思っているんで、勉強のできる職場に替わろうと思っているんだ」

「そんなら、おれと一緒に八丈に来いよ。つなぎの店番だけしてくれりゃあ、何とか食えるぜ。幸い、商売は暇だしな」

「考えてみる……」と透は答えた。酔いが回って、気鬱《きうつ》が薄められた心に、いささかの明るい光が差してきた気がした。そう、ジョーとしばらく別れて暮らしてみる、いい機会かも知れないとも思うのだった。

6

本当に珍しい、何年振りかしら、勇と透が親しげに鼻突き合わせて話し込んでいる。さっ和やかな表情が解けて、透の目にはぽっと光が点《とも》ったような和みが見て取れる。腕のない右側の半袖《はんそで》が旗のように風に揺れている。夏江は、火之子の世話を初江にまかせ、義父と夫から庭へと視線を移した。雨が一服して、夜風がひんやりと額を撫で、髪が頬と首に巻きついてくる。雲が切れて星影が五つ三つ蛍《ほたる》のように飛んでいる。風がひとしきり竹藪《たけやぶ》を歌わせたあと、二階の人々のさんざめきが流れ落ちてきた。今夜、父利平が死ぬということが信じられぬほど、平和な夜である。

夏江は跪《ひざまず》いて祈りたかった、誰もいない所で、隠れている主《しゅ》に、父のために、透のために。主よ、あなたは常に隠れ、常に沈黙しておられるけれども、わたしのすべての罪を見て、そのすべてを知っておられます。何度祈ったことでしょう、お御堂《みどう》で、戸を閉じた部屋で、身籠《みごも》った時、初めて胎動を自覚した時、陣痛の呻《うめ》きのさなかで。この子、火之子は、わたしの中から、種が芽を吹くようにして、主によって何もかも備えて、指一本、いや髪の毛一本とてわたしが作ったものではない、神の被造物として、生まれてきました。けれども、この子には何とややこしい事情が絡《から》み合う糸のようにまつわりついていることでしょう。

五郎がわたしへの愛を初めて告白したのは、あの大雪の日の空襲のさなか、「夏江さん、おれ、いつ死ぬかわからねえから、これだけは言っておきたい。おれ、夏江さんが好きなんだ」と言われたとき、彼もわたしも、激しい空襲で〝いつ死ぬかわからぬ〟切迫した日々を送っており、彼の言葉には、死を前にした人の真情の吐露があって、わたしの胸に迫ったのだけれども、同時にわたしがうろたえたのは、彼の声に男の逞《たくま》しさがあり、さらに彼の大きな手に自分の華奢《きやしや》な手が包まれた時、快感が乳房から下腹に走り、手を引っ込めもせずにじっとしていたからだ。その日から、わたしは五郎の視線を意識するようになったので、彼の執拗《しつよう》な眼差《まなざし》を、彼が見ているときはむろん、見ていないときでさえ、感じてしまい、しかも不本意なことに、何かの機会に、わたしは彼の胸に飛び込んで行きたい衝動さえ覚えた。わたしは獄中の透を想《おも》い、五郎への煩悩《ぼんのう》を消し去ろうとして、朝な夕なに祈った。空襲の激化と病院の炎上がわたしを救ったとも言え、死者の弔い、負傷者の看護、焼け跡の整理、新田への移住、利平の看護と、繁劇倥偬《はんげきこうそう》のさなかに五郎を意識する余裕はなくなっていた。わたしは透の予言した通り、日本の勝利などあり得ぬことと心に決めていたので、ひたすら望んでいたのは日本の敗北と平和の到来であった。むろん、そのような心境は素振りに示すことも、人に漏らすこともできないのが特高と憲兵に監視された銃後の状況であったし、周囲の誰も彼もが、利平も勇も勝子も、日本の勝利を信じていたから、わたしの思いは心に秘めて、ただ黙々と必死に働いていたのだ。

敗戦の告知があったあの日、待ちに待った戦争の終結を知った喜びと解放感よりも、意外にも傷心の思いが強かった。数々の苦難——透の負傷、投獄、病院の焼失、いとや平吉の死、利平の失明——これらに耐えて頑張ってきた自分は平和をこそ待ち望んでいたのに、自分の努力が祖国の敗戦という結末でしかなかったのが虚《むな》しかったのだ。利平の悲嘆は激しく、その悲嘆に勇や勝子も同調し、彼らの気持が推し量れるゆえにわたしは、彼らのために悲しみもし、散々泣いたすえに、ようやく透が釈放されて帰ってくると思いついて、喜悦の情が起きてきたのだった。

以前から寝込んでいた間島キヨの病状が急速に悪化したのは敗戦後で、五郎は母親の看病にかまけて、小屋に籠もりきりになり、それまで、開墾、耕作、薪割《まきわ》りなどの荒仕事を五郎と相持ちでこなしていたのが、おのれ一人で抱え込む羽目になった勇は何かと不平を漏らすようになった。「あいつは母親の看病なんかしていねえ。日がな一日、絵を描《か》いていやがるのよ。すっかり画家気取りでいやがる。ちったあ家の仕事を分担すべきだ」しかし勝子は父をなだめるのだった。「とうさ、大目に見てやりなさいよ。いままで五郎さんは好きな絵も描く暇がなくて働き詰めだった。今だっておお先生の入浴から着替えから食事の世話まで、五郎さんは一手にやってくれてる。戦争は終ったんだ。少しは好きな絵を描いて、楽しみたいだろうさ」

そうして油絵の制作に熱中し始めた五郎は、わたしのスケッチをさせてくれとうるさく取りすがるようになり、わたしはその都度断ったけれども、五郎の懇願はますます執拗で頻繁《ひんぱん》になった。ある日、井戸端で洗濯《せんたく》していて背後に視線を感じて振り向くと、五郎が、首から画板をさげて立っており、忙しげに鉛筆を動かしていた。「スケッチは嫌《いや》よ」と、わたしが、裾《すそ》からはみ出した脛《すね》を隠しながら言うと、彼は、「景色を描いてるんだよ」と言い、わたしが画板を覗《のぞ》き込もうとすると、さっと後退して消えた。

透を監獄まで迎えに行った日、国分寺《こくぶんじ》駅前で黒衣の小柄《こがら》な白人がわたしに声を掛けてき、それがジョー・ウィリアムズ神父で、吹き降りのなかを連れ立って監獄まで歩いた。神父はつい最近、獄中の透に会って、その無事を確かめてくれたという。まだ男盛りの魅力があり、大分英語なまりの強くなった日本語で闊達《かったつ》に話した。わたしは永山光蔵《ながやまみつぞう》博物館の閉鎖から病院炎上まで、そうして利平の大火傷《おおやけど》などを、思い出すままに神父に伝えた。ジョーは、あなたは苦労したね、これからはその苦労がむくわれるよ、と笑った。打ち続く苦難に打ちひしがれていたわたしに、アメリカ人の単純で明朗な励ましがどこか場違いな印象をあたえたが、釈放された透とジョーがすぐさま古馴染《ふるなじみ》として談笑する様子に、安心もしたのだった。

勇と勝子が八丈島に去り、透が神田教会の事務員となってから、昼間は臥《ふ》せっている利平と五郎とわたしの三人が新田に暮らすことになった。五郎は、前にも増して厚かましくわたしに近づき、繕い物をしているわたしの部屋に無遠慮に入ってきたり、外出したわたしの後をしつこく付け回したりした。むろん、その度に苦情を言い、二度とそのような真似《まね》をしないようにと念を押したが、彼はにやりと笑うだけで悔悟の念はかけらも見せなかった。そんなある日、土間で炊事中のわたしに、五郎が藪から棒に言ったのだ。

「おれ、アン・ジェオンの息子なんだ。ほら、夏江さんも覚えているだろう、昔、病院で働いてた安西さ、義足の朝鮮人の……」

「震災のとき、虐殺《ぎゃくさつ》された人？」

「知ってたんだね。じゃ、覚えてる？」

「ぼんやりとね。でも、そんなこと信じられないわ。あなたはキヨさんとおとうさまの間の子でしょう」

「と、言うことになっている。おお先生もそう信じているし、みんなもそう思っている。そのほうがお袋にとっても、おれにとっても有利だから別に異を唱えないできた。しかしお袋は死んじまい、おお先生ももうすぐ死ぬ。そうなりゃ、隠しておいても別に得にはならねえ。だから、夏江さんに、夏江さんだけには明かしておきたい」

「どうして」

「おれも、もうすぐ死ぬからさ」

「あなた、前にも、似たようなこと言ってたわね。でも、あれ空襲の真っただ中だったわ。今は平和になったのよ」

「おれの体が持たねえんだよ」

「どこか病気?」

「まあそうだ。おれの体は発育不良でね、しかも戦争中、さんざっぱら酷使されたため、病気の巣になりやがった。もうぼろぼろでね、長くは持たねえ」

「お医者さまに診てもらった?」

とたんに五郎は嘲笑《あざわら》い、フンと鼻で天井を差した。

「お医者さまに酷使されたおれが、お医者さまに診てもらえるかよ」

「そうだったの……どんな風に具合が悪いの?」

「疲れ切ってる。まあ、こうやって立ってるのがやっとだよ」

「確かにゴロちゃん、大活躍。おとうさまの看病だって、あなた一人でやってきたようなもんですものね。でも、疲れたのなら休めば治るんじゃない」

「疲労もこれだけ蓄積すると、休息だけでは回復しなくなる」

「何とか治さなくちゃ。何かわたしにできることある？」

「あるさ。夏江さん、一度でいいから、おれに抱かれてくれないか」

五郎はぐっと迫ってきて、わたしの左手を握り、こちらが引っ込めても、強力で放さず、綱引きになった。包丁を握って白菜の漬物《つけもの》を切っていたわたしが、右手を突き出せば、彼を退散させることはできたであろうけれども、わたしのした反応は逆で、包丁を投げ出し、そのまま五郎に抱きすくめられ、唇《くちびる》を吸われてしまった。わたしの体の芯《しん》に甘美な熱が走り、肌《はだ》から汗が染《し》み出すとともに力が抜けた。その時、彼はわたしの体を奪えたであろうのに、一刻《いっとき》経《た》つと、なぜかわたしを突き放し、無言で去って行った。

人心地がついたわたしには、今の出来事が夢としか思えなかった。二度と見たくない類《たぐい》の魘夢《えんむ》ではなく、快い官能をともなった残夢なのだった。が、同時に、見たくない、離れていたい、付き合いたくないと見なしていた、気味の悪い男に自分が女として応じてしまったことが、許されない行為として、わたしを苦しめた。その後、五郎自身はおのれの所業を恥じているのか、わたしの視線をそらすように顔をそむけ、出会えばそそくさと立ち去り、わたしを避けているようであったが、そういう五郎をわたしはかえって意識し彼を見ずにはいられなかった。透には、「このごろ、五郎にじっと見詰められて気味が悪いのよ」と告げたけれども、実のところ、これは逆で、わたしが彼を見詰めていたのであった。彼が、「きみと五郎とはキョウダイではないか」と言ってわたしを安心させようとしたとき、五郎が、あの出来事の前にアン・ジェオンの子だと、奇妙な告白をした理由がわたしには見えてきた――五郎とわたしに血がつながっていなければ、近親相姦《そうかん》にはならず、だからこそあれほど大胆になれたのだ。しかし、こうも思い返した――五郎のぎょろ目は利平にそっくりで、それこそ、二人の父子関係を証明する事実であり、第一、利平自身は五郎をわが子と認めて、あれこれの面倒を見てやったのだし、大火傷を負ったあとは自分の傷痕《きずあと》を五郎の視線にだけは平気で曝《さら》せたのだ。わたしの心は揺れ動き、五郎の素性は曖昧《あいまい》になってきた――考えてみれば、五郎が利平の子であるというのは、利平自身の口から、そうだという明言があったわけではなく、伝聞、風聞、側聞のたぐいであって、あれは二・二六の年だったと思うが、最初に五郎の存在を教えてくれた久米薬剤師も〝おお先生と間島キヨとのあいだの子という噂《うわさ》〟だと言ったのだった。

北風の強い冬のある日、前日から夫婦ともに風邪気味で、透は微熱を押して出勤し、わたしは八度ちょっとの発熱で気分すぐれず、床を敷いて寝ていた。昼飯時にわたしが降りて行かなかったので、五郎は心配して様子を見に上がってきて、氷嚢《ひょうのう》で額を冷やし、卵とじのお粥《かゆ》を作ってくれた。アスピリンを飲み、熱が下がるとともに全身の発汗があり、汗を拭《ぬぐ》って着替えをしているところに五郎が来て、いきなり抱き付かれ、唇を吸われたうえ押し倒された。その時、五郎はわたしの部屋に出たり入ったりしていたので、裸になって着替えをするなど、わたしのほうに彼を誘う気があったのも事実で、あわてて見せたのは媚態《びたい》の一種と反省もしたのだが、そういう自省の心の動きよりも、男に抱かれた官能の喜びのほうが大きかった。夫の場合とまるで違うエクスタシーを得て時を忘れた。最初の夫、中林には嫌悪《けんお》しか抱けなかったし、透に対しても幾分かの義務感があり、行為の終るまで我慢する気持があったのに、五郎の場合は我を忘れ、恍惚《こうこつ》と喜悦しか覚えなかった。行為が終ったあとも、二人は一つになって抱き合っていたが、そこに不意に階段に足音がして「夏江、富士が綺麗だよ」と夫の声がしたのだ。わたしが取り乱して蒲団《ふとん》に潜り込んだ刹那《せつな》に五郎は、痕跡《こんせき》も残さず姿を消していた。夫が部屋に入ってきた時には、五郎は階段の反対側、旧天文台の螺旋《らせん》階段を降りていたものと思われるが、その早業は電光石火であった。

自分が愛しているのは透であって五郎ではない。それなのに、自分の体はまるで予想外の悦楽で満たされてしまい、女であることの幸福を知らせたのだ。わたしは透の前で利平のために泣いていたと嘘《うそ》をつきながら、自分の裏切りの一部始終を見ている神に許しを請《こ》うていた。そうしてひそかに心に決めた。いつか、このことを彼に告白せねばならない。そうでなければわたしには平安が来ない。なぜなら自分が愛しているのは透であって五郎ではないからで、わたしは、祈りながら、自分の胸に尋ねながら、この事実の確認に到達したのだ。

しかし月の物がないと知ったときに、わたしが覚えたのは大きな歓喜であった。わたしは透とのあいだに子供はできはしないと、うすうす予感しながら諦《あきら》めていたのだ。父親は五郎に違いないと、これはなぜか直観でわかった。初産《ういざん》の女の抱く不安と喜びと羞恥《しゅうち》を抱いて、わたしは目黒の、とある産科医院で診察を受けて妊娠であることを確かめ、改めて喜びにひたった。この喜びをわかち合うのは、自分が愛してもいない五郎ではなくて、何よりも透でなくてはならなかった。「赤ちゃんができたの」と夫に報告した直後、「父親は五郎じゃないかと思うんです」と付け加えたのは、彼とのあいだに秘密を持ちたくない、何もかも告白して、二人で子供の誕生を喜びたいと考えたせいだが、それを聞いた透がおびえた表情でがっくり首を垂れたのを見て、たちまちわたしは後悔した。が、もう遅かったのだ。わたしは、あの日の出来事を話し、話しながら、事実をありのままに打ち明けることの不可能を悟り、話せば話すほど嘘を言う自分にすっかり絶望した。こんなに沢山の嘘を言うのだったら初めから告白などすべきではなかったのだ。

透の物思いが始まったのは、明らかにその日からだった。その後何度も見る彼の表情、何かを凝視しているようで、その実、何も見ておらず、その視線は内側に向けられていて、おそらくは内面の思考を、不快を、不機嫌を見詰めている目付きを、わたしは後悔と自責の念とともに目撃しなくてはならなかった。

子供が生まれた。そう、この火之子が生まれた、その誕生の時になって、初めてわたしは、自分のしたこと、自分の過ちを夫に告げ知らせて子供の秘密を共有することが間違っていなかったと納得できた。看護婦にだっこされた赤ん坊に対面した透の、目を細めて「ああ、いい子だ」と呟《つぶや》く口許《くちもと》に漂う素朴《そぼく》な喜悦が、わたしを慰めた。それで、すべてはうまくいくはずであったのを、奇妙にこじらせてしまったのはわたしの新しい間違いであった。よせばいいのに（本当によせばよかった）、わたしは、医師から子の血液型がＡＢ型だと聞き出し、自分がＡＢ型、透がＢ型だから、わたしたち二人の子に間違いないと思い、そう思うと嬉《うれ》しくて隠しておれず、透にこの検証の結果を伝えたのだ。すると、彼は、「五郎の血液型とも適合したらどうするんだ」と即座に反論して、わたしを狼狽《ろうばい》させた。というのは、五郎はＡ型（戦争中みんなが胸につけた名前と血液型を記入した認識票をわたしは記憶していた）で、やはり適合してしまうからで、血液型など持ち出して問題を不確定な出発点に引き戻した自分の愚かさに愛想がつきた。

夏江は、初江の膝《ひざ》の上にいる火之子の笑顔を見ているうち、涙ぐんできた。雨はすっかりあがって風が強い。夜の闇《やみ》に向かって夏江は祈った。主よ……と、背後に風圧のような視線の圧力を感じて目を開いた。夜を見ている視野の端を五郎の黒い影が滑ってきて、そばで止まった。

「夏江さん。おお先生が、子供たち三人だけに、もう一度会いたいとおっしゃってる。初江さんには伝えた。今、史郎さんを呼んでくる」

「はい」と夏江は頷《うなず》いた。

「それから、おお先生が亡《な》くなったらすぐ、おれ、この家を出て行く。あらかじめ、さようならを言っておく」

「出て行く……どこへ行くの」

「秘密」五郎は白い歯を光らせて、悪戯《いたずら》めいた笑いを見せ、手を振りながら小走りに階段の方へ去った。

7

大分酔ってきた風間振一郎は、大河内秘書に命じて、いきなり最近の自著『子規と結核』を山積みにして、万遍なく人々に配らせた。史郎は、その場違いな行為に意表を突かれたが、叔父が風間冬燎《とうりよう》と号する俳人で、その道では割合に知られていることは知っていたので、公職追放後、敬助の選挙運動に熱中し、かたわら野本汽船の顧問として多忙な毎日を送りながら、なお趣味の本を書く意欲には感心して、手に取ってページをめくってみた。

「へえ、叔父さん、いつのまに本なんか書いたんだ。これ正岡子規の伝記ですか」

「いや、純粋な伝記じゃない。子規晩年七年間の闘病生活を通じて、結核に対して、この文人がいかに闘ったかを論じたものだ」

「叔父さんは俳人として、ずっと子規を研究してきたのでしょう」

「ぼくが子規を知ったのは、ロンドンで喀血《かっけつ》に見舞われたとき、たまたま留守宅から送られてきた高浜虚子の『柿《かき》二つ』をベッドで読んだのが最初だね」と振一郎が言った。「あれは小説となっているが、子規の惨憺《さんたん》たる病床生活を活写していて、異国で淋《さび》しく寝ていたぼくが、まるで子規とともに病魔と闘っているかのような感があった。ぼくの病状は子規よりもはるかに軽いんだからと思って、自分を慰め励ましたものだった」

「そうか、それが叔父さんが俳句を始める切っ掛けになったのか」と史郎が心得顔に言った。

「いや、ロンドンでは俳句よりも、結核患者としての子規に興味を持ったんだ。ぼくは大正三年に帰国してから二年半は療養生活を送っていて、そのあいだに子規の病気を調べた。とにかく彼は、悲惨な病床生活を送りながら、それにめげず、不屈の意志を持ち、刻苦精励してやまなかった。こういう結核との戦いを描くのは、同病に伏している世上幾多の病人を鼓舞すると思ったのさ。それで彼の書簡、手記、漫録をつぎつぎに読んだ。その子規研究と自分の闘病体験を書いたのが、『結核征服』さ」

「そうよ」と梅子が物知り振って口を挟《はさ》んだ。「それが、当時、爆発的に売れたんで、葉山の別荘が建ったんでしょう。ねえ、おとうさま」

「まあ、別荘の建築費の下地にはなったね。あの本を書くので、子規の歌論や俳論を読み、実作を味わう楽しみを覚えた。それから見様見真似で俳句を作るようになった。まあ風間冬療といえば、今じゃ知る人ぞ知るさ。今度の本は、『結核征服』を換骨奪胎して、現代の医学知識も加えて、まったく新しく書き下ろしたものだ」

「これも売れそうな本ですね」と悠次が言った。「敗戦国日本は結核の巣だから」

「そうだ」と振一郎が拳《こぶし》で折敷《おしき》を打った。「敗戦のショックに加えて、栄養不良と貧困が日本を結核国家にしている。アメリカ軍の使っているストレプトマイシンはすごい威力のある特効薬らしいが、特別なコネクションでもないと日本人は入手できない。こういう場合、結核対策として出来るのは、子規のような精神力だね。ぼくは、ここに子規を機軸とし、自分の永年にわたる結核対策の秘密をすべて明かして療養法の基本を書き、結核に呻吟《しんぎん》している同胞諸子に訴えんとしたのさ」

「結核対策は国家緊急の課題ですな」と敬助が言った。

「そうだとも、文部次官殿」と振一郎は頷いた。「学校衛生の最重要課題だよ。ぼくが、子規で感心するのは、結核という病気について明徹な科学的理解を有していたことだね。子規が病臥《びょうが》していた明治三十年頃の、わが国における結核療養の知識はこんにちとくらべれば幼稚なものでね、一般には不治の遺伝病と目されていたんだよ。ところが、明治三十三年の『ホトトギス』に載せた文章で、子規は結核を伝染病だと明言している。七年の闘病生活において根岸庵《ねぎしあん》には迷信やいかがわしき民間療法はまったく侵入してこなかったんだ。今だって、結核には黒焼、人胆丸《じんたんがん》、霊薬、神信心《かみしんじん》といろいろ言われているが、子規はこういうものに一切惑わされなかった。そうしてきわめて科学的な治療を自分に試みたんだ。治療の第一は御馳走《ちそう》だと喝破《かつぱ》している。この本にも引用しておいたが……ここだ、『只々《ただただ》小生唯一《ゆいいつ》の療養法はうまい物を喰《く》ふにこれあり候《さうらふ》』というんだ。もちろん、時には痛みがひどく泣き叫ぶこともあった。周囲をはばからぬ号泣絶叫もした。『をかしければ笑ふ。悲しければ泣く。併《しか》し痛《いたみ》の烈《はげ》しい時には仕様がないから、うめくか、叫ぶか、泣くか、又は黙つてこらへて居るかする』とも書いている。そうして病気を楽しむ方法を知っていた。『病気の境涯《きやうがい》に処しては、病気を楽しむといふ事にならなければ生きて居ても何の面白味もない』という。寝たきりで死期の近いことを知っている病人が、生の終結を真っ直《す》ぐに見詰めながら気位高く、強く濃く生きている。健やかであった過去の記憶を、ぱっと鮮やかに再現させ、春となれば、上野や向島《むこうじま》の花を想像して、まるで花見をしているかのように楽しんでいる。『紅雲十里黄《くわう》塵万丈《ぢんばんぢやう》の光景眼《め》の前にちらちらと見えていいいいいいいて土手沈むこと三寸三分』となる。まこと病人の模範さ。子規にくらべると、にいさんの療養法はなっていない。医者にあるまじき、非科学性と女々しさだ」

「どういうことですか」と、矛先が急に利平に向いたので、史郎は少し身構えた。

「にいさんは大火傷を負って、二目と見られぬ傷痕ができたし、目も失って盲目になった。しかし、それを恥じることはなかったんだよ。戦争による名誉の負傷だから、堂々とみんなに見せて、自慢にするくらいの気位があってよかった。あんな風に布で体中を包んで人に見せないようにして、つまり非衛生な状態で蟄居《ちつきよ》してるから運動不足になるし、世の中からは遠くなって気持が鬱積《うつせき》して、酒におぼれる生活になった。ありゃ完全なアル中じゃないか。それで思い出すのは子規と同時代に結核を病み、ほとんど時を同じゅうして世を去った高山樗牛《ちよぎゆう》さ。あれだけ壮烈な文章をものしながら、一旦《いつたん》病気になると結核を恐れ、恥じて、人に隠し世を憚《はばか》って、悲惨な死をとげた。にいさんも似たようなもんだ」

「叔父さん、そうじゃねえ」と史郎がかぶりを振った。「親父《おやじ》は樗牛なんかじゃねえ。病気を隠してるんじゃなくて、火傷でひっつれた醜悪な姿を見せて人に不愉快をあたえたくないんです。世を憚ったんじゃなくて、世の中のほうが親父の気に入らない変化をしたんだ」

「しかしさ、あの酒びたりはなんだね。現実より逃避している証拠じゃねえか。それで命を縮めたとしたら、医者にあるまじき非科学的行状だ。日本は敗《ま》けたってんで悲観してるが、勝敗は時の運だ。今は隠忍自重、臥薪嘗胆《がしんしょうたん》、産業を興し、何十年後にアメリカを追い抜くような国を作ればいい」

「親父は日本が敗けたんで悲観してるんじゃねえ。自分の一生の成果だった病院や発明品が灰燼《かいじん》に帰したし、めくらになって医者として立っていけなくなり、生きる望みをなくしたんだ。酒びたりは自殺の代りだ」

「生きる望みをなくす、自殺する。だらしがねえ。失敗したらやり直せばいい」

「やり直しも、叔父さんみたいに、節を曲げれば簡単だけどよ」

「なんだと！」と振一郎が気色ばんだ。「おれは節なんか曲げやしねえぞ」

「百八十度曲げてらあ」と史郎は平気で言った。この叔父はときどき癇《かん》に触ることを言うが、かっとなる質《たち》だから、うんと怒らせて爆発させれば論理矛盾に陥り、こちらの勝ちである。

「天皇がマックに、国体護持が民主主義に、聖戦完遂が恒久平和に、よくも節を曲げられたもんだ」

「おれは節は曲げん。すべては国を守り、国民を守るためだ。今、マックに反抗すれば、進駐軍の放出物資でやっと喰いつないでいる国民は飢え死にしてしまう。まず国民を生き延びさせるためには民主主義ケッコウ、恒久平和ケッコウ。政治というものは主義じゃない。国民を生かす術策だ。その点、おれは筋が一本ピーンと通ってるんだ。にいさんみたいに、一度駄目《だめ》なら自殺なんてしていたら、敗戦国を生き延びさせることはできねえ」

「そういうのを時流になびく変節漢というんだよ。そもそも、満洲を占領せよ、支那に膺懲《ようちよう》の鉄槌《てつつい》を下せ、大東亜共栄圏を建設せよ、と主張して国民の戦争熱をあおり、国民を戦争に駆り立てたのは叔父さんたち政治家と軍部だ。おかげでおれは五年も戦場で過ごさねばならなかった」

「よせやい。史郎ちゃんのいたとこが戦場なもんか。オランダ人の大邸宅を接収して贅沢三昧《ぜいたくざんまい》に過ごしていただけじゃねえか。おれは資源視察団の一員として、その大邸宅を実見したんだからね。遅ればせながら、あんときはえれえ御馳走になってありがとうよ」

「叔父さん、おれのこたあどうでもいいんだよ。親父が問題なんだ。親父は戦争中も戦後も、自分の節を曲げない点では見事に一貫している。ああいう人には、戦後に生きる場がねえんだ」

「もうおやめなさいな。伯父さまが危篤《きとく》だというのに、そういうややこしい話」と松子が言い、梅子と頷き合った。

「子規から妙な方向に話がそれちまったな」と振一郎が頭を掻《か》いた。「いや、まったく」と史郎も苦笑した。二人は顔を見合わすと、笑い合い、それで話を打ち切った。史郎の頬《ほお》にまだ笑いの余韻が残っている時、五郎が足早に近づいてきた。その真剣な顔付きを見ると、並みいる人々は急に話しやめて、息をひそめた。

「親父がどうかなったの?」と史郎がおずおずと尋ねた。

「史郎さんを呼んでこいとおっしゃっています」と五郎が言った。

史郎は、ぎくっとして立ち上がったが、酔いに足を取られて敬助に支えられ、階段を降りながら今度は五郎に支えられた。

「親父は……」

「死ぬ前に、もう一度だけ子供たちだけに会いたいとおっしゃっています」

初江と夏江が待っていた。五郎は病室内に三人を入れると自分は後じさりして外に残った。唐山竜斎が出てきて、「どうぞ」と言い捨て、部屋から出て行った。利平の枕元《まくらもと》に子供三人が坐《すわ》った。

「来たか」と利平が言った。発音が不明瞭《ふめいりよう》でキアカと聞こえた。息は一層せわしく、弱々しくなって、死の一歩手前の状態だと見て取れた。

「手を……ひとりヒトオ……エを……」利平は自分の手を持ち上げようとしたが、その力もないらしく、わずかに指を動かしたのみであった。

初江、史郎、夏江の順に利平の手袋をした右手の上に掌《てのひら》を重ねた。夏江はじれったそうに手袋を引き抜き、父の赤黒くひっつれた手をあらわにし、それに頰をつけて泣き伏した。あっと叫んだ初江は妹の真似《まね》をして左手の手袋を取り、焼け爛《ただ》れた指を握って泣いた。そうされても、利平は身動きもしない。史郎は父の頭巾《ずきん》を取って顔を見たいという衝動を抑えて、胸の痙攣《けいれん》のような上下動を眺《なが》めていた。

「みんア……なかよう……長生きせい……それアら……五郎を……たのむ……あの子は……ようやってくエた……五郎の世話を……みんアでせい」

「大丈夫ですよ」と史郎が耳元で明瞭に言った。「五郎の面倒は、ぼくたちでちゃんと見ますから」

「あれア……かあいそな子じゃ……五郎を呼べ」五郎の発音だけははっきりとしていた。

史郎は病室を出た。勇と透と子供たち、それに唐山竜斎がいたが五郎の姿は見当たらない。透と共同して庭を探すと池のかたわらに立ち、印半纏《しるしばんてん》を風にはためかせていた。

「ゴロちゃん、親父が呼んでいる」

「はい」

「何をしてるんだね」

「星を見てたんですよ。久し振りに見る星だ」雲の窓から、点々と星が、拭《ぬぐ》われた宝石のように鮮やかに光っていた。

「雨があがったな」と史郎は何の感慨もなくつぶやいた。昼間の蒸し暑さと対照的に夜風が心地よい。

「しかし、また降りますよ。おお先生が死ぬんだ。きっと長梅雨ですよ」

五郎が病室に入ると、初江と夏江が外に出てきた。襖《ふすま》が閉められ、利平は五郎と最後の別れをしているようだ。しばらくして出てきた五郎は史郎に言った。

「史郎さんとおれの二人で二階に運べと、御命令です。二階でみなさんにお別れの言葉を述べたいのだそうです」

「そりゃ無茶だ」と史郎は言った。「こんな状態で動かせやしない。みなさんに大急ぎで降りてきてもらったらどうだろう」

「その時間はありませんよ。大急ぎで運びましょう」

「そうしなさい」と唐山竜斎が言った。「酸素吸入器とボンベを一緒に運べばいい」

男たちの共同作業が始まった。敷蒲団《しきぶとん》を両側から五郎と史郎が持ち上げ、吸入器を唐山がボンベを透と勇が持ち、そろりそろりと階段を登った。宴席の中央、振一郎の横に利平は横たわり、五郎と史郎に上半身を起こされた。一同、静まり返っている。風が硝子窓《ガラスまど》をかたかた震わせるなかに、意外にしっかりとした発音の利平の声が通った。

「みなさん……あイがとう……わたくしは……いま……死にます……もう……じゅうぶん……生イた……思い残すことは……なにもない……通夜《つや》も葬式も……いらん……遺体はすぐ焼くように……」そこで利平は黙した。その脈を取った唐山竜斎は頭を下げて、「御臨終です」と言った。五郎と史郎が利平を寝かせ、初江と夏江が父の胸にすがり、あたりに啜《すす》り泣きと慟哭《どうこく》がひろがった。

「親父のやつ、思った通りの死に方をしやがった」と史郎も涙をこすった。

「史郎さん」と五郎が言った。「こりゃ、遺言でね、おお先生をすぐ棺に入れなくちゃなんねえ。棺を運ぶの、手伝って下さい」

男手がつのられ、勇や敬助や大河内など七、八人が五郎の小屋まで行き、棺を病室にしていた八畳間まで運搬した。ついで利平の遺骸《いがい》が男たちの手でそっと下まで運ばれて棺に納められた。あらかじめ作製しておいた祭壇を五郎は組み立て、白布で覆《おお》うと、その最上段に棺を安置した。遺体を冷やすドライ・アイスは、唐山博士が、炭酸ガス・ボンベの口を開いて、いとも簡単に作ってくれた。通夜も葬式もいらぬという故人の希望で、そのまま焼香だけして終りにしようとしたら、振一郎が、しゃしゃり出、せめて枕経《まくらぎよう》だけでもあげてやらぬと故人の霊は浮かばれないと主張したので、急遽《きゆうきよ》、近所の下丸子《しもまるこ》町の寺に、五郎が使いとして走り、坊さんを頼むことにした。

僧侶《そうりよ》が到着して読経《どきよう》が始まったのは、ようやく十一時過ぎであった。女たちの忍び泣きが小石を投じたように、ここかしこに波紋を広げた。

史郎は長男として喪主の位置に坐っていた。隣には初江と夏江、悠次と子供たち、透とその膝《ひざ》の上で眠っている幼子が並んでいた。

親父が、とうとう亡くなったと彼は思った。戦後二年間近く、ただ腐って行く死骸のようにして横たわっていたのは利平にとって苦痛以外の何物でもなかったろう。酒びたりもモルヒネ中毒も、それ以外の楽しみがなかった利平にとっては、自殺しないですむための、ぎりぎりの選択であったように思う。振一郎のように、どんな時代でも融通無碍《むげ》に思想を変えて図太く生きていける人間とは違い、親父は一度決めた路線の上を真っ直ぐに歩く人であった。その路線が時代に合わなくなっても、変更できぬ狷介固陋《けんかいころう》が親父の身上《しんじよう》であった。それを女々しいなどと貶《けな》す振一郎への怒りが史郎の胸に沸々として起こってきた。おれは、まだ酔っているのか。親父のために、大声で叫びたい心境だ。

狷介固陋と言えば、おれもその血筋を引いているようだ。医師になって時田病院を継ぐのを頑強《がんきょう》に拒否して、一時は親父から勘当されそうになった。まだお袋が生きていて適当に親父をなだめてくれたからいいものの、あれがなかったらおれは追い出されていただろう。おれの女遊びも親父の遺伝ではある。学生時代から吉原通いをした。親父のように看護婦、薬剤師とつぎつぎに手をつける才覚も金もなかったのは、おれの不徳の致すところだが。親父の色好みにはお袋は散々泣かされていた。とくに秋葉いとという看護婦との関係では苦しんでいた。お袋を殺したのはあの女だと、おれは今でも思っている。いとは空襲の時に奇怪な死に方をし、夏江は誰かに、ひょっとすると平吉との仲を嫉妬《しっと》した親父に殺されたのかも知れないと話していたが、病院炎上の混乱のさなか、何があったのかは解明不可能だとも言っていた。あれほどお袋を苦しめた女の惨死《ざんし》はざまがいいが、今、親父が死んでみると、いとも好色親父の犠牲者であった気もする。

結局、親父が残した財産は三田の焼け跡二千五百坪の土地とこの武蔵新田の千坪の土地だけであった。今は地価が安いから幾らにもならないだろう。まあ、廃墟《はいきょ》の三田は売り払い、この新田におれが住むことになるか。史郎は、ふと、菊池勝子に結婚を自分が申し込んでいた事実を思い出し、そっと首をめぐらせて勝子を見た。豊満ではないが、女らしい上体で、喪服の胸が豊かに張り出している。ああいう乳房は都会の女にはない。パレンバンで抱いた蘭印《らんいん》混血女がそうだった。すっかり気に入って、何度も抱いた。

勝子に初めて会ったのは、去年の秋、彼女が八丈島から新田に来た時だった。日焼けして、いかにも健康そうな女性で、形のよい乳房とくびれた腰の線が魅力であった。陽気で屈託なく談笑する姿も気に入った。しかし、会社の同僚間で自慢できるような美形ではなく、都会的なセンスには無縁で、自分の妻には不足だと思っていた。そういう気が少しずつ変化してきたのは、この二、三箇月、親父の衰弱が目に見えて進み、毎週新田に来るようになってからで、勝子がまことに巧みに腕白な武史を手なずけているのを見てからである。家から飛び出し、どこかの小川に落ちて泥《どろ》だらけになって帰ってきた子を叱《しか》りもせず井戸端で洗い、と思うと、畦《あぜ》で子と競走したり庭の池で一緒に水遊びしたりする。武史についての苦情を初江から縷々《るる》聞かされ続けていたので、それだけで再婚をあきらめていたおれは、勝子と結婚して家庭を築こうと思うようになった。そして親父の死後、この新田という自然と田園に恵まれた土地に住めば、そこは武史と勝子の性に合っている気もした。そうと決心したのが、つい昨日のことで、まずは勝子に直接言い、羞恥《しゅうち》で頬を染めた彼女は、「あんまり突然で……」と返事を保留し、勇からは「本人がいいと言うのならば」という言質《げんち》を得ていた。現在のところの感触としては女は応諾してくれそうな予感がする。むしろ問題は、おれ自身のほうにあり、つい昨日申し込んだことを、けさからの繁忙にまぎれたためとはいえ、今の今まで、けろりと忘れていたのは、われながら無責任で心許《こころもと》無い。史郎は、勝子を意識しながら女への欲望に股間《こかん》が固くなったので、足がしびれた振りをしながら、ズボンの中の逸物《いちもつ》の位置を具合のいい方向に直した。親父は通夜も葬式もいらないと言ったのだ。それを、いらぬお節介をした振一郎め、とまた叔父への怒りが胸に満ちてきて、すぐ前の僧侶がぎくりと身じろぎしたほどの大声で、エヘンと咳払《せきばら》いをした。

8

悠太は不安な夢を見ていた。幼年学校の非常呼集で、この種の夢ではいつもそうであるように、動作の鈍い彼はほかの生徒たちに遅れをとり、おのれの軍靴《ぐんか》が見付からなくなり、やっと軍靴を履くや今度は巻脚絆《まききゃはん》が上手に巻けずにびりとなり、生徒監の口髭《くちひげ》少佐にどやされ、校庭を駆け足で十周せよと命じられ、伊吹颪《いぶきおろし》に凍結された零下何度の氷みたいな風を無理に押し分けて走り始めたところで、目覚めた。ガラスが割れんばかりに撓《たわ》み、隙間風《すきまかぜ》が蚊帳《かや》を撥《は》ね上げ、疾風が吹き荒れて、風速二十メートルかそれ以上はあるだろう。いつしか、すっかり雲が吹き払われて星が瞬《またた》き、おお満天の星、祖父のあの望遠鏡が無事であったならば、こういう夜こそは観測の好機なのに残念。祖父もとうとう亡《な》くなった、みんなの前で演説しながら死んで行った。悲しい別れの演説なのに落語家、隣に住んでいた落語の師匠が人を笑わせている感じで、みんなが酒盛りで盛り上がったさなかに、冗談のようにして死んでしまった。考えてみれば、多くの、おびただしいと言ってよい死者を見ながら、人間が死んで行く姿は初めて見たのだ。戦争中から戦後にかけて、焼死者、凍死者、餓死者、随分と死者を見てきたが、みんな〝すでに死んだ人々〟であった。死んで行く人を、見る機会は、菊江祖母が死んだときにあったはず、おばあちゃまが死にそうだというので、母と三田へ行き、夜起きて待っているうちつい眠ってしまい、鶴丸に起こされたときには祖母はもう死んでいた。

今、祖父は、ドライ・アイスに冷やされて、固くなって横たわっている。最後の一言は「すぐ焼くように」だった。ドライ・アイスの冷たさはたしかマイナス七八・五度、そういう低温に冷やされた体が今度は火に焼かれる。冷やしたり焼いたり、人間が死ぬと生きている時には予想もしない過酷な処分を受ける。それにしても、唐山老博士がドライ・アイスを作って見せた手際《てぎわ》のよさはどうだ。気化熱とジュール＝トムソン効果を利用するとそれが製造できるという知識は、ぼくだって持っていたが、炭酸ガス・ボンベの口を開くだけで、魔法のようにできるとは思わなかった。あんな老医でも、人に抜きんでた技術をしっかり持っている。ぼくも医者になって余人の知らぬ技術を身につけ、ぜひとも高性能の望遠鏡を備えた天文台を建ててやる。お、すごい風、ガラス窓が風速に連動した特設振動板のように共鳴している。

透はずっと寝つかれず、風の音を聞いていた。遠くから地を削り空を切り裂いて滔々《とうとう》たる気流の大河、地平がめくれてきたような満洲の砂塵《さじん》の朦々《もうもう》たる飛来、昼なお暗く目潰《めつぶ》しをくらっているなかに、喇叭《らっぱ》が鳴る「匪賊《ひぞく》来襲！」で出動だ、八丈富士の頂から見た小島を呑《の》み込む波また波の大軍と海鳴り、今死者を悼《いた》む慟哭《どうこく》の天に満ちて、おおおお、落ちていく『失楽園』の堕天使の悲鳴、火之子の鳴き声。火之子は、風声を恐れてずっと泣き続け、夏江は困り果てていた。おれが抱こうとすると夏江が、「あなたはだめよ。夜、お酒が入っていると、あなた時々錯覚なさるんだもの」「時々……たった一回だけではないか」一回だけ、おれは、右手があると錯覚して、火之子を落す失敗をした。それは幻影肢《げんえいし》のいたずらで、両手でわが子を抱きしめたつもりが、わが子を墜落させてしまった。固い板の上に赤ん坊の落下、夏江の悲鳴とともに、あのときほどの驚愕《きょうがく》はなかった。この奇妙な幻覚はずっと継続していて、日常坐臥《ざが》の間は、それが幻であると自覚しているのだが、酩酊《めいてい》や睡気《ねむけ》で、自分に右手があると錯覚してしまうのだ。火之子はやっと眠り、夏江も眠り、潮騒《しおさい》のように響いてくるはずの勇の鼾《いびき》も風音にまぎれて聞こえてこない。そうして母屋《おもや》に泊まっている人々も寝静まったようだ。もう終電車もなく、唐山竜斎、小暮一家、旧時田病院の職員たちは、あちこちに分散して泊まっていくことになった、風間振一郎と取り巻き連、脇敬助とその一党は、自家用車を連ねて帰って行ったが。

眠れない。ジョーとの議論の苦々しさ、汚物を口に含んだあと水で何度漱《すす》いでもなおどこかに残存する不潔な感じ。僧侶が立ち去ったあと、勝子は史郎の結婚申し込みを受ける気は全くないと言い、「あにさ、史郎さんに断ってくれ、頼むよ」と手を合わせ、娘の片付くのを楽しみにしていた勇の失望と怒りをなだめたあと、史郎に会いに行くと、武史がそばにいて言いだせず、機会を待つことにすると、史郎が武史の頰を引っぱたき、「むこうへ行ってろ」と怒鳴り、その平手打ちの痛みを自分の頰に覚える感覚のなかで断りの口上を述べた。史郎にとっては、勝子の拒絶が全く予想外であったようで、「そうですか、残念です」と頭《こうべ》を垂れたあと、一言余計に、「勝子さんにとっちゃいい話だと思ったんだが」と付け加え、口惜しげであった。むろん勝子には、「残念です」という言葉のみ伝えたのだが、「いい話だと思った」という史郎の言い方が淀《よど》みに漂う腐敗物のように透の心の表層から流れていかない。

透は廊下の端の電灯をつけて便所に立った。帰ってくると、眠っている火之子が、風が窓を揺るがすたびに、音に敏感に反応してピクッと動くのが見えた。目を瞑《つむ》っている子の顔が、どきりとするほど五郎に似ているのが気になる。五郎という男、利平に似た灰汁《あく》の強い目許だが、目を瞑るとまるで別人のように優しい表情になり、その優しい表情に火之子がそっくりの寝顔を示している。おれはこの子を得たことを神と夏江に感謝してはいるが、その顔に五郎の影を発見すると、やはり心騒ぐ。蚊帳越しに、〝わが子〟と信じている幼子の顔を、まるで〝他人の子〟であるように、よそよそしい吟味の眼差《まなざし》で見詰めた。ふと、視線を感じる。夏江が夫の顔色を探る疑い深げな目付きでこちらを見上げていた。透はあわてて電灯を消した。「何時ごろですの」「午前二時ごろかな」「すごい風ね。でも変な音がしますわ」「風の音だろう」と透が言った途端に、「火事だ」と誰かが叫んだ。谺《こだま》のように数人が、「火事だ。火事だ」と騒いだ。透と夏江は飛び起きた。庭の向うに赤い炎が焼夷弾《しょういだん》が着弾したようにぎざぎざの輪郭を広げている。炎は強風にあおられ、見る見る背丈を倍増した。人々が目覚めて立ち騒ぎ、近所の半鐘が鳴りだした。「五郎んとこじゃないかな」「そうらしいわ。大変」「夏江、火之子を頼む。おれは消火に行ってくる」寝巻の上にズボンをはき、透は外に飛び出して行った。

悠太は、不審火に逸早く気付いていた。丁度白鳥座が西に十字を立ててきた景観に見とれていると、視野の端、南の方角に赤い光を発見したので、五郎が深夜に焚《た》き火でもしていると思ったのが、たちまち花火が爆発したように夜空に炎を吹き上げたのでびっくりした。彼は、悠次を一番に起こし、「おとうさん、火事だ」と注進した。駿次が懐中電灯をつかみ、「おにいちゃん、見に行こう」と言った。一緒に走り出した央子を初江が「危いから駄目《だめ》よ」と止めた。

縁側に人々、勇、透、勝子、史郎、元副院長の西山先生、唐山先生などが集まり火事を眺めていた。明らかに五郎の小屋が燃えている。炎は風にあおられて、地を火炎放射器の炎さながらに這《は》い、こちらに熱気と火の粉を送ってくる。「こいつはいけねえ。母屋もやられちまう。みなさん、手伝ってくれ」と勇が若い者たちと外に出て、どこからか手押しポンプ車を引いてきて、吸引用のホースを井戸の中に垂らし、火に近付こうとしたが、熱気に押し戻された。このあたりの矢口町警防団の一隊が駆け付けた。放水が始まったが火元にはほど遠い。その間、バケツ・リレーで水が運ばれて母屋の軒や下見板《したみいた》に水が掛けられた。だれかが雨戸を閉めろと指示し、みんな協力して雨戸を閉めて、さらに水掛けが続けられた。「風上へ回れ」と勇が言い、ポンプ車を押した人々は竹林の裏へと回った。悠太も、そうして駿次と研三もポンプ車の跡をつけた。

五郎の小屋が燃えていた。すでに小屋は八重花《やえばな》のように炎の壁に二重三重に包まれ、萎《しぼ》みながら崩れ落ち始めていた。勇の指示で、堀割の水を汲《く》み上げてまず竹林に燃え移った火を消してまわり、竹林から森への延焼を食い止めた。悠太は、弟たちにはここにいろと言い残し、自分だけは五郎の姿を捜して小屋のすぐ近くまで寄ってみた。羽目板が焼失して内部が、棚《たな》や本箱や炊事場が見えた。「危いよ、あんまり近寄ると」と強い力で右手が引かれた。透であった。その瞬間、屋根が落下して火の粉を、どどんと花火のように打ち上げ、透と悠太はのけぞった。金粉が雨となって降り、二人はトマト畑に逃げ込み、今度は泥濘《ぬかるみ》に足を取られて転んだ。「莫迦《ばか》野郎、危険じゃねえか。なにしてやがるんだ」と勇に怒鳴られ、二人は首をすくめた。

透は悠太に「怪我《けが》はなかったか」と問い、小屋を見上げた。火勢はにわかに衰えてき、おそらく内部には燃えでのある物品がなかったと見え、風袋《ふうたい》の小屋が燃え尽きたあとは、小屋の中央に（悠太はそこが利平の棺を置いてあった場所だと見当がついた）、祭壇のように積み上げた薪《まき》の山が現れ、運動会に吊《つ》るされた万国旗のように沢山の炎がひらめき、火の粉を散らした。接近が可能になり、男たちがポンプ車を押して行き、放水しようとすると、今度は勇が中止させた。警防団員たちが抗議すると勇が言った。「こうなったら、全部、完全に燃やして火種を断つほうが得策だ。これは計画的な放火だ。油の臭《にお》いがぷんぷんするだろう。こいつは菜種油だ。薪と小屋に油をたっぷり染《し》み込ませたうえで火を付けやがった。あの薪の山は火種だね。あいつを核にして風を利用して自分の小屋を片付けやがった。五郎のやりそうなことさ」「でも何のために」と誰かが言った。「決まってるじゃねえか」と勇は言った。「おお先生が死んだんで、大方、どっかへ逃げ出す魂胆で、てめえの家を手っとり早く処分しやがったんだ。てめえで作った小屋だから、てめえでぶっ壊していけばいいものを。手抜きで火を付けやがるとは、とんだ迷惑よ」

夏江は男たちが立ち働くさまを、火之子を抱きながらこわごわ見守っていたが、小屋が燃え尽きたあと急にあたりが暗くなり、薪の山だけがなおも執拗《しつよう》に燃え続けているのを見ると、火之子を勝子に預け、ぬるぬるする泥を長靴《ながぐつ》で注意深く踏みしめつつ近付いて行き、畑に泥だらけで立っている透の後ろから、薪の山が熟成した大きな柿《かき》のようにぶつぶつ赤い光の汁を吹き出すのをじっと見詰めているうち、あっと叫び声をあげて、透にすがりついた。透が振り返ったのに、耳元で囁《ささや》いた。「ゴロちゃんが中にいるのよ」

「中に?」透は驚いて夏江を突き放し、熾火《おきび》を凝視した。それはかつて、間島キヨの寝台が置いてあったあたりと見当がついた。「そう、この薪を重ねた具合、荼毘《だび》の薪の積み方よ。風上に口を開いて、コの字形に積み上げてあるでしょう。ゴロちゃんは、屍体を焼くのが上手なのよ。キヨさんの時も、フクさんやいとさんや平吉さんの時も、屍体が完全に焼けて骨となるように風向きや薪の量を按排《あんばい》してた。きっとゴロちゃん、自殺して自分の遺体を焼くように按排したんだわ」「きみは恐ろしいことを言うね。どうして彼が自殺したなんて思うんだ」「わたしにはわかるの。ゴロちゃんって、そういう人なの」「何かきみに予告でもしたのか」「いいえ……」夏江はかぶりを振り、曖昧《あいまい》に口籠《くちご》もったが、胸底では五郎の死を確信していた。五郎は急坂を転げ落ちるようにして破滅に向かっていたと思う。わたしを襲ったのも、その破滅の一環であった気がする。ああいうことはありえなかった。ありえないことを起こしてしまった以上、さらにありえぬことを起こす、それが五郎の生き方であったと、わたしは本能で知っている。そう、透さん、あなたのように、神学や哲学や文学や、その他もろもろの知識はわたしにはないわ。でもね、五郎のような人の心はわたしには、よくわかるの。なぜなら、わたしもゴロちゃんと同じ種類の人間だからよ。わたしの人生は失敗だった。なにもかもうまく行かなかった。最初の結婚に失敗、やっと一緒になれた、あなたは逮捕監禁で四年間不在、やっと帰ってきたあなたは男としては、以前にも増して欲望の淡白な、わたしに喜びよりも義務感をあたえる人になっていた。それを敏感に察知したのがゴロちゃんだった。今、はっきり言える。火之子は間島五郎の子です。彼は自分の死でそれを教えてくれたのです……。

透は、泣きだした夏江の肩を抱き寄せ、右手の〝幻影肢〟で愛撫《あいぶ》した。なぜ泣くのか。父の死に続いて五郎の死があったせいか。が、五郎の死を確信しているきみの気持が今ひとつ不可解ではある。赤い熾《おき》が黒ずんでき、突風の照射で炭が飛び散ったあとに、不意に白い骸《がい》骨《こつ》が現れた。どよめきが人々からあがり、よく見極めようと、透の周りにひしめいた。頭蓋《ずがい》骨《こつ》も背骨も四肢も揃《そろ》った、全身の骨が上向きに横たわっている。そうして、極度に彎曲《わんきょく》した背骨の形も明瞭《めいりょう》に見て取れた。

火が消えると、その瞬間を待っていたように空が白み、やがて、畑の果ての森の上に、太陽がすっぽり抜け出て黄金色の輝きを送ってきた。このところ連日の雨で、夜の闇《やみ》に湿った暗い朝ばかりを経験してきたが、実は夏至が近く、夜明けは早く来るのであった。警防団員が警察に注進したらしく、変死の疑いで検視が執行され、写真が撮られ、関係者の聴取が行われた。小屋も家具も綺麗《きれい》に焼けてしまったし、誰も自殺の予告を聞いていなかったので、自殺か他殺かの判定が難しく思えたが、昼前になって利平の棺の被《おお》いの下に一通の封筒が置かれているのが発見された。中には簡略な文面が記されてあった。

私は自殺します。青酸カリを服用して死んだあと、菜種油を満たしたロウソク立てにロウソクを点火して立てるというそぼくな時限装置で十分後に発火させ、自分を焼却始末します。発火によりみなさんに迷惑をかけぬため最大の配慮をしましたが、予期せぬ強風が吹き荒れる天候となり、不慮の類焼がおこらぬように祈ります。ではみなさんさようなら。
昭和二十二年六月××日　間島五郎　印

筆跡も印鑑も五郎のものであることを、勇や史郎や夏江が供述して、捜査当局も他殺体としての捜査をやめ、自殺の事実を認める決定を下した。

利平を荼毘《だび》に付したのは火曜日の昼で、骨壺《こつつぼ》は多磨墓地に葬《ほうむ》られている故菊江の隣に埋められた。三田の大松寺の住職が特別に出張して誦経《ずきょう》し大勢の親類縁者が回向《えこう》に集まった。同じ日の午後遅く、五郎の骨は、下丸子町の寺の墓地の故キヨの隣に埋められた。簡略な法事に参加したのは勇と勝子と透夫妻だけであった。多磨墓地では曇り空であったのが下丸子では雨になり、梅雨はふたたび本来の姿に戻ったようだった。

9

利平と五郎の埋葬が終り、利平の身辺整理が終ったのは、水曜日の午後であった。武蔵新田の家には、史郎と武史が住むことになり、勇と勝子は八丈島に帰ることにして、荷物の梱《こん》包《ぽう》を始めた。その夜遅く、菊池透夫妻と火之子は神保町の下宿に戻ってきた。裏口を開けてくれた家主が、留守中の郵便物の一束を渡してくれた。火之子を抱いて先に階段をあがって行く透の後ろで、夏江は自分宛《あ》ての分厚い封書、どうやら見覚えのある五郎の筆跡を目敏《めざと》く見付け、そっと抜き出して懐《ふところ》に入れた。翌日、透が教会に出勤したあと、火之子に乳を与えて寝かしつけてから、封書を取り出してみた。また雨が降りだして、ガラスに、泣いている頬《ほお》のように点と筋の模様が流れている屋根裏部屋の窓の下で、夏江は書簡を読み始めた。

五郎の手紙

この手紙は読んだらすぐ焼き捨ててくれたまえ。だけど読む読まないはあなたの自由で読みたくなければ今すぐに焼いてもいい。とにかくこの手紙にあなた以外の人の目が通ってほしくないんだ。この手紙をあなたが読んでるときおれはもうこの世にいないはずで、こういう死者のわがままを聞き届けてくれる寛容と憐《あわ》れみをあなたは持ってると信じてる。

なんと短きはわが生涯《しょうがい》なりしか。その短きわが生涯の最初の記憶は鏡を見てぞっとしてる自分の顔だったね。背中にコブシほどもあるコブをのっけた奇怪な体の持ち主が自分だと知った時の失望と、その過酷な現実を一生背負って行く認識とが、四つか五つの幼い子の胸をずきずき痛ませたのさ。なんどもなんども背中のコブを取ろうとして固い鏡にぶつけて血だらけになり、泣いてもがいてるやせ細った見すぼらしい子供だった。おれはおれでありたくない、原初に自己嫌悪《けんお》ありきで、この自己嫌悪というやつ、一度魂に巣くうやもはや決して減少しやしなかったね。身長はついに小学生なみで終ったけど、自己嫌悪だけは、ああ畜生め、死ぬまでガンみたいに増殖しやがったんだ。

父も母も性悪の因業《いんごう》野郎どもで、あいつらについての懐《なつ》かしい思い出なんかかけらもないな。やつら、飢えて迷いこんだ野良《のら》犬《いぬ》を追い出そうと虐待《ぎゃくたい》する、そんな調子でおれの急所のコブをぶん殴り、ほっぺたを叩《たた》きのめして鼻血を飛び出させ、藁縄《わらなわ》の鞭《むち》で引っぱたき、顔にも体中にも痣《あざ》と傷が絶えなかった。覚えてるかぎり常にそんなふうだった。おれは発育が遅くて歩き始めが四つぐらい、つまり最初の第一歩を歩んだ瞬間の記憶があるんだが、それは母の打擲《ちょうちゃく》から逃げるため無我夢中でつい歩いてしまったというわけだった。六つぐらいになったときには、この走るという逃走手段にすっかり習熟して、砂原に出没するイソコモリグモみたいに走ることができるようになったんだが、ありがたいことに父も母もひどく年寄りで走るのは得意ではなかったんだね。父は白い不精《ぶしょう》ひげの乞食《こじき》のようなジジイ、母はアラビアンナイトに出てくる魔法使そっくりに痩《や》せたババア、二人とも漁師だと自称してたが漁などめったに出ないのらくら者で、おれを追いかけてもすぐ息を切らして追いつけなかったね。

それにそこらには逃げる場所がたっぷりあったんで、なにしろ家の前から広漠《こうばく》とした砂地がひろがってて、こいつは逃亡者には無限の隠れ場となったからね。

　砂地は汀《みぎわ》から急にぐんぐん、ほとんど絶壁で高くなって砂丘を築き、こいつの頂上から見渡すと、虚空《こくう》の下に限りない海原と限りない砂原が世界を三分してて、自分の家がある村などちゃちで貧相で、海と砂丘に呑み込まれる前にやっとそこにいさせてもらってる感じだった。舟があればもちろん海に逃げたんだがそれはかなわず、砂原に逃げた。砂丘をくだるとつぎの砂丘が来て、すり鉢《ばち》のような窪《くぼ》みやトーチカみたいな砂山の迷路を贈ってくれ、もう父母の手の届かぬ楽園だったさ。窪みに身をひそめ、頂きから偵察《ていさつ》して時をすごし、腹が減ると仕方なしに、またぶちのめされるのを覚悟して家に帰った。どんなに虐待しても飯だけは喰《く》わしてくれると高をくくってたのは、おれを飢え死にさせると父母が困る事情があると経験で知ってたからで、というのもある冬、風邪をこじらせて高熱をだして息が苦しく死にそうになったが、そのときの両親のあわてよう、日頃《ひごろ》しわいやつらが医者を呼んで診察させた、つまり子供をなんとか生かしておく努力だけはするらしいと悟ったんだ。むろんそういう彼らの努力の原因が東京のさるお人から送ってくる養育費のためだとか、その養育費のおかげで両親が働かずとも喰っていかれたとかという事情なんかには、おれは不案内だったけどもな。

　砂丘に逃げて独りぽっちでなにをしてたかというと、遊んでたのさ。砂丘と言っても砂ばかしじゃなく草が生えてる。砂のどこから栄養を取りだすのやら不思議だけども、いろんな草が砂にへばりついてる。草の名前を親が口にしてておれも何種類かを覚えてたけど、今覚えてるのはたった一つハマボーフーだけだ。白い花が咲いて砂に深く根をもぐらせてふんばってるこの草の芽を家に持ってくと父はその芽をかじりながら酒を飲むんで、芽をつんで懐に集めて帰ったのもむろん父を喜ばすためじゃなくて、叩くときに手加減してもらうためだった。花があるから昆虫《こんちゅう》も飛んでて、ハチが多かったが、なかでも大きなやつで真っ黒な地に黄と赤の斑紋《はんもん》があって強風のなかを堂々と飛び抜けてく英雄があこがれの友だった。クモなんかも種類が多くて砂に巣穴を掘ってするする隠れるイソコモリグモが特別うらやましくてね、ある時そいつの真似《まね》をして自分の穴を掘ってみようとしたら、砂ってのは底は固く締まり石みたいで子供の力じゃ歯が立たないと思い知らされた。背中にきれいな茶と白の縞模《しまも》様《よう》がある大型のコガネムシがキイキイと鋭い羽音をたてて飛んでて、こいつをつかまえて糸で結んで風船みたいに飛ばしながら一緒に歩くのが好きで、最後には逃がしてやり、するとつぎのとき、またキイキイ叫びながら寄ってきて、すっかり仲良しの友達になったさ。

村の方にはめったに行かなかったね、子供たちにいじめられるからさ。鍛冶屋《かじや》の息子の熊《くま》吉《きち》、ほんとの名は知らないけどそんな感じの男の子、まだ小学校にも行かない子のくせにがき大将だったのが、十人ぐらいの手下を連れて襲ってきやがり、コブを見せろと言い、裸にしてみんなでコブを棒で突く、砂を掛けてひりひりこすり、こっちが泣くとなお面白がるから死んだふりをする、息を止めてじっとしてるんだが、痛さに小便をもらし糞《くそ》をひり出しちまう。するとやつらは辟易《へきえき》して行っちまう。家に帰ると着物を破いた汚したと母がまた叱責《しっせき》し、父まで出てきて、せっかくの着物をだいなしにしたと焼きを入れ鼻血が出るまでやめねえ。こんなのがなんどもあって、村には行かなくなったさ。村と言っても家が三十軒ほど崖《がけ》下《した》と海とに挟《はさ》まれた砂地に草葺《くさぶ》きの小屋がガラクタみたいに投げこまれた集落で、南側に崖がせまってやがるから、いちにちじゅう日はあたらず、朝日と夕日がお情けでちょっぴり射《さ》すだけの暗い陰気な集落だったがな。

ある日、父からひどく折檻《せっかん》された。たいていの場合に原因はささいなことで、朝の挨拶《あいさつ》が悪いとか坐《すわ》り方がおかしいとかだったが、その日のは前日に叩かれたコブが膿《う》んで痛いので顔をしかめてたら、この野郎父親にむかってぶすっとしやがると、頬に平手打ちをくらって鼻血がずるずる垂れ流しとなり、それでもこのごうつく張りは謝りもしねえと朝飯昼飯を抜かされて、血だらけで痛いしひもじいし、逃げようと決心して砂丘に出てやみくもに歩き出した。夏だったんだろうね、下駄《げた》の鼻緒が切れて裸足《はだし》になったらえらく熱かったんで草地をえらんで歩いたのを覚えてらあ。どこへ行ったらいいのかあてなどむろんなくて、坂をあがったりさがったり、滑ったり転んだり砂まみれで、喉《のど》はかわくし足はつかれるしモウシニソーで、それでもシンデモイイとがんばってるうち、松林にきて裸足に根っこだの葉っぱだのがちくちくして、けつまずいて倒れてイヨイヨシヌンダシンダホーガラクダと気を失っちまった。通りがかりの大人が見つけて警察に連れてき、結局父母が引きとって例によって責めさいなみ、今後外出禁止だと申しわたすと納屋《なや》に放《ほう》りこみやがった。

納屋には窓がなくて暗かったけれども、雑な造りで板の隙間《すきま》や節穴や破れた屋根なんかから光が漏れてて慣れればけっこう内部を見ることはでき、かびだらけの漁網や廃材や藁束や炭俵や古新聞なんかがほったらかしにされてておれ自身もこういう不用品と同じだという自覚は持てた。監禁された最初の日にコブのおできがひどくなり一週間ほど高熱が続いたが今度は医者は呼ばず、納屋からも出さず、母が濡《ぬ》れ手拭《てぬぐい》で冷やすだけだったね。おできが治り熱が引くと風呂《ふろ》に入れてくれたが、こすってもこすっても垢《あか》が出てくるのでおれの皮膚は垢でできてると真剣に思ったもんだ。

もう決して逃げないと両親の前で手をついて誓わされ、やっと母屋《おもや》に寝泊まりすることを許されたけど、おれは納屋が気に入って、昼間は好んでそこに籠もるようになった、てのも、母屋からは家々の間から海がわずかに見えるだけだったのに、東の端にぽつんと建つ納屋からは砂丘が節穴や板の隙間から覗《のぞ》き見することができ、雨の日雪の日、熱風の日寒風の日なんか、かっこうの展望台になったからだ。目の前には広大な砂丘と砂原がひろがって地平までつづき、左手には海が右手には松林が見える単調な景色で、その景色にふさわしく単調な波の音が絶えずしてたんだが、そんな見方はごく表面的なんで、この景色は実はすこぶる変化に富んでたんだよ。

春から秋にかけては主に東南の風が吹き、風が強くなると砂がさざ波そっくりに幾重もの波紋を描いて動き始め、ある限度以上の強風になると表面から砂の布を一枚一枚めくって砂が飛び散り、さらには無数の散弾、飛砂《とびすな》となって風と一体で移って行く。とりわけすさまじいのは嵐《あらし》の時で、南寄りの烈風を受けた砂はもはや水と変わらず、遠くの砂丘が大波がうねるように立ち上がると大小の飛沫《ひまつ》をあげてくずれ落ち、近くに大波の形でせりあがってくる。それが冬になると風向きが逆に北寄りの風となり、せっかく風がそれまでせっせと積みあげた砂山を向うへ向うへと押し戻して行き、それまでそばだって目路《めじ》をさえぎってた壁が取り払われて視界がおっぴろげられて、フカの大軍みたいな波が無数の歯をむきだして荒れ狂う様子を見せてくれる。

砂は形を変幻自在に変えるだけでなく、色も多種多彩なうつろいを見せてくれた。朝日は砂山を赤いくまどりで燃え立たせ、夕日は砂上の草に金色の花を一面に咲かせる。雨の降るなかでは黒ずみ、激しい雨脚では無数の黒あばたが沸騰《ふっとう》し、日に炙《あぶ》られれば白いふわふわとした湯気に覆《おお》われる。灰色だった表面はしだいに白くなりまるで雪のように輝きだす。雪と言えば、あなたはふぶきの砂丘を想像できるだろうか。低く垂れた雲から大砲の乱射が砂山を急襲して、雪原と砂原とが入り乱れてせめぎあい、まるではげしい白兵戦のように場所を取り合うのだが、ついに雪が勝ちを占めて白まみれの丘に変えて静まり返り、それを朝日がおあつらえむきの血で装飾するんだ。

人間の世界は醜いしいやなことばかりだったけれど、砂丘には見事な変容と不思議ないろどりがあって退屈させなかったね。ある時、新聞紙に消し炭で砂丘の絵を描き始め、これが無上の楽しみになった。父も母もこの作業を幼児の幼稚なたわむれと見てたようだけど、そいつは迫害された子供のぎりぎりの反抗ではあったんだ。おれはおれなりに忠実に砂原や凹《くぼ》地《ち》や崖の印象を描いてたし、自分が絵を描く腕、才能というほどでもないにしても、ある種の能力を備えてて、それは両親などの侵すことのできぬ聖域だという自覚は持てたんだ。だからますます、消し炭絵に夢中になり砂丘の形や重なり具合を真似するだけでなく、そこに見えないもの、空想の町や家や駅や舟や汽車なんかを描きこんで行ったんだ。あなたも連想できるようにおれが最近描いた油絵は、みんな幼い時に自然発生的に描いた消し炭絵の成長したものなんだ。異形の者としておとしめられ隔離され監禁された子が必死で自分の小さな世界を守ろうとした記録とでも言えようか。

　ある日納屋に入りこんで、砂丘の底に洞窟《どうくつ》があり宝物が隠されてるという空想画を描いていると、突然両親がやってきていやがるおれの着物を剝《は》ぎ、バケツの水をぶっかけてタワシでごしごし洗い、見たこともない真新しい着物を着せたが、こういう場合に泣き叫ぶ習慣をおれはすでに失ってたのでやつらのなすがままにされているうち、父がぐいぐいおれの手を引いて外に出た。真夏の激しい陽光がただ熱くてまぶしくて目をつむって引かれて行き、目を開くと口ひげを生やした洋服の紳士がランランとにらみつけてたんで逃げようとすると、いきなり首をつかまれ、せっかくの一張羅《いっちょうら》も脱がされてしまい、驚愕《きょうがく》と恐怖のためと相手をおどかすために力一杯に泣きわめいてやった。口ひげはしかし一向に平気でおれにまた着物を着せると、父と母になにか激しいバリゾウゴンを浴びせ、両親がヘイコラおそれ入ってる姿がおれにはうれしく、だから口ひげが、さあ一緒にここを出るんだと言った時にその言に素直に従ったんだ。両親に別れの挨拶もせず、自分の持ち物とてなにもないから、あとで消し炭絵だけは持ち出せばよかったのにと後悔はしたけど、その時は口ひげの手に引かれてそのまま家を出て、待たしてあった一頭馬車に乗りこんだんだ。

村で洋服を着てたのは駐在所の巡査だけで洋服を着た口ひげはひどく怖く見えたし、それに彼の早口がさっぱり聞き取れずに困惑してしまい、てっきり人買いに売り飛ばされたと思いこんで泣きべそをかくばかりだった。でも初めて乗った馬車からの景色は珍しくて夢中で見入ったので、あの無限の広さを持つと思われてた砂丘がぐんぐん縮小されてあっけなくうしろに飛んで行くのがおとぎ話みたいだった。それから船に乗り汽車に乗りした長旅のあいだ口ひげは親切で、握り飯やキャラメルやラムネを買ってくれ、ずんずん変ってく景色、海や鉄橋や駅や畑や町に目を輝かしてる子に微笑を送ってくれて、コーユーヒトニサラワレタノナラマアイイヤという気にさせた。

片田舎の寒村しか知らない子供が東京という大都会に連れてこられてどんなに仰天したか、東京生れのあなたには察しられないだろうね。まず目についたのはくるくる回る車輪、自転車、人力車、市内電車、自動車のおびただしい車輪が律儀《りちぎ》にただもうくるくるくるくる回転するさまだった。ついで人間のやたらと多くうようよと右往左往しているのに一人として同じ顔がいない事実を発見してこのうようよを絵に描くのは大変だとうんざりもした。病院に着き、廊下の幻想的な長さとつんと鼻を突く消毒薬の臭《にお》いの強さと白衣の看護婦の清潔さに驚き、二階の暑い部屋に通され、電動の扇風機に感心してると、薬の臭いの鼻をつく看護婦がきて、口ひげから、これがお前のほんとうのお母さんだと紹介された。お母さん、母という言葉はおれには意地悪、乱暴、打擲の響きしか持たず半分逃げ腰でいると、看護婦はおれを抱きしめたり邪険に突き飛ばしたりし、おれには理由がつかめず下手に反抗すると痛い目に遭うと思い、黙ってされるままになってた。そのあと、どうした加減か、アンザイという男がおれと遊んでくれたのを、そこだけ切り取って保存した特別な記憶みたいに思い出すのは、むろんあとで知った男と自分との関係が記憶を強めた結果だろう。彼は右足の木の義足を不思議がるおれにそいつをとくと見せてくれ、そいつを使って器用に歩いてみせ、おれはあの口ひげを生やしたオー先生に命を助けられた、この義足はその時作ってもらったと話し、オー先生とはこの病院の院長でトキタ先生というえらいお医者さまだとか、さっき会った看護婦はお前を産んだ本当の母でキヨという名前だとか、砂丘の村のジジイババアは本当の父母ではない、事情があってお前はあの人たちに預けられてたんで、これからはキヨがお母さんだとか、子供にはわかりにくい事どもをゆっくりとした口調でかんで含めるように教えてくれ、田舎の父のように酒の臭いをアンザイもプンプンさせながら、手を引いて病院の中をあちらこちら案内してくれた。いまから思うと、炊事場、風呂場、看護婦寮、工場、それに外来、薬局、手術室、レントゲン室などを一巡したのだが、それらがなんの用をするのかぜんぜんわからず、すべてが夢の世界みたいに珍奇で非現実で、それに広くてやたらに歩かねばならず、病院とは砂丘なんかよりもっと複雑で不可解で面倒な場所だと思った。トキタ先生の家族は夏休でハヤマの海で泳いでるとアンザイが言った時に、人間が海で泳ぐなど砂丘の村では考えられなかったし、そんなことをしてなにが面白いのかと不思議にも思った。院内を一回りしたあと、アンザイは中庭に出、材木置場と製材所を見せてくれた。機械が丸太から角材を作り出す早業を喜んで見ていたとき、製材所の中から声がおこり、アンザイは誰かと口ゲンカを始め、真っ赤になって相手をどなりつけ、相手も負けていずにわめき散らした。早口の東京弁の口ゲンカなど子供に理解できるはずもなく、おれはただただ縮みあがってたが、この相手が岡田棟梁《とうりょう》だったとは、ずっとあとでキヨから聞かされた。アンザイはおれをキヨに渡すと手を振りながら去って行ったんだが、考えてみればこのあとひと月足らずで彼は虐殺されたわけで、もちろんおれにはそれが彼の見納めだった。

彼女が自分の母親だと納得するまでそれから時が要るので、しばらくはキヨと呼ぼう。トキタ先生とキヨはおれを海辺の町、イトウに連れて行き、おれはとある旅館、海の見える高台に建つ割合に大きな、に預けられた。別れる時にキヨがお母さんはまた来るからねと言ったけどおれはキテモコナクテモイイサ、イーッと歯をむきだし、キヨはひどく悲しげな顔をして帰って行ったね。しばらくして例の大地震がおこり、地面が沈み高台の旅館が箱庭の家みたいにポンと波打ちぎわ近くまで移動してしまったのでびっくり仰天したが、倒壊したり火事を出したりの被害の記憶がないところを見ると、旅館の建物自体は大体無事であったらしい。さっきも書いた通り、母という言葉は意地悪で乱暴な女という意味しか持っておらず、だからキヨがわたしはあんたのお母さんなんだよと言うと彼女がうさん臭く見えたのだけども、結局はキヨのおかげで母という言葉の意味を学びなおし、それにつれて彼女が自分の母だとだんだんに納得していったと思う。なにしろよく来て、色々なオミヤゲを持ってきてくれ、彼女が来るため旅館でも割合大事に遇してくれたからね。と言っても、食事は下男部屋で男衆と一緒だったし洗濯《せんたく》など自分でせねばならなかったが。キヨが母親とすればトキタ先生がおれの父親らしいとはもう七つになっていたおれには推測でき、ある時母に尋ねたら答えず、つぎに来たときにおれの推測を溜息《ためいき》混じりに肯定し、ただし他言は無用と釘《くぎ》を刺された。けれども大病院の院長である父がなぜおれを片田舎のジジイとババアに預けっぱなしにしたのかは不可解だし腹立たしく、その点を母に尋ねるととたんに目がしらをぬぐい、トキタ夫人がおれの出生に不快を持ち田舎に追放した事情を述べ、おれの体付きはもっぱら日光の当たらぬ日陰に生育したためにおこったものと説明してくれ、生まれつきの不具だとばかり思いこんでたおれの絶望を老夫婦への恨み、さらには老夫婦におれを養育させたトキタ夫人、まああなたの母上で恐縮だが、見知らぬ女性への恨みへと転換させたんだ。ただし恨みというのはその当人が目の前にいないと忘れてしまう性質も持ってて、それほど持続はしなかったけど。

母は月に一度ぐらい非番だと言って訪ねてき、積木や菓子や絵本などを持ってきてくれたし、小学校の一年生になった時には至れり尽くせりのお祝いをくれた、もっとも背の低いため洋服はでかすぎ、ランドセルは背負えず終《じま》いであったけど。母がしばしば来るしおそらく父から充分な養育費をもらっているためであろう、旅館では海に面した四畳半を小学生の部屋にしてくれ、ともかくおのれ一人の部屋ができたわけで、そこで十年以上、指折り数えると十二年もの年月を過ごすことになったんだ。

十二年付き合ったんだけども旅館のダンナやオカミの印象が薄くて顔なんか覚えておらず、

田舎の因業《いんごう》夫婦が今でもきのう会った人のように思い出せるのと正反対だ。要するに旅館夫婦は干渉もしなかったが、他方無関心で特別な世話もしてくれなかったということだ。高等小学校を卒業して旅館の下足番で働くようになって、オカミにはよく会ったが、肥《ふと》りすぎの体はちょっぴり動いただけでぜいぜい苦しそうに息をせねばならず、挨拶すると無表情無言でほっと息を吐き出すのが返礼だった。ダンナのほうは先に死んだんで、とすれば葬式があったはずだが気がつかなかったな。

学校ではいじめられたね。おれはクラスで一番のちびでコブつきの奇形児だから、標的として申し分なかったね。でもいじめられることなんか、海辺の村ですでに体験済みだったから、彼らの襲撃はあんまり痛痒《つうよう》を感じさせなかったので、こういう具合に鍛えてくれた因業夫婦や熊吉に感謝すべきかもしれんな。ただおれが小学校で最初に覚えた言葉がコビト、セムシ、カタワ、フグ、コブムシ、チンチクリンなんていう悪たれ口であったことだけはたしかだね。どんなにいじめられても泣き声ひとつたてず、いつも薄笑いを浮かべてて、そいつが不気味な印象をクラスメイトにあたえたことも言っておこう。それに、おれは成績がよく、とくに読方と算術が得意だったし、図画や手工では先生も驚嘆するほどの器用さを発揮して、クラスメイトも一目置くようになった。ただし、やつらとあまりにも違いすぎたんで友達は一人もできなかったし、みんなの遊び、隠れんぼ兵隊ごっこ魚とりなんかに参加させてはくれなかった。ひとりぼっちのおれは母にねだっては本を買ってきてもらって読んだ。あなたには意外だろうがおれの年齢はあなたの一つ下なものだから、母はあなたからこの年ごろの子が読む本を聞き出したんだそうで、だから妙に少女向きの本が多かった。與謝野晶子《よさのあきこ》の『八つの夜』や楠山正雄《くすやままさお》の『おやゆび姫』や小川未明《おがわみめい》の『ある夜の星たちの話』など、たぶんあなたも読んでた本ではないかしら。

高小を卒業して下足番になったことは前に書いた通り。これを数年やったところで境遇に変化がおきたんだ。その時知ったのだが、時田先生は前から伊東に別荘を持って時々滞在してた。長い間、母はわが子のためにわざわざ東京から出てきてくれると思ってたが、実は時田先生と一緒に来て、この別荘に寝泊まりし、そのついでにおれを訪ねてたというわけだった。言うならば、時田先生ときたら実の父親であるのに息子に会いもせず愛人である母と楽しんでたんだね。この別荘を彼が看護婦をやめた母にくれることになり、母はおれを旅館から引き取り、二人で住むことになった。母は死んだ時田夫人の後釜《あとがま》になった秋葉いとに婦長の座を追われ、父が母を憐《あわ》れんで別荘を贈与してくれたそうだが、このあたりのいきさつは、当時事務長をしてたあなたのほうが詳しいだろうね。

海風で湿気てかびだらけの四畳半に十二年間起きふししてた人間にとって、いきなり幾部屋もある一軒家に母と二人だけで住むという出世はこたえられなかったね。凝った石造りの浴場に日に何回も入浴して温泉旅館に遊山《ゆさん》してるような気分を楽しんだし、下足番でこき使われてきた身が急に暇になって好き勝手を始め、手を出したのが賭博《とばく》だった。花札を使うオイチョカブというやつで温泉客相手の賭場でやるんだ。あなたは知らなかったろうが時田先生もこの賭場の常連だったらしいぜ。小遣い銭で間に合ううちはよかったがだんだんに損失額が増え、とうとう家を抵当にして賭《か》けるまでに深入りして一文なしになっちまった。母が時田先生に泣きつき、母子はムサシニッタの別邸に転げこんだが、丁度それまで留守番役だったいとが院長夫人に昇格して新しい留守番を探していたとこで、時宜《じぎ》にかなった転げこみではあったんだ。

ニッタに時田先生といいと夫人が来ると母が食事や身の回りの世話をし、おれは掃除や風呂《ふろ》焚《た》きや薪割《まきわ》りを受け持った。先生、自分がおれの父親であることなんぞおくびにも出さず、こき使いやがったが、なまじ肉親の情を示されるよりそのほうが気楽だったし、それに自分の失敗で折角の家を手放す羽目になった償いの気持もあり、おれは殊勝に小まめに働いたんだ。ある日、先生からおかかえ大工の岡田爺《じい》さんの弟子になって大工修行をせいと命じられた。ところが不具で一見非力なおれを岡田棟梁は軽蔑《けいべつ》して弟子に取ろうとしない。先生に強く言われて渋々手伝わせはするが細かい指導は一切しない。しかしおれは見様見真似《みようみまね》で仕事を一つ一つ学んで、学ぶというより盗んで行った。てのはおれ、元来手仕事が好きで、小学校の手工でも木細工や木彫なんかは得意で、鋸《のこぎり》や鉋《かんな》の使い方などには熟練してたので、大工で最も難しい規矩術《きくじゅつ》なんかを棟梁から盗むことができたんだ。規矩術てのは墨壺《すみつぼ》と差金《さしがね》を使ういわゆる壺金《つぼがね》の術のことで、建造物の勾配《こうばい》や角度や小屋組《こやぐみ》を定める基本の技術だ。あらかじめ大工入門書を読んでおいて棟梁の墨壺や差金の使い方を観察して会得《えとく》し、あとで復習してみるというやり方だった。これで差金の表目と裏目の二種の目盛りの差と用法を盗んだんだ。棟梁が一度だけやってみせた方法を、そのつぎにおれが見事にやってのけるものだから棟梁も感心し、ぼちぼちと弟子と見なして教えてくれ、さらにミタに連れて行き、病院の普《ふ》請《しん》なんかも手伝わせてくれるようになったね。

　あなたに初めて会った切ないせつなを死の瞬間まで、決して決して忘れないよ。あれは支那事変が始まった年の春のことで、棟梁に連れられて三田に行き食堂で昼飯を食べてたとこへ、あなたが夫の中林副院長と現れたんだ。あなたは朱漆の箱膳《はこぜん》、病院の規定で高級職員用の食器入れを二つ取り出し、テーブルの穴に突っこんであるお櫃《ひつ》から夫の茶碗《ちゃわん》に飯を盛ってたが、その白いほっそりした腕と指がおそろしく美しくてまぶしかった。同じ父親からの子でありながらあなたは朱漆の箱膳、おれはニス塗りの箱膳、つまり食堂での序列は大違いであったし、あなたは美人で私立の有名女学校卒業で副院長夫人で事務長なのに、おれは小人で高小卒の大工の下働きときていたが、あなたを恋するのはおれの勝手で、その点別に遠慮する気はなかったが、あなたがおれをどう思ってるかについてはまるで自信なく、そういう忖度《そんたく》すらしなかった。言っとくけど、そいつはおれの初恋だったんだよ。それまで女性にあこがれはしたけれど恋という蕩《とろ》けるような希求とは異なり、単なる性欲の対象にすぎなかったんで、これにはウソイツワリはないよ。それからもう一つ言っとくけど、おれの体は貧弱で軀幹《くかん》はねじくれ四肢《しし》は寸詰まりだったけど、頭と性器は正常に発達してて、どこかの異国の原住民のグロテスクな彫刻のように頭と性器だけの人間だったと言えるんだ。おれが熱心にあなたを凝視してるとあなたの切れ長の目がピカリと光っておれを流し目に見たんで、おれは全身の筋肉が麻痺《まひ》してしばらく立ちあがれなくなったさ。おれはあなたに恋してしまったので、恋という言葉の意味もその一刻《いっとき》にしかと承知したんだ。

おれが院長の子供であるという事実は職員の間で公然の秘密であったようで、久米薬剤師や鶴丸やおとめ婆《ばあ》さんなどの古参職員からあからさまに、またほのめかしで告げられたし、おれのうわさ話をしてる看護婦の会話を盗み聞きしたこともあるので、たぶんあなたもご存じだったんだと思う。あなたは気づかなかったろうけど、おれは事務室の前を通るたびにほんのひと目であなたを裸にして肢体のすみずみまでを見通してたし、あなたを院内のどこかで見つければそっと背後から近寄って視線で愛撫《あいぶ》してたんで、新田《にった》にもどると観察した記憶をよみがえらせては絵に描いたんだぜ。小学校で教わった水彩画の技法で、着物姿、襦袢《じゅばん》姿、素裸、食堂で、事務室で、廊下で、夕方の路上で、さまざまなあなたを描いたんで、なかには中林ダンナと性交するあなた、おれと性交するあなたなどけしからん絵まで描いたんだよ。おれは沢山のあなたの絵を並べて眺《なが》めながら自慰した。断っとくけどおれが精液を噴出させたのはあなたの絵を見てる場合だけだったんで、ほかの女ではどんな美人の写真や絵でも役に立たなかったんだ。

あなた夫婦は院内の病室に住んでたね。あなたが注文した棚《たな》を作るため岡田棟梁がおれを助手として部屋に入ったのをあなたは知らないだろう。病室を日本間に改造した、和洋折衷《せっちゅう》の住居で昭和初期にはやった文化アパートという感じだったが、あなたのオシロイや香水のほのかな香りがなまめかしく、衣桁《いこう》の着物や桐簞笥《きりだんす》に畳んで重ねられた肌着《はだぎ》に刺激されて、いま告白するけどあなたの肌襦袢の一着と柘植《つげ》の櫛《くし》を盗んだんだ。この二つはずっとおれの宝物となりこの手紙を書く直前ほかの物たとえばあなたの裸の絵なんかと一緒に焼き捨てたところだ。夏になってあなたは中林副院長と離婚し同時に事務長をやめて病院近くの川沿いの家に越してしまったね。あの時のあなたの不在をおれがどんなに残念がり悲しんだことか。

　ところであなたもよく知ってるように時田病院の建物は、創業時の小医院からすべて岡田棟梁の手になったと言っていい。いやまったく気ままに増殖した珍無類の建造物だが、彼の長年の経験と技術とを縦横に活用して、丹念に作った部分と部分を見事に組み合わせてあるんだ。古い部分に新しい部分を結合させるには、様式や構造の差に加えて、材料の性質の差、とくに木材の特徴をわきまえねばならず、棟梁はこの困難を完璧《かんぺき》に克服したのだった。おれは正直に棟梁の作品に感嘆してみせ、それが元来無口で人ぎらいの彼を喜ばし得々と説明させたのだった。病院の中央に堂々と構えてる花壇と呼ばれる八角堂が棟梁の自慢の作品で、地中深くまで埋めた八本の大ヒノキ柱が天窓のある大広間をがっしり支え、堅牢《けんろう》を誇るとともに美しいんだな。天窓がゆるやかな丸みを帯びて軒がすこし張り出した具合が法隆寺の夢殿を思わせるのにあなた気づいていたかしら。軒の反り具合には楕円《だえん》曲線を使い、こいつは規矩術の粋を極めてるんだ。しかもこの堅牢な建造物は隣接する病棟や本館をも補強するように設計されてたため、あの大震災でびくともせず、結局急ごしらえの工場と出火炎上した本館だけが被害を受けたんだね。今年五月、あなたは透さんと一緒におれの個展を見にきてくれ、正面に飾ってあった時田病院全景を褒《ほ》めてくれたが、あれには花壇天窓の優雅な楕円曲線を正確に写してあるんだよ。あの絵は野本桜子さんが購入してくれたから機会があったらよく見てほしい。

医学博士号を取得したばかりの時田院長の意気は大いにあがり、ヤツギバヤに改築、増築、新築を着想し、持ち前のせっかちな気質からすぐ完成せいと棟梁に命令したので大工の手が足りず、知合いの連中が駆り集められたし、おれもしょっちゅう手伝わされて腕前を磨《みが》くことができた。おれが下働きをしたのは製薬工場やら紫外線療法室などだが、自分が独力で作りあげたのが新田の天文台だった。ツァイス製天体望遠鏡を据《す》えて天空のどの方向にも赤道儀付きの台座で回転する仕掛け、こういう機械と連動する建造物は、棟梁の手にあまったのでまかされ、近くの中学校の天文台を見学し、文献で勉強し、設計図を引き、苦心のすえに完成させたんだ。この時の鉄筋コンクリート造りの技術があとで防空壕《ぼうくうごう》や防火施設の建設に役立つことになるんだな。

あなたが離婚して病院を去った夏に、北平《ペイピン》郊外蘆溝橋《ろこうきょう》にて日支両軍が衝突し、火種は急速に燃えひろがって支那事変と呼ばれる戦争になり、世はあげて軍国熱に沸騰《ふっとう》して、時田病院でも国防婦人会員であるいと院長夫人兼事務長の下知《げじ》のもと皇軍への慰問袋作成、軍用機献納のための献金集めなどが始められ、職員のなかでもっとも熱心なのが岡田棟梁であった。十二月中旬、南京《ナンキン》が陥落すると帝都は祝賀気分一色に染まり、三田綱町《みたつなまち》でも町会と国防婦人会共催の提灯《ちょうちん》行列が行われ棟梁は職員の先頭に立って行列の指揮をした。一同は宮城前広場まで行進し市内の各町会の提灯行列と合流して、万歳万歳の大合唱となった。おれも参加したが、夜ならばおのれの異形が目立たぬと思ったから棟梁の命令に従ったまでで、世をあげてのお祭騒ぎに、どうしても浮かれる気になれなかった。というのは、その年五月の徴兵検査で、おれは「丁種《ティシュ》ニシテ兵役ニ適セズ」と言い渡され、岡田棟梁から、兵隊にもなれねえ非国民野郎めと罵倒されたので、世の中が軍国熱に浮かれてくる風潮がにがにがしかったのだ。もっとも、おれが壮丁に取られなかったのを喜んでくれたのは母で、これからの時代は男に生まれると不幸だねえ、兵隊なんかにならずによかったねえと、逆に赤飯を炊《た》いて祝ってくれたよ。

毎夜、仕事のあとに焼酎《しょうちゅう》を呷《あお》るのが棟梁の習慣で下働きの大工どもや左官や建具職人が付き合わされたが、昼間は不機嫌《ふきげん》とも見えるほど寡黙《かもく》で頑固《がんこ》一徹な爺さんが、酔うとまるで別人に成り代わり、止めどもなく誰彼の悪口と自慢話を垂れ流すのだった。ある夜、酔いが回って狒々《ひひ》みたいになった棟梁は配下の者どもを前に演説風の昔話を始めた。

「いまは非常時だてえんで、帝都も沸き立っているけどよ、昔だって非常時はあったんで、それがおめえ、大震災よ。ふん、おめえらまだほんの子供で覚えちゃいねえだろうがなあ。どんと突き上げ、あとはぐらぐらときた。ものすげえ、記録破りの大地震で、まあ経験しねえ者にはすごさがわかりゃせんさ。あの大地震の瞬間、おれが自作の花壇にいたってえのは神の御加護よ。大揺れのさなか、ほうぼうで倒壊やら落下で生き地獄だってのによ、八角堂はゆっさゆっさと揺れはしたが、天窓のガラス一枚割れはしねえで無事だったさ。おりゃ嬉《うれ》しかったねえ。花壇が無事な以上、こいつに支えられた病院全体は被害ゼロだったんだ。それなのに、火事が出やがった。本館から火が出やがった。土曜の昼で診察も終って無人の場所に火が出たってのが怪しいやね。こいつは放火だとおれは直感したね。火事の第一通報者の安西てえ男が臭いとピンときた」

棟梁は秘中の秘をあかしてやるんだってえ具合に声をひそめたけど、ますます得意げな懸《けん》河《が》の弁となった。

「おめえら安西って男を知ってるか。知らねえだろうなあ。朝鮮人で、オー先生に右脚切断の大手術を受けて命を助けられたあとこの病院の雑用係をやってて、オー先生におべんちゃらを言い、職員の古参面《こさんづら》をして威張りくさっていやがったやな男よ。こいつが毛布を頭から被《かぶ》って、溜池《ためいけ》に飛び込みびしょ濡《ぬ》れになると火ん中に派手に突進して二階にあがってホースで水をまいて火を消しとめた。へっ、大向こうをうならせる大活劇でございってえやつさ。が、おれはやつが発火現場にいちはやくいたのが妙だとにらんだね。てめえで放火しやがり、てめえで真っ先に消火してみせりゃ確実にてめえの功績になるてえ寸法さ。

地震と同時にあっちゃこっちゃに火事が発生し、どんどん燃え広がって、夜になったら下町方面は天を焦《こ》がす壮観よ。おれは若いもんを引き連れていっちょ偵察《ていさつ》に出掛けたさ。芝公園を抜けて新橋近辺にきてみりゃ、もうほむらの満遍ねえ城壁がびっしりで踏みこむ隙間《すきま》なんてねえ。それでもなんとか突破してやろうと、横町やら川沿いやらうろついたけどだめだ。それにおめえ、ものすげえつむじ風が、トタンやら瓦《かわら》やら蒲団《ふとん》を舞いあがらせやがり、そこを火達磨《ひだるま》になった人、衣服が焼けっちまい赤裸の人、べろべろの火傷《やけど》の人、わあわあと逃げてきて、まったくの火炎地獄よ。浅草にゃオー先生の恩人加賀美先生というお医者さまが住んでるし、せめてそのあたりの現状ぐらい知ろうとして、夜遅くまで駆け回った。結局加賀美先生は焼け出されて翌日の朝に、ここに転げこんで来なさったがな。だんだん判明してきたのは、この大火は地震だけじゃおこらねえ、各所で蜂起《ほうき》した朝鮮人の付け火のせいだってえことよ。でなきゃ、あっちゃこっちゃ同時多発で火事になるわけがねえ。朝鮮人どもが付け火してやがった現場を見た証人が大勢出てきた。つまりよ、日本人に恨みをもつ〝不逞《ふてい》鮮人〟が市内各所で放火略奪暴行をしてやがるという確かな証言を集めて、おれたちは帰ってきたんだ。おれはな、本館から火が出たのは、〝不逞鮮人〟の安西の放火に違いねえと確信したさ。オー先生に安西への疑惑を話したが、やつの猫被《ねこかぶ》りにすっかり騙《だま》されてる院長先生、まるっきりおれんちの進言を取り上げてくださらねえ。ならば、本人を直接締め上げて泥《どろ》を吐かそうとしたけどよ、たわけやがって出火の時点にゃレントゲン工場にいたなんて抜かす。残念ながらおれひとりでは力およばずで、綱町の自警団に時田病院に片足の〝不逞鮮人〟がいると通報してやったら、すぐ連中が乗りこんできたね。木刀や竹槍《たけやり》を持ってきたが、さすがオー先生が威厳で追い返し、安西を地下の発明研究室に隠した。あそこはおれが作った要《よう》塞《さい》みてえに頑丈な地下室だ。おれは安西をそこから引きずり出すのは大勢でやるより仕方がねえと自警団の連中と戦術を練り、夜、オー先生が晩酌《ばんしゃく》をしなさってる時刻を見はからって総攻撃をかけた」

　おれたちみんなの目が自分をくいいるように見てるんで棟梁は得意満面、講釈師みたいに卓袱台《ちゃぶだい》をポンと叩《たた》いた。

「自警団の連中に地下室の合鍵《あいかぎ》、おれが持ってたやつ、を渡しておいたため、総攻撃は簡単だったさ。だだだっと階段を降りて、地下室でぶるぶる震えていやがった安西を縛りあげた。やつは片足が義足だが、そんなのもぎ取って、片足でけんけんさせながら引きずり出し、おれの指揮で、すぐ近くの慶応のグラウンドにしょっぴいて行き、杭《くい》に縛りつけた。往生際《おうじょうぎわ》の悪いやつでわたしゃ放火なんかしねえようと泣きわめきやがったけどよ、こっちは証拠をにぎってらあな。首を締めて吐かそうとしたけど駄目《だめ》で、結局、棍棒《こんぼう》と木刀で滅多打ちにしてぶっ殺してやった。自分の病院に付け火しやがったひでえ野郎だったから、当然のむくいさ。屍体《したい》はすぐガソリンをぶっ掛けて焼いてしまい、骨は金槌《かなづち》で砕いて芝浦の海に捨てちまった。おめえら、こういう非常時にはな、また〝不逞鮮人〟が出てくるから気をつけろ。いま皇軍は傲慢不遜《ごうまんふそん》な支那軍の膺懲《ようちょう》に奮戦、ついに南京を攻略して大戦果をあげて国民こぞって祝勝気分でいるけどよ。みんな周りをようく見回して、朝鮮人や支那人に目をつけやつらを監視する必要があるんだぞ」

　棟梁の話ですっかり殺気立ったみんなは〝不逞鮮人〟撲滅、南京陥落万歳と気炎をあげて、とうとう飲み明かしたらしいんだが、話があんまりむごたらしいんでおれは吐き気をおぼえ風邪気味で気分が悪いてえ口実で座を立ち、新田に帰ると早速母に棟梁の話の真偽を質問したんだ。すると、それまで病院の思い出話なんかしてくれたこともない母が、珍しく熱を入れて語ってくれた。

「安西という朝鮮人が、震災の混乱のさなかに自警団に連れていかれたのは事実だけど、殺されたというのは噂《うわさ》でね、真相は闇《やみ》から闇でよくはわからなかったんだよ。でも、とうとう爺さんは真相を話したんだね。しかも手柄顔《てがらがお》にね。そう、爺さんが首謀者だったとすれば、時田病院に朝鮮人がいたのを自警団が知ったのも、外部の人間が病院の地下室の鍵をあけて闖入《ちんにゆう》できたのも、納得いくわねえ」

おれが一度だけ安西に三田に連れてこられた日に会ったと言うと、母はながいこと沈黙したあと、驚くべき事実、おれが安西の子であると教えてくれたんだ。

「お前が安西の子であることは身ごもったときからわかってたんだよ。私はこれでも看護婦だからね。ところが時田先生は、ほかにも女がなんにんもいてね、私なんかとのあれがいつだったか覚えていなさらなかった。だからお前を自分の子だと思い込んでしまわれたんだよ。この先生の思い込みを訂正して安西の子だと告白する勇気が私にはなかった。まずもって先生が、せっかちに子供の面倒は責任をもって一生見ると約束なさり、その上に時田夫人も乗り出してきて山陰の農家をくどいて養育を頼むこと、充分な養育費をあたえるから何ら前途に心配はないむねを保証なさるんで、子供の将来を思えば、時田夫妻という強力な保護者をえたことを私は喜んだのだよ。それに私は安西と結婚する気はなかった。安西ときたら、私と一回ほんの遊び心で交わったきりで、あとはほかの女といちゃつき、私なんかに見向きもしなかったんだからね。彼は、生まれた子は時田先生の子供と信じていたし、そう、そのころ、私のお腹《なか》が大きいこと、先生の子を身ごもったことは病院中の噂の的だったんだからね。お前が連れ戻されたときその体を見て私は驚愕《きようがく》したけど、またお前の顔に安西の面影《おもかげ》があるのにもびっくりしたんだ。でも、あの人には黙っていた。嘘でお前にひどい仕打ちをしてしまったと後悔して自分を責めて責めて責めぬいたけどもね。そうして、その直後、あの人は殺されてしまった……言っておくけど、この秘密は誰にも漏らすんじゃないよ。お前は時田利平の子だから時田先生がいろいろ面倒を見てくださってるんだし、病院で仕事をしている以上、そう人々に思わせておくほうがなにかと有利だからね」

おれには母の打ち明け話がにわかには信じられず、なにかと問い質《ただ》し父という人の写真や履歴書や手紙などを見せろと要求したんだが、母はそうだそれが真実で真実を知ってるのは自分だけだというのみで、おのれの言を証明する写真も書類もなにひとつ持ちあわせてなかった。母の知ってるのは安西こと安在彦が朝鮮南部の鎮海湾《ちんかいわん》の貧しい漁村の出身であること、その鎮海湾とは日露戦争のあいだ日本の聯合《れんごう》艦隊の根拠地だったため時田院長の曾遊《そうゆう》の地でありその縁で目をかけられたこと、東京に出稼《でかせ》ぎに来て芝浦で沖仲仕をしてたときに電車に轢《ひ》かれて担《かつ》ぎこまれてきたことだけで、安在彦は彼の過去とくに朝鮮での生い立ちなどなにも教えてはくれなかったという。おれは結局のところ半信半疑でとどまってたんだが、それでも次第に母の言を信じるようになったのは、頭では説明不能のソンナカンジガスルせいだとしか言えないな。こういうこと、間島キヨには会うたびに母親らしい親しみや温《ぬく》もりを覚えたのに、時田利平にはなんど会っても他人めいた隔たりばかり感じて肉親らしい親密さを覚えなかったということさ。ところが、たった一度だけほんの一時間ほどつきあった安在彦には、なにかほのぼのとした親近感を覚えたんだね。事務室の女の子に頼んで古い職員名簿や履歴書を出してもらったけど、震災時の職員名簿にはなぜか安在彦の名は見当らず、それらしい所に墨黒々の念入りな抹殺《まっさつ》があっただけだった。そいつは前々事務長の時田菊江夫人のしわざだと思われるけど証拠はなにもない。だからあなたにもおれが安在彦の息子だと証明することはできねえんで、徴兵検査のときに提出した戸籍謄本《とうほん》の記載通り父親不詳の私生子《しせいじ》が法的な身分であって、実父であるらしい安在彦のことは信じてもらうより仕方がない、おれにも本当のところは不得要領な事柄なんだ。

幼いときからおのれが余計者でこの世に間違って生まれてきたという感覚だけはしかと持ってた。鳥取でも伊東でも新田でも三田でも、考えてみりゃおのれの世界ときたらこの狭い範囲内だな、この感覚は継続してますます濃密になり神経を逆撫《さかな》でしてきたが、おのれの半分が朝鮮人だと母に教えられてからは、そもそも誕生の一瞬からして外国からこの日本に母の胎《はら》を通って押し出されてきた余計者だったと思うようになった。国というしがらみで律しられた日本人が無反省に無邪気にしかも勝手に信じこんでる神国、陛下の赤子《せきし》、肇国《ちょうこく》の精神とやらにますます違和感を覚えたんだね。それにしても当時の日本人の異常な思いあがり、朝鮮人を馬鹿《ばか》にし支那人を軽蔑《けいべつ》し、おのれのおっぱじめた戦争を正義の戦いだと強引に主張するやりかたに、まったく付いていけなくなった。全国民こぞって支那との戦争で沸いていて、日本軍の武力制圧を支持し、南京陥落のおつぎは武漢三鎮陥落と連戦連勝に狂喜しての旗行列、提灯行列、花電車とお祝い一色、こういう国民的興奮の常として、征服され殺された国人《くにびと》の悲しみ、苦痛、憎悪《ぞうお》はいっさい消されてしまい、血も殺戮《さつりく》も拭《ぬぐ》われたキレイゴトで終始してた。おれは売薬やら発明品を軍隊に売りつけて大儲《おおもう》けしてる時田院長、国防婦人会の運動に熱をあげてる院長夫人、三田綱町町会長として張り切ってる棟梁《とうりょう》たちを、一方的な愛国的熱狂に感染したテンデクルッタヤツラダと冷やかに見てた。丁種にされただけでおれを非国民よばわりした棟梁ときたら、町会長として提灯行列の指揮、出征兵士の壮行、英霊の奉迎と、彼の言い方では陛下の赤子と時田病院の代表として聖戦完遂のために頑張ってるのだった。この爺《じい》さんの顔が自足の喜びに染まってるのを見ると、同じ表情がかつて安在彦を木刀で撲殺したときにも見られたと連想されておれは愛国的熱狂ほど残酷なものはないと思い知ったんだね。

高等小学校しか行ってないおれはそのころ大工技法書をはじめ書物に読みふけることが多くなった。小説や詩といういとなみがいやらしく思えたんで人間がとくに学のある文士風情《ふぜい》がしたり顔にひねくりまわした文章など読みたいとは思わなかった。知りたいのはホントウノコト事実の世界であってまずはレキシ朝鮮史にとりついてみた。しかし日本語で読める朝鮮の歴史書は日本帝国の朝鮮支配を正当化する言説に満ちててその自己正当化の傾向を逆に読み取る必要があった。秀吉の朝鮮征伐、明治政府の征韓論、日露戦争後の日韓併合、大正の万歳事件、震災の不逞鮮人鎮圧、満洲事変の切っ掛けとなった万宝山《まんぽうざん》事件などを記述の裏を探りながら読んだんだ。たとえば万宝山事件は満洲に入植した朝鮮移民と支那農民とのあいだの争いで支那の抗日運動の象徴として日本軍の出動をうながした事件で、これは政友会総務をしてた脇礼助、脇敬助の親父《おやじ》だな、が乗りこんで解決したものなんだが、あれは朝鮮本国で食えない朝鮮農民を無理矢理に満洲に入植させて、わざと煽動《せんどう》によって支那の農民と対立させた謀略事件という具合に歴史を読み替えてみる必要があった。どうもあなたへの手紙に歴史のことなんか書くのはわが人生最後の恋文をあなたに送るやりかたとしては失格なんだけどもおれという人間の考えかたを知ってもらいたくてあえて書いたよ。

時代は奔流となってなにもかも押し流す勢いで突き進んでた。支那との戦争だけではすまないアレヨアレヨの拡大だった。ノモンハンで満洲国軍と外蒙古《がいもうこ》軍が衝突、こいつは日本軍とソ聯軍の激戦に発達し、と思うとヒトラー・ドイツがポーランドに電撃侵攻して第二次世界大戦が始まった。あの男、上野平吉が現れたのはそんなころだったな。たしか最初は医療機器の外交販売人として出入りし、いつのまにか事務長におさまりかえりやがった。平吉が事務長になるについては国防婦人会の仕事が多忙になった院長夫人が強く推したせいだというが、病院切っての消息通、久米薬剤師の言うには、平吉に誘惑されたいとが院長を動かしてうまく院内に引き入れたんだそうで、その可能性も否定できねえと思ってる。久米はさらに、平吉が利平の最初の夫人の息子で、つまりあんたの異母兄よと教えてくれた。利平にそんな息子がいたのも、亡《な》くなった菊江夫人がじつは後妻だったことも、おれにも母にも初耳で、母はオー先生にはどこにどんな女がいるやら底が知れないとあきれてた。

最初からこの男は、どこか卑《いや》しいとこがあり、べったりポマードを塗りたくった頭も喋《しゃべ》りかたも素行も好きになれなかった。職員は陰じゃだれも事務長なんて呼びやしねえで、平吉と呼び捨てよ。ヘイキチと発音するとき、ヘッ、アノヘイキチノヤローという軽蔑の感じをへという最初の一文字にこめるのが一般だったな。なにしろだらしがねえ。朝は遅刻するし、事務室でがあがあ居眠りしやがるし、約束ごとは調子よくすぐ受けあうけどすぐ忘れちまうし、落ちつきなくけたたましく病院じゅうをとびまわるし、若い看護婦の尻《しり》を触っちゃしなだれかかるし、とんでもねえいい玉だった。そのいい玉と院長夫人の仲が怪しいと言いだしたのも久米薬剤師だったな。どうも二人の様子がおかしい、二人が会って話すときの目付きが普通じゃない、外出した跡をつけてみると旅館に入った、院長不在のおりには二階で逢引きしてると、いちいちおれに言いつけたもんだ。彼女がいとの行状となるとしっこくとことん追跡をしたのは異常なほどで、病院の最古参職員としてあとから来た看護婦のいとが院長夫人となって自分の上に位置することへの女のヤキモチがあったせいか、そして職員のなかでおれだけをとくにひいきにしていろいろ告げ口してきたのは、院長の身内と見なしたためだろうかね。

いとと平吉の情事に久米は執心してたけどおれのほうはそれほどの関心は持てなかった。いとが利平を裏切ったと腹立ちしてもむなしいんで、その前に利平は菊江夫人を裏切って間島キヨと関係し、さらに秋葉いとを妾《めかけ》にしてたんだから、あいこなんだよ。だから、二人の関係を利平に告げ口しようとか、まして濡れごとの邪魔をしようなんていささかも考えなかったね。ところで二人の噂は職員のあいだではだんだんに広まって行った。それに平吉のほうでもそいつを秘め事として隠すという態度ではなく、院長が不在になるととたんにそわそわしだし、食堂にいるみんなの前で平気で二階に登って行った。こういうところ平吉はうかつなのかあつかましいのかおかしな男さ。それに万事だらしのねえ彼だけど、商才だけはそなわってて、院長の発明品の販売路の拡大については大いに実績をあげもしてたんだな。

時田病院は胃洗滌《いせんじよう》治療と結核の日光浴治療で名前が知られてて、医業でもおおはやりだったけど、副業の発明品の販売でも繁盛してたね。そういう副業の方面で平吉は才能を発揮し、どしどしと販路を拡大してくので、彼の勤務態度が悪くても、たとえいととのふしだらがわかってても、利平はやつを首にできなかったんだろう。違うかしら。

ある日、二階の時田家居住区への入口が厚板でふさがれ、ドアが取りつけられ、時田利平と時田いとの表札がさがったうえ呼び鈴まで設置され、病院内に一軒の独立家屋が生まれたかのようになった。工事は岡田棟梁がみずから行い、さすがは名人芸、立派で頑丈《がんじよう》な出来映えであったが、口さがない連中は、いとが平吉と安心して密会するための密室をつくったと吹聴《ふいちよう》したし、緊急のばあいに二階の院長室に注進できないのでは不便だと末広婦長などは不満たらたらだった。

ある時、結核病棟の日光浴室の通気孔が詰まって岡田棟梁とおれが修理することになった。竹製の長梯子《ながばしご》をかけて数メートルうえの高所に作業をほどこさねばならぬ。そういう鳶職《とびしよく》みたいな仕事の得意な大工が出征していなかったんで、おれにお鉢《はち》がまわってきたが、棟梁は一度おれに命じておきながら、おめえじゃ心もとねえ、おれが模範を見せてやると自分で梯子をのぼっていった。そのとき朝酒で口が軽くなった彼はいきなり口ぎたなくおれを面罵《めんば》しやがった。おめえみてえな片端《かたわ》もんは兵隊にもなれねえ非国民で国賊だってえんだ。この台詞《せりふ》におれは慣れっこになってたんだが、そのときは急にむっとした。おれはあたりに誰もいないのを認めると、梯子を軽く足で蹴《け》った。ほんのいたずらの程度に軽く蹴ったつもりなのに長い竹梯子は意外に大きくたわみ揺れて、仰天したことに棟梁は大声をあげて落ちてき、頭を床にもろにぶつけて伸びちまいやがった。おれには棟梁を殺そうとする気はかけらもなかった。むしろおれのいたずらにたいして棟梁の怒声が降ってくるのを予期し、声がとどく前に首をすくめてさえいたんだが、そこにどさっと爺さんが転落してきたんだ。彼が動かなくなったんでおれはあわて、もう夢中で叫びながら助けを呼びに走った。すぐさま西山副院長が駆けつけてくれたけどもう事切れてた。

行為は殺人で、動機はさまざまにつけられるだろう。が、棟梁は年を取って平衡感覚が鈍くなってたうえに酒に酔って足を踏みはずしたんだとされ、おれを疑う者はいなかったしおれはなに食わぬ顔をきめこんだ。後味は悪かったけど梯子を軽く一蹴りされたぐらいで落っこっちまう棟梁にも過失があると勝手に思いこむことにした。この事件について告白をしたのはあなたが最初で最後の人だよ。

棟梁が死んだあとおれが大工たちの元締めとなった。まだ棟梁というだけの威厳がなかったしほかの大工もおれを馬鹿にするふうであったけれども、不断から風邪薬やら睡眠薬やらを融通してやるんで大工仲間に顔がきく久米薬剤師が陰に陽におれを棟梁として立てるように働きかけてくれたうえ、平吉事務長を、こちらは秘密をばらすとなかば脅迫して、おれを通して営繕関係の発注をするように指揮系統をきちんと定めてくれた。ともかく彼女は事情通の能力と立場をうまく利用して助けてくれたんだ。半年もすると大工や左官や建具屋どもはおれを棟梁と呼びだして仕事の割り振りなどでわが命令に従うようになった。材木の管理、設計と施工がおれの自由になって最初に手掛けた仕事が屋上に自分の住居を作ることだった。以前博士論文を作成するために利平院長が使ってた医学研究所が荒れ果ててたのをアトリエに改築したんだ。屋根をガラス張りとした明るい部屋にベッドや寝具を運びこみ、それまで新田から三田に通勤してたのを、三田に寝泊まりするようにした。もっとも平吉は病院の建築資材を勝手に私用に使ったと文句を言い購入材木の横領だとぬかしたけど、彼自身が事務長として配給品のチョロマカシをしてたんで、それをおれが言うと彼の追及もチュートハンパに終ったけどね。

自分の城ができて最初に開始したのが絵を描くことだった。油絵の道具を買いそろえて油絵入門なる本を読んでまったくの独習だった。まっさきに手がけたのが自画像で、人間を描く技術をなんとかものにしたかったんだね。

自分の顔をつくづく観察するにつれて、この顔は利平なる人物の顔とは異質だと気づいてきた。彼の顔はごつごつした男っぽい骨格だけど、おれのは角の取れた丸顔で女性のようにふっくらしてて母に似てる。肌《はだ》の色は浅黒くて彼に近いけどおれのほうには焦《こ》げたような黒さがあって黄色味を帯びた彼のとは色合いが相違する。似てるのは目の形だが、精察すると彼が吊《つ》り目なのにおれは垂れ目だし、彼はいつも昂然《こうぜん》と人を見おろすふうなのにおれは伏し目がちで上目づかいに人を見る癖があり、この顔面の角度の差がよく似た大目玉を現出するにすぎないんだ。こんな具合に自画像を描くことで、利平と自分とが似ても似つかぬ異質な顔貌《がんぼう》で、どうやら血筋が違うと自覚してもきたんだ。

ある日、仕事が暇だったもんで病院から道路をむこう側に渡りスケッチブックを開いて病院を鉛筆でスケッチしてた。すると背後から声をかけてきたのが年寄の坊さんだった。一目で大松寺《だいしょうじ》の住職と知れた。やせっぽちだが眉毛《まゆげ》の長い立派な顔立ちの人で墨衣がよく似合った。そこは大松寺の門前だったのでてっきり邪魔なんだと勘違いして逃げようとすると、あなたの絵はなかなかうまい、わたしもすこし絵をやる者だがよかったら寺に遊びに来なさいと誘われた。蟬《せみ》しぐれが緑を洗う風通しのいい庫裏《くり》の一室で住職は自分の描いた水墨山水画を見せてくれた。おれはすぐこんな想像で描いた絵はよくわからないと批評したが住職はからから高笑いし、これは全部写生したもので想像のものはないと言い、絵を描くために妻の実家のある吾妻峡谷《あがつまきょうこく》にしばしば旅をすると言った。彼は所蔵する日本画をつぎつぎに床の間に掲げて見せてくれ、また遊びに来なさいとも言い、腕のいい大工だと時田先生から聞いているので今度寺に修理する箇所があったらぜひ願いたいとも付け加えた。利平がなぜおれのことを住職に話したのか、そうして住職がおれのことをすでに知ってたのが不審だったけれども、絵画について話しあえる人ができたのは嬉《うれ》しく、それから暇があると寺を訪れるようになり、水墨画の初歩を教わったり宗教書を貸してもらったりするようになった。『歎異抄《たんにしょう》』、『教行信証《きょうぎょうしんしょう》』、『口伝鈔《くでんしょう》』などを読み親鸞《しんらん》の教えに触れえたのも住職のおかげだったね。

なぜおれは、ほかの国ではなくこの国に、しかも異形を押しつけられた者として、このように苦しみながら生きねばならないか、がおれの最大の疑問であったので、ある日住職に問うてみた。住職は、ほぼ利平と同年輩と見えたがすでに眉毛が半白で老僧の面影《おもかげ》が濃厚な目尻に、深い皺《しわ》をきざんで答えた。

あなたは自分だけは特別な人間だと考えておられるようだが、その出発点が間違っているのではないか。阿弥陀仏《あみだぶつ》は一切衆生《しゅじょう》について平等の慈悲の心で一人子《いっしんじ》、これを一子地《いっしじ》というが、と思っておられるでな。

でもおれは私生児で体はこんな具合で、こいつは不公平です。

不幸な出生も身体の不如意《ふにょい》も人間があるかぎりつづいてきた。あんただけが、あんた一人だけがそのようであるのではない。

ではべつな質問です。人を殺すのは悪人でしょうか。

多くの人は殺すことができないから殺さないのだな。心がよくて殺さないのではない。ところが殺さないと思うていても百人も千人も殺してしまうこともあるのだな。『歎異抄』を読んだであろうが。あそこにある通りだ。人を殺さないから善人だなどということはない。

あれは不思議な本です。全部は理解できませんが心が引かれます。おれのような悪人にはありがたい本です。

あなたは悪人かな。

ひどい悪人です。

老住職が驚かなかったことにおれは驚いたんで、しばらくその呑気《のんき》な、彼の山水画に出てくる老漁夫そっくり、そうあの漁夫は彼の自画像であったんだな、の顔をみつめてた。それからもう一つの疑問を彼にぶつけてみたんだ。

戦争は国と国との殺しあいですね。日本人もアメリカ人も悪人でしょうか。

善人であろうとして人を殺しておる。悪人よりもなお始末が悪い。

でもみんな日本が正しく相手が間違ってると言ってます。

相手も同じことを言ってるだろう。おのれを善人と錯覚する心が人を地獄におとす。戦争をおこす。つまり戦争とは善人の心が作りだした地獄なのじゃ。

唐突にある日のこと、利平に呼ばれて、いとと平吉の動静を探ってほしいと頼まれた。彼が二人のただならぬ関係に気づいたのは、いとが階段口に頑丈なドアをつけてからのことで、ひそかに見張ってはみたが、自身が不在のときをねらって密会するので尻尾《しっぽ》をつかめないでるという。おれはべつに他人の情事に関心はないけれども、オー先生の御命令とあらば忍者になって偵察《ていさつ》してみますしもちろん秘密を固く守りますとうけあった。

時田家居住区への進入口は食堂脇《わき》にしかなく、ちょっと見張れば平吉が二階に行くのをたしかめられ、それに大工詰所は食堂のすぐ近くにあったから彼の出入りの監視所に最適だった。しかし、二階での出来事はぜんぜんつかめない。故岡田棟梁が大事に保管してた増改築の設計図、青写真を引っ張りだしてきて調べたところ、三階に三畳の小部屋があり、そこから急階段で二階に降りられること、三畳に隣接して古い倉庫があり、その入口は炊事場の拡張工事のときに封鎖されちまったことを発見した。つまりこの開かずの倉庫にさえ入りこめれば二階に忍びこめることがわかった。で、倉庫の外側の羽目板をはずれるように工作して中に入りこむ穴を作った。そこに登るには病棟への渡り廊下の屋根を歩けばいいんだ。で、すこぶる簡単に居住区に忍びこんで、ある夜いとと平吉が抱き合う姿を目撃することができた。それを利平先生に報告したが、先生、おびえた顔付きでやっぱりそうかと頷《うなず》いただけだったな。たぶんいとを叱責《しっせき》したろうが、まさかおれが内偵したとも言えまいから、いとは証拠もなしになにをおっしゃると居直ったろうし、当の平吉にはなんのお咎《とが》めもなかったらしく相変らず事務長でいばってた。利平先生のおびえた顔なんてあのとき初めて見たんで、あれは自分の危惧《きぐ》してたことが事実であったという驚きと失望と怒りの混った手のこんだ表情であったろう。

しかし、いとは敏感な人でおれが忍び入ったことに気づいたらしいんだ。ひそかに左官に命じて、秘密の倉庫と三畳間とのあいだの襖《ふすま》を取り払い本壁にしちまったんだ。ある夜忍んで行ったおれは固い壁に行く手をはばまれた。この件を報告すると利平先生は、またおびえた顔色でそうかと頷き、もう探偵はやめていいと言った。

急流は幅といきおいを増しついに大瀑布《だいばくふ》となってくずれ落ちた。アメリカとイギリスへの宣戦布告と緒戦の連戦連勝は、支那事変が勃発《ぼっぱつ》したときよりも数段激しい興奮の坩堝《るつぼ》に国民をなげこんだ。いとと院長夫人は、最初は国防婦人会、開戦後しばらくして大日本婦人会の三田地区支部長として献金、慰問袋、千人針、出征兵士の壮行、英霊の奉迎といそがしく、しばらくは情事のいとまもないかのようであった。しかし開戦間際《まぎわ》の奇襲による圧勝はながくは継続せず物量と科学兵器で武装し陣容をたてなおした米英軍はじりじりと日本軍を圧迫してきた。開戦一年目昭和十七年の暮にニューギニアのバサブアの日本軍が全滅したころから日本軍の敗色が濃くなった。翌年二月南方ガダルカナル島の日本軍が退却したかと思うと五月北方アッツ島の日本軍が全滅した。早晩米軍の東京空襲があるとおれは予感したね。おれは病院の防空設備の整備を院長に進言して工事を始めた。一般に防空の必要性が叫ばれて防《ぼう》空壕《くうごう》作りやら疎開《そかい》やらとさわがれだしたのはずっとあと、昭和十九年七月サイパン島が米軍に占領されて本土爆撃の可能性が高くなってからだから、時田病院の防空対策はかなり早期に開始されたので、それだけ入念に工夫をこらした工事をほどこすことができ、またそれが院長はじめ職員の自信となってまともに大空襲を受けるまで患者や職員が病院に留《とど》まるという事態をまねいたともいえる。

時田病院は二百人の入院患者と百二十人の職員が働く大病院で、二千五百坪の敷地に事務所や食堂を含む外来棟、男女の一般病棟、結核患者の隔離病棟、看護婦寮、製薬工場などがひしめいていて、この複雑な木造建物群の防空はまるで不可能と思えるほどの難事だった。院長は不可能を可能にせよと大乗り気だったが、いとはどうせ不充分な設備に資金を注ぎこむよりはどこかの田舎に移転したほうが得だという主張であったし、平吉はヒヨリミで院長と院長夫人の両方にオベンチャラを言ってた。おれは、やるなら徹底的にやりたいと及び腰の平吉をせっついて資金を出させ、建物をコンクリートの防火壁で仕切り、防火扉や避難階段を各所に設置し、敵機の来襲を監視する半鐘つきの防空監視台を露台に作った。地下の発明研究室はそのままで完璧《かんぺき》な防空壕であったが狭すぎるのであらたに幅四メートル奥行き十五メートルの防空壕の建設を計画したけど、これがなかなかの大工事であった。全職員と全患者を収容する広さを持ち応急の診療ができる診察室が付属し、直接地上からも入れるし、病棟からは地下道を通って避難できる、こういう設計は利平が案を出し、おれが図面をひいて具体化した。防空壕も地下道もコンクリートの壁を煉瓦《れんが》で装飾したんだが、こういう建築法は風間振一郎邸の防空壕や耐火設備一切の工事をした速水正蔵から教えてもらったんだ。

防空設備をせっせとととのえていきながら、べつにおれには銃後の護《まも》りを固くするとか日本国民の義務をはたすとか、そういう気負いはなかったな。と言ってはあなたには悪いが時田病院が大事だから勤勉に労働したわけでもないんだ。そりゃむろんあなたが事務長であったならばあなたのために万全の努力をしたかも知れねえが、利平といとと平吉の病院に対してはたいした愛情は持ちあわせてなかった。正直、おれはゲームをしてるつもりで、つまり勝てば嬉しいが負ければあきらめる程度の軽い姿勢で防空対策に取り組んでたんだ。院長の案をおれが図面にして工事費の見積もりを立てると平吉事務長が予算をけちる。事務長と営繕係長との丁々発止がまずゲームだね。さて工事がはじまると院長夫人がそんな設備に大金を投じるより山口県の田舎に疎開したほうが安上がりだと牽制《けんせい》する。事務長も金を出ししぶる。この工事の経過がゲームだね。さて最大の問題はこんなに熱心に防空設備を作りながら、実際の効果はどうかというゲームだ。実際には死者を出して惨憺《さんたん》たる被害で炎上してしまった空襲の結末をゲームだなんていうのは、またあのときあんなに大活躍したあなたに対して申し訳ないけど、おれの気持はそうだった。もちろん実際に空襲を受けてからはおれだって無責任な姿勢ではなく、それなりに真剣に動いたつもりではあるけどね。

そもそもだ、おれは戦争そのものに大して関心はなかった。別に菊池透さんみたいに信念での反戦というわけでもなく、戦争を命令してるのも戦争に駆り出されてるのも、ともにおれが丁種になったときにおれを嗤《わら》い嘲《あざけ》りやがった将校と壮丁どもだという意識は常にあった。「身長一・五二米《メートル》以上ニシテ身体強健ナル者」が甲種、身長一・五〇米以上が乙種。身長一・四五米以上が丙種だから、身長一・三〇米のお前は丁種で兵役に適せずだなどと断定し、身長で分類した兵隊で戦う軍隊に、そういう軍隊の行う戦闘に、おれはてんから関心がなかったんだ。言っとくけど兵隊にはならないですんだ女とおれの立場は違うよ。女は、恋人が夫が戦場に行き、銃後の国民としての正当な場があたえられてておれみたいな非国民とは身分も立場も評価も違うのさ。

未経験からの失敗、予算不足からの手抜きなどはあったにしろ、一応の防空対策が完了したのは昭和十八年の末だったね。屋上のアトリエに到達する道筋のドアに鍵《かぎ》をかけ廊下には障害物を配置して職員たちが侵入できぬようにして、せっせと絵を描いた。このころは、やがて空襲で焼失するであろう街並みを一種哀惜の念をもって写生することにかまけてたな。

翌年の二月、小暮の長男が肺炎で入院してきた。この小暮の子供たちとは彼らが祖父《じい》さんの新田別荘にきたときに知り合ってた。子供のときほかの子と遊んだ経験がなかったので、小暮の子たち、とくに悠太が背丈が彼と同じくらいのおれを同年輩の子供のように思って付き合ってくれたのが新鮮で嬉しく、けっこう仲好く遊んだものだった。彼はおれのやることになんでも感心してみせ、というのも彼の友達にはおれのような田舎風の遊びをしてみせる子がいなかったせいらしい。タケノコほり、サカナつり、クリひろい、なかでも消し炭絵を面白がった。彼はもう中学二年でおれより背が高くなりませた口をきくんだが、病院の大人どものようなおれに対する、異質感、遠慮、さげすみ、ま、そういう隔たりがなくて話しやすい子だった。しかしあの子は、両親や脇参謀の影響でよせばいいのに陸軍幼年学校なんかを受験したんだね。彼の入院中に合格の通知がきて、みんなに祝福されてたが、おれは将校になるなど一番に死にいく人になるだけの無慚《むざん》なことだと思っていたさ。

おれにとって大事件だったのは昭和十九年の秋にあなたが八丈島から疎開してきて事務長に復帰したことだよ。なぜ平吉事務長が次長におろされてあなたが事務長に返り咲いたかの理由はおれは知らねえけど、昔と同じように事務室に坐《すわ》ってるあなたの姿を見かけるのが楽しみになった。あれからまる七年経《た》ってたのにあなたは相変らず若々しくてふるいつきたいほど美しく、事務室で廊下で庭であなたを視野のほんの端っこに見ただけでおれの内部では乾いた紙に火をつけたように官能の炎が燃えひろがった。おれはふたたび自分が頭と性器だけの怪物に変身した気がし、屋上の密室にもどるとあなたの肖像を描き始めた。そのときおれにとって絵は芸術なんてものでなく、うつしみのあなたの代理でそれを視線で愛撫《あいぶ》したりその前で自慰をするためのものだった。

あなたが復帰してすぐ久米薬剤師が死んだけど、これもおれにとっては大きな事件だったね。おれが三田の仕事をするようになってから彼女はなにかと面倒を見てくれた。それはおれを院長先生の息子と見なしたからではなく、というのも平吉については彼女は嫌悪《けんお》と軽蔑《けいべつ》を表明してたからだが、損得をはなれた好意でもあった。彼女の温かい快い人当たりには不幸なおれに対する同情のようなものがあってそれが時には小うるさくは思えたけれども。もう余命いくばくもないときになって彼女から二つのことを頼まれた。一つは空襲にそなえて大量の薬剤を新田に備蓄しておくこと、もう一つはこっそりとモルヒネを彼女の要求に応じて注射することだった。まずおれは指示された薬剤をトラックで新田に移送し土蔵に隠匿《いんとく》したが、あなたも察するだろうがこのなかにあった大量のモルヒネは将来利平が消費することになるんだ。さて、彼女自身へのモルヒネの注射だけどこれは思いのほかの難事だった。彼女の背骨のどこかにガンが飛び火して激痛があったんだが、西山副院長はモルヒネは死期を早めるためなるべく使用せぬ方針だったので、それでは痛みが取りきれずに苦しみ、彼女は薬剤師の立場を利用して隠し持ってたモルヒネを自分でひそかに注射して苦痛をしのいでたんだね。で、いよいよ衰弱がひどく自力で注射できなくなっておれに頼んだってえわけさ。看護婦の目を盗んで彼女の病室にこっそり忍びこみ、まったくおれはよく忍びこむ男だよ、素早く注射してやった。モルヒネの絶大な鎮痛作用で痛みがやわらぎ、彼女は優しくなりおれを幼児を見る母親のような優しい微笑でつつみ、五郎さんは頭はいいし本当は学校に行って医者になり時田病院を継いでほしかったと言った。西山副院長の言う通りで、モルヒネを注射するたびに久米の病状が悪化して行くのが目に見えて、つまるところおれは彼女の自殺を幇助《ほうじょ》してたんだね。でもどうせ彼女は死病にとりつかれてたんだから楽にあの世に旅立たせてやるのが彼女の末期《まつご》の幸せだとおれは決めて要求どおりの麻薬を打ちつづけたんだ。彼女が死ぬ直前におれが新事務長のあなたと病院の防空設備と防空態勢について話してたのを覚えてるだろうけど、あのときおれはすでに久米に最後の注射、致死量のモルヒネを注射してて臨終の報《しら》せを待ってたんだよ。彼女は死んだ、自分の意思にしたがって苦しみも憂《うれ》いもなしにね。

Ｂ29一機の飛来があった日が久米薬剤師の葬式の日だったね。そいつが帝都の偵察だったんだろう、十一月末からは米軍機の本格的空襲が開始された。ちょうどそのころ利平院長が不意に姿を隠したろう。職員には病気で都内の病院に入院中と知らされたがそれがどこかの精神病院らしいとはみんなうすうす察してたさ。院長がこんとところモルヒネ中毒がひどくてすっかり瘦《や》せ衰えてたのをだれもが認めてたからね。利平先生が見違えるように元気になって帰ってきたのは年が明けた二月初旬だったね。つまり約二ヶ月の不在だったが、この不在を利用していとと平吉の死火山みたいになってた情欲が突然噴火をはじめたんだ。それに折から激しさを増した空襲が彼らの逢瀬《おうせ》のためには格好の隠れ蓑《みの》になった。米機は、年の暮まで三鷹《みたか》の中島飛行機などの軍需工場を主たる標的としてたけど年が明けると一般民家への無差別爆撃に戦術を転換し、都内各所が炎上破壊された。一月末には銀座など中心繁華街から丸ノ内あたりが壊滅状態になり、浅草、神田、本郷あたりの旧江戸の市街も焼き払われた。とばっちりは三田の近辺にも来て近火が絶えなかった。この頻繁《ひんぱん》な空襲の混乱がいとと平吉にとって逢引きのまたとない好機になったんだ。なにしろ空襲警報となれば患者も職員も防空壕に避難せねばならない。そのあいだ院内は無人となり、二人は人目を気にせず悠々《ゆうゆう》と地下の隠れ家にもぐりこめたんだ。あなたは事務長として職員や患者の総指揮を取らねばならず、それに加えて入院中の御父上を見舞い、予防拘禁所に監禁されてる夫に面会に行き、と多忙をきわめてて足元の病院内で、院長夫人と事務次長がやりたい放題をしてた事実なんかとんと目にはいらなかったろうね。

　焼け跡を歩き回り被害の実態を調査してみた。米軍の焼夷弾《しょういだん》攻撃は広範囲の濃密な着弾であり、いちど燃え上がった火事は風下へと類焼して大火になりなにもかも焼き尽くしてしまい、こういう巨大規模の劫火《ごうか》のさなかに木造建築が一軒だけ焼け残るなど不可能だとよくわかった。ただし一望千里の焼け跡にも焼け残った家々は散見するのであり、それらを観察すると風上に森や広い道路やコンクリート・ビルなどの遮蔽物《しゃへいぶつ》があったばあいであり、おそらく住民の懸命な消火活動もあってなんとか焼けないですんでた。時田病院は、西と北に徳川邸の森をひかえ、南は大松寺を突鼻《とっぱな》とする樹木の多い寺町で東だけが街並みに隣接してる。したがって直撃弾さえ受けなければ、風向きによってはなんとか焼失をまぬがれるかもしれないと思われた。この点は病院の防空隊長になった菊池勇も同意見で、院長ともあなたとも相談して、男手の防空隊員を増員するために魚市場に勤める彼の弟菊池進のつてで十七、八人の朝鮮人を雇うことにしたんだし、四月に西大久保の野本邸が焼けるとその防空隊員であった伝習生を七人雇い、計二十数人の要員をととのえたんだった。まあ、それでも結局及ばなかったんだがそれはあとの話さ。

おれ自身のための防空対策は描きためてあった絵を新田の母の住む小屋に小型トラックで運んだだけだった。おれは無一物でなにも財産とてないけれども、あなたと三田界隈《かいわい》の絵だけは焼けてしまうのが惜しかったんだ。まあ自分の母に見られる羞恥心《しゅうちしん》とそれを自慰のために用いたいという実用の見地からあなたの裸体を描いた絵だけは手元に残したけどね。安心してよ、裸体画は全部五月の空襲で湮滅《いんめつ》しちまったからね。

母に会ったのは先年久米薬剤師の頼みで備蓄の薬剤を運んでからだから二ヶ月ぶりだったが、正月をはさむ冬のあいだにすっかり痩せ衰え、しきりと咳《せ》きこむので案じられた。あのあたり矢口町や下丸子《しもまるこ》町には医者がいないので西山副院長に往診を頼んだところ肺の具合が悪いひょっとしたら肺病だと言われて、トラックに乗せて母を三田まで運びレントゲン写真でひどく進んだ粟粒《ぞくりゅう》結核と診断された。もうすこし早く発見されたのなら病巣も限局されて気胸療法が可能であったのにもはや手遅れだという。ともかく安静と栄養補給が第一だと言われて新田にもどった。けっきょく五月の病院炎上のあとおれが新田に住むまで母はひとりで無理して生活して病気をさらに悪化させたのだった。

二月初旬利平院長は見違えるほど元気一杯で病院に再来した。空襲対策として彼がまっさきに手をつけたのが自己の発明品を蒐集《しゅうしゅう》し収蔵することだったね。院長室や病院の倉庫や工場などに分散してた物を地下の発明研究室に運び入れて永久保存すると勇ましくも宣言したんだ。まず時田式レントゲン撮影機を蒲田《かまた》の工場から運べと命じられたおれは男たち全員に手伝わせて撮影機十三台、工場の在庫品全部をトラックで運搬してきた。機械が大きすぎて螺旋《らせん》階段からは搬入できず、防空壕側の脇ドアを削ってやっとのことで内部に押し入れたんだ。院長室からは医学論文の別刷を、さらに集められる限りの発明品を蒐集しては運びこみ、こうして研究室は時田利平発明品博物館となった。このおびただしい発明品が一人の男の頭脳から生み出されたという事実におれはすなおに感心したね。医師が診断用具や医学論文や治療薬をものするのならあたりまえだ。しかし茶漉《ちゃこし》やら蠅取器《はえとりき》みたいな日用品にまで目くばりするには庶民の日常についての鋭敏で繊細な感覚がいる。あなたの御父上はおかしな人物だね。

大切な発明品を蓄蔵するため利平は従来用いてた本鍵のほかに新たに補助鍵をつけて院長以外はだれも入れぬようにしたのだけど、じつは全部の発明品を集め終えるまで補助鍵の一つをおれが預かることになった。というのはまだどこかに散逸している発明品の探索蒐集をおれが命じられたからだ。こうして真水ちゃんという愛称をもつ汚水濾過器《ろかき》がデパート売り場に売れ残ってたのを発見し、先生唯一《ゆいいつ》の著書『胃潰瘍《いかいよう》の器械的療法』は出版社の倉庫を捜して残部をひきとった。おれは面倒なので本鍵だけをかけてたが、おれがそうすることをいとと平吉は知っていた。つまり空襲警報のさなかに二人はいままで通り容易に地下研究室にはいりこめたんだ。発明品で一杯の地下室に院長が研究のために降りてくる公算もなく、二人はかえって安んじて部屋を使用できたというわけさ。なぜそんなヌケタコトをしたかはおれにも予感程度しかわからないんで、密室にいる二人をいつか利平に見せる、あるいは空襲のさなか密室に二人を閉じこめておどしてやるなどと漠然《ばくぜん》とは考えてた。

二月二十五日は朝から大雪で昼ごろから吹雪になったんでこんな日に空襲などありはしないと高をくくってると大空襲になったんだね。おれが初めてあなたに真情を告げた、あの瞬間を覚えてくれてるかしら。新田に疎開した絵を全部あなたにあげると言ったあと、不意に自分でも意外なほど度胸がついて告白しちまった。夏江さん、おれいつ死ぬかわからねえから言っとくよ。おれ、夏江さんが好きなんだ。そう言ったろう。あのせつなおれは時田利平の子でありあなたの弟になりきったが、朝鮮人の子ではあなたの軽蔑を買うという小ずるい計算もあった。しかしおれはあなたに拒絶された。そうなるに違いないと予想してたくせにおれは絶望して泣いた。そうしたらまったく予想外のことがおこったんだ、そうあなたが泣いてくれたんだ、おれのために。あの数秒あとに間違いなくおれはあなたを抱いてただろうけど事態は思いがけない方向に進展しちまった。病棟の屋根が雪の重みに耐えかねて落ちたとは阿弥陀仏《あみだぶつ》のいたずらさ。あの吹雪のさなかにあなたとおれとの仲は猶予《ゆうよ》の状態で凍結したんだ。

早春に下町に大空襲があった。桜の季節に山の手で大空襲があった。脇邸、野本邸、風間邸が焼失した。そうして五月二十四日時田病院炎上の日がきた。ここでおれがあなたに示したいのは病院廃滅の回想録などではなく、あの日におれがひそかに企て実行した行為の一部始終よ。以下の記述は細部が重要だから心してゆっくり読んでくれ。

空襲前日の朝、防空隊の伝習生たちが地下の食糧倉庫を荒らすという事件をおこした。掛矢で叩《たた》き割られたドアは修理不能で新品と取り替えるよりしかたなかった。おれは午前中に仕事場で新しいドアを製作しておき、午後になって壊れたドアの取りはずしをはじめた。工事をやりやすくするため倉庫内にあった炭俵を防空壕《ぼうくうごう》内の鉄ドア前に運びだしたところに利平院長、勇防空隊長、夏江事務長、平吉事務次長が被害の検分にきた。そのあと利平の思いつきで発明研究室の内部を調べることになったが防空壕側の入口は炭俵の堆積《たいせき》とレントゲン撮影機ではばまれてたので病棟へのトンネルを通って本館側から研究室に入った。ここでわれらが利平氏は、平吉、夏江、五郎の三人を自分の子として一場の演説をぶった。そのあと不意に安在彦の虐殺《ぎゃくさつ》の話をしたんでおれは研究室が彼にとっていまわしい場所だったとあらためて実感したんだ。

その発明研究室はなんども利平の発明品をそろえるために訪れてて見あきてた地下室だけど、それがにわかに特別な場所、壁に〝恨《はん》〟という一文字が血糊《ちのり》で書きつけられた廟所《びょうしょ》、岡田棟梁が主役を演じた惨劇の舞台となった。おれは利平がどこまで真相を知ってるかをためしたくって質問した。

密告者はだれだったんですか。

わからず仕舞いじゃ。震災の混乱にまぎれて、一応探索願いは出したけどものう、地震の大混乱で警察も犯人の詮索《せんさく》すらせんやった。

御父上がそう答えたのをあなたもはっきりと聞いたろう。安在彦が自警団にこの部屋から連れだされたあと警察に届けたというのは嘘《うそ》だ、上野の帝国図書館に足しげく通い文献をいろいろ調べた結果あのとき警察はむしろ流言にまどわされて不逞《ふてい》鮮人の鎮圧のために治安出動したので、不逞鮮人の逮捕虐殺を助長はしたけどその行為者の捜索など全然しなかったとおれはにらんでたんだ。

ところであの時あの話を御父上がしたのはその朝殺された朝鮮人の夢を見たからだったね。ではなぜその朝だったんだろう。二つの仮説が立てられる。一つは利平院長に空襲で病院が炎上する予感があって昔震災のおりに病院が炎上しその火を消し止めた男のことが心の底からふっと浮上したのだという説。もう一つはちょいと神秘的であなたが顔をしかめるかもしれないけどわが父、ああおれ初めて彼のことを父と呼ぶことにするよ、安在彦の霊が病院の滅亡を予告しに夢枕《ゆめまくら》に現れたのだという説。

血糊の〝恨〟の一文字の浮ぶかに見える壁から寝台兼用の長椅子《ながいす》に目を移し、そここそいとと平吉が抱き合う場所だと思い、平吉を横目で見た。この男ときたら、ついさっき利平の演説を聞くと、お父さんなどと歯の浮くような呼びかけをして胡麻《ごま》をすったばかりか、安在彦の話を聞くと、いかにも軽薄に拍手なんかして、そのアンゼンとかへの感謝のために朝鮮人を雇い入れたんだとしたり顔に言いやがった。魂のなかに居座ってた父が憤慨しておれの心臓を最大限に拍動させ、それは熱い憎悪《ぞうお》の血潮となって、どっくどっくとした脈拍とともにおれの脳をふくらませたんだ。

利平が地下室を出るときに鉄ドアの本鍵と補助鍵の二つに大切な金庫でも閉じるように念入りに鍵掛けたのを平吉がじっと見てた。おれがいつも補助鍵を掛けないため、平吉がいとと地下室に入るときは大体補助鍵が開いてるので、いかにも恨めしげな目付きだったね。そのあとみんなは畑の端、おれが丹精した牡丹《ぼたん》と芍薬《しゃくやく》の前で夕日に映える時田病院を眺《なが》めたけど、考えてみれば、それがみんなが最後に見た病院の全景だったんだ。本館にもどったおれは、平吉に、そうそうオー先生の発明品の蠅取器を隔離病棟で発見したんで発明研究室に仕舞わねばならねえ、と言ってみた。へえ、と彼は興味なさそうな素振りだったがおれの一言にいたく興味を示した目付き、あいつの目付きってのは内心をさらけだすんだよ、でおれを見た。おれは大工控室に行き木屑《きくず》を新聞紙で包んでふたたび発明研究室の鉄ドアを開いて入り、木屑を棚《たな》の上に置くと外に出た。おれがドアを出入りするのを平吉はどこかで観察してたはず、つまり彼は利平と違っておれが補助鍵を閉めないのを知ってたからそれをたしかめたはずだ。

そのあと防空壕に行き、壕側のドアの補助鍵をあけた。計画はこうだった。警戒警報となったらいとと平吉はいとの持つ本鍵で地下室にはいる。するとおれが本館口の補助鍵を閉めてしまう。空襲となって二人は逃げようとするが、上からは出られないので、周章狼狽《ろうばい》《ほんかぎ》して横のドア、防空壕に通じるドアから出ようとする。しかしこちらの出口のドアは本鍵だけで開くにしても、重いレントゲン機でふさがれてて出られない。それに防空壕内には患者と職員が詰めてて出にくい。二人はそこで空襲が終るまで待って、二人で協力してレントゲン機を横にずらして脱出をはかり、なんとか出てくるだろう。これはほんのイタズラ、裏切りと淫楽《いんらく》にふけってやがる二人へのちょっとしたカラカイのつもりであった。まあ、心の底を洗ってみると二人にたいして殺意がなかったわけではないし、とくに平吉という男にはこの世から抹殺《まっさつ》してやりたいほどの反感はおぼえたけれど、おれの考えたイタズラ程度では彼を殺すまでにはいたらないとは認識してた。なぜなら発明研究室は厚いコンクリート壁で囲われた要塞《ようさい》でありその上に建てられてる病院の建物が全焼してもなお安全であろうと予想されたからだ。実際にはそれは安全どころではなかったから結果としてわが殺意は達成されたことになるのだが、それはあとで述べるように予想外の異変が生じたからだ。

さて一月から四月までほぼ一ヶ月に一度ぐらいの割合で東京は大空襲を受けてた。その伝で行くと五月も下旬になりそろそろ大きいやつが来そうだという予想に加えて、その日の朝からうっとうしい出来事が重なり、今日はなにかがおこりそうだ、地震か空襲がありそうだと予感してたんだ。早朝におこなわれた伝習生の倉庫破りが前兆だったし、そのあと朝鮮人たちと伝習生との仲が険悪になったという事件があった。これについてはおそらくあなたは全然知らなかっただろうからちょいと報告しとく。

あなたも知ってのとおり、防空隊要員として雇われた朝鮮人たち十八人は病棟の端の病室二つで雑魚寝《ざこね》してた。彼らは四十がらみの金を最年長者とした大体三十代の男たちで、いわゆる徴用で強制連行された人々ではなく支那事変前に東京に出稼《でかせ》ぎにきてそのままいついた人々で東京滞在も長く、なかには妻子持ちもいた。もっとも妻子は疎開《そかい》してしまい彼らと別れてはいたが。魚市場の雑役がつぎつぎに兵隊にとられた穴埋めとして戦災を受けた町工場で働いてた彼らが採用されたんだが、魚市場の焼失で職を失っちまったのを菊池進の仲介で病院が雇ったのだった。工員としての実績や技術を持つ者もいて、製薬工場が稼働《かどう》してたなら立派な工員になれたろうし、日本語もうまく一見日本人と変りはないのだが、ながいあいだ日本人から分け隔てを受けてた経験から、ともかく表面上は控えめな態度で院内でもなるべく目立たぬように生活してた。食事は職員とともに食堂でとらず自炊してたし、防空演習のとき以外はなるべく職員と顔をあわせぬように用心してたね。おれは金が安在彦と同じ慶《けい》尚南道《しょうなんどう》の出身者だと知り、よく訪ねては故郷の習慣や生活を聞いたもんだ。最初金はおれを日本人のスパイと見てぎくしゃくした応答しかしなかったけど、朝鮮史についてのおれの知識や、とくに震災時の虐殺事件についての見方を知ると、ぱぁっと心を開いてくれて、まるで同国人のように受入れて、ハングルの読み方、朝鮮語の片言、簡単な朝鮮料理などを教えてくれた。なによりも嬉《うれ》しかったのは彼と話してると日本人一般、つまり病院の職員全員と接触するさいの警戒心や猜疑心《さいぎしん》が必要なかったことだ。

ところで四月に新しく雇われた野本の伝習生はみんな十代の少年のうえ軍事教練や防空訓練を受けてて、言動も万事軍隊式で、朝鮮人たちをでれでれしててだらしがないとばかにし、聞えよがしに鮮人ボケとか半島野郎とかののしるので、朝鮮人たちの反感を買ってたんだ。さらに最近ウサギやタマゴやニワトリや毛布などの盗難事件が頻々として発生しそのたびに伝習生が朝鮮人が犯人だとして部屋になだれこんで小突いたりなじったりしてた。こういうリンチは事務長であるあなたに報告されなかったから知らなかったろう。リンチを奨励したのは余人にあらず防空隊長の勇なんで伝習生を班長として朝鮮人分隊の指揮をとらせるためにも日ごろからの朝鮮人威圧をむしろ奨励してたんだね。そこへもってきて倉庫荒らしの犯人が伝習生ということが判明した。おさまらねえのが朝鮮人たちよ。にわかに殺気立ってき、いままで伝習生にいいようにやられてきた怨《うら》みを晴らすという雰囲気《ふんいき》になった。金はおれに、もし空襲となったら混乱に乗じて伝習生たちを叩きのめしてやると告げた。おれは仕方ないなとだけ言って彼と別れたけどよ。

その日の昼間はなにごともなくすぎ、日暮れてしばらくすると満月に近い変に赤い月がのぼってきた。米軍はこの天然の照明を利用して来襲する気がしてるとはたして深夜すぎに警戒警報が発令された。警戒警報のあとすぐ空襲警報となるのが当時の常套《じょうとう》だったから病棟内では患者の防空壕退避が始まってた。その混乱のただなかに、おれが大工控室にいると足音を忍ばせたいとがそっと二階にあがってくのが見えた。夕方に婦人会の集会があると出掛けてたのが警戒警報発令を聞いて帰ってきたんだね。手術室の前を通りかかったとき人の気配があって隠れてると、平吉が無人の廊下で安心したのか声高に話しながらいとと歩いてき、手術室むかいの発明研究室に入りこんだ。おれはドアの補助鍵をこっそりと閉めた。これで二人は外へは出られなくなったわけだ。二人をあわてさせてやろうとちょこまかと駆けずりまわってるイタズラ小僧の自分をおれのなかの別な自分が面白そうに見てた感じだった。

その直後に空襲警報のサイレンが鳴った。防空監視台に駆けのぼってみて空の異変に仰天した。あまりひどく仰天すると人間は心が凝結してしまい、むしろ落ちついて熱心に観察するものらしい。月明りで白っぽい天空をＢ29の無慮数百機が埋めて、その一部五十機ばかりが、高度三千ほどでひたすらにこっちをめがけて飛んでくる。情況報告を拡声器で放送したが、それが間に合わぬほどすばやく米軍機は爆撃を開始し、至近弾が隣近所に火柱をあげ、飛行機の爆音と高射砲の轟音《ごうおん》で放送などかき消されちまった。と、わが病院の屋根をずぶずぶと焼夷弾が数発貫いた。しばしの不気味な沈黙のすえ火柱があがり、さらに数発が命中した。これではわが防空隊の力到底及ばずと見きわめ、いま最重要課題は、消火をあきらめて患者、職員の全員退避だと決心し、飛んで下におりてみると、勇防空隊長も同じ意見で彼とともに逃げ遅れた人がいないかをたしかめつつ病棟内を走った。即刻全員退避を伝えてくれと勇にたのまれおれは防空壕に走った。おれは身が軽くて走るのは得意だが、あんなに全力疾走した経験はなく、途中で本館に寄って発明研究室の錠前を開けてやろうとちらと思ったけどそのあたりはすでに火の奔流で近寄れず、背後から火炎放射器であぶられる感じで炎と競争で地下道を走って防空壕にやっと着いた。そこであなたに即刻避難せよと伝えたところ、利平院長が病棟内に行きまだ帰らないと知ったんだ。地上に躍り出たおれは防空隊員たちに会った。勇も利平の居場所を知らない。おとめ婆《ばあ》さんと伝習生の一人と朝鮮人の一人が死体となって運ばれてきた。金の顔が見えたんで事情を聞きたかったけどその余裕はない。おれは毛布を被《かぶ》って貯水池に飛びこみ、びしょ濡《ぬ》れになる、つまり安在彦をすっかり真似《まね》た防備をしてすでに半ばくずれた病棟に駆けこんだ。あのとき迷わず八角堂に急いだんだけどよ、なぜそうしたかはわからねえ。父がおれを動かしたか、それとも瀕死《ひんし》の利平がおれを呼んだのか。

利平とフクが倒れてた。赤い炎、ものすごい物音、熱風、そういう焦熱地獄のただなかに人間二人が黒い塊、仰向けに倒れた利平のうえに覆《おお》いかぶさるフクが見えた。のぞきこむとフクが目を開いてきれぎれの声をふりしぼった。五郎さん、オー先生を助けて、わたしはいいから、オー先生を助けて。とっさに判断を強《し》いられたおれはフクを横にずらすと利平をかつぎあげた。フクに別れを告げたかったがその余裕すらもないうちに太い柱が倒れてきたんでおそらくはフクは柱の下敷きになって死んだと思われる。こうして人一人を見殺しにしてしまったんだ。どこをどう歩いて道路へ出、大松寺にたどりついたかは全く覚えてない。覚えてるのはあなたと勝子が駆け寄ってきてくれたことだけだ。

利平院長を唐山《からやま》病院に入院させてわれわれ、あなた、おれ、勇の三人が大松寺にもどると、朝鮮人たちが伝習生を襲い徹底的に叩きのめして逃げたあとだった。おれとしては予想した事態がおこっただけだったがあなたや勇は衝撃を受けたようだったね。朝になって焼け跡から黒焦《くろこ》げの焼死体が出てきて歯並びから勇がフクだとみとめた。なぜあのとき利平を選んでフクを見捨てたかについてその後もいまも考えてるけど結論がでない。あなたの御父上だからと言えれば恋文としての体裁はととのうだろうけど、あの瞬間、正直、それが念頭にあったわけではない。フクの望みを成就《じょうじゅ》するためオー先生を助けたかというとそんな心の動きがあったわけでもない。ただおれが彼を助けた行為を、利平はその後ずっと死ぬまで恩に着てくれたことはたしかだけどさ。

入院患者たちの転院、職員の解雇、死者の納棺など、後始末にあなたは懸命に働き、おれも手伝ったけど、行方不明のいとと平吉の捜索の段になっておれは素知らぬ顔をきめこんだ。

午後遅く焼け跡を調べてみると防空壕も発明研究室も瓦礫《がれき》に埋まってた。ところで両者の通気孔は地上の建物が崩壊しても安全な位置、畑のなかに出しておいたので、もし内部に火が侵入しなければ二人は無事でおられる可能性があった。おれはまず防空壕の入口をふさぐ瓦礫を取り除きにかかった。だいぶん深く掘りすすんだときにあなたと勇が加わり三人で力を合わせて防空壕を開いたっけね。壕の内部は熱に熟《う》れた岩漿《がんしょう》さながらで熱風を吹き出し、これでは二人は焼け死んだに違いないと予想された。水をじゃあじゃあかけてやっと中におりて、発明研究室の鉄ドアが半開きになってたのを勇が見つけたとき、二人は逃げようとして炎に焼き殺されたのだとおれは確信した。そのドアはレントゲン機でふたがれてたんで、もう一つ本館側からのドアを開いて内部に降りてったら二人が死んでたんだよね。室内には火はまわらなかったのに死んだのは唐山竜斎の診断によれば一酸化炭素中毒ということだった。こういう経過をたどったとおれは推理した。二人は警戒警報とともに内部に入った。空襲警報となってすぐ至近弾が落ちはじめあわてて逃げようとしたが上の出口は封鎖されてあり、防空壕へ通じる下の出口の錠を開けてレントゲン機を横にずらして脱出しようとしたとき、すでに壕内にも火が侵入してきたのであきらめた。しかし、そのときドアの外に壁のように積み上げてあった炭俵が燃えだし大量の一酸化炭素を吹き出して室内にいた二人を中毒死させた。この二件、防空壕内がもろくも火に包まれた件と炭俵の燃焼の件をおれは予測してなかった。おれに殺意はあったとしても、あんなに巧妙な方法は思いつかなかった。それを成就したのは、あなたはそうは思わないかな、安在彦の死霊《しりょう》の働きだと。父の霊はおれに乗りうつって彼の意のままに行為をさせたんだ。あの世で父に会ったらもちろんこの点をたしかめてみるつもりだよ。

　病院の炎上はおれにあまり哀惜の念を呼びおこさなかったんで、むしろ大いなる新たな喜びが加わったんだ、あなたが新田に住むことになったという！

　病院の炎上は五月二十四日の午前一時すぎだったね。病院職員は臨時に大松寺に泊めてもらってたが、死者の葬儀と埋葬をすますと新田に一時身を寄せることになった。おれは母が臥《ふ》せってた離れを空けるため、一足先に新田に行き、大急ぎで畑の隅《すみ》に母とおれの住む小屋を建てた。大体の構造は三田の屋上のアトリエをそのまま再現したが、母の病室のほうはアトリエより堅固に念入りに作った。五月末、あなたを頭に看護婦寮を焼け出されて行き場のなくなった看護婦十数人、家が罹災《りさい》した事務員や賄方《まかないかた》など計三十人近くが新田に身を寄せた。とにかく大人数で食器や蒲団《ふとん》が足りず、付近の農家から買ったり借りたりして集めるのにあなたとおれは飛びまわったもんだね。もっとも職員たちはおいおいに落ちつき場所を捜しだしては去って行き、六月上旬に利平が唐山病院を退院してきたときには、勇と勝子とあと数人に減ってたけど。

　離れにあなたがた菊池一家、正面の八畳間に利平、そして小屋におれたち母子と棲《す》み分け、三田での喧騒《けんそう》と複雑から抜け出て田園での静かで単純な生活が開始されたね。しかし、母の病状は思わしくなかった。この二、三ヶ月のあいだに十も年をとった様子でしぼんで皺《しわ》だらけになってた。独り暮しのため炊事や掃除や畑仕事まで無理してやってたというので病気をすっかり進行させたんだ。朝は平熱なのに夕方から熱が高くなり、三十九度にもなり、ぐったりとして汗まみれになる。咳《せき》がひどく、咳のたんびに胸の痛みがあり、それに息苦しさが加わって悶《もだ》えた。病室に母を寝かせて絶対安静をさせることにした。

母にはこれ以上生きようとする気力が萎《な》えてた。

五郎や、こんなふうに一緒に暮らして病気が移りでもしたら大変だよ。私はもういいから、このまま死なせておくれ。

なに言ってんだい。やっとのこと息子が帰ってきて、これからここに一緒に暮らせるというのに。

私にはわかってるんだよ、もう長くはないと。どうせだめなら早く死んだほうが楽だよ。日光浴なんか無駄《むだ》なことだよ。

しかしかまわず母に日光浴をさせた。アトリエの天窓を開閉できる構造にしてサンルームにも用いられるようにしたのは母のためだったんだ。

安在彦がおれの父だと告白したのを例外として母は過去についてほとんど喋《しゃべ》ってくれなかったんで、辛抱強く尋ねてはすこしずつ聞き出せたにすぎない。鳥取県の米子《よなご》の在に生れ、両親も兄弟も死に絶えた、上京して入谷《いりや》のある病院の看護婦学校を卒業して資格をとった、そんなことしか教えてくれなかったな。あの因業《いんごう》夫婦が母の遠縁の人らしいとは勘繰ったけどわからず仕舞いだ。

利平が新田に到着した日が六月中旬、梅雨晴れの蒸し蒸しする日だったの覚えてるかしら。

傷は一応癒《い》えてたけどまだ体力の回復が及ばず歩けないんで、脇敬助参謀が手配してくれた陸軍の自動車で運ばれてきたんだったね。あなたが正面の八畳間に蒲団を敷いて病床を準備したっけ。食事の世話をあなたや勝子がしておれは入浴、注射、血圧測定、排便など彼の体に触れる世話をすべて受け持ったけど、この役割分担は病人がみずから決めたんだったね。わが輩は自分の体をお前以外のだれにも見せない、そして見たことをだれにも言うな、と彼は命令した。おれは理由など全然問わずに、はいと答えたさ。命令に服従するというより男と男の固い約束ととったんで、だからたとえあなたであっても御父上の火傷《やけど》の痛ましい有様を伝えることはできない。それはもう人間ではない、異形のかたまりだったよ。それに皮膚の入り組んだ瘢痕《はんこん》が痛みと痒《かゆ》みをあわせ持ち、夏の暑さに蒸れて爛《ただ》れてた。静止しても動いても苦痛がひどく、その責苦からまぬがれるにはモルヒネを打つのがもっとも有効な治療だが、以前、この麻薬中毒で精神病院に入院までしてる利平は、それだけは打つまいと、いろいろに模索はしてたんだ。おれは医学知識は皆無だから、利平博士の指示にしたがって各種の薬剤を使用してみたが、どれも効果がなかった。この薬剤だけどね、久米薬剤師の指示にしたがって土蔵に備蓄してあったやつで、胃腸薬、心臓血管薬、鎮痛薬、催眠麻酔薬、麻薬などに分類され、さらに散薬と注射薬などをわけて、新造の棚《たな》に分類してあり、そいつはちょっとした薬局だったのさ。天秤《てんびん》も薬包紙もちゃんと揃《そろ》ってたんだぜ。利平には各種鎮痛剤を使用してみたがことごとく無効で唯一《ゆいいつ》効いたのがモルヒネだった。久米薬剤師のときも経験したことだが、実際このモルヒネとはマカフカシギな威力のある薬だね。

ところで、一つの救いは痛みと痒みが風呂《ふろ》のぬるま湯で温めるとすこし治まったことだ。彼が入浴を好み、朝昼晩と三度も風呂を使ったのはそのせいだ。三田の焼け跡とこの新田を売り温泉地に家を買いたいというのが彼の口癖だったけど、焼け跡と新田という田舎の地価では温泉地に土地を買うほどの金ができず夢は実現しなかった。

もう一つの救い、というか逃避の場というか、が酒だった。酔うと痛みも痒みも忘れてしまうことができるので、もともと好きなものだからどんどん深入りしたんだ。でも彼のくずれた体を見、その苦痛を知ってると、酒をやめろとは言えなかった。

ところで新田にきた日に自分自身が苦しみながらも利平は母を訪れて診察してくれた。盲目の身でも打聴診はできるので、肺結核の相当に進んだ状態だとはすぐ診断をくだし、口述で処方してくれ、その薬をおれが調合して母にあたえた。

梅雨の湿気は母の体を腐敗させるかのように傷《いた》めつけ、熱は一日中高くなり、のべつ幕無しに咳と胸の痛みで苦しんだ。タマゴ、トリニク、サカナ、ギューニクなどの滋養物が手に入るとあなたは届けてくれた。でも母には食欲がなくせっかくの好意もむだになることも多く、日に日にやせて骸骨《がいこつ》さながらになってきた。咳をしても痰《たん》を吐き出す力もないので勝子が痰取りのスポイトで吸い出してくれ、おれもこの技術を習って実行するようになった。

五郎や、苦しい。こんなに空気が薄くてはもう生きていられないよ。睡眠薬でも大量に打って殺しておくれ。

なに言ってるんだ。オー先生があやって毎日診察してくれてるじゃないか。無理してでも食べて、体力をつけなきゃ。

オー先生は目が見えないんだね。それでも診察は立派におできになる。

そうだよ。オー先生でもがんばってる。お母さんもがんばらなくちゃ。

毎日の新聞を注意深く読んでいたが、沖縄が失陥したときいよいよ本土決戦の時期がきたと覚悟した。本土決戦となれば、沖縄でのように日本軍は全滅し住民は情けようしゃもなく殺されるであろう。米軍が上陸地点として選ぶのはまず東京であろうから、そうなればこの新田も戦場になり、みんな死んでしまうものと予想した。母も利平もあなたもおれも死んでしまえば、みんなの苦しみも悲しみもなくなってしまう。おれにとって喜ばしく光栄に思えたのはあなたと一緒に死ねることだった。これは本気でそう思ったんだ。

まったく予想外の出来事は日本の降伏だった。天皇の放送、あれには意表をつかれたね。あのとき、利平も勇も勝子もラジオを聴きにきてた近所の人々もみんな泣いてたのに、あなただけは涙の一滴も流さずに周囲の興奮を見てたし、そのうちかすかな微笑が頰《ほお》と目尻《めじり》をいろどったんだ。人々が泣いたのは、戦況が日本にとって不利になってからもまだ勝利の望みにすがりついていて失望落胆したからだったけど、あなたの微笑には希望の明りがともってたよ。希望とは夫の透の帰還だとはすぐに推測された。先年の秋にあなたが事務長に復帰して以来ずっとおれはあなたに夫がいるという気配を感じなくてすんでたのが、あの微笑を見てから突然その存在をつよく意識するようになってしまい、本土決戦もせずにあっけなく降伏してしまう日本に激しい敵意を覚え、母に日本の降伏を報告したときは無性に腹立たしくぷりぷりしてたんだ。

五郎や、戦争が終ってよかったじゃないか。私は嬉しいよ。もう空襲で焼かれたり殺されたりすることもない。それにお前のお父さんの国も日本から解放される。あの人が生きていたら大喜びだったろうよ。

ちぇ面白くねえ。

やっぱりお前は根っからの日本人なんだねえ。日本が敗《ま》けてくやしいんだね。

冗談じゃねえ。

母の所を飛びだした。竹藪《たけやぶ》を抜けて畑中の道を入道雲をにらみつけながらずんずん歩いた。自分の気持がしかとつかめず、そんなふうに動き回るうちになにかがつかめる気がしたんだ。支那事変にしろ大東亜戦争にしろ、この戦争についておれはいつも距離をおいて相対してたことは今までも述べたとおりだ。おれはなにものか。とにかくこの戦争の年月、おれに投げつけられた侮蔑《ぶべつ》の言葉、カタワ、ヒコクミン、兵隊にもなれないヤクタタズ、に加えてフテイセンジンという言葉がおれの胸を貫いてた。韓国人への侮蔑が日韓併合をおこし、支那人への侮蔑が満洲事変と支那事変をおこし、その延長線上に大東亜戦争をおこした。ああこの他国民を侮蔑する傲慢《ごうまん》と思いあがりが戦争の原因であるとすれば、もっとも侮蔑された最底辺にいる男にとって日本のおこした戦争なんてどうでもよかったんで、日本の敗北についでは、母の言うとおり大喜びすべきなのだ。しかし、日本の敗戦の日に、朝鮮で支那で米国で英国で解放や勝利の喜びに沸いたであろう人々の気持もおれからは遠かった。この戦争で殺されたおびただしい日本人、戦闘で空襲で殺された何百万の人々すべてが他国の人々を侮蔑してたかどうか。勝利者にはまったく見えない敗北者の死や痛みもおれにはわかるので素直に喜べないでいたんだ。結局おれは喜ぶことも泣くこともできず、あなたのように微笑することもできない所属不明の人間だった。おのれの居場所がこの世になくなった思い、自分が立ってた大地がくずれ落ちてどことも知れぬ虚空《こくう》に投げ出された感覚で、畑中の道を歩きまわったんだよ。

米軍が東京に進駐して日本占領を開始したころ、秋は深まってきた。気候が涼しくなるにつれて母の容体はすこし持ちなおしたようだった。夏、あの夏はほんとうに暑かったね、のあいだ無かった食い気がわずかながら出てき、あなたや勝子の心づくしのタマゴガユなども口にするようになり、血色もよくなってきた。利平もこのごろラッセル、肺の病的な音らしい、が聴こえんようになっちょるから幾分好転した、と見立ててた。しかしまだ起きあがるのは無理で日光浴のときはおれがアトリエまで抱いていかねばならなかった。

透が釈放されたのは十月十日、嵐《あらし》が吹き荒れる日で、おれは朝から雨漏りの補修におおわらわだった。母の病室のほうは入念に造ったんで無事だったけど粗造りのアトリエはあちこちから水が侵入してきてひどいテイタラク、絵を全部病室に運びこみ、おれは全力をふるって働いた。嵐がおれの感覚を研ぎ澄まし活力をあたえてくれたんだろうね、雨漏りを完璧《かんぺき》にふせぎ、強風への補強も完了したところに、勝子が、あにさが帰ったと知らせてくれた。すると母がおれを呼んだ。苦しい息のなかだけど口調はしっかりしてた。

透さんが帰ったようだね。

ああそのようだ。

お前会いにいかなくていいのかい。夏江さんの御主人じゃないか。

ああ。

勇さんの息子、勝子さんのお兄さんじゃないか。

透って人、よく知らねえんだ。この四年間は獄中だったしな。

夏江さんにとっちゃ、四年ぶりの再会だろう。おめでとうぐらい言ってておあげ。

関係ねえや。

五郎や、お前、夏江さんが好きなんだろう。好きな人の夫が帰ったんだよ。関係ないわけないだろう。

なんの話だ。

お母さん、知ってるんだよ、お前が夏江さんに恋い焦《こ》がれてること。寝言でも夏江さんてよくいうし、第一この絵なんか恋してる男でなきゃあ描《か》けないよ。

あなたの裸体画、おれが自慰のために使ってるベラボウナヤツが母の枕元《まくらもと》にぱっちりと立てかけてあった。おれはあわててそいつをアトリエに運び出した。ところでこの絵はおれと一緒に燃やしてしまうからあなたは見られないよ。そのあと母は予想外の激烈なことを言ったんだ。

五郎、好きな女なら腕ずくでもものにしてしまうんだよ。

なんだって。
お前のお父さん、安在彦がそうだった。私はオー先生のあれだったから、必死で抵抗したけど押さえこまれて手込めにされた。そのときオー先生より安のほうが気持よかった。私は安を恋し始めた。そういうこと、女は体でさとるのさ。五郎や、お前の恋が真剣なら体で相手に感じさせてやるのがいいんだよ。
だけど相手がおれをきらってるからだめだ。
あきらめが早いんだねえ。相手がほんとうにお前をきらってるかどうか試さなきゃたしかめられないよ。お前のほうが相手を好きなら抱いてしまうんだよ。そして好きにさせちゃうのさ。それでもきらわれたなら、縁がなかったとあきらめるのさ。
と、きっぱりと言うと母は、健康なときにそうしたように高い声でころころ笑った。それから唐突に唱《うた》いだした。これがソプラノのいい声だったねえ。あんなに風雨が激しくなければ離れのあなたにも聞こえたほど張りのある唱いぶりだった。もちろん母の歌なんか初めて聴いたんだよ。『サンタ　ルチア』だった。
月は高く　海に照り
風も絶え　波もなし
来よや友よ　船は待てり
サンタ　ルチア
サンタ　ルチア

母は四番までの歌詞をしっかり覚えてて、すこしの淀《よど》みもなく見事に唱った。

いざや出《い》でん　波の上
月もよし　風もよし
来よや友よ　船は待てり……

若いときには母は歌が得意で、昼休なんかによく唱ってて、それが安在彦を引きつける一因になったのだと言い、またころころ笑った。おれがあなたに抱いてた欲望を母が見抜いてたガンリキにおれは驚いてたが、母の推測したあなたのおれへの対応までは信じられなかったしそのような自信もなかった。

夕方、あにさの歓迎会をやるからどうぞと勝子が誘いにきた。おれはこの風雨では小屋が心配だからここを離れられないと断った。勝子は、夏江さんとわたしで一所懸命お料理を作ったんだから気が変ったら来てね、とちょっと恨めしげな表情を残して去った。母は、行っておいで、せっかくの夏江さんのお料理を食べておあげ、と言い片目を意味ありげにつぶった。

常ならばまだ明るい時刻なのに雨雲の闇《やみ》は深く、横薙《よこな》ぎの豪雨を冒して母屋《おもや》に行き、利平と勇の前にかしこまって正座してる透を見た。栄養不良で顔色が悪く、だぶだぶの背広にきちんとネクタイを締めてた。怒らないでよ、こんな面白みのない貧相な男のためにあなたが四年間も待ちつづけたのかと思うと真実あなたを気の毒に思ったんだ。勝子がおれに気がついて手招きしたとき透がやっとおれを見てくれたんで、彼に会釈《えしやく》してその場を去った。苦手な勇もいるし背広にネクタイの男と飲むのは辛気臭かったからね。

吹き降りで傘《かさ》は役に立たずびしょ濡《ぬ》れで小屋に帰った。病室で母が呼んでる。ドアを開いたとたん息を呑《の》んだ。血の海だったんだ。母が喀血《かっけつ》したんだと思い駆け寄って動転した、喉《のど》にノミ、商売道具でいつもよく研いである、が突き刺さってそこから血が溢《あふ》れだしてる。母はノミをにぎった両手を胸に落として小刻みに震えてた。もう虫の息だが見開いたまなこはおれを認めてまたたいた。

お母さん、どうして。

頸動脈《けいどうみゃく》をねらったんだが失敗したよ。痛いよう。五郎や、はやく殺しておくれ。

でも、どうしてさ、お母さん。

どうせ私はもう長くない。お前の足手まといだから。

右のように書くと、まとまった会話を交わしたようだが、実際はおれはただ叫び、母は聞き取りにくい言葉を、一言一言に傷口から血を溢れ出しながらやっと漏らしたにすぎないんだ。刻々に弱っていき死相に変りながら、母はもがき苦しんでた。もう助かりっこない瀕死《ひんし》の状態だとは見て取れた。お母さんごめんね、と叫びながら、ノミの柄《え》をにぎってる母の手の動きを助けるように喉の奥をえぐり、手応《てごた》えがあって血がひとしきり噴出するとおさまった。母は静かになった。正確に言うとおれは母を殺したんだ。

散乱した血を拭《ぬぐ》うのにひどく手間取ったけど、なんとか痕跡《こんせき》もなく拭い終えて、死者に経《きょう》帷子《かたびら》、母の希望で用意してあった、を着せて合掌させた。傷口は小さかったんで繃帯《ほうたい》を巻いた上に経帷子の襟《えり》を高くしてごまかした。室内に血の臭《にお》いが満ちてる気がして、窓を開けて強風で念入りに換気したうえで、電灯を消してロウソクをともし線香をたいた。母の遺体に手を合せたとき、おれはようやくにして泣いた。一連の出来事がなぜジュズツナギになっておこったのかはわからなかったし、今もわからない。とにかく嘘《うそ》いつわりなく、事実だけはここに書いた。気を取り直して、あらかじめ用意してあった材料で棺を作り、ほぼ完成させたとき、あなたと透が二階のドアが吹き飛んで廊下が水浸しだから修理してくれと飛んできたんだ。透がじろじろ室内を見まわし、血の臭いでも嗅《か》ぐようにしきりと鼻をくんくん鳴らすのが気になった。この貧相な男はなかなか鋭敏な注意力と知覚をそなえてるわいとおれは不気味に思い警戒したね。

母の死後しばらくして勇と勝子が八丈島に去って行き、新田には利平と透夫妻とおれだけが残った。十二月になって大分体力が回復した透が神田の教会の事務員となって通勤し始めてから、おれはあなたをものにする機会をうかがった。自分が頭と性器だけの異様な怪物に変身してしまい、しかも頭にも性器にも父安在彦と母キヨが憑《よ》りついて支配してた。おれは自分の意思で動くのではなく今や父と母の死霊《しりょう》によって動かされてたんで、あなたに無遠慮に接近していったおれはおれではない別人だという気がしてた。別人のすることだからどんな破廉恥《はれんち》も平然として遂行できたんだ。これ、言い訳ではなくて当時の心境を忠実にあなたに告げてるだけだよ。

あなたに最初にキスしたとき、安在彦の息子だと告白したのは、ほんとのところ自分が喋《しゃべ》ってるのでなく、おれのなかに住み着いた父が口を開かせたんだ、としか言えないな。あなたの口には甘い蜜《みつ》がたっぷり含まれてておれ、こんどは本来のおれ、がうっとりしてた。言ってみれば、小心な息子が父の手引きで初めて悦楽の園に踏みこんだんだ。しかも小心な息子は自己の大胆不敵な行為にびっくりしてあなたから逃げて来ちまったんだね。

そうして運命の日、あなたが風邪で臥《ふ》せってる日になった。あなたが病気になったと思っただけでじっとしておれず氷嚢《ひょうのう》に井戸水を詰めたり粥《かゆ》を作ったりして出入りしてるうち変な気持になってあなたを抱いてしまった。あのときはもう父親や母親の影は消えてておれ、本当のおれ、が行動してたんで、あなたが体を開いてくれたとき、かつて経験したことのない喜悦でおれは充《み》たされたんだ。あれがわが生涯《しょうがい》で最上の至福のときだった。それを恵んでくれたあなたに感謝する。ありがとう。

あれ以上の至福は二度とあたえられないと思い、その後あなたから遠ざかった。不思議にもあなたを抱いてしまってから、あんなにおれにとりついてた両親の死霊がどこかに去ってしまった。と同時にあなたに対しては、その肉体に鮮烈な欲望を覚えるというよりあなた全体を穏やかにくるむしみじみとした愛を自覚するようになったんだ。もうすこし明瞭《めいりょう》に言うと頭と性器の怪物が通常の人間に返ってしまったんだ。そのうえ透の存在もこれまでのように競争者として意識はされず、あなたの夫として素直にみとめられるようになった。あなたが妊娠したと聞いたさい、それはおれの子かも知れないと推測されて幾分やましく幾分嬉《うれ》しかったけど、あなたはなにも言わないし、透は喜んでるし、おれはあなたがた夫婦の子供としてごく普通のお祝いを言う気持になってたんだ。

母が死んでからおれもそろそろこの世におさらばしたいと思うようになった。あなたにむかって、おれももうすぐ死ぬ、と言ったのは本気の言葉だった。もともとあなたにむかって言ったおれの言葉に嘘はこれっぱかしもないんで、それだけは信じてほしい。この手紙の内容だってそうで、もし嘘があったとすれば、その嘘をおれが真実だと思いこんでたためにすぎない。

なぜ死にたいか。その理由はあなたに告白したとおり、疲労だ。因業《いんごう》夫婦のもと幼年から耐えに耐えて生きてきた。小学校で伊東の旅館で三田の病院で耐えてきた。戦争に耐え、出生の秘密に耐え、敗戦に耐え、あなたへの恋に耐え、利平の看病に耐えてきた。これだけ耐えれば疲れて当然だ。あなたがた夫婦は娘をはぐくみその生育を見守る楽しみを得た。しかしおれにはその楽しみのかけらでも要求する権利はない。もし娘がおれの子だとしたら、将来おれは父になりえない自分に耐えねばならない。このネバナラナイを耐えるだけの力はおれにはもうない。逆さに振ってももうないのだ。戦争は終り平和が来たが、これからつづく長い退屈な時間を思っただけで、おれはもううんざりなのだ。

おれの父親が朝鮮人であることで別におれは引け目を覚えはしなかった。母がおれにそれを打ち明けたときも衝撃など受けはしなかった。むろん日本人の朝鮮人蔑視と差別《しゃべつ》に対しては怒りかつ恨みはしたけども、それはおれ自身に対してと言うよりも父、安在彦の身になってのことだった。おれ自身は朝鮮人の血が混じってるために迫害を加えられたことは全くなかったんで、この点くだんの金なんかとは状態が違う。また、自分がセムシであることで散々に苦労はしてきたけど、それは血の問題とは全然関係なく、利平と悪いけどあなたの母菊江のせい、つまり因業夫婦に預けられたせいだった。だからおれが耐えてきたのはもっと別なこと、利平と言う人物のそばに生きねばならなかったという運命のせいなんだ。これまで耐えに耐えたおれはなにをしてきたか。多くの人を殺《あや》めただけではないか。それもおのれの意志で冷静に計画して殺害したのではなく、むしろおのれの意志に反して運命の糸に操られたかのように人を手に掛けてしまったのが薄気味悪いんだね。ちょっとした悪さやイタズラが悪逆無道の行為になってしまう、これは運命のたわむれにしては残酷すぎる。岡田、いと、平吉がそれだった。たしかに岡田については安在彦の〝恨《はん》〟に染まった死霊の影響があったかも知れない。しかしそういう事態がおこるのはもう一度言うがおれが半分朝鮮人だったからではなく、安在彦と利平とがある関係を持ったからなんだ。そうして、なぜかおれは、すでに死が定まってた人々から頼まれて殺生《せっしょう》に及ぶ行為につぎつぎに遭遇せねばならなかった。おれがその場にいなければそうしなくてすむはずなのに、おれはその場に立ち合わされてしまったんだ。久米、フク、キヨ、あとで言うが利平がそれだった。運命に翻弄《ほんろう》されてるおれのような人間がこのさき生きていけばろくなことはないに決まってる。そうしておれが手掛けたこれらの死者たちがすべて利平の関係者であるという事実が呪《のろ》われてるんだよ。おれ自身はこの事実にオノノキフルエてる。すでにあなたにイケナイコトをしたおれがさらにこの生きていればあなたを殺すに違いないというあらがいがたい予感がおれにはあるんだ。この予感がたとえほんの粟粒《あわつぶ》ほどだけどあるからにはおれは生きてられないんだよ。しかしなおおれをこの世につなぎとめてるものがあった。それはなんだと思う？　利平さ。利平という人の存在さ。わが点鬼簿《てんきぼ》に安在彦を加えれば発端が成立し利平を加えるとすると終末が成就《じょうじゅ》する、そういう物語を大急ぎであなたにしなくてはならない。

母の死後、利平の酒量があがったのにあなたは気づいてたろうか。それまでも昼間から酒を飲んでたけど、朝からという具合ではなかった。一杯やる前に母の診察をするという日課だったのが、起きるとすぐ飲みはじめるようになった。そのために一升瓶《びん》を常にそばに置いているようになった。

そしてモルヒネの常用だ。新田にきた当初は苦痛をなんとか我慢して生きて行こうとする気力があったし、それを頻繁《ひんぱん》な入浴によって減少させる根気もあったのが敗戦の日からがらりと変った。一筒〇・一グラムのモルヒネを、一日に二、三本、おれに打ってくれと命令し、その量がすこしずつ増えて行った。土蔵には麻薬中毒者が数年使っても有り余るほどのモルヒネが貯蔵してあったから利平の命令には無制限に応じることができた。おれが病人の言いなりに麻薬を注射してやるのを見て、勇などは病人を甘やかすのは病人のためにならないぞと何度もおれに注意し、ついにはおれを犯罪者呼ばわりし、オー先生を殺すのはお前だとまで言った。けど、モルヒネを使わなければ鎮《しず》めることができない肉体の責苦について勇がどれほどの惻隠《そくいん》の情を持ってたんだろう。さらにその責苦の原因となった全身の変形、火傷《やけど》の瘢痕《はんこん》についてどれほどの想像を働かせたんだろう。勇は誠実で情け深い人だが、健康で生一《きいっ》本《ぼん》な人だ。健康な人は病者を、生一本な人は自分と違う人間を理解できないんだ。
肉体の責苦と変形に加えて精神の苦悶《くもん》があった。一生かけて築きあげた事業は、あの病院の炎上が象徴するように崩壊し、医学的研究も発明品も消滅し、若き日より培《つちか》った軍事大国日本帝国の夢は雲散霧消した。彼が生涯にわたって営々と構築した時田病院とその廃墟《はいきょ》ほど彼の一生を見事に象徴するものはありはしない。
気分のよい日に利平は好んで『融《とおる》』を謡《うた》った。謡本《うたいぼん》をなんども読まされたのでおれは文章を覚えてしまった。

月《つき》もはや出汐《でじお》になりて塩竈《しおがま》のうら寂《さ》び渡《わた》る夕《ゆうべ》かな。陸奥《みちのく》はいづくはあれど塩竈《しおがま》の、恨《うら》みて渡《わた》る老《お》いが身《み》の、寄《よ》るべもいさや定《さだ》めなき、心《こころ》も澄《す》める水《みず》の面《おも》に照《て》る月並《つきな》みを数《かぞ》ふれば、今宵《こよい》ぞ秋《あき》の最中《もなか》なる。げにや移《うつ》せば塩竈《しおがま》の月《つき》も都《みやこ》の最中《もなか》かな。秋《あき》は半《なか》ば身《み》はすでに老《お》い重《かさ》なりて諸白髪《もろしらが》、雪《ゆき》とのみ積《つ》もりぞ来《き》ぬる年月《としつき》の、積《つ》もりぞ来《き》ぬる年月《としつき》の、春《はる》を迎《むか》へ秋《あき》を添《そ》へ、時雨《しぐ》るる松《まつ》の風《かぜ》までも、わが身《み》の上《うえ》と汲《く》みて知《し》る、汐馴《しおな》れ衣《ごろも》袖寒《そでさむ》き、浦曲《うらわ》の秋《あき》の夕《ゆう》べかな。

六条河原の院にあった豪奢《ごうしゃ》な庭園の廃墟に昔を懐《なつ》かしみ老いを嘆く心は、おのれの病院の消滅を嘆く利平の心でもあったから彼はこの曲を繰り返し謡ったんだ。おれは、『融』を謡う利平の心を汲みとるうちに、彼が過去を「月のみ満てる塩竈の、うら淋《さび》しくも荒れ果つる、後《あと》の世までも塩染《しおじ》みて、老いの波も、返るやらん、あら昔恋しや」と懐かしがるだけでなく、融の大臣《おとど》が月下の廃墟に昔の園の風趣と美を浮かびあがらせるように、彼も壮年の時田院長になりきって盲目の闇のさなかに全盛時の長大な時田病院の光景をありありと見てる姿を何度も見た。すべての人間はおのがむきむきの夢をいだいてこの世に生まれるが、夢を成就する人も放棄する人もいる。ところで人間の見ようとする夢など実のところ大したものではないので、融の六条河原の院も利平の時田病院も、彼らの背丈に合った卑小な夢にすぎない。それは子育てを一生の夢とした女や実直な会社勤めを終生の夢とした男と同じく阿弥陀仏《あみだぶつ》の目から見ればその卑小さにおいていささかの差もない。人は阿弥陀仏の一子地《いっしじ》として平等なんだ。卑小ではあるが懸命に生きるところに風趣と美を見いだすべきなので、そういうところ路傍の花が懸命に可憐《かれん》に開くさまと異なりはしない。いつか誰かが、おれの予感では小暮悠太あたりが祖父の思い出の記を書いて時田利平の風趣と美を定着させるかも知れないが、今のところおれにできるのは時田病院を画布に再現させることだった。こうして「時田病院」と題する油絵を描きはじめた。病院の詳細なスケッチを何枚も描いてたし、建物の設計図も所持してたから、それを精確に細密に再現する資料は充分にあり、制作作業そのものは易しかったが、もっとも困難なのはそれを美しく表現することだった。個展で初めて公開したあの絵を完成させるのにまる一年半ほどかかってるんだ。それを利平に見てもらえないのを残念に思った。あの絵に彼の一生が凝縮して示されてるんだからね。あの絵を見て喜び、ただちに、懐かしい過去の記念にという動機で購入してくれた桜子は画家であるおれの気持をよく理解してくれてたと思う。あの絵を見たとき透とあなたは素晴らしいと言ってくれ、あなたは涙ぐんでさえくれた。しかし勇だけは、こういう絵はオー先生にとって残酷な絵だ、オー先生がこれを見ることができないのは幸いだと言った。勇はそこに人の一生の虚《むな》しさだけが示されてると思ったんだね。

敗戦の翌年の初夏に史郎が、夏には晋助が復員してきた。秋口にあなたと透は神田に引っ越し、直後に火之子が生まれ、八丈島から勇と勝子が新田に来た。さらに翌々年の正月に風間振一郎が公職追放令で追放され、春に脇敬助が代議士に当選し、その祝賀騒ぎのさなかに晋助が死んだ。そのあいだに利平は確実に弱って行ったんだね。

上を向いて寝たきりの彼には褥創《じょくそう》ができた。腰骨のあたりの皮膚が剝《は》げて骨が露出してひどい痛みであった。これが化膿《かのう》するので風呂《ふろ》に入れずタオルで拭うだけになった。火傷の瘢《はん》痕《こん》の痛みと痒みは激烈になり、終日モルヒネと酒が欠かせなくなった。おれは命じられるままに麻薬を打ちつづけ、酒を運び、時には酒のかわりに、あなたは驚くだろうが、エチルアルコールを静脈注射しさえしたんだ。

モルヒネとアルコールで彼の意識はとめどもなく浮遊しだした。うつつと夢、現在と過去、最近の出来事と遠い記憶とが交錯して混じりあったんだね。おれは彼の言葉と仕種《しぐさ》でさまざまな意識の変容を感じとったさ。雨の音と砲弾の爆発、序破急《じょはきゅう》と海戦、自分の腹を切った手術と誰かの片足切断の大手術、台所の皿の音と牛乳瓶満載の車をひく牛乳配達、『融』の謡と時田病院の廃墟、空襲のさい八角堂で大火傷を負った場面と少年時代に海で溺《おぼ》れた経験、疾風が荒れる日と冬の荒れた日本海、世阿弥《ぜあみ》の一節を謡うのと魚籃坂《ぎょらんざか》の能舞台でのシテとしての演技、『鵺《ぬえ》』の嘆きとおのれの火傷の瘢痕の苦痛、魚の大群のようなB29とフグを調理する鮮やかな手さばき、三田の露台と富士山頂、雪の日の寒さと二・二六事件、天文台での望遠鏡観測とバルチック艦隊の遠望、妻菊江、あなたの御母堂、を抱く所作とその死の床での別れ。女の名前を露骨にあからさまに口にするようになったのは梅雨時に入ってからだね。サイ、菊江、いと、キヨまではおれも知ってたけど、久米、鶴丸、フクとなると空想の所産かと思われた。でも女の名前を呼び、それを抱く仕種をするときの彼は七十二歳の男とは思えぬ官能の悦楽に耽《ふけ》って倦《う》まず、しかもその直後に女の死を悲しみ嘆き涙を流す長い激しい身振りがつづいたんだ。

モルヒネとアルコールは利平の脳髄と体のなかから、洗いざらいに一生涯の記憶と時間を染みださせ、今、現在の彼のあらゆる苦痛を除去する絶大な力をそなえてて、それなしでは利平はもはやこの世に存在する方途がなかったんだ。彼の苦痛がひどいおりにはおれは彼をあの火中で助けたのは間違いであったかと思い惑い、彼が回想と悦楽の園をさまようあいだは彼に至福をあたえたのはおれの功績だと嬉しがった。モルヒネとアルコールという麻酔物質だけで人間が不幸にも幸福にもなれるものならば、個々の人間がおのがじし思いこんでる不幸の念とか幸福の思いとかにはたいした意味がないとおれは思うようになった。それよりも阿弥陀仏は一切衆生について平等の慈悲の心で一子地を思っておられるという住職の言葉にこそ意味があると悟ったんだ。念仏とはまさしくそのような境地、煩悩《ぼんのう》の世とはべつの浄土におれをするりと解脱《げだつ》させ、阿弥陀仏の一子地にしてくれる行為なんだ。なにもかも失った利平ですら幸福でいられるならばおれだってと自己の復権を念仏によって祈念したいと心掛けるようになった。でもあなたにこれだけは了解してほしいのはおれが利平の世話を労をいとわず熱心に極端にしたのは、この極端さが勇なんかの気にいらない点であったけど、召使の主人への忠誠でもなく、あなたに感謝されるためでもなく、病人への憐《あわ》れみの心によってでもなく、ひたすらに自分に世話のできる利平という人をあたえられた阿弥陀仏に帰依《きえ》してたためなんだ。おれみたいな悪人が殊勝そうなことを言うのはあなたにはおかしいだろうけど、おれは大松寺の住職のおかげで阿弥陀仏だけは信じてたんだよ。

ここまでの手紙を書き始めたのはおれの個展が終り、売れ残りの作品を西大久保の小暮宅に預ってもらった直後で、書き終えるのにひと月ほどかかったよ。

さて最後の日が来た。今日、いやもう昨日になるが、利平はおれにひそかに一つのことを命令したんだ。その日のうちに完全に死ぬために致死量のモルヒネを彼が命じた時点で注射することだ。

彼は死ぬ十分前に、初江、史郎、夏江の三人を枕元《まくらもと》に呼んだ。父と子供たちだけの水入らずの別れを成就するため、ずっと付ききりだった唐山竜斎は病室を出た。別れが終り、子供たち三人が病室を出て、今度はおれが呼ばれた。その瞬間におれは命令通り致死量のモルヒネを注射してあげたんだ。そう、五分後に二階に運ばれた利平は死んだ。

南無阿弥陀仏、南無阿弥陀仏。

これでおれの告白は終了した。あなたにしっかりと約束したように、オー先生が亡《な》くなったら、おれ、この家を出て行く。これから、さっき認《したた》めた関係者御一同への遺書を利平の棺の上にこっそりと置き、近くのポストへこの手紙を投函《とうかん》に行き、帰ってきたらロウソクに火をともし、用意の青酸カリを飲み、遠くへ旅立つよ。

さようなら、さようなら。

昭和二十二年六月××日　間島五郎

菊池夏江様

追伸

おれが火之子を見たのは、今日が、待てよもう昨夜になったけど、最初で最後だった。あの子の顔は幼いときのおれにそっくりだよ。

10

夏江は膝《ひざ》からずり落ちた便箋《びんせん》の山を集めて卓袱台《ちゃぶだい》の上に揃《そろ》えた。万年筆の肉太な字は、封筒を染みてきた雨と涙のため、所々で滲《にじ》んでいる。字面《じづら》をぼんやり見返しているうちに、階段に足音がした。こんな時刻に透が帰ってくるとはと訝《いぶか》しがる。手紙を素早く畳んで懐《ふところ》にねじ込み、鏡台に向かい、涙で強張《こわば》っていた顔を拭《ぬぐ》う。しかし泣きはらした目蓋《まぶた》と赤い目は隠しようがない。と、足音は下の階で止まった。書店員が階下の倉庫に本を取りにきたものらしい。

この手紙を透に読まれたら困るという思いとむしろ読んでもらって彼の意見を聴いてみたいという思いを心中で闘わせながら、夏江はもう一度手紙をゆっくりと読み返した。これは風変わりな恋文だが恋文である以上は夫に読まれたくはない、もし読まれたら気詰まりだと結論を下した。さらにこんな文章が残って、将来、火之子に読まれたら大変だとも考えた。父親が透ではなく五郎であり、さらに〝殺人者〟であったと知らせることは残酷であろう。手紙を燃やさねばならぬがどうしたものか。屋根の傾斜に嵌《は》め込まれた窓を這《は》う雨が恨めしい。この屋根裏部屋は元雑品倉庫だった三畳ほどの板の間で、水道も炊事場もない。水は一階の便所から汲み、煮炊《にた》きは電熱器で間に合わせているが、炭や薪《まき》を用いることは大家から禁じられている。透はタバコを喫《の》まないので灰皿もない。結局、書店員が裏の焼け跡で焼却炉として使っているドラム缶《かん》で燃すより仕方がない。

手紙をどこに隠そうかと夏江は迷う。洋服簞笥《だんす》、書棚《しよだな》、鏡台、蒲団《ふとん》……。簞笥の引出しの底などという平凡な術策ではすぐ見つかってしまう。結局いつも持ち歩く信玄袋の中に米穀通帳や銀行通帳とともに無造作に突っ込んだ。通帳類の扱い一切を夏江まかせでいる透がそれを開けて見るとはまず考えられない。

夕方、常よりも少し早めに透が帰ってきた。階段を上がってきた彼はあえぎながら妙に興奮した怖い顔付きを向けた。

「もう帰ってらしたの」

「ああ」と透は火之子を抱き上げ、頬笑《ほほえ》みかけたが、すぐまた怖い顔にもどり、早口に言った。「ぼく、教会をやめることにした。ジョーさんにそう言った。彼も諒承《りようしよう》してくれたよ」

「やっぱり、あの論争のせいなのね」

「それもある。しばらくは神父と離れて、問題をよく考えてみたいと言った。しかし、彼との間に感情的なもつれは残さぬようにしたいとも言った。ジョーさんとは一応、固い友情の握手を交わしてきた。あしたは教会に置いてある本を取りに行く」

「でもここにはもう物を入れる余地なんかないでしょう」

「教会をやめた理由はもう一つある。おれは八丈島に行く決心をしたんだ」

「まあ……」

「東京は食糧事情が悪いし、教会をやめればぼくは無収入となり、八丈で店番でもするしか方途がない。とうさも来いと言ってくれている」

　八丈島で暮らすのは嫌《いや》だ、と夏江は思った。勇はカトリックの信仰について偏見を持っている人だ。頑固《がんこ》一徹が年を取るにつれてますますつのってきたようだし、それに存外に敏感な人だから息子と嫁の間のひそひそ話を盗み聞きして、火之子出生の秘密を嗅《か》ぎつけるかも知れない。初孫だというのに火之子に対して妙に冷淡な態度も気になる。それに兄の史郎の結婚申込みを勝子が断ったことも夏江には気詰まりであった。

「わたし何だか八丈には行きたくないの」

「なぜ」と透は怪訝《けげん》な面持《おもも》ちになった。「夏のかんかん日照りに、この屋根裏部屋は焦熱地獄だよ。去年の残暑で経験済みじゃないか。火之子の健康のためにもあそこは恰好《かっこう》だ。海風は涼しいし離乳後の滋養分もたっぷりあるしさ」

「ええ、まあ……」夏江の曖昧《あいまい》な受け答えに透はそれ以上を問わず、すぐにでも旅立つような素振りで身のまわりの品々を整理し始めた。

翌朝も糠雨《ぬかあめ》が降り、軒端《のきば》をかすめてふやけた雨雲が通る暗い日だった。雨合羽《あまがっぱ》をまとった透は活動を開始した。どこからかリヤカーを借りてき、教会から本やノートを引き上げてくるという。火之子のお守りをしながら夏江が待っていると、昼過ぎに透は車一杯の本を運んできて屋根裏部屋に積み上げた。これでは夜眠る場所もないと心配したが、両足と左手を器用に使って荒縄《あらなわ》と新聞紙で包を作り、できたものから順次最寄りの郵便局で小包として発送してき、午後遅くにはあらかたの本を片付けてしまった。夕方になって小暮悠太が訪ねてきた。透叔父さんに電話で呼ばれたという。叔父は甥《おい》にドストエフスキーとシェークスピアとゲーテの全集を渡した。悠太はそれを、リュックサックとボストンバッグとトランクに詰め込んだ。

「悠太ちゃんは本が好きなのね」甥が汗だくで働いているのを夏江は感心して眺《なが》めた。

「ああ、この世で一等好きさ」

「そんなに文学が好きなら将来小説家になったら」

「文学は好きだけど小説なんて書けないよ。第一、ぼく、監獄を知らないもん」

「カンゴク？」

「ああ、ユゴーもデュマもトルストイもドストエフスキーもスタンダールも、えらい小説家はみんな監獄を描いているよ。この世の裏側を知らなきゃ、小説なんて書けやしない。じゃなくてね、ぼく医者になるんだ、おじいちゃまみたいな。そうそう、オッコがいよいよ出発するよ、来週の土曜日の午後四時、横浜の大桟橋《おおさんばし》から、フランスのラ・マルセイエイズ号だって。ぼく、叔父さん叔母さんに伝えるよう言付かってきたんだ」

「今日は金曜日……あと丁度一週間しかないわね。準備で大変でしょう」

「桜子さんがほとんど付きっきりでやったんだ。おかあさんはどうしていいか見当がつかずにおろおろしてるよ」

悠太が帰ろうとした時、雨が繁《しげ》くなったので、子供を夫に託して夏江は送って出た。背中も両手も重い荷物の悠太に傘《かさ》をさしてやり水道橋駅へ向かって歩いて行く。悠太はふと思い出したように言った。

「ぼく、おじいちゃまの日記全部もらったんだ。ところが史郎叔父さんたら、こんなもの、何の役にも立ちゃしねぇだろうって言うんだけどね」

「あれおとうさまが一所懸命おつけになったもんだから。たしか明治三十七年頃《ころ》からあるんじゃない？」

「そう、明治三十七年に始まって、昭和十九年の暮で終ってる、まる四十年間の記録。抜けてる年はないな。おじいちゃまって実に几帳面《きちょうめん》だね。この日記はゴロちゃんに命令して早々と新田に疎開《そかい》しておいたんで助かったんだけど、昭和二十年の日記だけは残念ながら焼けちゃったんだって。日露戦争とか関東大震災とか二・二六事件とか十二月八日とか、大事件の見聞はさすが詳しいね」

「悠太ちゃん、その日記があれば、おじいちゃまの伝記が書けるんじゃない？」

「書けるかも知れないな。明治、大正、昭和三代を全力で駆け抜けた或《あ》る医師の一生」

「悠太ちゃん書いてよ」そう言いながら、夏江は五郎の手紙に、利平の伝記を悠太が書くかも知れないという予言があったのを思い出して、五郎の不思議な透視能力を思った。

　水道橋で悠太と別れてから夏江は神田教会に寄ってみた。教会堂には誰もいない。祭壇の前に行き、最前列のベンチに腰掛けて十字架を見上げて十字を切った。体が自然に動いてひざまずき、祈りの形になった。数えきれぬほどこの形でこの祭壇に向かって祈った。おのれの罪を何度主に告白し許しを請《こ》うたことであろう。姦淫《かんいん》と淫行を、「心より悪《あ》しきおもひ出《い》づ」（マタイ、十五の十九）とわびたことであろう。みごもってからは、生まれてくる子を主の贈り物とこころえ、無事の出産とその子の一生の幸福のために祈った。祈るたびに、心は深い闇《やみ》のなかに沈んでいき、堅固で分厚い沈黙の壁に取り囲まれるのだった。「なんぢは祈るとき、おのが部屋にいり、戸を閉ぢて、隠れたるにいますなんぢの父に祈れ」（マタイ、六の六）神は隠れているが、すべてを見ている。主は答えたまわず、わたしは闇に閉じ込められて、ひたすらに祈った。わたしの祈りは、ますます長く深くなっていき、おのれが漆黒の魂の闇に融《と》けてしまい、ついには身も心も魂の闇そのものになりきるほどになった。すると夜が明けるように明るい光が射《さ》してきて、森の梢《こずえ》を滑っていく風のように身も心も軽く、主の御旨《みむね》のままに漂い、恩寵《おんちよう》に充《み》たされながら、しかも主を見ることも聴くこともない。「汝《なんぢ》その声を聞けども、いづこよりきたり、いづこへ行くを知らず」（ヨハネ、三の八）多くの死者が彼女とともに闇を漂っていた。御旨《みむね》の風に乗って、いづこよりきたり、いづこへ行くを知らずに、母の菊江、父の利平、五郎と、漂う。

祈りから抜け出た夏江を包み込んだのは悲しみであった。五郎の手紙を読みながら流した涙と等質の悲しみであった。五郎はわたしを置き去りにして遠くに去った。残されたわたしはどうしたらいいのか……。

「夏江さん、しばらくぶり」と声を掛けられた。祭壇の左、司祭の控室からジョー・ウィリアムズ神父がにこやかな笑顔を浮かべて現れ、身軽に祭壇からひょいと飛び下りた。「よく来てくれましたね。お元気ですか」

「何とかやっております」

「何とか……あまり元気ではないということね。さっき透さんと別れた。彼もあまり元気でないね。同じ問題をあなたたち夫婦はかかえているようね」

「透が神父さまとした論争のことでしたら、わたしには関係ありません」

「関係ないことはない。夫の問題は妻の問題で、しかも魂の問題よ。透は信仰を失いかかっている」

「そんなことはありません」夏江はびっくりして強く抗議し、同時に怒りも覚えた。神父は透の苦しみをまるで理解していない、魂の問題を政治や国情にすり替えたのは神父のほうではないか。

「それならいいが」とジョー神父は、ドッジ・ボールのボールをよけるように少しのけぞり苦笑いをした。「ぼくは彼と議論したけど人間に意見の相違はつきものでね、そのことを別に気にしていないし、彼との友情にも変化はない。ただ、そのことで彼が神への帰依の念を薄めるとなると心配だ」

「彼の苦しんでるのは神様の問題ではありません。なんでも神父さまが原子爆弾を肯定なさったのがショックだったようです」

「ぼくは原子爆弾を肯定したのではない。広島と長崎に落したのは戦争を終わらすために必要な、仕方のない選択だったと言ったのだ」

「原子爆弾は人間が考えだした、史上もっとも残虐《ざんぎゃく》な兵器ではありませんか。毒ガスとか細菌兵器など原子爆弾にくらべれば問題になりません。神父さまは人間があんな残虐な殺人爆弾を使っていいとお考えなのですか」

「おお、やっぱり夫の問題は妻の問題ね。いいかね、今度の戦争では、ナチ・ドイツと並んで、日本人は残虐だったよ。ハワイで、中国で、アジアのいたるところで虐殺をした」

「しかし一発の原子爆弾で十万人もの市民を、子供や赤ん坊を含めて、見るも無残な、今までの殺し方とはまるで程度の違う、殺戮《さつりく》方法で、一瞬にして殺すような残虐はしていません」

「日本人の残虐さと原子爆弾の残虐さは等質よ。残虐には違いないよ」

「では、残虐を働いた国の人間は、残虐に殺してもいいとお考えですね。それは、目にて目を償い、歯にて歯を償い、手にて手を償い、足にて足を償い、という旧約の戒律であって、キリスト教の許しと寛容の精神と違うと思いますが」

「透がそう言ったんだね。それは透の意見だろう」

「わたしの意見です。わたしどんな条件でも事情でも人間は残虐であってはいけないと思いますの」

「それはそうよ。そうだけどもね……」ジョー神父はちょっと困惑した顰《しか》め面《つら》になった。夏江は後悔していた。ここに来たのは祈るためであって、議論を戦わすためではなかった。それなのに、まるで自分が透になったように神父と対峙《たいじ》している。そうして、そういう対立の構図の中に自分が組み込まれたのが不本意であった。せっかく祈りによって浄化された心が濁り、悲哀の情がとげとげした怒りに代ってしまった。

「主よ」と神父は、信徒に改悛《かいしゅん》の秘蹟《ひせき》をあたえるときのように夏江から目を逸《そ》らし天を仰ぐ形で、「もしぼくが間違っていたらお教えください」と言い、夏江に向かって深々と頭をさげた。「夏江さん、透さんに伝えてほしい。意見の対立にもかかわらず、ぼくは彼を必要としている、ぼくは彼とともに伝道を続けたい。彼に去らないように、八丈島に行かないように頼んでください」

「しかし、神父さま、彼はもう一歩を踏み出しています、引き返すと倒れてしまうような勢いで」

「残念ね、ほんとに残念ね」ジョーは涙の光る目をしばたたいた。「夏江さんも去るんだね、彼と一緒に行くんだね。ではこれでお別れね」神父の差し出した手を夏江は握った。肉の厚い毛深い手であった。これで神父と別れはしないだろう、自分は透とは違う、そしておそらくは東京に残って生活を続けるであろうと、彼女はぼんやりと予感した。

教会を出ると糠雨が霧のように街を煙らせていた。急に乳房が張ってきて痛む。火之子の唇《くちびる》と乳首とは強い透明な縄で繫《つな》がっていて、その縄に牽引《けんいん》されるように足を急がせた。下宿の前まで来たとき、乳房の痛みは極点に達していた。階段を急ぎ登る。火之子は透の膝の上で泣いていた。乳首を含ませたとき、子供の熱い口と優しい吸引力が母親の痛みを安らぎに換えた。

芋汁と冷奴《ひややっこ》だけの貧しい夕食をすませてから、透は火之子を抱いて揺すって眠らせ、そっと寝かせ付けた。夏江は、荷造りをしている透に習って、自分の物を出して並べてみたが、どうしても気乗りがせず、手持ち無沙汰《ぶさた》にしていた。すると手を休めた透が「折入って相談がある」と切り出した。夫の意外に厳しい、怖いような表情に夏江ははっとした。

「きみに断っておかなくてはならない――五郎の手紙を読んだんだ。きみが出掛けてすぐあとのことだ。いや、別にきみの身辺を捜索するつもりはなく、八丈での生活費をどうするかと考えて銀行の通帳を見ようとしたら、偶然発見しちまったんだ」

「そう……」夏江は肩を落した。手紙を透に見せる見せないの迷いが吹っ切れて、むしろ安《あん》堵《ど》した気持である。「わたしも隠すつもりはなかったのよ。ただ、ちょっと言い出しにくくて、何だか照れくさくて、仕舞っておいたの」

「わかってる。ところで、きみはあの手紙をどう思うんだ」

「安在彦については前から聞いてたけど、あとの出来事は初めて知ったことばかりで、ただただびっくり仰天だったわ。ゴロちゃんて可哀相《かわいそう》な人だと思った。自分の意志に反して何か恐ろしいことを、つぎつぎにしてしまうんですもの。そうして、正直な人だと思ったわ。普通だったら秘密にしておきたいようなことを、洗い浚《ざら》い告白してしまうんですもの。火之子のことだって……」

「待って！　火之子の話に行く前に、ぼくの感想を聞いてくれ。はっきり言おう。あの手紙に書かれた事柄《ことがら》について、ぼくは大いに疑問があるんだよ。嘘《うそ》が多すぎる。嘘と言って悪ければ思い込みと言ってもいい。それもしばしば病的な思い込み、まあ精神病患者の妄想《もうそう》に近い想念だな」

「そうかしら、わたしにはゴロちゃんの赤裸な、真っ正直な告白だとしか思えないけど。大体死んでいく人が嘘を言うかしら」

「人の将《まさ》に死なんとする其《そ》の言や善し。Truth sits upon the lips of dying man. というからね。ただしその逆の人もいる。嘘をまっとうするために死ぬ人もいるのさ」

「あなたのおっしゃることよく理解できないわ」

「彼は全世界が自分を中心に回転していると思っている。まわりで起こる現象すべては自分の行為の結果として起こっていると思い込んでいる。それが間違いの元だ。こういう人間は一つ間違うとその間違いに輪をかけていく。間違いの連環みたいなものを作りあげていくんだね。彼が安在彦の息子であるというのがそもそも彼の最初の思い込みだ。いったい、本当に彼は朝鮮人の子供なのだろうか。それを彼に教えたのは母親の間島キヨで、彼女以外の証人はいない。そういうあやふやな根拠に基づいて、彼は自分を虐殺された朝鮮人の息子と思い込み、そこを出発点として彼の人間観をつくりあげ、行動の指針としたんだ。

つぎに、傴僂として、不具の人間として、人々から迫害されてきた経験がある。そうなった原因を作ったのは時田夫妻で、もちろん彼が〝因業《いんごう》夫婦〟と呼ぶ養父母のせいもある。これが彼の怨念《おんねん》になっている。

虐殺された朝鮮人の子、傴僂の身、この二重の分け隔てにある彼は、世間に対して、時田利平先生の周辺にいる人たちに対して、最終的には時田利平その人に対して、復讐《ふくしゅう》を開始し継続し、それをさらに未来にまで延長するために自殺したんだ。

最初の復讐は岡田棟梁《とうりょう》だね。あの場合、殺意はなかったと五郎が言っているのは疑わしい。岡田は安在彦殺害の元凶で、おのれの行為を日本人として得意に思っていたし、傴僂の五郎を兵隊にもなれない非国民として軽蔑《けいべつ》していた。父、安在彦の復讐を果たしたい欲求、日頃の侮蔑への仕返しの気持が彼の心に殺意を植えつけたことは、事の成り行きからごく自然に了解できる。竹梯子《たけばしご》を足で蹴《け》ったときに、五郎は殺意はなかったと言い、とすれば法律上は未必《みひつ》の故意《こい》となって罪が軽減されるんだが、ぼくはこの点は疑わしいと思っている。彼は殺そうとして堂々と犯行に及んだんだとぼくは推測する。

その推測を実証するのがいいと平吉殺しだ。これも殺意はなかった、ほんのいたずらのつもりで地下室の補助鍵《ほじょかぎ》を閉めただけだというし、一酸化炭素中毒となったのは偶然だというけれども、ぼくは言い訳にすぎないと見るね。あらかじめ防空壕《ぼうくうごう》側のドアの外側に炭俵を積み上げておき、ドアの内側にはレントゲン撮影機を置いておき、逃げようとしてドアを開けば、猛毒のガスが室内に侵入してくるように仕掛けた。つまり周到な計画に基づく犯行だったと、ぼくは解析する。

利平先生だけを助けて、フクを見捨てたのは、フクがおお先生を助けてと頼んだからだというのは何だか芝居染《じ》みている。無口で不断言いたいことも言えぬ質《たち》のフクがとっさの場合にはっきりと意思表示をしたというのが不自然なのだ。それよりも、火のなかで苦しんでいるフクをわざと見殺しにし、利平だけを助けたところに問題がある。あそこで死ねば利平は名誉の戦死だ。しかしそういう死を利平にとげさせないで生かしておき、時間をかけてゆっくりと殺す必要があったんだ。その後の彼の行動がそれを証明しているんじゃないかね」

夏江はそこで口を挟《はさ》もうと身じろぎした。が、透は彼女に付け入る隙《すき》を見せず、ぎっしりと書き込まれた本でも早口に読むようにして話を続けた。

「あと彼が行った行為はすべて重症で苦しんでいる病人の自殺を助けるためだということになっている。でも何だか偶然が重なり過ぎていて、都合のいいお話になってるね。久米薬剤師は背骨に激痛があり苦しんでいたそうだ。きみは彼女の発病から死までを身近に目撃してたから五郎がこっそり彼女にモルヒネを打っていたかどうか、その真偽を証明できるんじゃなかろうか。おお先生も診ていて随時看護婦が出入りしている病室で、そういう秘密の注射ができるものかどうか、ぼくは時田病院の当時の様子を知らないから、直観で何だか疑わしいとしか言えないけどね。

キヨさんが死んだのは、ぼくが府中から帰った嵐《あらし》の夜だからよく覚えている。あれが自殺だったとは驚いたけど、よく考えてみると不自然だね。自殺しようと喉《のど》を突いて苦しんでいる人間を死なせてやる話は鷗外《おうがい》の『高瀬舟』にあるんだが、五郎のしたことは小説とあまりにもそっくりでかえって信憑性《しんぴょう》に乏しいね。鷗外が問題を提起した euthanasia と自分とを無理に結びつけるために話を作ったとしか思えない。ところで『高瀬舟』では近所の婆《ばあ》さんが目撃者になるんだが、キヨさんの場合には行為を見た人は誰もいない。つまり、五郎には、もっと別な動機があって誰も目撃者のいない story をわざわざ創作したんじゃないかな。

要するに、自分は時田利平という人物の周囲にいた人々の死と深くかかわり合っている人間だときみに示したがっているので、この意図を遂行することにおいては、あの手紙の記述は一貫している。自分のような人間はそうするのが当然だと、きみに信じ込ませたいという魂胆が見え見えだ。しかも、動機のある殺人については未必の故意と韜晦《とうかい》し、自分が本当は関与していない人々の死についてはあたかも自分が euthanasia によって関与していたかのような暴露をあえてする。要するに人を殺すけれども責任は自分にないという記述法だ。きみがいみじくも言ったように、自分は可哀相で真っ正直な人間だときみに認めてもらいたがっている。しかもそういう男だから、死霊《しりょう》に動かされてきみを襲ったのだと、また責任逃れをしている。そうして、最後の彼の意図は、火之子に亡《な》き安在彦の血が混じっているときみに信じこませ、自分の死後もきみを、そうしてぼくを、支配しようとしていることだ。

利平先生の死まで自分の手で実現したという落ちは、これもeuthanasiaの実現でね、すこぶる出来すぎている。ぼくはあのくだりまで読んできて、あの手紙全体があまりにも起承転結が整い過ぎている作り物と気づいて、苦笑したよ」透はそこで口をつぐんだ。

「要するにこの手紙は、ゴロちゃんの創作だとあなたは見なすわけね」と夏江は信玄袋から封書を取り出して卓袱台《ちゃぶだい》に置いた。透はそれを読んだあと不揃《ふぞろ》いなまま封筒に押し込んだらしく、封筒が破れて便箋《びんせん》がはみ出していた。

「全部が創作だとは言っていない。鳥取の老夫婦の桎梏《しっこく》、伊東の旅館での孤独など生い立ちはおそらく事実だろうが、岡田棟梁を殺したあたりからは、事実に創作が混じってくる気がする。虐殺された朝鮮人の息子という母親から聞いた出生の秘密が、傴僂として世の中の人々から冷たくあしらわれてきた体験と結びつき、自分を被害者の立場で正当化しようとして、そしてきみの同情をも引こうとして、誇張と辻褄《つじつま》の合った告白を作りだしたんだ。ぼくはこんな手紙を信じない」

「あなた、ずいぶんゴロちゃんを冷たく御覧になるのね。わたしは、そんなふうには読まなかった。この手紙に書いてあったことは、何から何まで事実だと思うわ。あの人、生きているときに、わたしに嘘を言ったことは一度もなかった。そしてこの手紙を死ぬ直前にわたしへの告白として、あなたの前で恥ずかしいけどラブレターとして書いたんだわ。そこには自分の子である火之子への思いを込めてるんだわ」

「違うさ。断じて違う」と透は彼としては珍しく大声で叫び、寝ている子供がぴくっと身動きしたので、声を細めたが、興奮のために唇がわなわなふるえる発言になった。「火之子は彼の子ではない。ぼくの、きみの、ぼくたちの子だ。いいか、この点を忘れてはいけない。きみが五郎に襲われた前後に、ぼくもきみを抱いていたんだよ。五郎は周到に準備して自分が安在彦の息子で、したがってきみとは血がつながっていないとあらかじめ告げて、そしてきみに襲いかかった。そうしてきみが妊娠したと知ると、自分が父親であるかのようにきみに思わせたんだ。きみがぼくに妊娠を知らせたとき、すぐさま父親は五郎じゃないかと思う、なんて付け加えたんでびっくりしたが、この手紙を読んで事情が明確になった。つまり、きみは五郎の詐術《さじゅつ》にひっかかり、火之子を五郎の子であると信じこまされ、この詐術にぼくまでたぶらかされかかったんだ。火之子を自分の子だと主張して、死んだあとまでぼくら夫婦をあやつろうとするのが五郎の悪意だ。読んだろう、最後に火之子が幼いときの自分にそっくりだなんて書いているところ、彼の悪意が透けて見えるじゃないか」

「やっぱり、あなたはゴロちゃんに対して冷たすぎるわ。あの人は、人をだましたり、悪意で操作するような人じゃありません」

「きみが、そう強く言い張るなら、一歩後退して、彼の生い立ちと傴僂であることが、彼をこの世をひがみ、この世に復讐する人間にしたのだと言い換えてもいい。彼は物心ついてからずっと、傴僂であることを引け目に思い、事実、家でも学校でも、とくに三田で働くようになってから、岡田棟梁を始め人々が自分を軽蔑し差別《しゃべつ》していることを思い知らされた。そこへ、母の一言で自分は虐殺された人の子供であるという思い込みが派生してくる。安在彦の怨念は、虐殺者の元凶である岡田棟梁に向かい、怨恨《えんこん》による復讐という具合に正当化された。一度、この思い込みが生じると、それは年とともに肥大する一方で、つぎつぎに復讐がとげられて行った。彼は利平先生の関係する人々の死とかかわって行ったと書いているけれども、これを精密に言えば、病院繁栄の端緒となった功労者である安在彦を見殺しにした利平先生の関係者の死と関係して利平への復讐をしたんだ。いとと平吉がそうだ」

「彼は朝鮮人の血を受け継いでいることを別に引け目には思っていなかったわ。それに傴僂もそれほど苦にはしてないわ」

「しかし、日本では朝鮮人への迫害と蔑視とが長い間続いていて、彼がそれを強く、鮮明に意識していたこと、傴僂であるためにさまざまな隔てや虐げ《しいた》を受けてきたことは事実だろう」

「それだからと言って、復讐のために人を害することを肯定はできないでしょう」

「そんなことを肯定できるなどと、ぼくは言っていないじゃないか。ぼくの発言を正確に聴いてほしい。ぼくが言ったのは、彼が、迫害や蔑視に苦しんだだけでなく、そういう基本的な状況に加えて、虐殺された男の息子だと信じ込むことで――いいかね、それが事実かどうかは怪しいとぼくは言ってるんだよ――、虐殺の元凶である岡田棟梁と虐殺に消極的だが加担した利平と彼をめぐる人々の死に関係して行くこと、ついにはきみを襲い、ぼくたちの子を自分の子だと思い込むことで、利平の子孫にまで自分の復讐を継続しようとしたと、言ってるんだ。いいかね、何度でも言うが、こういう具合に首尾一貫した思い込みは病的なんだ。根拠のない自分だけの思い込みを病的な妄想と言うんだが、まさしく彼は被害妄想患者だ」

「つまり狂人だというわけ？　ひどいわ。あなたのほうこそ、ゴロちゃんが最初から間違っているという思い込みで、この手紙を否定しようとなさってるんだわ。あの人が安在彦の子供ではないというのはあなたの、別に根拠のない思い込みでしょう。そういう思い込みから、首尾一貫してこの手紙を否定なさってるんだわ」

「では聞く。きみは五郎とぼくのどちらを信じるんだ」

「あなたとゴロちゃんを秤《はかり》にかけているんじゃないの。この手紙の内容の解釈が、あなたとわたしは違うと言ってるのよ」

「同じことじゃないか。この手紙は五郎の一生の信念の表白だ。ぼくはそれを信じない。きみは彼を信じるのか」

「この手紙は信じます。彼は自分の命をかけてこれを書いたのよ」

「では、この手紙の結論、火之子が五郎の子であるときみは信じるのか」

「……信じたくないわ。でも否定はできません。それは妊娠したときあなたに告白した通りよ」

「それで事態ははっきりした。こういう結論だ――ぼくときみとは別れねばならない」

「別れる……ですって」夏江は仰天して透を見詰めた。彼の視線は刺すように彼女を貫いていた。

「そう。しかし離婚するってことじゃない。二人とも神に祝福されて結ばれた以上、離婚はできない。しばらく、きみがぼくを信じてくれるまで、別々な所で暮らそうということだ」

「それでは火之子はわたしが育てるわ」

「いや、ぼくが連れていく。八丈で勝子とぼくで育てる」

「そんなの嫌《いや》よ。火之子はわたしの子よ」

「そして五郎の子でもあるんだろう。ぼくはそう思ってる母親に自分の子を預ける気はさらさらない。この手紙と正反対に、火之子は絶対に、百パーセント、ぼくの子なんだから」

「絶対だの、百パーセントなど神様の能力があなたに備わっているわけはないでしょう。そういう言い方は間違いよ」

「姦淫《かんいん》の禁止を破ったのはきみだよ。ぼくではない」と透は、ぞっとするような冷たい調子で言った。

「それを今になっておっしゃるの？　それについてはあなたに告白して許しを願い、神にも許しを何回となく請《こ》うてきましたわ。それでも、あなたはわたしを許さないのね」と夏江は涙声になった。

「いや、ぼくだってきみを許し、神に憐《あわ》れみを祈った。何度も何度も祈った。しかし、きみに正直に言うけどね、一点、気持が晴れないいんだ。しかし、わが子への愛は絶対で百パーセントだ」

「それなら、わたしも八丈島へ行くわ」

「駄目《だめ》だ。きみは火之子と離れて暮らすべきだ」

「ひどいわ」と夏江は泣きくずれた。「何もかも、この手紙のせいなんだわ。この手紙に動かされているのはあなたじゃないの。そうして、結局、あなたはわたしを許してないのよ」

「たしかに、この手紙がなかったら、ぼくは決心できなかったろう。火之子に五郎の影を見ておびえながら暮らすことよりほかの生活を考え付かなかったろう。でも、彼の遺書は彼の目論見《もくろみ》とまったく正反対の効果をぼくにあたえたんだ」


泣いている夏江のそばで、透はどしどし荷造りをして、その夜のうちに、火之子の身のまわりの物を含めて、旅立ちの準備を終えた。八丈島行きの東京湾汽船の桐丸は午後六時に芝浦港より出航する、切符は二枚買ってあるがきみの分は解約すると透は言った。

夏江の心は打ち砕かれ、すっかり萎《な》えてしまい、彼に何かを語りかける力はなかった。五郎が暗闇《くらやみ》の底を何かの夜行動物のようにするすると這《は》っていく夢を見ているうちに、いつしか眠りに落ちた。翌日は珍しく晴れていて、真夏の強い日差が窓ガラスを輝かした。火之子のオムツを取り替えてやり、乳首を含ませると幼子はぐいぐいと力強く乳を吸った。わが子の熱い舌の感触は官能を軽く刺戟《しげき》して快い。この感触は母親だけが知る喜びであると思う。ふと今日中にわが子と別れねばならないと気付くと、にわかに子供のために、できるだけの準備をしてやらねばと思い立ち、オムツ、肌着《はだぎ》、ベビー服、哺乳瓶《ほにゅうびん》、食器などを透のボストンバッグに詰めた。足りないものを買い足したりして昼間はそれで気がまぎれた。

午後になって、透は、沢山出た紙屑《かみくず》を裏の焼け跡で燃やし始めた。しかし五郎の手紙だけは卓袱台の上に置いて出た。夏江は手紙をきちんと揃えて封筒に入れたが、不意に決心するとそれを持って外に行き、透が鉄棒でかき回している炎の中に投じた。透はそれがよく燃えるように火炎の中央に押し込んだ。

出発の時刻が迫るにつれて、透に哀願して何とか八丈島まで付いて行きたいという気持が動いたけれども、夏江は踏みとどまった。それは男にひれ伏したくないという自尊心のせいでもあったが、何よりも、今のような砕かれた心のままで男と暮らしても決して幸福にはなれないという予感がひしひしと迫ってきたためであった。

「じゃ、行くよ」と透が立った。その背中におんぶ紐《ひも》で火之子を背負わせた。わが子は機嫌《きげん》よく笑っていた。ボストンバッグをさげて透は、「じゃあ」とまた言った。

「わたし送って行かないわ。港でわあわあ泣いたら、みっともないでしょう」

「それもそうだな」と透はじっと夏江の顔を見た。色の黒い、頑丈《がんじょう》な男の顔は内面の波立ちを隠して無表情であった。「月々の生活費は送る」

「あなた、無理をしないで」

「きみはぼくの妻だもの、生活費は送る」

透は顔をそむけると、ゆっくり階段を降りて行った。

11

大桟橋《おおさんばし》の入口にアメリカの衛兵が立っていて入場者をチェックしていた。日本人と見て身分証明書の提示を求められた。この桟橋が米軍の管理下にあるとあらかじめ知っていた悠次は、央子の乗船切符とパスポート、家族全員の米穀通帳を渡した。この小さい日本人の女の子が乗客だと知った兵隊は、しばらく不審そうに央子を見下ろしていたが、ＯＫと通してくれた。

なるほどと納得したのは桟橋を歩いているのが白人の紳士や軍人、つまり身ぎれいな外国人ばかりだったからだ。ここは外国への渡航者の出発地だが、米軍の支配下にあり、独立を失っている Occupied Japan で外国に行く日本人はほとんどいないのが現状なのだ。

トランクは央子には重すぎ、兄たちが交代でさげた。とくに体格のいい駿次が軽々と運び、難なく税関に着いた。

「あの白いのがラ・マルセイエイズ号だよ」と悠太が声を弾ませた。「一万七千トンだもの、大きいや。そして素晴らしくすっきりしてる」

桟橋には二隻《せき》の大型汽船が横付けになっていて、近い方の船の舳先《へさき》に La Marseillaise と読めた。煙突だけが黒く塗られていたが、あとは今塗られたばかりのように真っ白で、折からの斜陽にオレンジ色に染まっている。前部マストと船尾に青白赤の三色旗が翻《ひるがえ》り、半袖《はんそで》にべレー帽のフランス兵士らしい一隊がタラップを登っていた。埠頭《ふとう》にいる荷役は、埃《ほこり》まみれの軍手とシャツの汚れて貧相な日本人だが、船上のウィンチにかかっている作業員は、揃いの青い作業服のフランス人で陽気に笑っている。デッキに姿を見せている高級船員たちもあか抜けした白い制服に白い帽子を誇っている。敗戦国の民である悠次は気圧《けお》される思いで戦勝国のフランス人たちを眺《なが》めた。

税関の二階が送迎ロビーとなっていた。すでに乗客や見送りの人々が群れているが、ここにも日本人は少なくて、端の方に、桜子や梅子や松子の和服姿が目立った。美津と敬助一家、史郎と武史、夏江と……おや、透と火之子が見当たらない。

初江が耳元で、「桜子ちゃんと話していらっしゃるのが、シュタイナー先生よ。あと、先生の奥様とお子さんたち。それに富士彰子先生の御一家も見えてるわ」と言い、悠次を引っ張っていくと、シュタイナー夫妻と子供たち、富士夫妻と娘たちに紹介した。悠次にとってはは初対面の人々である。考えてみれば、央子のヴァイオリン関係の人々との交流や交渉はすべて初江に任せきりで、おれは何も知らんな。娘がいよいよ旅立つという日になって、やっと挨拶《あいさつ》する始末だ。子供たちのこと一切を妻まかせにしてきた、自分の過去がいささか疚《やま》しい。会社勤めを勤勉にして、会社関係の社交、ゴルフ、麻雀《マージャン》などを大事にしてきた自分のやり方は間違っていないし、食糧増産のために畑仕事に精出してきて、それで精一杯だと自分を納得させてきたが、それだけでは何かが欠けていたようだ。そして今、央子がフランス語らしい言葉でシュタイナー夫人と挨拶を交わし、ついで娘のヘラと流暢《りゅうちょう》に談笑しているのを、悠次は娘の知らない一面を初めて目撃した驚きと感嘆とで見守った。

　桜子が、続いて梅子と松子の双子姉妹が央子に別れを告げた。敬助、百合子、美枝、それに美津がつぎつぎに央子にさよならを言った。央子は興奮に頬《ほお》を染めていたが、不意に鼻血を吹き出した。すぐ脱脂綿で鼻に栓《せん》をしてやったのは桜子である。そうなることを見越したような要領のよい処置だった。母親として遅れを取った初江がちょっと鼻白んだのを悠次は見逃さなかった。土台、今度のパリ行きに最後まで反対していたのは初江だった。戦争中の軽井沢疎開《そかい》は仕方なかったにしても、戦後は東京に呼びもどして一緒に暮らしたかったのに、桜子の言を入れて軽井沢に置いたのは間違いだった、それに今度のパリ行きで、親子の縁は切れてしまうと、心配している。つい、きのうも、央子の送別の宴を西大久保のわが家で張り、珍しく酔って、くどくどと同じ愚痴を繰り返した。

　乗客の大部分が白人で、日本人は央子のほか数人に過ぎない。戦後、アメリカ軍が巷《ちまた》に溢《あふ》れているため、白人を見るとアメリカ人だと悠次は思うのだったが、一回りしてきた悠太は「やっぱりフランス語が飛び交ってるね」と報告した。

「そろそろ税関に入らねば」と娘をよろしくと何度も頭を下げている初江にシュタイナー夫人が言った。富士夫妻とシュタイナー夫妻はおたがいに抱擁し合って別れた。続いてシュタイナー夫人と桜子が抱擁し合った。

「オッコ、ではね、元気でね。手紙をちゃんと書くのよ」と、初江がわが子の頬に掌《てのひら》をあてて言った。

初江は西洋人のように、しっかり抱擁し合ってわが子と別れたかった。しかしそういう習慣のない日本人には、とくに夫や従姉妹《いとこ》がまわりにいる場合には照れくさくて、できなかった。

央子のトランクはペーターが持ち上げて運んだ。央子はすたすたとヘラと並んで歩いたが、二人ともいかにも幼く、スカートの下に伸びる脚もか細くて頼りなげであった。初江は泣きだした。それはたちまち咽《むせ》び泣きになった。

ロビーに群れているのはくすんだ色彩だ。汗ばんだ白、麻の背広、地味なスーツ、そういう中で黄色い花がぱっときらめくように千束の服が鮮やかだ。千束の脹《ふく》らんだ胸とくびれた腰をレモン色の服が被《おお》っている。まあほっそりした腕が、指揮棒のように豊かな表現を示して動くこと。彼女は姉の朋奈の方に顔をむけていて茶色の髪しか見えない。そちらをじっと見詰めていたいのだが、それを人々に気づかれるのが嫌で、悠太は視線をそらし、ロビーを歩いた。あそこの売店の前に行けば、彼女を正面から見る位置に行けると思う。視野の端に黄の点を逃さぬように保持しながら、彼はゆっくりと移動した。と、夏江叔母が不意にはっきりした映像を結んだ。どうしたのだ、これが先週会ったばかりの叔母だろうか、痩《や》せてしまった、萎《しぼ》んでしまった。

「この前はありがとう」

答がない。叔母は腑《ふ》抜《ぬ》けのように立っている。

「全集。シェークスピアやゲーテの。あれありがとう」

「ああ、悠太ちゃん」と、やっと叔母はこちらを見分けたようだった。

人々がロビーからテラスに流れていく。船の甲板に乗客たちが並んでいる。五色のテープの投げ合いが始まった。悠太は千束を見失ってあわてた。夏江叔母から離れてテラスを歩く。梅子と松子の双子姉妹が声を掛けてきたのに手を振る。やっと黄色い服を見つけ、その後ろから声を掛けた。千束が振り向いた。振り向いてくれた。

「ねえ、お願い。シュタイナー先生までテープを投げてちょうだい」

丁度、真向かいにシュタイナー一家が並んでいた。一番背が高いのは長男のペーターだ。彼は千束に向かって手を振っていた。

悠太は困惑した。運動神経の鈍い彼は物を投げるのが特別に下手で、幼年学校の手榴弾《しゅりゅうだん》投げの成績はいつも最低だった。仕方がない。投げた。しかし、どのテープも途中で岸壁に落ちてしまった。ところがペーターの投げたテープが千束の頭上を越えて飛んできた。悠太は屈辱を覚えながら、それを拾って千束に差し出した。

「ありがとう」と千束は言い、もう彼のほうを見向きもしなかった。二つめのテープが、彼を嘲笑《あざわら》うように届いた。今度は朋奈が拾いあげた。姉妹は、一緒に、「ペーター、ワルター、ヘラ」と叫んだ。

重々しい汽笛が鳴った。午後四時。正確な出航だ。残ったテープを全部投げてしまおうと、テラスからも船からもテープ投げが繁《しげ》くなった。汽笛に振動しながら巨大な船が横に滑って行く。初江は熱くなって手を振った。甲板で手を振っている央子の姿が涙の流れで揺らめいた。わが子はもう手のとどかない夢の国に入ってしまい、もう二度と帰ってこない気がする。送迎用のテラスと船とのあいだを色とりどりのテープが結んでいる。途中で落ちてしまった失意のテープが埠頭に、志を果さなかった無数の人々のように項垂《うなだ》れている。ようし、と掛け声をかけて史郎が力一杯に投げた赤いテープが、これは見事に央子の足元までとどいた。しかし央子はそれに気付かない。せっかくのテープなのにと初江は思う。大声で呼ぼうとしたが声が出ない。喉《のど》をぎゅっと誰かに締めつけられているようなのだ。しかし声は出なかったのに央子がこちらを振り向いて手を振った。初江はもうわれを忘れて濡《ぬ》れそぼちたハンカチを振った。央子が頰笑《ほほえ》んだ。微笑《ほほえ》みが初江の手に電気のように伝わる。駿次と研三が、叔父の真似《まね》をしてテープを投げたが、これは途中で海に泳いでしまった。

船の速度が増し、陸とつながっていた多くのテープが伸びきると、つぎつぎに切れた。ついにテープの切れ端をさわさわとはためかしながら船は遠ざかって行く。

央子の隣にヘラの金髪が翻っていた。その金髪はシュタイナー先生の金髪と呼応して光っていた。シュタイナー夫人の黒髪がひときわ高い点となって浮いている。もう央子は見分けられない。ぐんぐん船は縮まって、一本煙突の全容を見せた。一本煙突、秩父《ちちぶ》丸、悠次の帰国、あの時、この大桟橋で産気づき央子が生まれたのだった。十二歳になった央子は、今秩父丸と同じ一本煙突の客船で去って行く。

手摺《てすり》にもたれて初江は影となった船を眺め溜息《ためいき》をついた。疲労が鉛のように体を重くして手摺の上で腕が痛い。

「行ってしまった」と桜子を振り向いて、「あの船、秩父丸に似てない?」と言った。

「そう言われれば、そっくりね。秩父丸が黒く塗られていたのが違うけれど」と桜子は頷《うなず》いた。

「大丈夫かねえ、あの子」ともう数えきれぬくらい呟《つぶや》いた言葉を初江がまた呟くと、桜子が、これもまた何度も繰り返した「大丈夫よ」でなぐさめた。

この一週間ほど、心配で寝付きが悪く、夢が多くて、まるで眠った感覚がないのだった。まずは、央子の荷物作りにかかりっきりだった。悠次が世界旅行に使った牛革製のトランク、さっき央子が持って行ったもの、は革の表面が剝落《はくらく》して、手や衣服を汚したので、まず脂《あぶら》を含ませた布で丹念に拭《ぬぐ》わねばならなかった。しかし、用意した央子の旅行用品を入れてみると小さすぎて到底入りきれなかった。様子を見に訪れてきた桜子に、「そんなに沢山の衣類はいらないわよ。必要な物は向うで買えばいいのよ。フランスは文明国なんだから」と忠告されて、思い切って減量してみるものの、また押し込もうとして苦心した。やっとトランクができあがると、今度は忘れ物がありはしないかと心配になり、また開いて点検をやり直し、その結果また蓋《ふた》が閉じない羽目になって神経をいらだてた。

「大丈夫かしら」と初江は独り言のように言った。「あの子は、やっていけるだろうかね。フランスは物価が高いそうだし、貧相な恰好《かっこう》で我慢させるのはふびんだしね」

「大丈夫、生活費は充分に送金するんだし、リリー、シュタイナー夫人は面倒見のいい人だし、ヘラとオッコちゃんは同い年で、背恰好も似てるし、心配ないわよ」

「心配なのはね、オッコが外国なんかに行くの、早すぎるということなの。まだ十二でしょう。母を忘れ、日本語を忘れ、となったらどうしようと胸が痛いの」

「またまた同じ繰り言が始まったわね。航空便の往復は続けるわけだし、パリの奥野さん、わたしの友人の画家に日本語の勉強は頼んだし、大丈夫だと言ってるじゃないの」

「淋《さび》しいのよ、結局……」初江は、何か言おうとしたが、桜子に笑われそうで言葉を切った。

悠次はドイツで買ってきた自慢のツァイスの双眼鏡で覗《のぞ》いていた。双眼鏡を敬助に渡し、なにやら説明した。今度は敬助が覗いた。その横顔を見ていると不意に晋助が思い出された。この兄弟のシルエットにはほとんど似たところがないけれども、額の生え際《ぎわ》から頭頂へかけてのなだらかな線、それは央子にもあるのだが、が似ていた。

まったく思いもしなかった心配が、不意に初江の胸を締めつけた。晋助の手記、あの大学ノート、大事なものを隠すときの習慣で、つい桐簞笥《きりだんす》の引出しの底に突っ込んでおいたのだが、あれを悠次に発見されたら大変なことになると気がついたのだ。晋助が入営したときに預かった草稿や大学ノートや手紙を悠次に見付けられて騒ぎになった。今度の大学ノートの字とあの時の字とが同一人であることは一目見て明白である。あの時、すべてを焼くという約束をさせられたが、手紙を除いて、晋助の大事な物だと打ち明けて夏江に預けたのだった。それは、幸い新田に疎開しておいたので全部助かったという。

何としたことだろう、と初江はうろたえた。晋助が死んだのは五月初旬であった。村瀬医師から大学ノートが郵送されてきたのは初七日過ぎであった。すぐ読み、何回も読み、異常な内容なのを知って、これが事実の記録なのか想像の産物、散文詩や小説のたぐいなのか訝《いぶか》っているうちに、利平の危篤《きとく》と死、五郎の自殺、央子の渡欧準備と重なり、大学ノートをしかるべく始末しておくのを、すっかり失念していた。初江は、あたりに群れている人々をそわそわと見渡した。敬助、百合子、美枝、美津、松子に梅子、富士彰子先生とその夫や娘たち……。

「初っちゃん、誰を探しているの」と桜子が顔を寄せてきた。

「夏江を見かけなかった？」

「来てたわよ。まあ。どこへ行ったのかしらんねえ」桜子は十メートル離れた柱の陰を覗きに行った。と、彼女に梅子と松子がこもごも何か告げていた。

「そろそろ帰ろうか」と悠次が初江に言った。息子三人を従えている。

「はい」と返事をしたものの、「わたし、ちょっと夏江に用事があるんです。さっき見かけたんですが、どこへ消えたのか……」ときょろきょろした。桜子が帰ってきた。

「夏っちゃん、独りで山下公園の方に歩いて行ったらしいわ。何だか様子がおかしいのよ。夢遊病者みたいだったんですって」

「ちょっと心配ですわ。わたし追いかけてみます」と言い捨て、悠次の返事も聞かずに初江は桟橋の付け根の方向に向かった。

銀杏《いちょう》並木が繋ってトンネルとなった通りを駆け抜けると公園に入った。楠《くすのき》や松の木陰では若い男女が涼を取っていた。海を見渡すベンチはどこも人々で占領されていた。大桟橋と違って、こちらには日本人が多い。土曜の午後、久しぶりの晴天にみんな港の眺望《ちょうぼう》を楽しもうと出てきたものらしい。あちらこちらを探し回って、ベンチにぽつんと腰掛けている夏江を見つけた。頬がこけた細面《ほそおもて》が海を向いて動かない。

一隻の艀《はしけ》が倉庫の並ぶ前を白波を蹴立《けた》てて行く。湾の入り口あたりで進路を変えて外海の方向に消えて行った。夏江は八丈島にいる火之子を思った。一昨日ぐらいまでは火之子を思うと乳で張った乳房が痛んだものだが、その後は急速に痛みが消えた。その後は乳房を絞っても乳が出てこなくなった。今は、わが子を思っても別に痛みも覚えない乳房となった。体が母親であることをやめてしまったのが悲しい。遠ざかって行く央子に向かって、泣きながら手を振っていた初江の姿が思い出された。姉の苦しみを思ってわたしは貰《もら》い泣きしたけど、今、本当に悲しいのはわたしの方だと思う。

最初の夫、中林松男との暮らしにいいことは何もなかった。結婚した身でありながら、吉原に入りびたり、毎夜外で酒を飲んだりで、そういう生活に耐えきれずに離婚した。菊池透、以前からセツルメントで知り合っていて、一度、わたしへの愛を告げられても、こちらが心動かさなかった人が、にわかに大切な人に見えてきたのは、あの人が重傷を負って陸軍病院に入院していた時だった。しかし、結婚してからは、夫の傷の後遺症の療養、逮捕と拷問《ごうもん》、さらには監獄に無期限の拘留となり、四年近くも引き裂かれて、やっと帰還した夫には、もはや昔の情熱、わたしを夢中にする抱擁はなく、その充《み》たされないさなかに、五郎が突然侵入してきたのだった。

五郎に抱かれたことは、聖書の禁じている姦淫《かんいん》であり、神の結び合わせた夫への裏切りであることは承知していた。だからこそ、すぐ後悔し、神に告白し、夫の許しを請《こ》うたのだが、それは、どこか間違っていた気がする。わたしは五郎に抱かれたことを後悔はしていなかった。その直前まで、気味の悪い人として逃げていた人が、肉の交わりをしてみると、心底からわたしを愛し、熱い情熱に燃えている人だとわかったのだ。わたしは体で、そして気も心も、わたしの全精神で彼を愛した。それは、二人の夫が、ついぞあたえてくれなかった、新しい生命の喜びであり、このような機会をもたらしてくれた神に感謝したのだ。神の掟《おきて》に反したわたしが神に感謝する。これは矛盾だけれども、おお神よ、あなたのおん前で、わたしのすべてをさらけ出しても、わたしには喜びがあるのです。いくら、心の底の底を探ってみても、わたしには後悔のかけらもないのです。

透は、そんなわたしの心を鋭敏に察知して、火之子を、五郎の子を、自分の子にするために、わたしから奪い、去って行った。その切掛けが、わたしの告白と五郎の手紙だった。この二つの告知を透にさせたのは、神だ。やはり神は怒りたもうておられる。わたしの五郎への愛（今、透へのはっきりした愛をわたしは、ほとんど感じなくなっている）を罰しておられるのだ……。

「夏っちゃん」と初江は三回ほど呼んだが、相手は屍体《したい》のように無表情であった。四度目に大声で呼ぶと、やっとこちらを見分けたようだった。

「ああ」と夏江は息を吹き返した人のように溜息をつき、「おねえさん」と取って付けたように言った。

「あなた、何をぼんやりしてるのよ」初江は妹の隣にわざと乱暴に腰を落した。ひた走りに来たため息が切れ、言葉がすぐには出てこない。言葉の代りを務めるようにどっと汗が吹き出した。

「あ、あ、心臓が飛び出しそう」

「大丈夫？」

「あなたこそ大丈夫？　様子がおかしいって桜子ちゃんが言うもんだから、心配で夢中で追いかけたの」

「それはそれは……やっぱり、しのぶれど色に出にけり、かしら」

「恋でもしたの？」

「逆、失恋したの。透さんと別れたのよ」

「まさか」初江は息を呑《の》んだ。

「本当よ。あの人は八丈島に去って行ったわ、火之子を連れて」

「どうしたのよ。何があったの」

「聞かないで、わたしと透さんとの間の問題なんだから」

「じゃ、聞かないけど……変ね。あなたと透さんとは仲がよかったじゃないの」

「そう、今だって仲はいいのよ。ただ、ちょっとした行き違いがあって、しばらく離れて暮らそうということになったの」

「火之子ちゃんとも離れて？」

「そう、それが辛《つら》いけど、仕方ないのよ」

「子供と別れるのは辛いわね。わたしだって、オッコが遠くに行ってしまって辛い。ところで夏っちゃんにお願いがあるの。晋助さんのノートを預かってほしいの。前に預けた原稿やノートと一緒にしておいて」

「あの亡《な》くなった晋助さんの？」

「そう。亡くなる前にわたしに渡してくれと主治医の先生に遺言したんですって」

「どうして晋助さんがおねえさんに？」

「前にわたしに託したときと同じ理由でしょう。わたしが文学好きだと知っているからよ。今度のも、詩か小説か手記か判定できないけど、何やら文学的な文章なの。でもね、わたしには、その文学的価値はわからない。今にわかる人に会ったら見せて判断してもらうつもり。これをあなたに預けるのも、前と同じ理由よ。だって、内《うち》の人ときたらまるで文学に無関心だもの」

「いいわ」と夏江は簡単に引き受けた。それから、そっと労《いたわ》るように言った。「晋助さん、おねえさんを好きだったんでしょう」

「あなた、読んだの？」

「読んじゃいけなかったの？　あれ、謎掛《なぞか》けみたいに難解な文章だけど、とにかく人妻に恋する青年の日記という体裁で、人妻には数人の子供がいるらしいし、家の前は大通りらしくって、軍靴《ぐんか》の響きがするし、すぐおねえさんを連想したわよ」

「わたしはあの女の人みたいに、大胆に、あからさまに振舞えないわよ」と初江は笑い飛ばそうとしたが、笑い声は喉の奥に吸い込まれた。

「じゃ、晋助さんの熱烈な片思いね」

「わたしじゃ、ありませんてば」初江はやっと笑ってみせた。「夏っちゃんの勝手な思い過しよ。ところで、今度のノートはもっと謎めいてるわよ。やっぱり日記風なんだけど、事実じゃなくて空想らしい。それでいて、何だか心の奥底の秘密な場所を突いて血を吹き出させるような文章」

「怖いわね。そういうのは読みたくない。でも、晋助さん、そういう文章を書かねばならないほど悩んで悩んで、病気になったんでしょうね」

「そう思うわ。戦地での悲惨な体験が、あの人を心の病いに追いやったのは間違いないわ。でもね、内容は奇妙で恐ろしいけど、文章はしっかりしてるの」

「晋助さんて、世が世ならば立派な詩人か小説家になった方ね。同じ兄弟でも、敬助さんと違って、何か凜《りん》とした気品があったわ」初江は妹の口調に敬助への古い恨みが籠《こ》もっているのを感じ取った。

「何だか男の人ってせつないわね」と初江は、急にしみじみした調子で言った。「晋助さんは狂い、五郎さんは自殺し、透さんは牢獄《ろうごく》で散々苦しめられたすえに、あなたから去って行く」

「彼のことはもう言わないで」

「御免……」

「おねえさん」と夏江が尋ねた。「悠次さんに何か秘密を持っている?」

「何よ、藪《やぶ》から棒に」と初江はたじろいだ。「夫婦のあいだにも秘密ってあるんじゃないかしら」

「そうね。当然よね。わたしがおろかだったんだわ」夏江の影が縮んだ。彼女の心まで縮み込んだ形に見えた。

初江は自分のちょっとした一言が妹をひどく傷つけるのに、さっきから気がついていた。どうにかして慰めてやりたいのだが、言葉が見つからない。

しばらく二人は沈黙した。背後から西日が照りつけていたが、もう暑さは感じられない。二人の影が長く地面に伸びていた。振り向くと、夏の一日を根かぎりに働いて疲労した太陽が、鬱蒼《うっそう》として空気を冷やしている楠の大樹の上に、憩《いこ》う気配であった。

波は陰影が濃く、黒い部分が無数の不安のように点滅していた。黄色いブイが揺れる。舫《もや》っている小舟が揺れる。防波堤に限られた港湾に外海の方角から、鳥の群れが飛来してきた。近付くにつれて、それが無数の鷗《かもめ》であると見て取れた。それは音のない葬列のようにして頭上をつぎつぎに飛び越して、やがていずこかに去った。風が翳《かげ》り涼気が下って波が刺立《とげだ》った。

「戦争で大勢の人々が殺されたわね」と初江が呟いた。「世界中で恐ろしいほどの殺人が行われた。男も女も子供も老人も、蚤《のみ》や蠅《はえ》が駆除されるみたいに無造作に殺戮《さつりく》された。とくに戦場に駆り出された男たちが大量に抹殺《まっさつ》された」

「あら不思議」と夏江が叫んだ。「わたしも同じようなことを思っていた。鷗たちは原子爆弾で殺された子供たちの霊の化身だなんて思っていたわ」

「深い海の底には墓場があるのね」と初江は海面を視線で撫《な》でまわした。「いつだったか、おとうさまが言ってらした。世界中の海の底には海戦で沈められた軍艦の乗組員や、難破した船の船員や、魚や海獣のおびただしい骨が沈んでいる真っ暗な墓場があるんですって」

「真っ暗な墓場……」と夏江が深い吐息をすると、長い影がくねくねと地を這《は》った。「わたしね。墓場は暗いけれど、あの世って明るい所のような気がするの。おとうさまも、おかあさまも、永山のおじいさまも、晋助さんも、ゴロちゃんも、フクさんも、そういう所にいるような気がするの」

「おいとも、平吉も、お久米さんも……キヨさんも、岡田の爺《じい》やも、おとめ婆《ばあ》さんも……それに、ずっと昔に亡くなった礼助さんも……」と初江は死者を指折り数えてみた。

「おねえさん、安西ていう人覚えてる?」

「覚えてるわ。朝鮮の人でしょう。病院の雑用係をやっていた、陽気で酒飲みで、落語みたいな話し方をする人だったわね。震災のときに行方不明になってしまった。ずっとあとで、あれは自警団に殺されたんだよって、おかあさまが教えてくださった。その人がどうかしたの」

「いいえ……ただ何となく思い出したの。死んだ人って、段々に生き返って、かえって強く生きてる人間に影響をあたえるってことがあるわね」

「ある、ある」と初江は深く相槌《あいづち》を打った。自分の影がせわしく上下した。

と、日が翳ってきた。夕日は楠に半ば埋まっていた。とげとげと陰影濃く動いていた波が墨をぼかしたように穏やかな様相になった。別な鷗の群が、まだ赤く輝いている大桟橋《おおさんばし》の上を、無数の霊の点となって軽やかに舞っていた。


（完）

初出

文芸誌「新潮」(一九八六年一月号〜一九九五年十一月号)に連載。

後に、それぞれが独立した単行本として新潮社から刊行された『岐路』(上下巻、一九八八年六月刊)『小暗い森』(上下巻、一九九一年九月刊)『炎都』(上下巻、一九九六年五月刊)の三部作は、文庫化に際して著者の手が入り、『永遠の都』という総タイトルのもとに、全七巻の文庫版として一九九七年五月から八月にかけて刊行された。本書は、その新潮文庫版を底本にするものである。

新潮文庫版『永遠の都 7 異郷・雨の冥府』は、一九九七年八月刊行

加賀乙彦

一九二九（昭和四）年、東京生まれ。東京大学医学部卒業。一九五七年から六〇年にかけてフランスに留学、パリ大学サンタンヌ病院と北仏サンヴナン病院に勤務した。犯罪心理学・精神医学の権威でもある。著書に『フランドルの冬』『帰らざる夏』（谷崎潤一郎賞）、『宣告』（日本文学大賞）、『湿原』（大佛次郎賞）、『錨のない船』など多数。本書『永遠の都』で芸術選奨文部大臣賞を受賞、続編である『雲の都』で毎日出版文化賞特別賞を受賞した。

永遠《えいえん》の都《みやこ》 7
異郷《いきょう》・雨《あめ》の冥府《めいふ》
〈全七冊セット〉

発行　二〇一五年三月三〇日

著者　加《か》賀《が》乙《おと》彦《ひこ》

発行者　佐藤隆信

発行所　株式会社新潮社
東京都新宿区矢来町七一
郵便番号　一六二-八七一一
電話　編集部〇三-三二六六-五四一一
読者係〇三-三二六六-五一一一
http://www.shinchosha.co.jp

印刷所　二光印刷株式会社

製本所　大口製本印刷株式会社

乱丁・落丁本は、ご面倒ですが小社読者係宛お送り下さい。送料小社負担にてお取替えいたします。
価格は函に表示してあります。

ISBN978-4-10-330822-5　C0093